装丁　片岡忠彦

私立探偵・麻生龍太郎

私立探偵・麻生龍太郎

The Private Detective

Ryutaro Aso

Shibata Yoshiki

柴田よしき

角川書店

contents

OUR HOUSE
5

TEACH YOUR CHILDREN
63

DÉJÀ VU《デジャ・ヴュ》
115

CARRY ON
211

Epilogue
385

OUR HOUSE

1

窓ガラスに激しく当たっているのは雹《ひょう》だった。麻生《あそう》は驚きながら、狭いビルとビルの間に落ちて来る氷の塊を見つめていた。

雹を見たのはこれまでの人生で、一度かせいぜい二度、それも確かな記憶ではなく、子供の頃の体験だ。なぜ夏の暑い時期に、氷の塊が空から降って来るのか不思議でたまらず、親が訪問販売のセールスマンに売り付けられ、返品を断られて何年もぶつぶつ文句を言い続けていた、子供用百科事典を開いてみた憶《おぼ》えがある。でもその時は、書いてあることがよく理解できなかった。今でも、理解度の点では当時とそう大差ない。夏の上昇気流が余りにも高いところまで昇った時、落ちて来る雨粒がまた気流に吹き上げられて、マイナス何十度という低温の上空で氷の粒になり、それが落下して来る途中でさらに水滴を凍らせ、最後に大きな氷の塊となる。そんなところであっているだろうか。理科の成績はあまり良くなかった。高校を出るまで、理数系には悩まされた。だが別に不自由は感じなかった。雹ができる仕組みなど知らなくても、剣道さえ続けていれば、大学には推薦で入れると思っていた。事実、その通りになった。

青春、と呼べるものはひとつ残らず、剣道に捧《ささ》げて過ごしてしまった。そのことが、今頃になって、少し寂しい。

今でも竹刀は振っている。だがもう、大会に出ることもないだろうし、かと言って、子供たちに剣道を教えるような前向きな気力も湧いては来ない。自分にそんな資格があるとも思えない。

雹はすぐにやむだろう。しかし、もう午後四時だ。今日もまた依頼人はなし。

麻生は焦ってはいなかった。今月は前半に仕事をいくつかこなしたので、来月の家賃と光熱費は確保できている。来月にはまた、警察官時代のコネで、先に警察を辞して調査事務所を開いている先輩諸氏から、いくつか半端な仕事をまわしてもらえることになっている。最終階級は警部。ノンキャリアとしてはまあまあの終着点だった。しかもまだ四十代で、何より、本庁の捜査一課にいた、という経歴もいくらか役には立っている。贅沢《ぜいたく》さえおぼえなければ、飢えることはないだろう。問題は、売却しても残ってしまったマンションの残債だが、それもあと三年我慢すれば完済できる。

この歳になって、裸一貫。

麻生は最近癖になってしまったひとり笑いを漏らした。何もかもきれいさっぱり失って、一から出直しの人生。

三DKの典型的な団地型マンションには、思いのほかガラクタがたまっていた。だが、未練の残る物は何もなかった。余分な食器から消えてしまった妻の衣類まで、ためらうことなく、リサイクル業者にまとめて引き取らせた。事務所兼塒《ねぐら》のこの部屋に持って来たものは、最低限の食器と鍋《なべ》、フライパン、寝具に自分の服、そんなものだけ。テレビとビデオデッキは商売道具なので持って来たが、たったひとつの金目のものだったオーディオ装置は売り払い、代わりにリサイクルショップで小さなCDラジカセを買った。

今、そのラジカセから流れているのは、パット・メセニー。『想い出のサン・ロレンツォ』はLP盤しか持っていない。そしてFMから録音した古びたカセットテープでは心もとない。CDに買い替える余裕ができればいいんだが。何しろオーディオ装置はレコード・プレーヤーも含めてすべて手放してしまったので、LPのコレクションはジャケットを眺めて楽しむしかない。本当は潔く売ってしまうつもりだったのだが、いざとなると決心がにぶり、結局、百枚ほどのLPは、段ボールに入れてここまで運んでしまった。

雹がやんだ。窓の外の雑音が消えて、音楽が主張を強める。そうなって来ると、こんなうらぶれた探偵事務所にパット・メセニーは健全過ぎる気がした。


私立探偵事務所を構えるに際して、買い足したものもある。どれも警察官時代は、備品を使えば済んでいたものばかりだ。ノートパソコン、FAX、コピー機、カメラその他いくつか。けっこうな散財だった。その他に、事務所を借りる費用だの中古車だの。わずかな貯金はきれいになくなり、退職金も半分近くに減ってしまった。どんな職種にしろ、独立して一国一城の主になるには金がかかるものだ。公務員の身分で給料を保証されていた時とは、何もかも違う。だが、そうしたことすべて、面倒《めんどう》でうんざりする雑事のひとつひとつが、麻生には新鮮だった。

がたぴしと音をたてる窓を無理に開くと、ぱらぱらと雹の粒がガラスからはがれて下のアスファルトに落下する。下町の喧噪《けんそう》から通り一本内側に入っているのに、その窓からは奇跡的に浅草寺《せんそうじ》の御堂の屋根がちらっと見える。浅草寺まで徒歩ならば十五分はかかるのだが。

麻生は少し身を乗り出した。真下の道に、見なれない車が停まっている。下町には富裕層もけっこう住んでいるので高級車はこの辺りでもそう珍しい車ではないが、運転手付の黒いクラウンというのはさすがにあまり見かけない。ハンドルを握る白い手袋は素人のものではなかった。

その白い手が車内に引っ込み、前部運転席のドアが開いて制服の男が姿を現した。見覚えのあるハイヤー会社のものだ。会社関係か。運転手は車の後ろにまわりこみ、後部座席のドアを開けた。だがドアから現れた人物は、麻生が想像していたような、貫禄《かんろく》のついたお腹をビジネススーツで覆った企業関係者ではなかった。女だ。それも、なんだかふわふわとした服を着た。

女の頭が動いた瞬間、麻生は窓から顔を引っ込めた。女がこのビルを見上げるとすれば、依頼人である可能性もある。探偵が上からじろじろと観察していたとわかるのは、客にとって気持ちのいいものではないだろう。

麻生は、あの女がこの部屋を訪ねて来る確率はどのくらいだろうと考えていた。この築二十五、六年は経つ雑居ビルには、様々な会社や事務所が入居している。好奇心から郵便受けの名前を端から読んでみたことがあるが、編集プロダクションが一つ、デザイン事務所が一つ、税理士事務所が二つ確認できた。他に、PR会社らしきものや、輸入雑貨関係だろうと推測できる会社も入っているが、それらは社名だけしか書かれていないので、正確にはどんな会社なのかわからない。いずれにしても、黒塗りのハイヤーを足代わりにつかうような女が少しでも用がありそうなのは、二つある税理士事務所のどちらかだろうか。いや、税理士ならば顧客をいちいち呼びつけたりはせず、自分から出向くのではないか。

あれこれ想像していれば時間だけは潰《つぶ》せるが、いくら当面の調査仕事は抱えていないといっても、細かな雑用はけっこうある。ハイヤーで乗りつけた女が依頼人ならば五分もしない内にドアがノックされるだろうし、そうでなければないで、がっかりするほどのこともない。麻生は、先輩の事務所に送付する報告書の仕上げに戻るため、机の前に座った。事務仕事は苦手だが、二十年以上の刑事生活で、書類に向かうのは習い性になっている。警察というところはとにかく、書類、書類、書類の世界なのだ。麻生は役所の公務員のように腕抜きをつけた袖《そで》に自分で苦笑しつつ、ワープロ打ちした報告書に署名し、判を捺《お》した。腕抜きは、近所の文房具店で見つけて買った。警察を辞めて探偵社をたちあげた先輩から、依頼人と会う時は、とにかく服装だけはきちんとしておけ、ネクタイがよれているのと袖口が汚れているのだけは絶対にだめだ、とアドバイスを受けた。依頼人がいちばん怖れていることは、目の前にいる探偵が裏切り者となって、調査結果をネタに自分を脅したり、ぺらぺらと秘密を喋《しゃべ》ってしまったりすることなのだ、と。そして、そういうことをしそうな人間と、だらしのない生活をおくる人間とは往々にして重なっていて、依頼人もちゃんとそれを知っているものなのだ、と。

先輩の言葉は、いちいちもっともだと思う。小説や映画の中の私立探偵は、崩れた雰囲気を売り物にしていることが多いが、現実に金を払って自分の私生活に関わる部分を探らせるのに、崩れた人間など信用して雇ったら大変なことになる。

ドアブザーが鳴った。そのすぐあとに、古風なノックの音も。麻生は腕抜きをはずして机の引き出しにしまい、どうぞお入りください、と返事をしながら立ち上がって客を迎えにドアに近寄った。

壁にとりつけてある小さな鏡で、ちょっとネクタイの曲がりを直しつつ。

ドアを開ける。廊下に立っていたのは、ハイヤーから降りて来た、あの女だった。

麻生は、軽い驚きを押し隠して挨拶《あいさつ》し、女を部屋の奥へと通した。途端に、無粋な埃《ほこり》の匂いしかしなかったあたり一帯に、人工的な花の香りが漂った。何か香辛料のような渋味のある香りも混じっている。高価な香水らしい、というのは想像がついたが、香水の名前を当てることなど、麻生の人生においてはおよそ縁のない技だ。日常的に香水をつかう女の存在自体、ここしばらくの間、麻生の周囲にはなかった。

依頼人の話を聴く為に用意してある小さな応接セットに女を誘導し、ソファに座らせた。女のしぐさはとても優雅で、時間がかかった。

麻生は自分から名刺を出し、自己紹介して応接テーブルの上に置いた。女は、麻生の先輩刑事の名前を出し、その人物から紹介されたと言いながら、指先でつまみあげるようにして名刺を眺め、いただきます、と頭を下げて手にしていた小さなハンドバッグの中に落とし、言った。

「唐沢尚子《からさわなおこ》と申します。主婦ですので、名刺というのは作っておりません。あの、何か、身分証明書のようなものが必要でしょうか」

「それはまた、お話を伺ってからにいたしましょう。調査依頼の申し込みをしていただく時には、免許証か身分証明書があるようでしたら、拝見させていただきますが、それより先に、どういったご相談なのか伺います」

「相談内容によっては、調査を引き受けていただけないこともある、ということでしょうか」

麻生は頷《うなず》いた。

「ご覧のように、わたしどもは大変に規模の小さな個人探偵事務所です。ご依頼の中身によっては、手に余るということもあるかと思います。しかしその場合でも、ご希望であれば、調査が可能な事務所をご紹介いたします」

「そんな、大袈裟《おおげさ》なことではありませんわ。でも……あまりにもくだらなくて、引き受けていただけない、ということは」

「たとえば、ペットの猫が行方不明になったので探して貰《もら》いたい、というような依頼の場合は、ペット専門の探偵社というのがありますからそちらをご紹介します。くだらないから引き受けないのではなく、動物が相手の場合、ノウハウを持っている専門のところの方が、はるかに効率よく確実に成果をあげられますからね」

「ペットのことではありません」

「それでしたら、まあたいていのご依頼はお引き受けできると思いますよ。少なくとも、くだらないから引き受けない、というようなことは、わたしに関してはありませんから。ただ、調査費用というのは、常識としてご存知だとは思うのですが、これがけっこう、馬鹿にならない額になるわけです。ですので、ご依頼の内容によっては、調査費用をどこまでかけていいのか、どの程度まで調査するのか、そうしたことを事前に相談しておかないと、軽々しく引き受けて、お客様をがっかりさせてしまう、ということになりかねません。いずれにしても、遠慮なくお話しになってみてください。判断は、お話が終わってからいたしましょう」

「わかりました」

唐沢夫人は、小さく息を吐き、顔を上げて麻生を見た。整っていて美しいが、気性の激しさがそのまま、目や口元にあらわれている顔だった。上がり目というわけではないのに、なぜか少し吊《つ》り上がって感じられる目尻《めじり》は、見ようによってはとても魅力的だ。西欧人が東洋女性の美の条件とする、アーモンド・アイ、という形がこれだろう。瞳《ひとみ》が漆黒で大きく、瞼《まぶた》は奥二重で、表情が露骨にあらわれない分、神秘的だ。鼻筋は通ってはいるが、さほど鼻梁《びりょう》が高くはない。頬は平坦《へいたん》で、そうしたところも東洋的、というか、雛《ひな》人形を思い出させるつくりものめいた造作をしている。唇は小さく、厚ぼったく、妙に幼い。ただ、そこに塗られた口紅の色が深みのあるローズピンクで、センスのいい色だとは思うが、この顔にはあまり似合っていないと、麻生は思った。いずれにしても、こんな殺風景な場所で眺めることができる女性の顔としては、美し過ぎるし、品が良過ぎる。そのせいか、彼女の存在そのものが空間の中で浮き上がって感じられ、非現実的に見えた。

　金のかかった美貌《びぼう》。麻生は、皮肉な思いに自嘲《じちょう》の笑いを堪《こら》えた。そう、この顔にはとても金がかかっている。鼻と顎《あご》は整形だ。根拠はないが、直感的にわかった。皺《しわ》とりなどもしているだろうし、エステとやらの常連なのは間違いがない。化粧品も高級品、入浴時にも高価な石鹸《せっけん》を使用している。そういう生活にどっぷりとつかった女。だが、特別に反感などは抱かなかった。金をどぶに捨てる方法などいくらでも他にあるのだから、女が自分の美貌の為につかうなら、有意義だと言えるだろう。

「探していただきたいものがあります。とても古いものなのですが」

　唐沢夫人は、言葉を途中で切ると宙を見つめるような目つきになった。何をどう説明すればいいのか、頭の中で整理しているのだろう。

「先日、私《わたくし》が幼い頃に暮らしていた菊川《きくかわ》町の家が、取り壊されました。その家は借家で、私は小学校を出るまでそこに家族と住んでいたのです。家自体は、その当時でももういい加減古く、いつ取り壊されてもおかしくはない状態でしたが、それでも私たち家族が引っ越しをした後で、何度か借家人がうつり変わり、今年の四月までは住人がいたそうです。同じ頃に、その家の持ち主だった方が亡くなって、息子さんが相続されたのですが、最近、また都内の土地価格が上昇し始めて、相続人の息子さんもその家と土地を手放しました。買い取ったのは、大手の不動産デベロッパーです。近隣の家を数軒まとめて買い取り、高層マンションを建設する予定だそうです。たまたま、そのデベロッパーで主人の友人が役員をしていらっしゃって、私の家に遊びにいらした際、その話が出たのです。私は、自分が昔暮らしていた家が取り壊されると聞いて、最後にもう一度、その家を見てみたくなりました。それで、取り壊し予定日にその家に行ってみたのです。その家は二階建てで、とても小さな庭がついていました。庭とも呼べないくらい、洗濯物を干す竿《さお》でいっぱいになってしまうような、狭い庭です。それでも、ちゃんと土のある庭のついた家というのは、東京では、それだけで贅沢なものですわよね。私も幼い頃、そのささやかな庭に花を植えたり、死んでしまった金魚を埋めたりと、土に親しんで暮らしました」

そこまで一気に言うと、唐沢夫人はまた溜《た》め息をついた。麻生は、自分がうっかりして茶も出していないことにようやく気づき、慌てて立ち上がった。熱い茶を飲むには室温が高い気がしたので、衝立《ついたて》で隠した流し台の横の冷蔵庫を開け、ウーロン茶のペットボトルを取り出す。来客用の冷茶碗《ちゃわん》に茶托《ちゃたく》を用意し、小さな盆に載せて運んだ。唐沢夫人は、礼を言い、ウーロン茶をぐっと飲んだ。その上品で艶《つや》っぽい口元には不似合いなほど一気に、ウーロン茶は夫人の喉《のど》へと消えた。

「ですが、その家の取り壊しを見ているうちに、私、あることを思い出したのです。ずっと長い間忘れていたことでした。私が小学校の一年生か、二年生くらいの時だったと思います。当時、とても仲良くしていた男の子がいて、その子とふたりで、その庭にタイムカプセルを埋めたことを思い出したのです」

「タイムカプセル？」

「はい……あ、いえ、もちろん、そんな大層なものではありません。ただ、その当時、私とその男の子が大切にしていた物を持ちよって、お菓子の缶だったと思うのですが、何か大きな缶に入れて、それをビニール袋に包んで、庭に埋めたのを思い出したのです。その時、三十年経ったら掘り返してみよう、と約束したように憶えています」

「失礼ですが、それから三十年が、もう？」

「過ぎてしまいました」

唐沢夫人は、ふふ、と笑った。

「私、今年、四十になります。もしかしたら記憶違いしているかも知れないのですが、あれを埋めたのは小学校の一年か二年の時ですから、六歳からせいぜい八歳。すでに、三十年目は過ぎてしまいました。私、いつの間にかすっかり忘れていたのです。その家を引っ越したのは中学に入学する年の春でした。父が世田谷《せたがや》にマンションを買い、それで引っ越したわけです。その時、タイムカプセルのことをまだ憶えていたのかそれとも忘れてしまっていたのか……庭を掘り返した記憶はありませんから、いずれにしても、タイムカプセルはそのままだったはずです」

「一緒にそれを埋めた男の子の消息はご存知ですか」

「……いえ、わかりません。その子は私立の小学校に通っていて、低学年の頃はいつも一緒に遊んでいたのですが、高学年になる頃には自分の学校の友達の方が大切に思えるようになりましたし、彼もそれは同じだったのでしょう、いつの間にか、一緒に遊ぶこともなくなっていました。女の子と男の子とでは、高学年になれば遊びも違ってしまいますし。でも記憶では、私たち一家が引っ越した頃はまだ、地元に住んでいたはずです」

「では、音信も、まったく？」

「ございません。実は……名前もうろ覚えなのです。その子と仲が良かったことは私の両親も知っていたのですが、父は十五年も前に病死し、母も……まだ七十にならないのですが、認知症になってしまいまして……神奈川の施設におります。月に、二、三度は面会に行くのですが、その子のことを訊ねてみても、まるでわからないみたいで」

「その男の子の家は、もうないのでしょうかね」

「……記憶が正しければ、その子の家は今でもあります。ただ、表札が……私の記憶では、その子の名字は確か、岩倉、だったはずなのですが、先日そこを訪れてみると、表札には、伊藤、と出ていました。家も建て替えたようで雰囲気が違っていましたし、たぶん、引っ越してしまったのではないかと。実は……」

宮沢夫人は、言いにくそうに何度も唇を舐《な》めてから言った。

「岩倉君、その男の子のお父様は、岩倉電機の社長をしていらした方だと思います。当時はそんなことは知りませんでしたが、岩倉電機の事件が新聞で報道された時、住所から、わかりました」

「岩倉電機の事件、というと、二十年以上前でしたね。家電メーカーの岩倉電機が、粉飾決算事件を起こして、当時の社長と会社幹部が逮捕された」

「……はい。あの事件で社長が交代しましたから……」

「なるほど。事件で社長を退任し、その影響で家も引っ越したのではないか、と」

「調べたわけではありませんから、ただの想像かも知れないのですが」

「わかりました。では、探して欲しいというのはその、タイムカプセル……庭に埋めた菓子缶ということですね？」

「はい。家の取り壊しを見ている時にそのことを思い出したものですから、私、取り壊しをしている作業員の方にお願いして、庭を見せていただいたのです。タイムカプセルを埋めたのは、和室から庭に降りるところに置かれていた、大きな石の後ろでした。その石は、あの頃からそのままありました。表面が平らで、庭に出る時にサンダルを履くのに便利なように、最初から設置されていたものだと思います。私と岩倉君とは、縁の下に潜ってその石の後ろ側に穴を掘り、菓子缶を埋めたのです。雨で流れたりしないように、何日もかけてかなり深い穴を掘って。作業員の方は私の話を聞いて面白がり、その石を撤去するところも見せていただけましたし、ついでだからと、周囲を掘り返してくださいました。でも、何も出て来ませんでした」

「子供には深く掘ったと思えた穴でも、実際にはさほど深くなかったかも知れませんね。三十数年も経つ間には、台風や大雨もありましたからね。菊川というと、墨田区《すみだ》の？」

「ええ」

「あのあたりは土地が低く、昔はよく水が出ましたよね。最近は排水設備も整って、水が染み込むアスファルトが使われるようになったこともあってか、浸水事故というのはあまり聞きませんが」

「……麻生さんは、あのあたりをご存知なのですか」

「子供の頃に住んでました。警察官になってからも、高橋《たかばし》署に勤務していたことがあります。新大橋通り沿いに、なぜか菊川だけ墨田区なんですよね。森下、住吉《すみよし》と江東《こうとう》区なのに。しかし、そういうことですと、あなたのご一家が引っ越しされてから住まわれた借家人の方が、何か知っている可能性もありますね。大雨で土が洗われて、タイムカプセルが流れ出してしまったとすれば、拾われてしまったかも知れない」

「その可能性は高いでしょう。ですから、私ひとりでは見つけ出すことが出来ないと思いました」

「うーん、しかし」

麻生は、遠慮がちに首を横に振った。

「非常に高価なものが入っていたのでしたら話は別ですが、子供の宝物、ということですと、ね……仮に、借家人が拾ったとしても、ガラクタだと考えて捨ててしまったかも知れない」

「それならば、諦《あきら》めます。誰かが捨てた、とわかれば、それで構いません。あのタイムカプセルがどうなったのか、消息が知りたいのです。……ごめんなさい、くだらないこだわりなのです。ただの感傷です。でも……あの家が壊されてしまった今、私にとっては、ただひとつ、あの頃の思い出として心に残っているものが、あのタイムカプセルなのです。あの家を引っ越す時、買ったマンションがあまり広くなかったこともあって、古い家具も持ちものも、大部分を捨ててしまいました。その上、私が嫁いでから少しして、母の不注意から小火《ぼや》を出し、アルバムなどがほとんど燃えてなくなってしまいました。唐沢の家にも一冊だけアルバムは持って嫁いでいますが、自分の顔がよく写っている写真ばかり選んだものですから、昔の家やあの庭の様子などは、ほとんど記録として残っていないのです。こんなつまらないことにお金をかけるなど馬鹿げているとわかってはいるのですが……」

「いや、少しもつまらないことではありませんよ」

麻生は、必死に言い訳を続けようとする唐沢尚子をやんわりと遮り、頷いた。

「だいたいの事情はわかりました。お引き受けできると思います」

「本当ですか」

唐沢尚子は、安堵《あんど》したのか、表情を緩めた。気性の激しさをうかがわせるアーモンド・アイも、ゆるやかな笑みに包まれた。

「よかった。……なんでも屋、のような人たちに頼むことも考えたのですが、見ず知らずの方にお願いするのはどうしても気がすすまなくて」

「それで松山警視正にお話しになって、わたしのところに？」

「ええ。松山さんの奥様とは、お稽古《けいこ》ごとでご一緒させていただいているものですから。警察の方に相談すれば、信頼できる私立探偵を紹介していただけるのではないかと」

「そうですか。松山警視正には、在職中、大変お世話になりました。最近はご無沙汰《ぶさた》しているのですが、奥様にお会いになりましたらよろしくお伝えください。それで、今回のご依頼について、調査の方法のご相談なんですが。遺失物の捜索に関しましては、成功報酬方式と日当方式、おおまかに二種類の形式を用意してあります。比較的簡単に見つかりそうな場合ですと日当方式の方がよろしいかと思いますが、今回の場合は、微妙なところですね。日当方式の場合には、捜索物が見つかっても見つからなくても、規定の時間分の日当と必要経費を請求させていただき、見つかった場合には、少額の成功報酬を上積みさせていただいています。日当は一週間単位で、長引いた場合には割引させていただきます。しかし今回のタイムカプセルは、正直なところ、見つけ出すのはかなり大変ではないかな、という気がするんです。三十年という歳月もかなり長いですし、縁の下に埋めてあった、ということですと、すでに掘り返されて失われている確率も高いと思います。ですから、成功報酬方式にされた方が、無駄な費用をかけなくてよろしいかと」

「それは、つまり、見つからなければ」

「費用はかかりません。必要経費の精算だけしていただくことになります。領収書がとれない経費につきましては、総経費の上限をあらかじめ設定させていただき、その範囲内でしたら精算をお願いしますが、それ以上の場合には、お支払いいただかなくても構いません」

「でも、それでは」

「ですから、その分、成功報酬が割高になります。一週間以内に見つけ出した場合、一ヶ月以内、三ヶ月以内等々、こちらのように目安として出させていただいていますが、これらもご相談に応じます」

麻生は、料金表が入ったファイルを開いて唐沢尚子の前に出した。

「お話を伺った範囲では……物品で、高価なものではなく、危険物でもありませんから、この、A、に相当します。ただ、三十年以上前の物ということで、成功報酬は……」

「いくらでも構いません」

尚子は、麻生の言葉を遮った。

「お金なら、麻生さんが請求されただけお支払いいたします。もちろん経費も。松山さんから、麻生さんならば、不当な料金を請求したり秘密を口外したりすることは絶対にない、と言われたのです。ですから信頼いたします。正当だと思われる金額をちゃんと請求してください。もし必要でしたら日当は別に……」

「わかりました。では、料金については信用していただく、ということにしましょう。日当はいりません。こちらの規定に沿って進めます。では、こちらの申し込み書に必要事項を記入していただけますか」

麻生が取り出した紙の上に、尚子は飛びつくようにして身をかがめた。麻生が差し出したボールペンを握り、名前と住所を書き入れる。


タイムカプセル。

そんなものの為にしては、どうしてこの白い指先は、こんなに震えているのだろう。

麻生は、口紅と同じローズピンクに塗られた爪先をじっと見つめた。

切迫している。

麻生には、そうとしか思えなかった。

2

「えっと、これですかね」

見事な禿頭《とくとう》を掌で軽くこすりながら、遠藤という名の不動産屋は、古ぼけた台帳をどん、と机の上に置いた。台帳にくっついていた埃《ほこり》が舞い上がって、ガラスの壁から差し込む夏の夕日の中、きらきらと輝いて見えた。壁には一面に物件案内の紙が貼られ、店の中から読むと裏文字でちょっと不思議なポスターのように見える。

「あの菊川の家は、持ち主が森下に住んでた川島さんという方なんですよ。ほら、これだ」

遠藤は台帳の一ページを開いて指さした。

「川島茂夫《しげお》さん、この人はもうだいぶ前に亡くなって、所有権は奥さんのシゲさんに移ってます。茂夫さんの代から借家にしていて、シゲさんもずっと借家としてうちに預けたまんま、今年の三月に亡くなったんです」

「それじゃ、相続された御遺族が」

「そうです、相続税の支払いのこともあるし、不動産のまんまじゃ相続人の間で分けることもできないしねえ、売却して金に替えて分配したんでしょう。五月に、シゲさんの長男がうちに来て、賃貸契約委託の解除を手続きしてますね。四月の末までは借り主が住んでいたんです。損金も預かり金もなし、きれいなもんです。あの借家は、いわゆる借家運、ってやつが良かったんだね、家賃の滞納だとかスジもんの居座りなんかもなくって、不動産屋としては有り難い物件でした」

「工藤さん御一家が引っ越しされてから、何人くらいの人があの家を借りてますか」

「工藤さんってのが、その、おたくに調査を依頼された?」

「ええ、現在はご結婚されて名字が違ってますが」

「工藤、工藤ね……工藤……あ、この一家か。かなり昔の話ですね、あそこにいたのは。工藤さんが引っ越したのは、二十八年前ですよ。それからだと、ひい、ふう、……最後に住んでた山本さんで、三家族目だ。工藤さんの後が、久保田さん、その後が三河さんで、それで山本さん。このうち、久保田さんは三年ほどで引っ越されてますね。三河さんが長くて、十八年、住んでらした。それからずっと山本さんです」

「それぞれの方の連絡先、わかりますか」

「うーん、山本さんはともかく、あとの人たちは引っ越してから随分経っちゃってるでしょう。それにうちとしては、うちの物件から他に移った人の連絡先なんか必要ないですからねえ。あ、敷金の返却とかそういう、お金のことで長引いた場合にはそりゃ、引っ越し先もちゃんと書き留めておきますよ。でも、この台帳を見た限りじゃ、お金のことも何にも問題なかったみたいだしなあ。最近は敷金の返却も銀行振込が当たり前ですが、昔はね、鍵《かぎ》をうちに返しに来てくれた時に、現金で精算することの方が多かったんですよ。これを読む限りでは、久保田さんも三河さんも、そうやって精算したんじゃないかな。引っ越し先の住所も電話番号も、書いてないからね」

それでも遠藤は、持ち前の世話好きな性格からか、久保田、三河両家についてわかる限りのことを教えてくれた。当時の家族構成や、主人の勤務先、子供の学校など、麻生が驚くほど遠藤の知識は多岐にわたっていた。下町の不動産屋は、単に住まいを斡旋《あっせん》するだけではなく、借家人の様々な悩み事を相談される立場にもいるのかも知れない。

この四月まで菊川の家に住んでいた山本家には、遠藤自らが電話を入れてくれた。山本家は遠藤に相談して、新居を探したようだ。山本家の新しい住所は猿江《さるえ》、さほど遠くはないが、道順から言ってその前に、岩倉家のあったという家に寄ってみることにする。

前岩倉電機社長宅だった菊川二丁目の大きな家には、現在、伊藤という家族が暮らしていた。平日の昼間だったので誰もいないかも知れないとあまり期待せずに訪問してみたのだが、伊藤家の主婦はとても話し好きで、自分たちが住む以前に前岩倉電機社長一家がその家で暮らしていた、と知って、興味をひかれたようだった。

「前の持ち主の方とは、直接お会いしていないんですよ。この家は一度、不動産屋に売却されて、わたしどもはそこから購入したものですから。どこかの企業の社長さんだというのは聞いていたんですが、そうですか、あの岩倉電機の。岩倉電機もなんだか大変なことになっちゃって、社長一族は経営から手をひいたんでしたわよねぇ、確か」

「わたしも経済界のことには詳しくありませんが、確かそうですね」

「あんな有名な会社の社長さんが、こんな下町に住んでらしたんですねぇ。昔のテレビCM、今でも耳について離れないわ。でんでんでんきは、みーんな、い、わ、く、ら、でー、こんなんでしたわね」

伊藤夫人は、冷たい麦茶と小袋に入った豆菓子を出してくれた。麻生は礼を言って茶だけ口にした。

「それじゃ、岩倉さんのご家族がどちらに引っ越されたかはご存知ではないわけですね、もちろん」

「ええ、知りません。だって前の持ち主だったことすら知らないんですもの。でも岩倉さんをお探しになるんでしたら、ここを買った時の物件の持ち主だった不動産会社ならわかりますよ」

「教えていただけますか」

「ちょっとお待ちになってね」

伊藤夫人は、電話のそばの壁にぶら下がっている住所録を取り、麻生の前に広げた。

「これです」

「中央東都不動産販売、大手ですね」

「そこに貼ってあるお名刺の方が、うちの担当でしたわ」

麻生は名刺の名前と電話番号をメモした。

「本当はこのあたりで土地を探していて、新築の家を建てるつもりでいたんです。たまたま、新大橋通りに面していた前の家が手狭になって、でも子供も転校させたくなかったし、長年住み慣れていて、このあたりから離れたくありませんでしたでしょう、なかなかいい土地が見つからないでいる時に、新聞の折り込みチラシでこの家のことを知りましてね。古い家だけれど、敷地は広いし、ほんとのこと言えばちょっと予算オーバーだったんですけどね、ちょっと頑張ってお金の工面をしましてて。でも後悔はしませんでしたわ。部分的に改築しましたけど、もともとのつくりがとてもしっかりしているし、間取りもゆったりしていて、住みやすいんです。新築で家を建てても、こんなに住みやすい家になったかどうかわかりません」

伊藤夫人は、家自慢から庭自慢へといつまでも喋《しゃべ》っていたそうだったが、麻生はなんとかタイミングをつかまえて、夫人のお喋りを中断させ、ソファから腰をあげた。

菊川二丁目から猿江一丁目まで、たいした距離ではなかったが、雨上がりの夏の町は、湿度のせいで暑さというよりは息苦しさを感じる重い空気に満たされている。汗は額から顎《あご》につたい、ハンカチもすぐ濡《ぬ》れてしまって、皮膚に押し当てると不快感があった。

幼い頃に遊んだ川のたもとの公園が、記憶にあったよりもずっと小さかったことに、今さらのように驚いた。菊川町の小さな木造アパートで、母と弟と三人で暮らしていたあの時代、川はもっとどす黒く、腐敗したような匂いが風と共に部屋の中にまで漂っていたが、その小さな公園には桜の木があって、春になれば花吹雪の中で鬼ごっこに興じ、夏には毛虫をシャツの背中に入れあってふざけ、弟と二人、日が暮れてしまうまで遊び、遊び疲れて部屋に戻ると、仕事帰りに母が商店街の総菜屋で買って来たコロッケや煮物にみそ汁と飯、という簡素な夕飯が丸い座卓の上に並んでいて、窓から匂って来る川の悪臭など気にもとめずに腹いっぱい食った。いや、父が死んだのは麻生が中学生の時だったのだから、あの頃はまだ父も存命だったはずだ。が、麻生の記憶の中に父の面影はほとんどない。なぜなのか、麻生はとうとう、最後まで母には訊《き》かなかった。父は他の女と暮らしていたのだ、と、今ではわかっているけれど。それでも、事故に遭って病院に担ぎ込まれた時、父はひとりぼっちで、看病に病院に通って最期をみとったのは母だった。

母は強かった。そして、自分には母ほどの、人としての強さはない、と麻生は思う。

数年前、離婚を機に妻が出ていったマンションで一緒に暮らそうと母を誘ったが、母は、ひとりの方が気楽だからと言って、その時暮らしていた千葉の老人ホームを出ようとしなかった。母の部屋からは房総の海が見え、面会に行くたびに、母は、潮の香りを嗅《か》ぐと泳ぎたくなる、と笑っていた。そのホームは母の故郷に建っていて、母は十代の頃、飛び魚と呼ばれて、学校一の泳ぎの名手だったと言う。本当かどうかは知らなかったが、母にはそんな過去も似合う、と思った。妻が去った翌年、母は逝った。

山本家は、真新しい賃貸マンションの最上階に越していた。あらかじめ遠藤から電話が入っていたので、応対に出た山本夫人は親切だった。

「古くて狭い借家でしたけど、庭がね、とっても魅力的だったんですよ」

薔薇《ばら》色をした紅茶と、焼きたてらしいクッキーが麻生の前に置かれた。刑事時代の習慣で、聞き込みの時に接待を受けても、麻生には、それに手を伸ばすことに抵抗がある。最初は茶のひと啜《すす》りすらできなかったが、最近では、せっかくいれてくれた茶が冷めないうちに、少しだけ口をつけるようにしている。だが茶菓子に手をつけたことはない。麻生は山本夫人の顔を見た。お手製のクッキーを褒めて貰いたい、とその顔に書いてあった。それなら、と手を伸ばすと、山本夫人の瞳が輝いた。まるで自分の子供におやつでも食べさせるかのように、熱心に麻生の口元を見つめている。少しかじると、バターの風味がかなり強く口の中に広がり、麻生の好みよりはいくらか重い味がした。それでも、頷《うなず》いて、すごくおいしいですが、お作りになったんですか、と訊いてやると、山本夫人は破顔して、二人目の子を妊娠したので会社を辞めたこと、それをきっかけに菓子作りを習い始めたことなどをぺらぺらと喋った。

「……なものですから、ねぇ、庭を諦《あきら》めてその代わり、できるだけ新しい賃貸マンションを探して貰ったんです、遠藤さんに。でも本当に残念でしたわ、あのお庭。前に住んでらした方が植えたゆすらうめが、毎年、たくさん実をつけたんです。子供がその味を気に入って、お庭にさくらんぼがなったって喜んで。ここに越す時に、ゆすらうめだけでも掘り出して、鉢に植え替えて持って来ようとしたんですけど、植えたのはわたしたちじゃないし、どうしようか、って迷って。結局、ここのベランダがあまり広くないこともあって諦めました」

「縁側もあったとお聞きしているんですが、今どきの東京で、縁側のある家というのはなかなか贅《ぜい》沢《たく》ですね」

「そうなんですよ、ほんとに。縁側と言っても、わたしどもが引っ越して住み始めた時にはもうサッシがはめられていましたけどね、それでもいいものですわよ、年月が経ってつるつるになった板の間に座って、庭を眺めたり、夏には線香花火なんかしたりして。結婚して最初に住んだのはありふれたアパートで、物干しを兼ねている小さな張り出しのテラスみたいなものはあったんですけど、そこから見えるものと言えば隣りのビルの壁と、その間の道路ばかりでしたでしょう、ですからあの借家に越した時は、なんていい家が見つかったんだろうって感激したものでした。正直に言えば、立ち退いて欲しいと言われた時にはとてもがっかりしてしまって」

「縁側から庭に降りるところに、大きな石があったそうですね」

「ええ、平らな。あれ、サンダルを並べておくのにちょうどよくって」

「実は、遠藤さんがお話した、昔あそこに住んでいらした方が探しておられる物というのは、その石の後ろ側に埋められたものだったようなんです。と言っても、財産だのなんだのというようなものではなく、お子さんの思い出の品物です。菓子缶に入れて石の後ろに埋めたはずなのに、あの家が取り壊された時に見つからなかったんです。何か、お心当たりのことがおありにならないかな、と」

「あら、それって、タイムカプセル？」

「……心当たりがありますか」

「いいえ、そうじゃなくって……わたしも埋めたことがあるんですよ。わたしの母が、大学生の頃に大阪の万博でタイムカプセルを見たって教えてくれましてね、わたしも真似《まね》したんです。田舎の庭の、梅の木の根元に一所懸命穴を掘って、弟と二人で、オモチャとか日記とか切手とか、ごちゃごちゃと金属の箱に入れて埋めました。でも弟もわたしもこらえ性がなくって、二十年経ったら掘り出そうって約束していたのに、三年しか我慢できませんでした」

山本夫人は、懐かしそうに言って笑った。

「三年後にちょうどわたしが中学生になって、その時にどちらともなく、あれ、掘ってみようか、ってことになって。ところが、見つからないんですよ。確かにここに埋めた、と思った場所を掘っても掘っても出て来なくて。しまいには父親に見つかって、梅の根っこをそんなに掘ったら木が倒れる、って怒られて。でも父親は、次の日、わたしたちが学校に行っている間に代わりに掘ってくれていたんです。で、結局、見つけたんですけどね、それがどういうわけか、梅の木から十メートルも離れた花壇に、ごく浅く埋まっていたんだそうです。三年の間に何度か大雨がありましたから、流されて花壇に埋まったのかそれとも、近所の犬が掘り出して、食べ物ではないので花壇に放り出したのか。理由はわかりませんけど、子供が頑張って掘った程度の穴では、浅くて、タイムカプセルを埋めておくことはできないんだな、とわかりました。こらえ性がなかったおかげで、なくなってしまう前に見つけられたんです。でもね、箱がさびてボロボロになっていて、開けてみたら、中は土やゴミがいっぱい詰まってました。入れたオモチャや日記はビニールで二重にくるんであったんですけど、それもビニールが破れて、中はぐちゃぐちゃ。今にして思えば、地面に埋めないで押し入れにでも押し込んでおく方が、よほど確実だったんですよねえ。押し入れにしまったまま、五年や十年忘れてる物なんて、古い家ならばざらにあるんじゃないかしら。タイムカプセル、なんて大袈裟《おおげさ》なことしなくても、昔の茶箱とか桐《きり》箱なんかなら、二十年くらい、中のものがさほど変質せずに持ちそうじゃないですか、ねえ」

「たった三年で、そういうことになってしまうんじゃ、子供が庭に埋めた物など、十年とはそこにないでしょうね」

「そう思いますわ。あの平らな石の後ろって、縁の下ですわよね。猫なんかよく入り込んでましたし……でも、子供ってみんな同じようなこと考えるものなんですね。あの家に以前に住んでいらしたかたって、もしかしたら、三河さんですか？　三河さんはかなり長くあの家にお住まいだったと聞きましたけれど」

「三河さんをご存知なんですか。遠藤さんのところでは、連絡先がわからなかったんですが」

「あら、三河さんでしたら、猿江にいらっしゃいますよ。わたしたちがあの家に引っ越したあとで、しばらくの間、三河さん宛の郵便物が間違って届いていたんです。転居届を郵便局に出してあっても、一年間しか転送してくれませんでしょう。三河さんは長くあそこで暮らしておられたので、転居通知を出していない相手というのも、たくさんあったでしょうし。たぶんそういうことになるだろうから、もし間違って郵便物などが届いたら連絡してくださいって、電話番号を教えていただいてました。普通、引っ越ししたあとのことをそこまで丁寧には考えないものですよね。三河さんの奥様はとっても几帳面《きちょうめん》な方なんです。そんなこんなで、なんとなく電話をかけたり、こちらに郵便物を取りに見えたついでにお茶でも、なんてこともあったりして、三河さんの奥様とは親しくしていただくようになりました。わたしたちが引っ越しするとなった時に、遠藤さんから紹介されたここにすぐ決めたのは、三河さんから、猿江は住みやすい、と聞いていた、ということもあるんです。都営新宿線の住吉駅にも近いし、バスで錦糸町《きんしちょう》まですぐ出られますし、大きな公園も近くにあるでしょ。あ、ごめんなさい、わたし、ぺらぺら関係ない話が多いですわね。三河さんにお訊きになったら、あの石の後ろに埋まっていたものに心当たりがあるかどうか、わかるんじゃないかしら。ちょっと待っててくださいね、三河さんの奥様はお仕事とかされてないので、この時間でしたら家にいらっしゃるかも」

山本夫人はソファから立ち上がると電話機に飛びつくようにして、電話をかけ始めた。麻生は心の中で苦笑した。余りにも、とんとんと調子よく捜査が進んでしまう。聞き込み相手がこんなに協力的な人ばかりだったら、刑事時代も随分と楽ができただろうに。もっとも、警察手帳を見せるとやたらとお喋りになる人というのは多かった。だがそうした聞き込み相手から有効な証言が得られたケースは少ない。本当にこちらが知りたいことを知っている人間は、たいていの場合、無口になるのだ。

三河家は、問題の借家に十八年も住んでいた。しかもその前の住人は短期間しか住んでいなかったから、埋められた菓子缶が雨か何かで地表に露出したとしたら、三河一家の誰かがそれを拾った可能性は高いかも知れない。これで捜査が終了してしまうとしたら、拍子抜け、といったところだろうか。依頼人が高級車から降り立った時に感じた妙な胸騒ぎ、その依頼人が実際に事務所のドアの向こうに立っていたのを見た時に思った、この一件はやっかいそうだ、という漠然とした予感は、的外れだったのか。

三河夫人は在宅で、あっさりと話がつき、麻生は、人なつこい山本夫人に丁重に見送られながらマンションを出た。

3

「ありました、ありましたよ、そういうこと！」

麻生がいくらも説明しないうちに、三河夫人はきちんとセットした銀色の頭を大きく振り、嬉《うれ》しそうに言った。

「やっぱりタイムカプセルだったのね、あれ。そうじゃないかと思ったんです。でもね、うちの前にあの家に住んでいた久保田さんに連絡してみたんですけど、久保田さんのお子さんには知らない、と言われてしまって。久保田さんの前に暮らしていらした方までは連絡もつけられなくって、どうしようかしら、と、随分迷ったんですよ」

三河夫人が麻生の前に置いたのは、熱い煎茶《せんちゃ》だった。また一口だけすすってから、麻生は続けた。

「菓子缶か何かの中に、オモチャや日記などが入っていたんですね？」

「ええ。あれは、えっと、……随分前のことなのでいつ頃だったかはっきりしないんですけど、うちの娘がまだ小学生の頃だったのは間違いないから、二十年以上前でした。二十……五年くらい前かしら。もっとかしら。だとしたら、あの家に引っ越してまだそんなに経ってない頃ね。ある時、縁の下に野良《のら》猫が入り込んで、子供を産んでしまったんです。子育てが終わったら出て行くだろうから、それまではそっとしとこうって子供たちには言ってあったんですけどね、どうしても仔猫《こねこ》が見たくて、娘と、もっと幼かった息子とで、縁の下にもぐって猫を見ようとして、見つけたんですよ。猫の母子の方は、子供たちに騒がれるのが嫌だったのか、結局、どっかに行ってしまったんですけど。地面から半分くらい出ていたらしくて、それをはいつくばったまま手で掘ったものだから、もう二人とも真っ黒に汚れて。そんな汚い缶、捨てなさい、って怒ったんですけど、お風呂《ふろ》場に持ち込んで洗ってみたら、クッキーの缶だったんです。それは、蓋《ふた》のところをビニールのテープでぐるぐると何重にも巻いてありました。そうそう、思い出したわ。それで誰かが何か大切なものを入れて地面に埋めたんだろう、ってことになって、子供たちと開けてみたんです。そしたら、ビニール袋に入っていたのは、着せ替え人形のウエディングドレスとか、ビーズのネックレスとか、いかにも女の子が大事にしていそうなものと、ミニカーやシールブックなんかの男の子のオモチャとが、別々の袋に入ってたんですよね。それで子供たちは、サンタさんが自分たちにくれるプレゼントだなんて騒いで。でも十二月じゃなかったですよ、確か、夏よ。オモチャだけだったら、子供たちに分けてあげてもよかったんですけど、別のビニールの袋の中に、日記帳が入っていたものですから……字を見たら子供のものだってすぐわかりました。でもいくら子供の日記でも、見ず知らずの他人の秘密を覗《のぞ》き見るのは気がひけて、名前とか何か、持ち主の手がかりがないか、それだけ調べるのに、ぱらぱらめくった程度です。結局、名前も何も書いてなかったんですけどね」

「女の子の日記でしたか、それとも、男の子のだと思いました？」

「小学生くらいで日記をつけるとしたら、まあ普通、女の子ですわよ。字も割合ときれいだったし、そうそう、イラストがたくさん描かれてましたね。絵を描くのが好きなお子さんだったんでしょう。そのイラストを見たら、女の子の書いたものだってわかりました。ただ……不思議なイラストもあったわね……女の子って、きれいな服を着た少女の絵なんかよく描きますよね、でもあの絵は……

あれはそう、ロボットみたいだったわ。そうそう、女の子の姿のロボットの絵」

ロボット、という単語は意外な響きを持っていた。と同時に、麻生の記憶の中に、ばらばらの断片になって存在していたある事柄が、その単語によって、おぼろげながらひとつの形を作った。

「随分昔のことなのに、あの絵が印象的だったせいかしら、こうやって考えるとけっこう思い出せるものねえ。そのロボットの横に、確か、ロボットのスチュワーデス、って書いてあったんですよ。ロボットのスチュワーデス、って、なんだか意味がわからないけれど面白いでしょう？　きっと、あの日記を書いた女の子って、空想好きな楽しいお子さんだったんでしょうね。ほんと、日記を返してあげたかった」

「持ち主がわからないまま、その箱と中身は？」

「保管していたんですよ。久保田さんの前にお住まいだった方と連絡がついたら、たぶんその家のお子さんの物だから、お返しするつもりで。でもそのうち、忘れてしまったというか……確かに押し入れにしまっておいたんですけども。それで、この家を建てて借家を出た時の引っ越しでたぶん、間違って捨ててしまったんでしょう。ごめんなさいね。ここに引っ越す時に、家具なんかみんな新しくしたものだから、前の家で使っていたものをかなり大量に捨てたんです。専門の業者に来て貰って、トラックいっぱいのゴミを出しましたの。まだその頃は、娘も息子も独立していませんでしたし、わたしも夫も、あまり古いものにこだわる方じゃないものですから、とにかく捨てることばっかりに夢中になっちゃって。あの缶のことも日記のことも、正直、まったく思い出さなかったんです。ですからね、捨てた、という記憶すらないんですよ。でもこの家にないことは確かです。今も申しましたように、この家に越した時に家具の大部分を新しい物に替えたので、引き出しのひとつひとつまで、中に入れる物は確認しました。その時に見つけていれば、わかったはずですものね」

「つまり、その缶は、行方知れずになってしまったということですね」

「ええ。……ほんとにごめんなさい。あれを探している方に、くれぐれも謝っておいてくださいね。あの、あれを探している方って」

「ご想像の通りです。あの家に、久保田さんの前に住んでいた一家のお嬢さんで、今現在はもう、ご結婚されております。あの家が取り壊されることになって、懐かしさで行ってみた時に、ふと、子供の頃に友達と一緒に埋めたタイムカプセルのことを思い出されたそうなんです。それで、可能であれば探して欲しいと依頼がありました。もちろん三十年前のことですから、依頼人の方も、本当に地面の下に埋まったままだとは考えていらっしゃいません。おそらくは台風の大雨の時にでも、流れてしまっただろうと言っておられました。まあ、一縷《いちる》の望みでもあれば、というか、缶がどうなったか消息でもわかれば、というところのようです」

三河夫人は、溜め息をひとつついて頷いた。

「本当に申し訳ないことをしたわ。せっかく見つけていたのに……きっと、引っ越しするまで押し入れに入ったままだったと思います。せっかく、二十数年も無事でいたのにねぇ……」

「いえ、消息が確認できただけでも、本当に助かりました。それにロボットのスチュワーデスを三河さんが記憶しておられたというのは、きっと依頼人にも嬉しいことだと思いますよ」

「黙ってこっそり日記を読んだことで、お怒りにならないといいんですけど」

「持ち主を探そうとしたんですから、仕方ありませんよ。その日記を書いたお嬢さんは、今ではとても美しい御婦人に成長されています」

「まあ、それはよかったこと。でもあの絵から考えて、小説家か何かになっているんじゃないかしら、なんて思ったんですけど、普通の奥様ですの？」

「ご結婚されていることは確かですが、お仕事をお持ちなのかどうかは伺っていません」

「あの、もしよろしかったら、いつかお暇な時にでも遊びにいらしてくださいまし、とお伝えくださいね。わたしもあの借家には、たくさん思い出がありますの。昔の庭の様子とか、いろいろお聞きしたいわ」

「わかりました。お伝えします」

麻生は立ち上がり、丁寧に頭を下げた。


やっかいなことになりそうだ、という予感は当たった、と麻生は思った。ロボットのスチュワーデス。麻生は、とにかく自分の記憶を確認するため、一度事務所に戻ることにした。

＊

昔から資料の整理は苦手だった。毎日、新聞の記事にひと通り目を通し、気になった記事を切り抜いておくのは刑事時代からの習性だが、それをきちんと項目別に分けたりスクラップブックに貼ったりすることが、なかなかできない。結局、みんなまとめて箱に放り込んでおき、後でその箱をひっくり返して探すことになる。だが刑事時代は、大部分を捜査一課で過ごしてしまったこともあって、切り抜く記事といえば殺人事件や自殺、事故のことばかりだったし、いざ必要となれば新聞社のデータベースをあたることも、警察の記録を検索することもできるので、さほど整理の必要は感じなかった。今は、切り抜く記事の大半は時事問題や経済の記事だ。それも、何がどう必要になるか見当もつかない段階で、ただ勘だけを頼りに選んでいる。要は、最低限、世の中のことが広く浅くわかっていないとならない。刑事時代には知らなくてもまったく問題なかった、世の中の常識、が、私立探偵には大きな武器になる。

箱の中の切り抜きを机に並べて探した。見つけ出した記事は、経済面のコラムだ。ニュースというよりは、逸話のたぐい。父親が大手家電メーカーの社長だったのに、粉飾決算事件の責任を問われて辞任。株もすべて手放し、事実上引退した。まだ五十代の早い引退だった。以来、両親は旅行ばかりするようになった。その息子は理系の大学に進み、やがて父親が社長を務めていた会社のライバルメーカーに入社、商品開発を手がける。そして完成させたもの。その写真が大きくカラーで印刷されていた。その印象的な写真が気になって切り抜いておいたものだった。

麻生は溜め息をついた。

どうすればいいのだろう。依頼人の本当の目的は？

ギギッと音がして顔をあげた。ノックもせずに男が入って来た。麻生は、その男の顔をじっと見つめた。

心の中で、今日を待っていた自分を意識する。だが同時に、今日が永遠に来なければいいとも、思っていた。

「なんか言えば？」

男の第一声が、それだった。麻生は、つい笑った。

「そんな挨拶《あいさつ》があるか。そっちが訪ねて来たんだから、そっちから何か言え」

「信じらんない」

男は、来客用のソファにどかっとからだを投げ出した。

「あんたって、信じらんないくらい冷血漢だ。迎えにも来なかったし」

「なんで俺が、ヤクザの出所のお出迎えに行かないとならん」

「差別」

「その言葉は、そういう時につかうもんじゃないんだよ。だいたいおまえ、早過ぎるだろう。高安が大活躍だったのは知ってるが」

「俺は被害者なんだぜ。殺されかかったんだ。なのに放り込まれたんだから、さっさと出て来て当たり前」

「高安ってのは、法廷で催眠術でもつかうのか。弁護士になるより、詐欺師になってた方が財産築けたろうに」

「あいつはちゃんと、財産、築いてるよ。あいつの事務所、弁護士が二十人以上いるんだぜ」

麻生は、ゆっくりと椅子から立ち上がった。練《れん》はソファに寝転がったまま、麻生を見上げている。

「丸坊主にされてんのかと思ってた」

「拘置《こうち》期間引いたら一ヶ月もなかったから、小菅《こすげ》で終わっちゃったんだよ。その代わり、毎日、桜《さくら》田門《だもん》に移送されて梶原《かじわら》さんに絞られた」

「二課は必死だったろうな。それもうまくすり抜けたのか」

「さあね」

練はふてぶてしく笑う。


麻生は、言った。

「とにかく、お帰り」


「ただいま」

練は、ようやく、無邪気な顔になった。

4

事務所のドアに鍵をかけるのを忘れていたと気づいて、麻生は、冷や汗が出る思いを味わった。もし、不用意な依頼人がノックもせずにドアを開けていたら、ただならぬ気配と物音、奇妙な会話に、仰天して逃げ帰っていただろう。その様子が漠然と頭に浮かんで、麻生は思わず笑ってしまった。男同士の睦言《むつごと》を耳にして、さて、ごくノーマルな連中は、それをどんなふうに受け止めるのだろう。

いずれにしても、ここは日本なのだ。依頼人のほとんどが、ゲイの私立探偵に出くわすなどとは想像せずにこのドアを開ける。用心するに越したことはない。

住まい、と呼べるほど立派なものではないが、仕切りの向こう側にはベッドやテーブル、テレビ、本棚などが置かれていて、洋服を吊《つ》るしておくスペースも作ってある。そこが麻生の生活空間だった。その仕切りは、ただの薄っぺらなベニヤ板と、カーテン一枚。仕事が軌道に乗ったら、なんとか住むところだけは別に借りないと。そういうことにまったく無頓着《むとんちゃく》に自分の欲望に忠実に行動するこの男がいる以上、出費もいたしかたないか。


小さな寝息が聞こえている。

この男……山内と再会した頃、彼は眠れない夜を過ごしていた。恋人であり、保護者でもあり、支配者であった韮崎《にらさき》が死に、どんなふうに夜をやり過ごせばいいのかわからず、戸惑いながら不眠の波に翻弄《ほんろう》されていた。あれから八ヶ月。

韮崎の事件のかたがついてから、麻生は、はるか昔の事件についての真実を求めて、山内の無実の証拠を探して歩いた。世田谷《せたがや》署に出向いて古い記録をあたり、三軒茶屋《さんげんぢゃや》付近で昔のことをおぼえている人を探し、あの事件の関係者にもできるだけ自分で会って話を聞こうとした。が、時の壁は思っていたよりもずっと厚かった。山内が暮らしていた木造のアパートはとっくに取り壊されてマンションとなり、オーナーも替わっていた。被害者だった女性がバイトをしていたパン屋もどこかに移転し、その被害者自身、神経症が悪化して郊外の病院で療養中で、麻生に会うことは頑《かたく》なに拒絶した。事件の目撃者だった青年は、不慮の事故で半身不随となり、会うには会えたが、あの事件のことで言うことは何もない、と顔を強《こわ》ばらせて口を閉じた。そして何よりも、厚かったのは警察内部の見えない壁そのものだった。麻生が昔の事件で冤罪《えんざい》の証拠を探しているという噂は、いつのまにか上司の耳に入り、やんわりと警告が与えられ、それでも麻生が動きを止めなかった結果、所轄の地域課の制服組へと異動辞令を受け取ることになった。そこまでが限界だった。地域課に行けば、警部である麻生に待っているのは、管理職としての職務だけだ。決められた椅子を立ってうろうろすることはゆるされない。勤務時間内に署を出るだけでも大変になる。常に警察組織全体に監視されていては、冤罪事件の真実を調べあげることなど不可能だった。

この八ヶ月の間に、麻生は、大学卒業以来勤めあげた警察官の職を捨て、何ひとつ保証も特権もない、ただの私立探偵になった。

そのことに後悔はない。いや、その選択は正しかった、とはっきり思っている。

山内はヤクザなのだ。たとえ正式な組員になってはいなくても、社会にとって好ましからざる人物、であることは間違いない。そして麻生はもう、この男から逃げるつもりはなかった。とことん、地獄の底まで、つきあってやる。その為には、警察官でい続けることはどちらにしても出来なかったのだ。

それでも、麻生は、ぬぐいさることの出来ない不安を感じている。

今の山内はまだ、引き返せるところにいる。ぎりぎり、麻生の側の世界と闇の世界との狭間《はざま》に留《とど》まっている状態なのだ。が、状況は速度を増して変化している。韮崎の事件に関与した疑いは晴れたが、銃刀法違反で逮捕されてから、この八ヶ月、山内は拘置所と世間とを行ったり来たりだった。拳銃《けんじゅう》を所持していたことについては罪は免れなかったが、その銃がもともと死んだ韮崎のものだったと認定されて、形見として持っていたかった、という山内の、と言うよりは山内の弁護士、高安の言い分は考慮され、さらに、その銃を行使しようとしたことについては、未遂であったこと、自己防衛だったことで、結局実刑は免れた。が、判決が出る前に、捜査二課が詐欺や有印私文書偽造、証券取引法違反など複数の罪状で再逮捕し、長期拘置、保釈、再拘置と、二課と山内との根比べのような日々が過ぎていった。その間に麻生は、あらためて、山内と彼の会社とが行っている数々の不正行為、反社会的行為について知ることになった。麻生が考えていた以上に山内は、ヤクザの世界にどっぷりと浸《つ》かった身になっていたのだ。山内を更生させることができるなどと簡単に口にすることは、もう出来ない。それどころか、今以上に深みにはまりこむことを阻止するだけでも難しい。


「何、深刻な顔してんの」

不意に山内が目を開け、言った。

「俺と心中でもしそうな勢いじゃん、その不幸ヅラ」

「おまえを見てると、真面目に心中でもしないとならないんじゃないか、って気がして来るんだ」

麻生はベッドの端に腰かけて、大きくひとつ、溜め息をついた。

「二課の梶原さんの苦労がしのばれるよ。おまえみたいな人間が何人もいたら、からだがいくつあっても足りないもんな」

「だからって、寝首をかくのはなしにしてよね。俺さ、死ぬ時は、自分が死ぬんだ、ってわかって死にたいんだよね」

練は、冗談とも本気ともつかない笑いを顔に浮かべて、ベッドから起き上がった。

「これ、なんかギシギシいってるぜ。それに狭いじゃん。もっとでかくて頑丈なの、買えば」

「シングルサイズなんだから、野郎が二人で使えば重量オーバーなんだよ。それにおまえは、暴れ過ぎだ」

「小菅に四ヶ月もいたんだぜ、たまっちゃってたんだもーん」

練はケラケラと品のない笑い方をしながら、どこかに放り投げてしまったネクタイを探している。

麻生は、自分の足下に落ちていたネクタイを拾ってほうってやった。

「組に顔を出すのか」

麻生の問いに、山内は不機嫌そうな顔のまま頷《うなず》いた。

「しらんぷり、ってわけにはいかないでしょ」

「誰も迎えに来てなかったんだろう？」

「当たり前じゃん。俺、組員じゃねぇもん」

「そんならおまえの方から挨拶《あいさつ》に出向く義理もないじゃないか」

「そんな簡単にはいかねぇの」

「いくさ」

麻生はむかっ腹をたて、ベッドを拳《こぶし》で殴った。安物のソファベッドは、ぐわん、と妙にたわんで、壊れそうに揺れた。

「新しいの買ってから壊さないと、床に寝ることになるぜ」

「簡単にはいかない、んじゃなくて、おまえが簡単に済ませようとしないんだ。その気があれば、今なら、春日《かすが》と縁を切って堅気になれるのに。金でカタがつけられるなら、全財産、くれてやりゃいいじゃないか。五十億も諏訪《すわ》の目の前に現ナマで積み上げてやりゃ、おまえは自由の身だ」

「五十億、ってどのくらいの金か、わかって言ってんのかよ」

「わからねえよ。積み上げたらどのくらいの高さになるか、俺には想像もつかん。でもおまえなら、そのくらいの金、用意しようと思えばすぐ用意できることは知ってる。おまえが持ってる株券を売るだけで作れるはずだ。違うか？　春日の前の組長は、病院に入ったまま引退したんだろう？　新しい組長の諏訪って男は、先代に比べたらずっとスケールが小さいって噂じゃないか。そんな奴が組長になったんだ、春日の行く末なんてたかが知れてる。五十億で足りなければ、百億でも積み上げてやればいいんだ、金を出し惜しんで、沈没する船に乗ったまんまなんてのは、阿呆《あほう》のやることだ。いくら諏訪が、おまえの金を作る能力が他の組に渡ったらまずいと心配していようと、百億円積まれて断れるような男じゃないはずだ、それだけの度胸がある男だったら、とっくにおまえの命を狙ってる。結局は金が欲しいんだ、おまえが春日に提供して来た資金を諦《あきら》めることなんかできないんだよ。だったら、向こう十年分くらい一括払いしてやったらいいんだ、それでも足りないってんなら、小指の一本くらいくれてやれ。諏訪にだってメンツってもんはある、金を受け取った上に指まで受け取って、それで命を狙ったりしたら、卑怯《ひきょう》でせこい男だと笑いもんになるだろうし、そこまでとことんやれるほど、腹の据わった奴じゃないんだろう？」

「百億なんて持ってない」

「不動産も処分しろ」

「税金払ったら、無一文になる」

「なればいい」

麻生はもう一度、ベッドを殴った。

「なればいいんだよ、無一文に。どうせろくなことして稼いだ金じゃないんだ、この際、きれいさっぱり何もなくなって、すっきりして出直せ。おまえ自身、金に未練なんかないだろう？」

「俺、金、好きだよ。今さら貧乏なんかしたくない」

「おまえなら、これからまた稼げる。しかも、これまでみたいに法の網の目を無理矢理《むりやり》広げてくぐるみたいな真似しなくたって、まっとうな方法で、いくらでも稼げるよ。おまえにはそれだけの能力がある。なんでヤクザとつるんでる必要がある？　今のおまえの暮らしを維持する程度でいいなら、堅気の商売したって充分足りるだろうが。おまえは俺が、暇さえあれば馬鹿のひとつ憶えみたいに足を洗えって言うのが不満みたいだが、俺がおまえに願っていること、それはたったひとつだけなんだぞ。たったひとつだから、馬鹿のひとつ憶えになるしかないんだよ。なんでそれがわからないんだ……どうして、真面目に聞こうとしないんだ」

「聞いてるよ、真面目に」

「いや、聞いてない。聞いてたら、おまえにだってわからないはずがない。おまえはヤクザなんか嫌いなんだ、これまでだってずっと、連中の世界ややり口や、ものの考え方は大嫌いだったはずなんだ。だがこれまでは、おまえはそこから抜け出すことが出来ない理由があった。だから、これまでのことはもういい、これまでおまえがどんな気持ちでいたかとか、何を思っていたかはどうでもいいんだ。問題なのはこれからだ。もうおまえを、連中の世界に繋《つな》ぎ止めておく鎖は存在しない。おまえが何と言おうと、本当は簡単なことなんだよ。さっさと諏訪に頭を下げて、もう組の仕事もしないし、他のどこの組の仕事もしない、一切の縁を切って堅気として生きていきたい、そう言えばいいんだ。迷惑料だって言って、現ナマをどかんと諏訪の目の前に積んでそう言って、それでも諏訪がしぶったら、小指の先っぽぐらいくれてやれ」

「痛いじゃん、そんなの」

「そのくらい我慢しろ。このまま奴らの世界にかかわりあって生きていけば、もっともっと痛い目に遭うことになる。どうしても指詰めるのが嫌なら、俺が新宿の暴対に相談してやる。今は昔とは違う、堅気になりたいって奴の邪魔をして指なんか詰めさせる行為には、中止命令が出せる。諏訪にしたところで、おまえのことなんかで警察に睨《にら》まれるのはごめんだろう。金さえ出すなら、血を見るまでのことはないと思うんじゃないか？」

山内は答えなかった。黙ったまま、拾ったネクタイを無造作にポケットに突っ込み、シャツの裾《すそ》も出したままでドアに向かった。

「おい、練」

「わかってる」

山内は麻生に背中を向けたままで言った。

「時間が欲しいんだ。……あんたにとっては、連中だの奴らだのってダニやゴミみたいに片づけられる世界でも、俺にはやっぱ、いくらかの義理ってもんがあんだよ」

「そんなの義理とは言わない。腐れ縁だ」

「理解しろとは言わない。でも、時間は必要なんだ。とにかく、また来る。来てもいいよな？」

「いいよ」

麻生は言って、また溜め息をついた。

「いつでも来いよ。俺はもう、警官じゃない。あ、だけどな、練、ここにもいちおう、営業時間ってのはあるんだからな。電話一本、かけてから来てくれ」

「めんどくさい」

山内は言って、ドアの外に消えた。

＊

午後は来客がなかった。麻生は、報告書を書きかけて手を止めたまま、一枚のカラーコピーを見つめていた。


岩倉一雄《かずお》と、インフォメーション・ロボットのＫＡＯＬＩ。この春に横浜で行われたロボットショーの、とある大手家電メーカーのブースでのスナップ写真で、パソコン雑誌に掲載されていたものだった。図書館で新聞記事を調べてから、関連の記事を検索して拾った。

記事によれば、ＫＡＯＬＩは画期的なロボット案内嬢であるらしい。客が知りたい情報をたちどころに提供し、その客を目的の場所まで誘導することもできる。たとえば、病院を訪れた視覚障害者に応対して、その人の受付を済ませ、保険証を確認し、診察室まで安全に連れて行ってあげることができるのだ。さらに、要求があれば、簡単な給仕サービスや荷物の運搬などもすることができる。病院だけではなく、あらゆる会社や施設の受付嬢として、理想的な能力を備えていると書かれている。また、ロボットの愛称ＫＡＯＬＩは、このロボットの開発にあたった岩倉一雄をリーダーとする開発チームの研究者のイニシャルを繋げたものであり、同時に、岩倉一雄の妻・香織の名前の読みを表したものでもある、という記述もあった。インタビューに答えて、岩倉一雄は言っている。『このロボットの開発に着手してから、休日らしい休日もなく、真夜中でもアイデアを思いつけば車を飛ばして研究所に駆けつけるという毎日でした。正月休みも元旦《がんたん》しか家にはいませんでしたし、夏季休暇も年休も溜め込む一方で消化できない有り様でした。ひとりで家にいなくてはならなかった妻にとっては、最悪の夫であり、最悪の日々だったと思います。ですが妻は、不平ひとつ言わず、僕の夢を実現する為に耐えてくれました。開発チームの主要メンバー五人のイニシャルを繋げると妻の名前と同じ読み方ができる、と気づいた時、僕は、このロボットの名前はＫＡＯＬＩしかない、と思ったのです』

インフォメーション・ロボットＫＡＯＬＩは、同時に、給仕や荷物運びなどの仕事もできるサービス・ロボットだ。にこやかな女性が、親切に手助けをしてくれるイメージ。

それはまさしく、スチュワーデス・ロボットの発想と同じものだ。

唐沢尚子がタイムカプセルの中に閉じこめた、夢のロボットと同じ。

もし唐沢尚子が天才少女で、タイムカプセルに閉じこめたものが、ロボットの設計図だったとしたら、話はむしろ単純なのだ。尚子は、発表されたＫＡＯＬＩとその開発者である岩倉一雄の記事を見て、岩倉一雄がタイムカプセルを開け、中に入っていた尚子のロボット設計図を見てそのアイデアを盗み、ＫＡＯＬＩを作ったと知り、そのことを非難するかまたは、いくばくかの補償を要求する為に証拠となる設計図の入ったタイムカプセルを探している、そういうことになるだろう。が、むろん、そんな馬鹿げたことはあり得ない。もし尚子に、小学生の時点でロボットが設計できるほどの才能があったとしたら、今でも彼女は、物理もしくは工学の世界で活躍していただろうし、証拠の設計図を取り戻すのに、ド素人の警官あがりになど依頼したはずがない。

尚子がタイムカプセルに閉じこめたのは、他愛《たあい》のない無邪気な絵だったに違いない。発想こそKAOLIの原点となったものだったとしても、その絵は、設計図などとはとても呼べるようなものではなかっただろうし、仮に岩倉一雄が本当にそれを見てKAOLIのアイデアを思いついたとしても、何らかの罪になるようなものではなく、補償どころか、非難ひとつ浴びせても尚子の方が笑い者になる話だ。そしてあの唐沢尚子は、それほど愚かな女には見えなかった。

では、ただ懐かしさにタイムカプセルの行方を知りたくなったのか？　そうだとすれば、何も私立探偵になど頼まなくても、自分から岩倉一雄に連絡をとり、タイムカプセルを開けてスチュワーデス・ロボットの絵を見たのかどうか訊ねればそれでいい。たとえ岩倉一雄がタイムカプセルとは無関係にロボットを作ったと判ったとしても、とにかく二人には幼い時代の大事な思い出なのだから、話すことはいくらでもあるだろうし、互いに懐かしく楽しいひと時が過ごせただろう。そう、思い出を楽しむのに、証拠などいらないのだ。なのに、尚子は証拠を求め、私立探偵にまでタイムカプセルを探すことを依頼した。

尚子は……自分の依頼人は、探し出した思い出の証拠を手に、いったい何をしようとしているのか。何を岩倉一雄に言うつもりでいるのか。

この商売を始めるにあたって相談を持ちかけた元警視庁の先輩探偵は、麻生に何度も釘《くぎ》を刺した。警察に民事不介入の原則があるように、私立探偵にも、侵してはならない部分、原則が存在する、と。それは、依頼人について、必要以上のことを知ろうとしてはならない、ということだった。依頼された調査に必要だと思われることなら、探るのは構わない。そうして知り得た結果をおのれの倫理に従って処理するのも、いいだろう。仮に、違法な事柄がそこに現れてしまったら、私立探偵としての職務より市民の義務が優先すると考える探偵がいたとしても、それはそれで、ひとつの見解だ。が、調査に不必要な事柄を、単なる好奇心から探るのは、探偵として最低の行為であり、絶対にしてはならないことだ。先輩は、真顔で麻生の目を見つめ、静かに、何度もそう言った。今になって麻生には、あの先輩が自分に対して抱いていた危惧《きぐ》が理解出来た。

もちろん、単なる好奇心ではない、と自分に言い訳することは出来る。尚子の真の目的に不穏なものを感じているのは事実だ。が、そうした言い訳をいくら重ねてみたところで、探偵としての仕事は、もうあらかた終了している、そのことに変わりはない。タイムカプセルは確かに存在したし、ある期間、借家の縁の下に埋まっていたことは確認できた。だがそれはすでに地面から取り出され、故意ではなかったが、紛失されてしまったのだ。それも、引っ越しゴミとして処分された可能性が極めて高い、ということまで判明している。万にひとつということがないとは言い切れないが、タイムカプセルもその中に入れられていた尚子の日記も、すでにこの世にはない、と判断して構わないだろう。報告書に書くべきことはそれらのことだけで、そしてそれを渡せば、唐沢尚子の依頼についていては、いちおうの調査終了を告げることができる。成功報酬は得られなかったが、仕事は完了したのだ。

いや。

麻生は、苦笑いしながら首を横に振った。

先輩には申し訳ないが、自分の性分はなかなか変えられそうにない。そのうち痛い目に遭わないと、自分という男にはわからないのだ。

麻生は決心して、会社四季報を手にとった。

5

「お忙しいところ、ありがとうございます」

記事の写真で顔を知っていたので、岩倉一雄がドアを開けて入って来るなり、麻生は立ち上がって出迎えた。写真で見た印象より、わずかに若々しい。唐沢尚子よりは年上のはずだが、三十代の青年実業家、といった雰囲気だ。ロボット開発の研究者という、時代の最先端をいく雰囲気があるのかと少し期待していたが、もともとの顔立ちが垂れ目がちで温和なせいか、理系の俊英、という感じは受けなかった。

「ちょうどいいタイミングだったんですよ。実は今日、これから予定されていた会議がひとつ、流れましてね。出席予定だったエライさんが、政府に呼ばれたとかなんだとかで」

岩倉は、麻生の向かいに腰をおろすなり、寄って来たウエイトレスにホットミルクを注文し、テーブルの上のおしぼりで顔をこすった。かなり気さくでマイペースな人間らしい。

「さすがですね。政府関係のお仕事もしていらっしゃるんですか」

「いいえ、上の方の人がなんかの顧問になってるだけです。我々には、まったく無関係というか、どこかで関係しているとしても、我々には全体を把握できないようなシステムになっているもんなんです。だから気にしても仕方ないので気にしない。ま、そんなとこです。えっと、それであの、麻生さん、とおっしゃいましたっけ」

　麻生は名刺を出した。

「……あ、ほんとに私立探偵なんだ。へえ」

　岩倉は名刺を嬉《うれ》しそうに眺めた。

「私立探偵、って職業が、日本にもあることは知ってましたけど、実物の探偵を見る機会に恵まれるとは思ってなかったな」

「今では特に珍しい仕事でもありませんよ。認可制度がないので、正確な数はわかりませんが、東京の雑踏の中でならば、石を投げれば探偵に当たる、とまで言われています」

「僕は、推理小説の中にいる探偵しか知らないからな」

「推理小説の中の探偵は、むしろ特別でしょう。彼らは事件を解決する能力があります」

「あなたにはないんですか？」

「そうですね、ないと思います。むしろ、事件、というか、事態をややこしくするだけかも知れません」

　岩倉は愉快そうに笑った。

「では、僕の証言でもっと事態がややこしくなるかも知れないんですね。それは楽しみだな。あ、でも先に断っておきますが、僕、浮気とかはしてませんから。僕を調査しても、たいしたことは出ませんよ。もし誰かが、僕の弱みを握りたくてあなたに依頼したのなら、僕の弱みは、そうですねえ、コンビニで食玩《しょくがん》を見るとつい買ってしまうことと、ガシャポンがあれば反射的に百円玉を入れてしまうこと、かな」

「そのくらいの弱みでは、あなたやあなたの会社を陥れるのは無理ですね」

「無理だと思います。だから諦《あきら》めるように言ってやってください」

「わかりました。もしそういう依頼を受ける日が来たら、調査に入る前にそう言って諦めて貰《もら》うようにします。ですが、今回は、そういうことではないんです。電話では詳しく説明できなかったのですが」

「菊川の借家にいた女の子のこと、ですよね？　いや、真面目な話、さっきから思い出そうと頑張ってるんですが……近所に遊び相手の女の子がいたのは憶えてるんです。でも小学校も違っていたし、僕より二つか三つ年下だったような記憶があるんですよね。違いますか？」

「いいえ、そのお嬢さんのことで間違いないと思います」

「あ、やっぱり。でもなあ……すみません、名前とか顔とか……う～ん、ぼんやりと顔は思い出せる気もするんだけど……あの、この依頼って、その女性からのものなんですよね？　だったらこのことはその人に言わないで欲しいんですが」

「調査結果に影響しないことでしたら、あなたがお話しになったことは一切、漏らしません」

「影響はしないと思いますよ」

岩倉はあたまをかいた。

「なんだかな、悪口に聞こえると困るんですけど。その女の子ね……あの……つまりその、なんと言うか……近所の子供たちに嫌われていて、仲間はずれにされていたんですよ。いえ、その子自体に問題があったんじゃないんです。顔はほんとにぼんやりとしか思い出せないけど、けっこう可愛い子だったと思います。性格もおとなしくて、悪いことをするような子じゃなかった。問題があったのは……家庭の方で。その子の御両親が、かなりその、エキセントリックなタイプだったと言うか」

「ご近所ともめ事を起こしやすい？」

「そう、そうなんです。お父さんの方はいつもお酒を飲んでいるみたいで、何かというと近所の子供とか怒鳴ってましたし、お母さんの方は、なんとなくだらしなくて、ゴミ出しなんかでしょっちゅう、隣近所とトラブルがあって。あ、でも、そのご夫婦がすべて悪かったとは思いません。ああいうことって、ニワトリと卵なんですよね。周囲が疎外するから余計に意固地になったり、トラブルメーカーになってしまう、という側面はあると思います。最初にきっかけを作ったのがどちらだったのかなんて、しばらくするとわからなくなる。結局、地域社会なんてのは、多数決だけの世界だし。みんなが疎外する対象だから、自分も近寄らない、よく言わない、仲良くしない、っていう、消極的な虐《いじ》めみたいなものに加担してしまっていても、みんな気づきませんからね。自分は悪くない、何もしていない、と言い張るし思い込む。疎外された側にとっては、まさに集団でこづき回されてるみたいな状態ですから、たまったもんじゃないんですが。そんなことをされたら、身を守る為に頑なになったり攻撃的になるのも仕方ないですよね。とにかく、あの子の御両親は、そんな感じで下町の地域社会から浮き上がっていたんです。子供なんて残酷なもんですから、親がよく言わない家の子ならば虐めてもいい、くらいの感覚でしょう、あの子もかなり虐められていたような記憶があります。いつ会っても、べそをかいてました。僕はほら、小学校が公立ではなかったので、もともと、地元に遊び友達がいなかったんですね。それで逆に、あの子と遊んではいけないという忌避感覚もなかったし、遊んだからといって、他の子から責められるってこともなかった。正直、年下の女の子と遊んでもさほど楽しかった憶えはないんですが、いつもべそかいてるのを見て、可哀想になっちゃって。それで顔を見たら声をかけるようになって、互いの家にも遊びに行ってたと思います。僕の家では、あの子の両親のこと、噂話くらいはしてましたけど、遊ぶななんて言われたことなかったです。もともとその……僕の実家自体、下町の地域社会では異質な存在でしたからね。……金持ちだった、ってだけなら、下町にはけっこう、材木問屋なんかがあって金持ちは多かったんですよ。でも、そういう人たちとは違って、僕の親父は、家電メーカーとしてほとんど一代でのし上がりました。自分が住んでいる地域とはまったく無関係に商売をして、無関係に財産を築いたんです。そういう存在は、ああした土地では無視されるんですよ。結局、僕の両親もあの子の両親と一緒で、近所に仲良くしている家がなかったんですね」

「それでは、その女の子と遊んでいたのは、ある種のボランティアみたいな感覚だった、というわけですね」

「うーん、そう言い切ってしまうと、なんか淋《さび》しいですけどね。事実はそんなとこです。一緒に遊ぶってより、子守してるみたいな感じかな」

「なるほど……でしたら、その子と一緒に、タイムカプセルを埋めたという記憶は、どうでしょうか」

「タイムカプセル？」

「ええ、昔、流行《はや》りましたでしょう。金属の箱なんかに、自分の絵や作文や、未来の自分への手紙なんか入れて、地面に埋めておく、あれです。十年後に掘り出そう、二十年後に掘り出そうなんて、埋める時はわくわく楽しいんですが、たいていは、埋めたこと自体をそのうち忘れてしまって、思い出して掘り返してみても何も見つからない。不思議な遊びですよね」

「ああ、あれね！　えーっと……そんなことをしたような憶えもあるにはあるんですが……すみません、はっきりとは思い出せないな。あの子の家の庭には、二人でいろんなものを埋めたんですよ。あの子が飼っていたジュウシマツとか、僕の家の水槽にいた熱帯魚とか、死ぬと必ず、あの子の家の庭に埋めていた気がします。子供って、そういうこと、好きですよね。でもタイムカプセルはどうだったかな」

「そのお嬢さんの絵は見た憶えがありますか？　日記をつけていて、そのノートに、絵もたくさん描いていたらしいんですが」

「見たかも知れません。いや、見ましたね、ええ、よく見せて貰いました」

「女の子にしては、面白い絵を描いていたそうですね。……ロボットのスチュワーデスの絵がお気に入りだったとか」

岩倉は笑顔のままで、ロボットのスチュワーデス？　と訊き返した。が、言葉が終わらないうちに、岩倉の表情が変化した。最初は曖昧《あいまい》に、それから、劇的に。

麻生は黙っていた。岩倉も、めまぐるしく何かを考えている顔つきのまま、黙って座っていた。

携帯が振動した。岩倉の胸のポケットだ。悪くないタイミングだ、と麻生は思った。もうすでに、効果はあった。引き揚げ時だろう。

「どうぞ、お出になってください」

麻生は素早く立ち上がった。

「わたしの用件は、もう終わりましたから。依頼人の女性は、自分が埋めたタイムカプセルを探しておられるだけなんです。あの借家が取り壊された時に探したけれど見つからなかったそうで。それで、もしかすると、一緒に埋めた岩倉さんが、憶えていて掘り出してくれたのではないか、そう思ったわけです。しかし、埋めたこともおぼろげにしか憶えておられないわけですから、掘り返そうなどとはなさいませんでしたよね。それだけ確認できれば結構です。お時間を割いていただいて本当にありがとうございました。依頼人には気の毒ですが、たぶん、タイムカプセルは見つからないでしょう。本当に不思議な遊びですよね。なぜだかわかりませんが、ほとんどのタイムカプセルが、埋められているはずの場所からは見つからないのだそうです」

麻生は一礼した。

「思い出というのは、何かを期待して掘り起こそうとするようなものではない、ということかも知れません。では、失礼いたします」

＊

数日後、唐沢尚子に会って報告書を手渡した。タイムカプセルは見つからなかった、見つかる可能性は低い、結論はそれだけだったが、それらしく体裁は整えた。尚子は成功報酬も払うと言ったが、もちろん、そんなものを貰う理由は、表面的にはどこにもない。だがその言動で、麻生には、尚子が「目的を遂げた」ことが理解できた。どんな目的なのかは、わからなかったが。

その前日、麻生のもとには岩倉一雄からの手紙が届いていた。手紙には、ロボットＫＡＯＬＩの原点、最初の発想が、尚子の描いたスチュワーデス・ロボットであったことは、ずっと忘れていたのだ、と、切実な調子で書かれていた。決して嘘ではない、自分は本当に、ただ忘れていたのだ、と。尚子には申し訳ないことをした、さぞかし気分を害しただろう、たぶん今度の調査依頼は、自分への憤りから行ったものだろう、とも書かれていた。そして、尚子が怒りを感じた元になったのはこの記事だと思う、と、雑誌の切り抜きが同封されていた。そこには、にこやかに笑う岩倉一雄と妻・香織が並んで写り、一雄の言葉として、こう書かれていた。

『ＫＡＯＬＩは、妻の言葉をきっかけにして生まれたロボットなんです。二人で飛行機に乗っていた時に妻が、フライトアテンダントは激務だから、女性にはきつい仕事だわね、と言った。僕は、だったらロボットでも作って代わりにやって貰おうか、と冗談で言うと、妻が、そんなの嫌だわ、人間がサービスしてくれるから、心地よく旅ができるのよ、と僕をたしなめました。なぜか僕は妻の言葉が心にひっかかって、どうして人間のサービスだと心地よく感じるのに、ロボットだとそうではないのか、それをずっと考え続けたんです。そして、僕たちの作るロボットの目標は、そこにあると思ったんです』

麻生は、目の前にいる唐沢尚子の顔を見つめた。尚子はこの記事を目にしたのだろうか。したのだろう。そして一雄が想像した通りに、激しい怒りにかられたのだ。
岩倉一雄にとってはある種のボランティア、子守に過ぎなかった関係。だが尚子にとってはそれは……初恋、という名の、特別な関係だったのだ。

　理不尽に虐められ、自分ではどうすることもできない閉塞《へいそく》状況の中で毎日泣き暮らしていた幼い少女にとって、裕福な家庭に育った人の好《よ》い少年は、自分を救ってくれる白馬に乗った王子そのものであり、幼い心をすべて捧《ささ》げる相手であった。だから彼女は、大好きなロボットのスチュワーデスを、一雄に捧げたのだ。初恋にそなえる供物《くもつ》として。

　だが一雄は、何もかも忘れ、少女の純真を自分の記憶の中でねじ曲げて、別の女の手柄へとすり替えてしまった。


「ほんとに、感謝しているんです。いくらかでも成功報酬、受け取っていただけないでしょうか」

「いや、ですから、タイムカプセルは見つからなかったわけですし」

「ええ、でも、あなたのおかげで、岩倉さんからご連絡をいただけたんですよ。しかも、カプセルの中に入れた物のこと、少しずつ思い出したって。今度、お夕飯をご一緒するお約束をしましたの。ふたりで、カプセルに入れた物のことをひとつずつ思い出して、地面から掘り返したことにしようよ、って言ってくれました」

　尚子のはずんだ声に、麻生は思わず、尚子の目の奥を見つめた。

「お会いになるんですね、岩倉さんに」

「ええ、あちらがぜひに、と誘ってくださって」

「岩倉さん、驚かれるでしょうね。あなたがすっかり、……成長されて」

　しかも、とても裕福になり、上品になった。地域社会から疎外されていた家のみじめな泣き虫が、今や、美しい蝶《ちょう》なのだ。

蝶は、かすかに毒を含んだ微笑みで、悠然と麻生を見ている。

尚子の「目的」が、おぼろげながら、わかった気がした。尚子にとって、ここまでは前哨戦《ぜんしょうせん》なのだ。これからが、本番だ。

尚子は、掘り出してしまった思い出を手に、幼い頃に心の底から「欲しかったもの」を手に入れる戦いを始めようとしている。雑誌の写真で、一雄の横でにこやかに微笑んでいた女性にとって、これから試練の日々が始まるのかも知れない。そしてそれは、自分のせいなのだ、と麻生は思った。尚子は、私立探偵を道具に使って、自分の存在を一雄に無理矢理思い出させた。もっとも効果的な方法で。尚子と一雄だけの過去であれば、どちらかがシラを切ればそれでおしまいだ。が、そこに、私立探偵という装置がはたらいた。岩倉一雄が焦って手紙をよこしたのも、ＫＡＯＬＩについてのオリジナリティを、第三者である私立探偵に疑われるという恐怖の為なのだ。

岩倉一雄に会いに行かずに報告書を作って終わりにしていれば、と、一瞬麻生は後悔した。が、すぐに思い直した。自分の目の前にいる女性は、そんな甘い女ではない。もし麻生が岩倉に会わずに報告書を出していれば、彼女は憮然《ぶぜん》として言っただろう。こんな程度の調査では満足できません、なぜ岩倉さんを探して、タイムカプセルを掘り出していないかどうか、確認していただけませんの？

「この事務所にお住まいになっておられますの？」

突然、尚子が言った。麻生は脈絡のない会話に戸惑ったが、尚子が見つめている物を見て納得した。カーテンの脇にベッドの脚が見えている。

「ええ、まあ。仮住まいですが」

「独身でいらっしゃるのね」

「気楽な身です」

「羨《うらや》ましいわ」

尚子は、ゆっくりと繰り返した。

「羨ましい」

「こんな殺風景な事務所に寝泊まりしていることがですか？　唐沢さんは変わった考え方をされるんですね」

「そうかしら。変わってますかしら？　簡素で無駄がなくて、素敵《すてき》じゃありませんか。わたしの家なんて……無駄だらけよ。夫とわたしと……夫の連れ子の持ちものが、いつもそこらにあって、無駄で無駄で……わずらわしくて。家庭なんて、無駄の塊みたいなものですものね。ここは麻生さん、あなただけの家でしょう？　でもわたしの家は違う。わたしの家ではなくて、家族の……いつも、わたしたちの、家なんです。昔からそうだった。わたし……自分だけの家が欲しかった。家族の為に何かを我慢したりしなくてもいい、自分だけの家が。わたしたちの家、なんて、鬱陶《うっとう》しいだけですもの」

だから壊すのか。麻生は、問い掛けてみたかった言葉を呑《の》み込んだ。だから、あなたは、愛妻家の岩倉一雄を誘惑し、初恋を成就させ、ＫＡＯＬＩから一雄を奪い、そして捨てる、そうやって、家庭を見せびらかして自分の思い出を穢《けが》した一雄の、僕たちの家、を壊して罰するつもりなのか、と。

妄想だ。

麻生は鼻から息を吐き出し、自分の邪悪な想像を追い払った。

いずれにしても、この女は間違っている。勘違いしているのだ。ここは、この部屋は、俺ひとりの家なんかじゃない。

ここもまた、俺たちの家、なのだ。

TEACH YOUR CHILDREN

1

「ね、ここなんかいいじゃん。錦糸町駅から徒歩七分。錦糸町なら大きな駅だから、そっから歩いて来られるってのは便利だぜ。ちょっと古いけど、ほら二部屋あって、こっちの広い方はこことおんなじくらいだよ。事務所にできる。小さい方にベッドを置けばいい。ほら、壁にちゃんとクローゼットも付いてる。あんたってさ、まともな服、ほとんど持ってないから、これで全部入っちゃうよ、きっと」

練は新聞の間に挟まっていた不動産の広告をひらひらさせた。

「いくらだ、家賃」

「分譲」

「論外だよ。前のマンションのローンも残ってるのに、どうやって買うんだ」

「いいよ、あんたの誕生日にプレゼントしてやるって」

「馬鹿を言うな」

「たった二千四百万だろ、安いじゃん」

麻生は思わず笑った。

「おまえと話してると、外国に来たみたいな気になるよ」

「なんだよ、それ」

「たとえばな」

麻生は、クリーニング屋の袋からシャツとネクタイを取り出し、小さなチェストに仕舞いながら言った。

「地球上には、一日の生活費が百円以下、って国がある、そういうことだ。金の価値なんてのは、絶対のようでいてかなり相対的なもんなんだな、ってことだよ。おまえにとっては、二千四百万なんてはした金なんだろうが、俺にとってはそうじゃない」

「はした金だなんて思ってねえよ。一円を笑う者は一円に泣く、ってのが俺の信条だもんね。金は大事だ、どんな細かい金でも」

「だったら簡単に、くれてやる、なんて言うな。おまえが他人から搾りとった金でマンション買って貰《もら》って無邪気に喜べるほど、俺はまだ、おまえらの仲間じゃない」

「こんな狭いとこでいつまで生きてるつもりなんだよ。とにかくさ、ベッドだけ買い替えない？　これ、ちっちぇよ、足、はみ出してるじゃんか、あんた」

「ひとりで使うならそれでも何とかなってるんだ。嫌なら来るな」

「またそういうことを言う」

山内は面白そうに笑っていた。

「あんたのそういう、上っ面だけの強がりってさ、慣れて来ると笑えるよな。まあいいけど、ここはあんたの城なんだから、足がはみ出すベッドが好きならそれで。だけどさ、だったらなんで、俺の部屋に来ないのさ。あんたのその、ものぐささって、けっこう人を傷つけるんじゃない？　あんたはただ面倒《めんどう》なだけなのかも知れないけど、なあ、恋愛ってのは対等なもんだろ？　少なくとも、俺とあんたとは、対等なんだろ？　違うの？」

「違わないさ」

麻生は少し驚いて言った。

「もちろん、俺もおまえも、同じところに立ってるんだ。なんでそれを疑う？」

「あんたが差別してるからさ、俺の部屋を」

「おまえの部屋を、差別って、意味がわからんぞ」

「あんたは俺の部屋に自分からは来ない。ここに俺が来るのをただ待ってるだけだ。その理由は、俺の部屋が、俺の金を象徴するもんだからだ。そうあんたは思ってる。そして、あんたは、俺の金を軽蔑《けいべつ》してる。俺の金は、あんたの金より汚いと思ってる。だからあんたは、こんなみすぼらしいところに住んで、それで俺を蔑《さげす》んだ気持ちになってるんだ。あんたは、自分は清貧なんだって、俺に見せたいんだ」

麻生は、ベッドにあぐらをかいて、不機嫌な顔で自分を見ている山内を見つめた。

山内の言葉は、半分、当たっている、と思った。麻生自身、まだ山内の豪奢《ごうしゃ》な生活と莫大《ばくだい》な財産の存在を認める気になっていない。ヤクザの片棒を担いで、非合法すれすれに摑《つか》みとった金で築かれた贅沢《ぜいたく》を、憎んでいる。

それでも麻生は、ただ、言った。

「わかった。おまえんとこ、行くよ。次は」

山内はそれでもまだ仏頂面のまま、立ち上がった。

「簡単に妥協すんなよ」

「妥協したわけじゃない。おまえが来てくれるのをただ待ってるだけってのは、卑怯《ひきょう》だな、と思ったんだ」

「そうやって、俺に優しくし過ぎてると、また反動が来るぜ。そのうちあんた、俺を殺したくなるなるに決まってる」

「なあ、練」

麻生は笑った。

「あまり複雑にするのはよさないか？　俺とおまえとは、それでなくてもややこし過ぎるんだ。そういうややこしさを、もうどうにでもなれ、ってうっちゃって、俺たち、自分の気持ちに素直になることにしたんじゃなかったか？　せっかくそうやって思い切ったんだ、もうちょっと、楽しくやろう」

山内は、やっと、少し頬をゆるめた。

さよなら、とか、またね、とか、そういう言葉は一切残さずに、黙って部屋を出て行くのはいつものことだった。会話の途中でも、麻生が何かをしている最中でも、山内はいつも黙って帰ってしまう。まるで、別れの挨拶《あいさつ》は金輪際、しないぞ、と心に誓ってでもいるかのように。

今もまた、山内はわずかに笑みを浮かべると、そのまま上着を肩にひっかけてドアを開け、消えてしまった。

まるで、通い猫だ、と麻生は思う。当然、という顔で窓から入って来て、餌をねだり、満腹になると居心地のいいところで丸くなり、撫《な》でてやると、少し鬱陶《うっとう》しそうに目を細め、飽きると、ぷい、と窓から出て行く、通い猫。

恋愛だ、と山内は言うが、本当にこれは恋愛なんだろうか。麻生は、不思議な夢を見ているような気分の中で、そっと頭を振ってみる。複雑に考えるな、と自分で言っておいて、どうしても、考え過ぎてしまう自分を持て余す。

それでも、今はもう、彼が自分の人生からいなくなってしまうと考えるだけで苦しくなるほど、自分にとって不可欠な存在なのだ、とわかっていた。


ノックの音がしたので、麻生は慌てて、シャツの上に上着を羽織った。ドアの外には、五時まで不在、と札を下げてあったはずだが。

そのドアを開けると、自分と同じくらいかもう少し年上に見える男がひとり、立っていた。

「あ、すみません」

男はおどおどと謝る。

「五時から、と書いてあるんですけど……どなたか出て行かれたので、麻生さんはもうお戻りなのかな、と。まだでしたら、外で待ちますが」

「いや、いいですよ。わたしが麻生です。どうぞ中へ」

麻生は下がっていた札をとりはずし、男を事務所に入れた。

「申し訳ない、何しろひとりでやってるもので、いろいろあると不在にすることが多いんです」

「わたしこそ、時間前に」

「とりあえず、ソファにおかけください。緑茶でよろしいですか？」

「おかまいなく、お願いします」

男は、ソファの端の方に、ひどく遠慮がちに腰かけた。

麻生は茶をいれながら男を観察した。身なりはそう悪くはない。特に高価そうには見えないが、ほつれや色あせなどのない、まだ新しいジャケットにポロシャツ。ズボンもきちんとプレスしてある。シャツのポケットから少し覗《のぞ》いているのは眼鏡のフレームだ。老眼鏡だろう。髪には白いものは混じっていないが、染めているのかも知れない。時計は国産の、シンプルなものだった。靴はぴかぴかというわけではないが、いちおう、出かける前に汚れを拭《ぬぐ》った、という感じか。そうした細かいところにまわる神経があるということは、生活にすさみはない、と考えていいかも知れない。もちろん、何にでも例外はあるので先入観を持ち過ぎるのは危険だが、見た感じ、そうやっかいな依頼を持ち込むようには思えなかった。指先も見る。爪は適当に切られていて、汚れもひどくはない。

「こちらのことは、知りあいから聞いたんです」

麻生が質問する前に、男から切り出した。

「一ヶ月くらい前、雇い人の素行調査をしていただいたとかで。山下さんという方ですが」

「ああ、はい、山下事務機器の社長さんでしたね。ええ、この事務所を開いてまもなくでしたが、わたしが警察官だった頃の上司の紹介でいらっしゃいました」

「大変、満足のいく調査をしていただいたと褒めていました。わたしが、私立探偵を雇いたいがコネがない、というような話をした時、即座にあなたのお名前を教えて貰いました」

「それはどうも、ありがたいことです」

麻生は、客用の茶托《ちゃたく》に載せた茶碗《ちゃわん》を男の前に置いた。

「山下さんの一件は、わたしの手柄というわけでもありません。調査を始めて早々に、山下さんがお知りになりたいことが判った、まあ、運もあった、と言えると思います。しかし、お引き受けした依頼に関しては、全力で調査させていただくことはお約束できます。これといって自慢できるものもありませんが、粘り強さだけは、警察官時代に培いましたから」

男は大きく頷《うなず》いた。

「山下さんとは、大学時代に同級生で、今でも親交があるんですよ。お互い忙しいので、ごくたまに会って一杯やるくらいのことしかできないのですが。あ、申し遅れました、わたし、こういう者です」

麻生は差し出された名刺を受け取った。

慧愛《けいあい》学園女子中等部　中等部長　石田恒夫

「慧愛学園というと、私立の学校ですね。中等部長とおっしゃると、校長先生と考えてよろしいんでしょうか」

「はい、普通の中学で言えば、学校長にあたります。うちは幼稚園から高校までありまして、中学から上は女子校になるんです。小学校までは共学なんですが」

「そうですか……それは、なかなか重責をになう御職業ですね」

麻生は、意外に思いながら石田の全身をもう一度見た。私立中学の校長ともなれば、もう少しパリッとした、金のありそうな格好をしていそうなものだが。しかし、学校ではともかく、プライベートでは質素というのは悪いことではないのだろう。

石田は麻生の疑問に気づいたのか、ちらっと自分のからだを見て、そして静かに頷いた。

「……こんな普段着で、平日にうろうろしているのはおかしい、そう思われるでしょうね」

「あ、いや。平日に休みがあることも、ありますからね。創立記念日とか代休とか」

石田は人の好《よ》さそうな控えめな笑いを漏らした。

「いいえ、お気遣いいただかなくても。麻生さんのご不審はもっともです。たとえ平日であっても、どこで生徒や生徒の保護者に会うかわかりません、いつもでしたら、わたしももう少し、外出する際には気をつけます。が……今はわたし……休職中なのです。病気休職しております」

「ご病気ですか」

「……鬱病です。……今では我々の年齢で鬱病になることは、そう珍しくもないそうですね。しかしわたしは、まさか自分が鬱病になるなどとは……考えたこともなかった」

石田は薄く笑い、悲しげな顔で黙った。その頼りなさ、影の薄さに、麻生は胸が詰まるような思いをした。自分と同じ年代の中年にさしかかった男が、憔悴《しょうすい》し疲弊して、鬱の海に沈んでいる様を見るのは、ひどく辛《つら》い。

麻生はゆっくりと頷いたが、何も言わず、ただ石田の言葉に耳を傾けることだけ考えた。刑事生活の中で培った、あなたならわたしの話を聞いてくれますね、という気持ちに相手をさせる表情、をつくろうと努めながら。

それでも、三分は待たなくてはならなかった。石田は躊躇《ためら》うように何度も唇を舐《な》め、笑顔になったり泣きそうな顔になったり、表情だけ落ち着かなげに変化させる。自分の感情をうまくコントロールできないのだろう。

「ここで嘘をついても何の得にもならないことは、わかっています。ですから、真実を話します。天地神明に誓って、わたしは潔白でした」

石田は、ゆっくりと息を吐き出した。

「どうして……なぜあんなことになってしまったのか……今でも、まるでわからないのです。その理由をどうしても知りたい。なぜわたしがあれほど……憎まれなくてはならなかったのかを、知りたいのです。わたしは……半年前まで……こんな言い方は不遜《ふそん》ですが、自信を持っていました。自分の仕事に、あるいは、自分という人間に。自分を人格者だなどと言うつもりはありませんが、少なくとも、わたしはいつも、教育のことを考え、生徒たちのことを考えてやって来た。わたしのような立場につく者に対しては、教育より出世の方が大事だったのだろうとか、生徒の将来より保身を優先したのだろうとか、そうした陰口はつきものです。わたしも人間だし家族もいる。だから、出世や保身のことなどみじんも考えなかったとは言いません。だが、もし生徒の将来や教育の未来と引き換えにするかと訊《き》かれたら、迷わずにノーと言います。教育者として恥じなくてはならない選択をしてまで、この仕事にしがみつきたいとは思っていないんです。これはきれい事ではありません。わたしには、親が遺《のこ》してくれた不動産がいくらかあり、その賃貸料だけでも、家族とわたしの生活を維持していくくらいのことは、かつかつ、できるんです。たとえ職を失ったとしても」

一気に言った石田の頬は、紅潮していた。噴き出した石田のプライドが、痛々しく石田に活力を与えている。

「……失礼しました。麻生さんには興味のないお話ですね」

「いいえ、すべて聞かせてください。できるだけ多くの事実を知っておくことは、調査に役に立つと思います」

石田は苦笑いして頷いた。

「……とにかく、そんなわけで、わたしは半年前まで、自分があんな罠《わな》に嵌《は》められることになるなどとは想像もしていなかったのです。わたしにも、まったく敵がいない、というわけではありませんが、いつでも職を辞す覚悟のある者は強いものです。わたしの教育方針や学校運営の考え方に反対する人でも、わたしの覚悟と情熱を知れば、真剣に対峙《たいじ》してくれます。いずれにしても、そうした敵の存在は、全体として決してマイナスにはならないんです。もし誰もわたしの言うことに異議をとなえないようになれば、わたしが間違っていた時に取り返しがつきません。わたしは、反対意見が出れば出るほど、論議が真剣になるので歓迎します。こういうわたしに対しては、相手も姑息《こそく》になる必要はありません。堂々と、正しいと思う意見を主張すればいい。わたしはそれに必ず耳を傾け、わたしの方に非があれば認めます」

石田の話は核心に近づきそうになると遠ざかり、同じところをまわっている。石田にとって、それはできれば話さずに忘れてしまいたいほど話し難《にく》いことなのだ。麻生は、決して、うんざりしているということが顔に出ないよう気をひきしめた。そして、理解している、というように頷いた。

石田はようやく、いくらか安堵《あんど》した顔色になった。あなたならわたしの話をきちんと聞いてくれますね。そう、石田の目が語り始める。

「なのに、わたしに罠を仕掛けて失脚させようとした人物がいたんです。いや、失脚などというような生易しいものではない、わたしは危うく、社会的に抹殺されかかりました。黒幕は誰だったのか。誰がそれほどまでにわたしを憎んでいるのか。そのことが気掛かりで、事態が収束してからも、眠れない日が続いているのです。それに、わたしの潔白は、完全に証明されたわけではありません。学校内部にも保護者の中にも、わたしに対して疑惑の目を向けたままの人たちがいる。そのことはわたしにとって、耐えられない屈辱なのです。眠れない、気持ちが穏やかにならない、安堵できない……鬱病と診断されて休職をすすめられるまで、わたしは、自分がおかしくなりかけているのにも気づかないほど、精神的に追い詰められていました。自律神経にも異常が出て、空腹を感じることができずに丸二日も何も食べないでいたり、エスカレーターのステップにうまく乗ることができなくなったり……今日で、休職してちょうど一ヶ月になります。最近ようやく、物事を冷静に考えられるようになり、結局、自分を陥れた犯人が誰なのか知らない限り、自分が救われることはないのだ、と思いました。それで、山下さんにあなたのことを聞き、ここにやって来たわけです」

「……だいたいのご事情は呑《の》み込めました。つまり、あなたを陥れた人が誰で、その本当の理由は何だったのか、わたしに探って欲しい、ということですね」

「そうです。つき止めて貰いたいのです」

「ではその……話しにくいことだろうとは思うんですが、具体的に、どんなふうに貶《おとし》められたのか、それを話していただけますか」

　麻生はノートを広げ、ボールペンを握った。

「ゆっくりでけっこうですので、できるだけ正確に思い出してください。日にちも、わかれば正確なところを」

石田は、ポケットから何か取り出した。黒い表紙の本のようなもの。日記帳だろう。依頼人に日記をつける習慣があったというのは、助かる。

「この日のことは、一生、忘れられそうにありません」

石田は、ふう、と溜《た》め息をついた。

「五月二十日、私学連盟の会議に出るため、わたしは朝礼が済んだあと、外出しました。会議は昼食を挟んで午後まで続いたため、学校に戻ったのは午後三時前です。わたしの机には、わたしが不在の時はわたしの代わりを務めてくれる、副部長の谷田からのメモがありました。副部長というのは、普通の中学だと教頭にあたります。そのメモには、弁護士の桜井悦子、という人から電話があり、明日、来訪したいので都合のいい時間を連絡して欲しいとのことです、と書かれていました。そのメモがあの、悪夢の始まりでした。……谷田に、弁護士が何の用件だったのかと尋ねましたが、本人にしか言えないと言われたとの返事で、わたしは困惑しました。生徒の保護者や外部の人間が、学校に対して何か弁護士を介さなければならないような話をしたいのだとしても、わたしがいなければ、副部長に用向きを話すはずです。わたし本人に、ということは、学校に対してではなく、わたし個人に対して、話がある、ということになります。いったい何だろう、と不安は感じましたが、わたしも申し上げたように、あの頃のわたしは自分というものに自信がありました。どんな話を持ち込まれても、対処する自信があったんです。それで、自分から桜井悦子の事務所に電話をし、アポイントメントを取りました。桜井悦子は、個人で事務所を持っている弁護士でした。その時は秘書と話したので、いったいどんな人間なのかわかりませんでした。が、翌日の午後、学校にやって来た桜井悦子の顔を見て、わたしは驚きました。彼女は、テレビのコメンテイターとして名前と顔の売れている、女性問題に詳しい弁護士だったのです」

桜井悦子ならば、麻生も知っている。元は検察官で、数年前に検察を辞めて弁護士となり、女性問題を中心に扱ってめきめきと売り出した。テレビにもよく出ているらしい。テレビはあまり見ないので今の顔は知らないが、検察官時代には、裁判所で顔を見たことが何度かある。女性にしてはかなり目力《めぢから》のある、迫力満点の検事だった。

「桜井悦子は、部長室に通されてソファに腰かけるなり、唐突にこう言ったのです。自分の依頼人は、あなたを相手どり、セクシャルハラスメントに対しての慰謝料を請求する民事訴訟を起こすつもりでいます、と」

石田は咳払《せきばら》いした。セクハラ、という言葉自体を忌むように。

「わたしはまったく、何のことかわかりませんでした。本当に、心当たりはなかったんです。依頼人の名前は、河野《こうの》美絵。確かに河野美絵のことは知っていました。本年の三月末に退職した、国語科の教師でしたから」

「つまり、先生だったんですね、おたくの中学の」

「そうです……はい。しかし……河野美絵とは、個人的なつきあいなどまったくありませんでした。河野美絵は、もともと本校の卒業生で、付属高校からW大学に進学し、教職資格をとってから他校で三年勤務した後に、昨年の秋、本校に採用になったんです」

石田は日記のページを忙《せわ》しくめくりながら話している。そのページにはおそらく、河野美絵の経歴だとかその他の細々したことも綴《つづ》られているのだろう。

「本校は私学ですから、卒業生が教員になることはさほど珍しいことではありません。大学の成績が優秀で、本校の有力者からの紹介や口利きがあり、その時点で教員の空きがあれば、採用できます。河野美絵の場合には、本校の創設者一族である多田家の方から推薦があったようです。しかし、多田家と縁続きだったということではなくて……まあ、時たまあることなんですが、多田家とコネクションの強い政治家が仲介したようですね。河野美絵の実家は埼玉県で書店チェーンを持っており、かなり裕福のようです。そちらの実家が、政治家と繋《つな》がっていたのでしょう。いずれにしても、大学の成績も文句なく、他校での教員経歴にも瑕疵《かし》はありませんでした。面接はわたしと副部長、それに国語科主任の武本という教師が行いましたが、どちらかと言うと地味な顔立ちに清楚《せいそ》な服装、髪形などもおとなしく、今どきの中学生を相手にするには真面目過ぎるのではないか、と思ったくらいです。しかし、語尾は明瞭《めいりょう》でよく通る声をしており、生徒を惹《ひ》きつける授業が期待できそうでしたし、なにしろ年齢が二十五歳と若かったので、生徒の姉のような存在になれるのではないか、という思いも抱きました。副部長も主任も問題なし、と判断し、採用しました」

「それなのに、一年も経たずに退職された」

「……わたしもそれは腑《ふ》に落ちなかったんですよ。しかし本人から出た退職願いでしたから、受理しないというわけにはいきませんでした。河野美絵は、生徒には受け入れられているように見えましたし、国語科の主任も、熱心で真面目だと褒めていました。担任は持っていませんでしたが、自由選択科目で源氏物語を教えたり、漢字検定試験用に補習をかって出たりと、やる気はとてもあるようだったんです。それなのに、突然の退職願いです。こちらの方が面食らいました」

「引き留める、ということはなさらなかったのですか」

「いいえ、もちろん慰留はしました。武本に訊《たず》ねても、心当たりはないと言うし、武本や副部長が本人と話しあったのですが、健康上の問題だと言われたようなのです」

「診断書などは？」

「いいえ、病気を理由に退職したいという相手に、病気である証拠を出せ、という権利はありませんから。ただ、ひどい睡眠障害にかかってしまって、授業に間に合うように起きることができなくなった、そういうことだったようです」

「睡眠障害ですか。確かに、最近は激増してるようですね。特に、夜寝つきが悪くなって朝は起きられなくなる、睡眠サイクルが狂ってしまうケースが多いとか。学校は普通の会社よりも朝が早いから、勤めるのは困難でしょうね」

「それでも、若いし優秀なのでもったいないと、副部長とわたしは、なんとか、午後の授業だけでも勤務できる可能性はないかとまで言ったのですよ。幸い、担任は持っていなかったですし。しかし本人の退職の意志が堅かった」

「では、退職時に揉《も》めるようなことは」

「一切、ありませんでした。事務手続きも問題ありませんでしたし、河野美絵本人からも、丁寧な挨拶状が届いたくらいです。御期待に添えない結果になり、本当に申し訳ございませんでした、と。重ねて言いますが、彼女が本校で勤務していた間に、わたしと個人的なつきあいがあったことはただの一度もないんです。二人だけで食事をした、ということすらありません。わたしは普段から、副部長以外の特定の教職員と食事したり、飲んだり、ということは極力、慎んでいます。副部長とは、打ち合わせを兼ねて昼食を共にすることがたまにありますが、それにしても、夜、酒の席をもうけるとかいうことはないんです。河野美絵とも、学校で普通に挨拶を交わす以外は、ほとんど、世間話をしたという記憶もないくらいです」

「それなのに、河野美絵さんは、退職して二ヶ月も経ってからあなたに対して訴訟を起こすと弁護士に依頼した」

石田は頷いた。

「わたしがどれほど呆気《あっけ》にとられたか、おわかりになりますでしょう? とにかく、桜井さんには何度も、それは誰に対しての訴訟なのか、と問い直しました。桜井さんはわたしのことを、かなり理解力のない人間だと思ったかも知れません。それほど、わたしにとっては青天の霹靂《へきれき》だったんです。桜井さんは、訴訟を起こす前にわたしに対して二、三、確認がとりたかったのだ、と言いました。さらに、依頼人に対して真摯《しんし》に謝罪する意志があるなら、示談の方向に進めてもいい、みたいなこともほのめかしました。依頼人は、慰謝料が目的なのではなく、傷つけられた自分のプライドを取り戻したいだけなのだ、と。傷つけられたプライド。いったい、わたしが誰の何を傷つけたと言うんでしょうか。もちろんわたしは説明しました。桜井さんに対して、うんざりするほど同じことを繰り返しましたよ。まったく身におぼえがない、そんな事実は一切、ないと。桜井さんは、ではあなたの言い分を依頼人に伝えて、後日、またご連絡いたします、と言って帰りました。しかし彼女の顔を見てわかりました。彼女は、わたしの言うことなどまったく信じてはいなかった。……恐怖と怒りと、そして不安とで、わたしはパニックに陥りました。何かがおかしい。何か、途方もない災難に巻き込まれてしまった、それだけは感覚としてわかっていました。が、河野美絵が何を考えているのか、まるっきりわからなかった。わたしには証人がいます。副部長も国語科の主任も、それに他の教職員だって、わたしと河野美絵とが特別な関係などではなかったと、証言してくれるはず。それなのに、どうして大嘘をつき、弁護士を雇ってまで騒ぎを起こそうとしているのか。ところが……ところが……」

石田の声が震えた。それが、甦《よみがえ》った怒りの為なのかどうか、麻生にはわからなかった。

「……次に桜井悦子が訪れた時、河野美絵がどれほど恐ろしい企《たくら》みを持っているのかが判ったのです。桜井さんは、手紙を持参していました。それは……わたしから河野美絵に宛てたもの、という内容になっていました。文面はワープロ打ちですが、サインがありました。筆跡は……わたしのものと……よく似ていました。むろん、偽造です。サインだけなら偽造することはさほど難しくはない。わたしの自筆で書かれた名前など、学校内のあちらこちらにあります。それを写しとって、練習したらいい。しかしワープロは……機種がわたしが普段から使っている物と同じだというのは、記号の形で判りました。文面は、わたしが、秘めた思いを打ち明ける内容でした。……河野美絵は、辞める前に、部長室に忍びこんでわたしのワープロを使ってそれを作ったのです。そう思った途端、河野美絵という女は、本校に就職を希望した時点で、わたしを陥れるつもりだったのだ、とわかったのです」

そんな馬鹿な、と、麻生は思った。どんな恨みがあったにしても、若くて未来のある身で、自分のキャリアを犠牲にしてまでひとりの人間に陰謀などしかけようと思うだろうか……今どきの女性が。

麻生は、ひどく嫌な気分になり、それが顔に出て石田に誤解されないよう、茶をいれかえることを口実に、ソファから立ち上がった。

2

仕事を引き受けはしたものの、麻生は、胃のあたりが奇妙にねじれるような感覚をおぼえていた。石田の話に嘘があると感じたわけではない。かけらも疑わずに石田の言い分をすべて信じてしまうほどおめでたくはないにしても、嘘をついている人間を見た経験ならば、くさるほど持っている。たまに、心が石のように硬直してしまった人間というのもいるにはいるが、ほとんどの場合、嘘をついている人間というのは何らかの動揺や興奮を見せるものだし、常習的な嘘つきの場合ならば、自分の嘘に酔いしれた顔つきになっていたりするものだ。石田は動揺していたし興奮もしていたが、その底にあるものははっきりと、怒り、だった。仮に石田が河野という女性に対して少しでも後ろめたい行動をとった記憶を持っていたとしたら、怒りの他に何か別の感情もくみとることが出来ただろう。後悔とか恥ずかしさ、あるいは、開き直り、さもなければ、侮り。あの程度のことでぎゃあぎゃあ騒ぎたてやがって、という差別意識。そういったものが少しでも石田の周囲に漂っていたとすれば、むしろ、今度の調査はずっとやり易く、わかり易いものになっていただろう。情けないことだが、男と女では、性的なものに対する感じ方に差がある場合が多いというのは、これは現実だ。石田にしてみたら、ほんのお世辞のつもりで口にした言葉、あるいは、むしろ気をつかって声をかけてやった、くらいの感覚の行動が、若い河野美絵にはゆるしがたい蛮行に思えた、というありがちな出来事であれば、河野美絵に会って事情を訊《たず》ねれば、仕事としてはそれで終わり、ということだってあり得る。河野美絵の誤解を解いたり謝罪したりする必要があるかどうかというのは石田の問題であって、探偵のかかわる事柄ではない。だがそれだけで終わる、という予測は楽観的過ぎる。何かある。石田の語った一連の出来事には、何か、裏に何かがあるのだ。

ノートを広げ、調査の計画表を作る。最近はこうしたメモのようなものもパソコンに打ち込む方が一般的らしく、スケジュールソフトだのアウトラインプロセッサーだの、いろいろと便利なソフトがあると先輩達から教えて貰《もら》ったが、麻生は、考えをまとめる時には文字を書くのがいちばんいいと頑《かたく》なに信じている。石田が提供してくれた関係者の連絡先リストも丁寧に書き写した。コピーをとれば済むことだが、そうやって人名や住所を書いてみることで、訪問の順序や、誰から始めればもっとも有効かを考える時間がとれる。

電話が鳴った時、石田に依頼された件に関する調査スケジュールはあらかた出来上がっていた。幸い他の仕事はほぼめどがつくか、報告書を書き上げるだけ、というところまで終わっていたので、月末までは石田の依頼に専念できる。月末には、先輩の事務所に助《すけ》っ人《と》で行くことになっている。

「麻生探偵事務所です」

やっとそれらしく返事ができるようになったが、今でもまだ、気を抜いていると探偵事務所、の単語が抜けて、はい、麻生です、と答えてしまうことがある。

「あら」

受話器の向こうで、弾むような女性の声がした。

「電話番も雇ってないのね。貧乏探偵になった、って噂は本当だったんだ」

ころころと笑い声。麻生は一瞬、相手が誰なのかわからずに戸惑ったが、やがて耳の中で記憶にあった声と電話の声とが重なった。

「……沖田さんですか」

「あ、嬉《うれ》しい。声だけでわかってくれた？」

「御無沙汰《ぶさた》して、というか……何年ぶりかな」

「えーっとねえ、あなたと最後に喋《しゃべ》ったのは、あれは……韮崎誠一《にらさきせいいち》がまだ生きてる頃だったわ。それは間違いない」

「それはそうでしょう」

麻生は思わず、笑っていた。

「まだあの男が死んで、一年経ってないですよ。沖田さん、あなたは日本を離れていると思ってました」

「離れてたわよ、遠くに。中東にいたの。でも八ヶ月前に帰国しました。ごめんなさいね、あなたに連絡もしないで。でも、あなたの方も随分じゃない？　警察辞めて同業者になったのなら、葉書の一枚もよこせばいいのに。事務所は前のまま、住所も電話番号も変わってないのよ」

「それは失礼。日本を離れるって噂を耳にして、てっきり、事務所は閉めるのだと思ってました」

「幸い、長期で留守しても事務所を任せられる人がいるのよ、うちにはね。麻生さん、あなたもせめて、電話番くらい雇いなさいよ。アルバイトでいいんだし。留守の間に依頼人から電話が入ったら困るでしょう？」

「電話は携帯に転送してます」

「そういうことじゃなくって、たったひとりでやってるってわかったら、依頼人が不安になるんじゃない？」

「そういうもんですか」

「そういうものよ。まったく、あなたってちっとも変わってない。ま、二十年前から変わってないんだから、警察を辞めたくらいで変わるわけないけど」

沖田慶子。彼女と初めて会ったのは、まだ刑事になって間もない頃のことだった。当時、麻生は下町の所轄にいた。そして沖田慶子は神楽坂《かぐらざか》署の少年係だった。その後、彼女は本庁捜査二課の刑事になり、同じ頃に麻生自身も本庁に異動になった。それから十年近く、警視庁ビルの中で何度となく顔を合わせ、時には捜査協力もし、たまには飲み屋にも行く、そんな仲だった。だが彼女に対して、同僚、あるいは先輩刑事として以外の感情を抱くことはなかった。そして刑事仲間としては、彼女の高い能力をずっと尊敬し続けていた。その彼女がある事件をきっかけに警察を辞め、私立探偵になったのは、もう数年前のことだ。それからほどなくして、彼女が外国籍の人間と結婚した、という噂を耳にした。沖田慶子には離婚歴がある。警視庁勤務だった頃、一度結婚し、数年で別れた。相手はキャリア組の警察庁勤務の男で、結婚式にも招待されたが、新婚ののろけ話を聞く暇もなく離婚してしまった。二度目の結婚相手はたいそう変わった人だと、これも噂で聞いている。いったいどんなふうに変わった人物なのか、その点には少し興味がある。

「それにしても、よく電話番号、わかりましたね」

麻生の問いに、ふふ、と沖田は奇妙な笑いを漏らした。

「それがねえ……ま、世の中、狭いな、って話ね。ね、今、忙しい？」

「これから出かけようと思ってましたけど」

「仕事で?」

「ええ、まあ」

「その前に、軽くやらない?」

麻生は腕時計を見た。

「……まだ五時にならないですよ」

「そこから渋谷《しぶや》まで出て来る間に、五時半ぐらいにはなるわよ」

「渋谷ですか」

麻生はノートを見た。石田の依頼に関して、手始めに訪ねてみるつもりの場所は、その渋谷にある。まるで、そのノートを沖田に覗《のぞ》き見られているような妙な感じだった。

「……構いませんが。渋谷のどこで?」

沖田は、店の名前とおおよその場所を言った。

「じゃ、たぶんあたしの方が先に着くから、飲みながら待ってる」

「あ、俺は飲まないですよ。仕事、あるし」

「いいわよ、ウーロン茶でつきあいなさい。って言うか、軽く何か食べよう。料理もイケるから、その店。じゃ、ね」

受話器を置いてからも、麻生は少しの間、電話を見つめていた。やっぱり、何か変だ。沖田慶子という女は、ただ懐かしいから、と、昔の知り合いを気まぐれで酒に誘うような性格ではない。彼女は刑事として非常に優秀であり、とても計算高かった。もともと所轄の少年係時代から、常に上を目指していて、出世欲を隠そうともせず、闘志をあらわにして仕事をしていた。

彼女は、タダ酒を気前よく奢《おご》る女ではないのだ。たとえ警察での出世を断念して市井の探偵になったとしても、そうした性質は変わらない、たぶん。

事務所を閉めて地下鉄に乗り、渋谷に着くと、沖田の言った通り五時半をまわっていた。駅から指定された店まで、さらに十分近くかかった。道玄坂《どうげんざか》の賑《にぎ》わいを嫌うようにして国道246を横切り、真新しいホテルの入ったビルの裏手、普通の住宅がちらほら混じった曖昧《あいまい》な街の半端な賑わいの中に、店の看板があかりを灯《とも》していた。ソラリス、というのがその店の名だが、麻生の知っているソラリスと言えば、ひどく小難しいSF小説の題名だけだ。店の扉を開けてまず目に入ったのが、首都高速のトンネルを写した大きなパネルだった。それで思い出した。そのSF小説が映画化された時、未来都市の道路だかなんだかの映像に、首都高のトンネルが使われた、というのを何かで読んだ記憶がある。

パネルを回り込むようにして進むと、蒼《あお》いライトに照らされた薄暗いフロアがあり、雑多な形のテーブルや椅子が、無造作というか投げやりと言った不規則さで並べられている。カウンターもあるが、誰も座ってはいない。沖田慶子が軽く飲んでいる、とすればカウンターに座っているのだろうと根拠もなく思い込んでいたので、少し面食らって慌てて店内を見回した。やたらと大きな葉をつけた観葉植物の鉢の近く、籐《とう》のテーブルと椅子が置かれたところに彼女はいた。ガラスのテーブル板の上には、ジンの瓶とアイスペール、それに、生のライムをくし型に切ったものが置かれている。ジンをロックで、生ライムを絞って、というのは、麻生が昔好んだ飲み方だった。最近は滅多《めった》にジンを飲まなくなった。沖田はワイン党だったはずだが、麻生の為にジンを用意したのでないことは、置かれたボトルがすでに半分以上空になっていて、一ヶ月ほど前の日付がラベルに書き込まれていることから判る。

久しぶりに会う沖田慶子は、少しふっくらとして、以前より貫禄《かんろく》がついたような印象だった。麻生が近づくと、視線を上にあげ、手にしていたロックグラスを回すように動かして挨拶して来た。その仕草にも余裕があり、優雅だ、と麻生は思った。

「お久しぶり。なんだかすごくその……元気そうで」

「変な挨拶。相変わらずの口下手ね、麻生さん」

沖田は笑い、椅子をすすめた。麻生は向かい合うようにして籐椅子に座った。

「変わった店ですね。なんだかその、雑然としているようで不思議と落ち着く」

「レトロ趣味ね。七十年代にはこんな感じの、ロックと自然食の店、なんてのが流行《はや》ったんじゃなかった？　コミューンとかフラワーチルドレンとか、あんなのの影響がずーっと残ってて」

「ここも自然食なんですか」

「まあ、エスニック料理なんだけど、有機栽培の野菜とか使ってる、って程度。ベジタリアン専用じゃないから安心して。ちゃんとお肉も食べられるわよ。実はね、ここのカレーがあたし、昔から大好きなのよ。ナンじゃなくてチャパティを出してくれるってのもいいのよね。それとおすすめは、そうだな、青パパイヤのサラダとか、がっつりお肉が食べたかったら、子羊のローストもイケるわよ、岩塩だけで焼き上げてあるんだけど」

麻生は、メニューを見た途端に空腹を感じ、沖田にすすめられるままにけっこうな量の料理を注文した。沖田がジンのグラスを追加しようとしたので慌てて断り、コロナビールを頼む。

「ビールだってアルコールじゃないの」

「度数が違います。ほんとに今夜は、ちょっと行くとこがあって」

「塩崎京美《しおざききょうみ》のとこでしょ、道玄坂のSHINNEってバーで働いてる」

麻生は沖田の顔を見た。沖田は、余裕の笑顔で応じた。

「驚いた？ ほらさっき、あなた訊《き》いたじゃない、どうして電話番号が判ったのか、って。あれの答えよ。実はね、うちが関わってる調査も、あなたが今日引き受けた調査も、同じ背景を持ってるみたいね、どうやら。依頼人については何も言えないけど、調査が思いっきりバッティングした以上は、情報を交換した方が効率いいかな、と思ったんで、来て貰ったわけ」

「つまり……そうか、あなたのとこの探偵は、石田恒夫を尾行してたんですね。それで石田がうちに入るのを見て……事務所の名前から、俺のことを思い出した。それで警察時代の誰かに訊いたわけだ」

「ま、お互い似たような経歴なんだし、手の内はわかってるもんね、否定はしないわ」

「ということは、おたくの依頼人は桜井悦子って弁護士か、あるいは学校側だな。学校側だとすると、さしずめ、石田恒夫を退職に追い込む材料探し」

「だから、言えないって。麻生さん、そういうことは別にいいじゃない、どうだって。要はさ、お互い、無駄な調査はできるだけ省いて、交換できる情報は交換しましょうよ、それだけ。そうすれば時間も人件費も節約できるでしょ。もっともあなたの方の依頼人は石田恒夫だってわかっちゃってるわけだから、その石田恒夫と当面の裁判で利害衝突する人間が依頼人だと情報交換は無理よね。

だからそれだけははっきりさせておくわ。依頼人は、桜井弁護士でも河野美絵でもありません。少なくとも、河野美絵が石田恒夫を訴えようとしている件で、直接石田と利害が衝突する人が依頼人ではありません。どう、このくらいのとこで、納得してくれない？」

「納得するもしないも」

麻生は、運ばれて来たビールの瓶の口にはめ込まれているレモンの切れ端を指で瓶の中に押し込み、喇叭《らっぱ》飲みして喉《のど》を湿らせた。

「あなたはそこまでしか言うつもりがないんでしょ。だったら仕方ない、依頼人の身元を知られてるって点ではこっちの方が不利だけど、セクハラ裁判で石田と敵対する人間が依頼人でないなら、情報によっては交換してもいいですよ。だけど今日は無理だ。何しろ俺はまだ、何ひとつ情報を持ってない。それとも、今夜わざわざ塩崎京美のところに行かなくてもいいように、塩崎に関する洗いざらいの情報をくれますか、ここで」

「そうする、って言ったら、ジンにつきあってくれる？」

「いただける情報以上のものを俺が摑《つか》むチャンスはないって納得させてくれるならね。今夜の仕事はしなくてよくなるわけだから、酒ぐらいつきあいます」

「納得させるのは難しいわね……そもそも、石橋の龍とまで呼ばれた慎重居士《こじ》の麻生龍太郎に、おまえのやってることは無駄だからやらなくていい、やめろ、って納得させられた人間なんて、これまでにいたのかしら？」

「慎重居士が警察辞めて探偵になったりはしませんよ」

カレーとチャパティがテーブルに置かれた。カレーには肉の代わりに豆が入っている。チャパティはまだ、ところどころ空気を含んで膨れていて、焼きたてだった。スパイスの香りに刺激されて、麻生の腹が鳴った。沖田は笑い転げて、とにかく食べましょう、とチャパティをちぎった。

「あなたが警察辞めたって知った時は驚いたわ。実のとこ、日本に戻ってしばらくは、昔の知り合いの消息なんかに興味持ってる暇はなくってね、あなたのこと耳にしたのは、そうね、三ヶ月くらい前だったかな。……冤罪《えんざい》事件をほじくり返そうとして地域課にまわされて、それで辞めた、って」

「うーん」

麻生は熱いチャパティをカレーにひたし、旨《うま》さに感動しながらしばらく食べることに専念していたが、そこでやっと沖田の顔を見た。

「部分的にはそれで合ってるけど、肝心なとこはちょっと間違ってる。冤罪と思われる過去の事件について個人的に調べていたのは本当です。事件そのものは大きなものじゃなかったんだけど、関わった人間と、ちょっとした繋《つな》がりができたもんで。でもそれが原因で地域課に異動になったのかどうか、それは俺にはわからないな。警察の人事異動がけっこうむちゃくちゃだってのは、あなたも知ってるでしょう。俺は警部になってたから、あのまま捜一に定年まで居続けることはどっちにしたって出来なかった。いずれ所轄に役付きで戻される。それがたまたま地域課だった、そういうことなのかも知れないし。形の上では栄転でしたからね、いちおうは」

「そんなふうには思ってないくせに」

「いや、思ってますよ、半分は。と言うか、どうでもいい、と思ってる。俺が辞めたのは、異動とは無関係です。いや、異動の辞令が出たところで、このへんが潮時だな、と決心が固まったってところかな。新しい部署で新しい仕事をおぼえるのはけっこう大変でしょう、どうせ辞めるつもりなら、わざわざ苦労しに行くこともないか、って。あなただって見抜いてたと思うけど、俺は実のとこ……二十年前から、自分には警察って組織が不向きなんじゃないか、そう迷ってました。ただ他に何をしたいかわからなかった。資格もないし、二流私大出で、転職したって警察よりいい条件で勤められそうにない。元手も才覚もないから商売なんかもできない。刑事って仕事がそれほど苦痛だったわけではないし、仕事そのものに対してはプライドも持てていた。だから辞めなかった。でも、あそこが自分の居場所じゃないことは、もしかしたら最初からわかっていたのかも知れない。俺はただ、剣道が続けられる職場として警察を選んだ、そういう男なんです。でも警察官だった間は、給料分くらいは社会に貢献出来たと思う。その点は、自負もあります。それでけっこう、満足してるんです」

「悔しくはないの？　少しも」

沖田は、運ばれて来たサラダにフォークを突き立て、言った。

「あたしは悔しかったな。あたしの場合、二課長と衝突したのが直接の原因だったから。あたし、本当は大学の時、国家公務員上級を受けてキャリアとして警察に入るつもりでいたのよ。でもバイトしながらの苦学生で、思うように勉強できなくて、試験に落ちたでしょ。だから上昇志向だけで生きてたわ、警察にいる間は。所轄から本庁に呼ばれた時は、天にも昇るような気持ちだったし。まあそれも、今となってはくだらないというか、随分小さなことで喜んでたんだなあ、なんて思うけどね」

沖田は自嘲《じちょう》するように笑った。

「今はあなたと同じで、警察辞めてよかったと心から思ってる。ま、事務所がそこそこ順調で経済的にも警察官時代より潤ってるせいはあるけどね。でもあなたの場合、オブケまで昇ったんだし、あともう一息だったじゃない。警視まで昇れれば、定年退職後も再就職の条件は格段にいいし、年金だって魅力だし。今は、どうなの？　独立したばかりじゃいろいろ大変でしょ？」

「しっかり借金背負ってます」

麻生は笑いながら、ビールを飲み干した。

「えっと、すみません、ウーロン茶」

「あ、まじにもう飲まないの？」

「どうも、この後の仕事はなくなりそうにない気配ですから」

「あら、あげるわよ、塩崎京美の情報くらい」

「本気じゃないでしょう。あなたとは久しぶりだけど、お互い、仕事で顔をつき合わせた年月はけっこう長いですからね。俺の読みが正しければ、むしろあなたは俺に、塩崎京美から何か引き出して欲しいと考えてる。違いますか？」

「どうしてそう思うの？」

「だって、呼び出されたのが渋谷だ」

「塩崎のところに行くつもりなら、渋谷に出て来いって言えば断らないだろうと思ったからじゃない。それにこの店、あたしのとっておきだし」

「うん、カレーもこのサラダも旨いです。なかなかいい店だ。けど、塩崎の情報を全部くれる気なら、電話でそう言えばわざわざ渋谷に呼び出す必要はなくなる。どうやらあなたは、塩崎京美から望んだようなネタを引き出すのに失敗したんですね。それで代わりに、俺にやらせようと思った」

沖田は含み笑いしながら、足下に置いてあった女性用のビジネスバッグを膝《ひざ》に持ち上げ、中からファイルを一冊、取り出した。

「まったく、あなたって人は千里眼なの？　鈍感そうな顔して、実際鈍感なのに、たまにぎくっとするくらい正確に人の心を読むんだから。昔から思ってたんだけど、あなたってきっと、脳のどこかが普通の人と違ってるのよ。やっぱりあなたを辞めさせたのは、日本の警察にとってものすごい損失だったと思うわ。はい、これ。塩崎京美に関する、これまでこっちが掴んだ情報は全部書いてある。これで少なくとも、身上調査に費やす二日分くらいの時間は節約できるでしょ？　お察しの通り、うちは彼女から役に立つことはなんにも引き出せなかったわ。でもあたしの勘では、今度のことで鍵《かぎ》を握ってるのは彼女なのよ。塩崎京美は、河野美絵の小学生の頃からの友達。地元の小学校から中学、高校まで一緒で、河野美絵はその後大学に進学したけど、塩崎はデザイン専門学校に進んで、二年前まで目黒のデザイン事務所に勤めてた。仕事は主に、ポスターやCDジャケット、本の装幀《そうてい》、そんな感じのアート系で、でもあくまでアシスタントみたいな仕事しかしてなかったみたいね。それが面白くなかったのか、それともお金が欲しくなったのか、三年前、つまり河野美絵が大学を出て少しした頃だけど、その頃から銀座のクラブでホステスのバイトを始めて、一年も経たないうちにパトロンがついて、二年前にデザイン事務所を辞め、道玄坂にバーを持った」

沖田はテーブルの上の料理を横にどかし、ファイルを真ん中に置いて広げた。

「これが写真。今の顔と、それからこれは専門学校時代のかな。美人よね。で、石田はなんと言って、塩崎の名前をあなたに教えたの？」

「桜井弁護士から、河野美絵が親友の塩崎京美にセクハラの相談をしていたやり取りが、パソコン通信のメールで残っている、と言われたらしいです。メールのコピーも何通か見せられたようだけど、裁判になったら証拠申請するものだからあげられない、と言われて、さっと読んだだけだと言ってましたね。でもその日付から、河野美絵が、退職してから突然セクハラ話をでっちあげたのではなく、教職についている間にすでに相談していたことはわかるんだ、と言われたようです」

「でもメールの日付なんて、最近のいろんなネットテクニックを駆使すればどうとでもなりそうだけど」

「さあ、そういうことには俺も詳しくないんで、よくわからないです。ただ河野美絵と塩崎京美が参加していたパソコン通信は最大手で、入会の時に本名とか住所も登録しないとならないし、やり取りしたメールは残っているようだから、日付の細工は難しいでしょうね」

「インターネットなら、匿名でもプロバイダに加入できるけどねぇ」

「いずれにしても、桜井ほどの弁護士ならそのあたりに抜かりはないでしょう。偽造メールなんて危ないものを持ち出したりはしない。メールがやり取りされたのは事実だろうし、日付も、たぶん本物です。石田自身、塩崎京美という女性に直接会って話がしたい、事情が聞きたいと言ってましたよ」

「塩崎は石田と会うつもり、あるのかしら」

「断られたそうです。自分は河野美絵の味方しか出来ない、裁判で敵になる人と会って話すことなど何もない、と」

「それであなたも、塩崎京美が本丸だと考えた」

「と言うか、突破口になりそうなのはこの女だけでしょう。学校関係者にあたったところで、たぶんセクハラを裏付ける事実は出ません。そんなものが学校から出るくらいなら、石田だって自覚があるだろうから、私立探偵なんか雇うより、桜井とうまく折り合って示談に持ち込むしかないとわかるはずだ。うろたえた挙句、私立探偵に調査を依頼した、ということからして、少なくとも本人にはまったく自覚はないし、常識的に考えて他人から見てセクハラだと思われるような行為を、人目に触れるような場所でしていたとは思えない」

「セクハラってのは、加害者に自覚がない場合がほとんどなのよ。性的な事で女をからかうのを、気の利いた挨拶だなんて勘違いしてるバカ男はいっぱいいるじゃない」

「そういうことだったら、学校内部からも河野美絵の味方となる証言はたくさん出てますよ、きっと。そんなものが出てれば、石田はとっくに学校をクビになってます。休職だなんて悠長なことが認められたのは、学校側としても、石田がセクハラをした事実を摑むことが出来なかったからです」

「要するに、セクハラがあった、ということを知っていたのは塩崎京美だけである」

「今のところはね。丹念に探せば、他にも相談を受けていたという人は見つかるかも知れませんが。いずれにしても、まずはこの塩崎に話を聞く、それがまあ順当でしょう?」

「そう。その通り。そしてこちらとしては、もうちょっと何か出て来るんじゃないかと期待した。ところが何も出て来なかった……ううん、それは正確じゃないわね。こちらが当然予測したものが出て来なかった、と言えばいいのかな」

　麻生は、残っていたサラダを口に詰込んだ。青パパイヤを食べるのは初めてかも知れない。しゃくしゃくした歯触りが気持ちよくて、かなり辛いドレッシングも好みに合った。口に食べ物を入れている間は喋らなくて済む。沖田のような人間を相手にした時は、口数は少ない方が有利だ。

沖田は麻生の反応を待つような顔つきだったが、麻生がサラダを噛《か》むのに夢中なのを見てとり、諦《あきら》めたように肩をすくめて笑った。

「まったく、やりにくいったら。麻生龍太郎をまともに尋問できる刑事なんか、この世にいないわね、きっと。はいはい、もうちょっとこっちの札を見せるわよ。つまりね、塩崎京美は、何か隠してるのよ、絶対に。もし塩崎が、河野美絵からのセクハラ相談をまともに受け取っていて、それに本気で憤っていたとしたら、うちの調査員が会った時、もっといきりたつなり興奮するなり、怒りを示していたはずなの。塩崎と会って話を聞いたのは、うちでもベテランに属する優秀な女探偵よ。でも美人でもないしお洒落《しゃれ》でもないから、塩崎みたいな女性の反感を買うタイプじゃない。むしろ女同士、なんでも相談できそうな人、ってのがその探偵の売りなのよ。だから今度の調査につかった。でも塩崎は、怒りは見せなかった。それをその探偵はすごく不審に思ってるの。あたしもおかしいと思う。塩崎京美は、河野美絵がセクハラの被害を受けたことについて、なんだか淡々と冷めた感じだったらしいの。自分にはよくわからない、関係ない、って言って、逃げたがっているように見えたんですって。でも、否定はしなかった。メールは確かにやり取りしているし、勤め先の学校の校長に嫌らしいことを言われた、気持ち悪い手紙を貰った、そのことは相談を受けたと認めてる。そして、もし裁判になったら河野美絵の為に証言してもいいって。なのにどうして、怒ってないの？　妙でしょ？　あたしも担当した探偵も、そこを突っ込みたかった。そこに何かあると思った。でも、駄目だった。さすがに銀座歴一年でパトロンを捕まえたような子だけあって、すごく勘のいい女なのよ、塩崎は。何度か連絡する内に、桜井弁護士の依頼で動いているんじゃない、ってことがバレちゃって、もう話すことはない、連絡して来るなって突っぱねられた。しかも桜井から電話が入って、これ以上つきまとうとプライバシーの侵害で告訴するかも知れない、依頼人を教えろ、調査目的はなんだ、って、めいっぱいすごまれたわ。桜井のところには、マスコミ慣れしてる凄腕《すごうで》の弁護士が何人もいるし、うちは所詮《しょせん》、しがない私立探偵社よ、マスコミに引っ張り出されるようなことにでもなって探偵の面が割れたら商売が続けられなくなっちゃう。あの手の弁護士を怒らせても得なことは何もないしね、表面上は塩崎から手をひくことにした」

「そこに、俺がのこのこ登場したってことですね」

「まさに、その通りでございますわ」

沖田はなみなみとグラスに注いだジンをぐいっと飲んだ。

「協力してよ」

沖田は、きっぱりと言って麻生と視線を合わせた。

「絶対、悪いようにはしない。塩崎京美が何を隠してるのか、それを探り出して。賭《か》けてもいいけど、それさえ探り出せれば……石田は勝てるわよ、裁判」

3

ビール一本で酔ったとは思えないが、沖田の毒気に当てられたのか、なんとなく胃がむかむかした。麻生は、沖田という女性と初めて会った時のことは不思議とよく憶《おぼ》えていた。あれは、刑事になって間もなく、下町の所轄に勤務していた時だった。たまたま非番で、前の晩、麻生は、当時親密だった及川の部屋に泊り、大酒を飲んで二日酔いでがんがん痛む頭のまま、寮に戻ろうと駅に向かって歩いていた。確か、まだ午前中だったが、さほど早い時刻ではなかった。とあるマンションの前を通りかかった時、子供の泣き声に気づいた。泣いていたのは幼い女の子で、部屋にひとりで閉じこめられて、そこから出ようと、小さな窓からベランダにからだを半分出していたのだ。そのままにしておけば、その子がベランダから転落する。そう思って麻生は、管理人を探し、念のためそのマンションのあった地域の所轄にも連絡を入れて、そしてその子を救出した。その子の母親は室内で変死していたのだ。その騒動の最中、最初に所轄から駆けつけて来た少年係の刑事が、沖田だった。管轄外の事件だったのに、麻生は結局、首を突っ込んでしまった。そしてその手柄を首尾よく横取りしたのが沖田だった。及川が、上昇志向が強く頭の回転の速い沖田を認め、本庁に推薦したのだ。だが警察組織の中で、ノンキャリアの女性刑事が上を目指すというのは、男の麻生たちが想像する以上に大変なことだったのだろう。最後は沖田も組織からはみ出し、警察を辞めた。

今は昔、遠く去った過去のことだ、と麻生は苦笑いする。あの頃は、自分も沖田も若かった。本当に……信じられないほど、若かった。

塩崎京美のバーは、道玄坂の中ほど、雑居ビルの地下にあった。さて、どういう作戦で行くか。麻生は胸のポケットから何枚かの名刺を取り出し、中の一枚を選んだ。肩書きも何もない、名前と連絡先だけが印刷してある名刺だ。それを名刺入れのいちばん手前に入れ直し、財布の中身を確認して店のドアを押した。

店内の薄暗さに目が慣れると、なかなかいい雰囲気の店だ、ということがわかった。思っていたよりもインテリアが重厚で落ち着いている。カウンターには女性のバーテンダーが立っているが、きちんと蝶《ちょう》ネクタイに黒いチョッキ、白いシャツで、妙な色気を振りまいてはいない。短髪に地味な眼鏡。だが顔立ちは美しい女性だった。バーテンダーの背後は木製の扉になっている。酒に光が当たらないよう扉をつけてある点だけでも、本格的に酒の味を楽しませようという店の意図が見える。カウンターの他にはソファ席とボックス席、満員になって三十人はきついかな、という規模だった。ボックス席に、店内のオレンジ色がかった照明に映える白っぽいスーツの女性がいて、男性客二人と向かい合っていた。沖田から貰《もら》った写真を見ていたので、それが塩崎京美だとわかった。椅子席には他に客はなく、カウンターに二人、それぞれ一人客らしい男性が座っているだけだ。麻生はカウンターに座り、自然な姿勢で注文を訊《き》いたバーテンダーに、スコッチの水割りを頼んだ。バランタインの十七年物、強烈な個性はないが上品で安心できる味。値段も手ごろ。水割りは旨かった。水がいい。甘味があって、天然水ならではのふんわりとやわらかな水。麻生は、かなりいい気分になった。同じ聞き込みでも、刑事時代なら酒を飲みながらなんてことは、絶対にゆるされなかったのに、探偵というのはけっこう、いい身分だ。

バーテンダーと、昨日の新聞に載っていた話題を少し交わして時間を潰《つぶ》していると、ほどなくして、塩崎京美が挨拶に来た。

「初めてでいらっしゃいますわよね？　ようこそおいでくださいました」

軽く頭を下げ、さりげなく横に座る。本格的なバーと銀座流との折衷スタイル、というわけだ。渋谷、という場所を考えると、なかなか巧《うま》い戦術に思えた。

「飲みますか？　何がいいのかな」

　麻生が訊くと、塩崎はにこやかに頷《うなず》いて礼を言い、同じもので、と囁《ささや》いた。それと同時にカウンターからグラスが出される。

「うちの店はどなたに？　偶然、お寄りいただいたのかしら」

「あ、いや、知り合いから聞いてて。いい店ですね。落ち着けるし、酒も水も旨いし」

「お水を褒めていただけて、嬉《うれ》しいですわ。お水だけは贅沢《ぜいたく》したいと思って、丹沢《たんざわ》の方から送ってもらっているんです。スコッチを水割りでお飲みになるなんて、こだわっていらっしゃるのね。スコッチがいちばんおいしく飲めるのが水割りだって知ってらっしゃる方は、そう多くありませんでしょう」

「水がだめだと最悪になっちゃいますからね、わたしも初めての店ではロックにします。ただ最近、歳のせいか、強い酒は喉《のど》も胃も辛《つら》いな」

「そんな、お歳だなんて。うちの店は年配のお客様に人気があるんですよ。お客様はまだ、いちばんお若い部類だわ」

「ママ、あ、マダム、と呼んだ方がいいかな、あなたは落ち着いていらっしゃる。本当はお若いんでしょう？　声でわかります。まだ二十代だ」

「見た目は老けているけれど？」

　塩崎は、あでやかに笑った。

「あ、いや、そうじゃなくて」

「いいんです、わたし、嬉しいわ。この店をこんなふうにしようと思った時、わたしもできるだけ、人生経験が豊かな女を演出しなければ、と思いましたの。若いというのは女にとって武器にもなるけれど、足枷《あしかせ》にもハンデにもなるんです。若さに頼らずに勝負してみたかったんです」

随分と正直な、というか、大胆に思っていることを口にする女だ、と麻生は思った。このタイプの人間には、姑息《こそく》な駆け引きやつまらない嘘は逆効果だ。だからと言って、こちらの正体を先に明かせば、沖田のところの探偵と同じ失敗をするだけ。

「なるほどね、それは素敵《すてき》な考え方だ。しかし、いくらかでも女性であることを意識してこうした店をやっている以上は、若い、ということはやはり大きな武器でしょう？　それに頼ってはいなくても、利用できる美点なら利用してもいいんじゃないかな」

「ストイック過ぎると嫌味、ですか？」

塩崎はまた、気持ちのいい声で笑った。

「これもわたしの、防御姿勢のひとつだと思ってくださいな。できるだけ若く見られないようにすることで、守れるものもありますのよ」

「うーん」

麻生は、真面目に考えた。

「それはつまり……若いと誘われやすい、とかそういうこと？」

「いいえ。誘われるのは嫌いじゃありません。若ければなんでもいい、なんて男性は願い下げですけど、男性に誘われるのがほんとに嫌いなら、こういう仕事はできませんもの。いくらかでもわたしに魅力があると認めてくださったから誘ってくださるんだ、そう思うと、嬉しいですわ。でももちろん、誘われたからってすべて応じるわけではありませんけど」

「……わからないな。若さを利用して失うもの、って、なんだろう」

「お客様って、とても生真面目な方ね。酒場の女の言葉にそんな真剣な顔をされることは、ありません」

「いや、負けず嫌いなんですよ。謎かけをされて、謎が解けないのは悔しい」

「謎かけなんて、そんな大袈裟《おおげさ》なものではありませんわ。要するに、若いとそれだけで馬鹿にする人もいる、最初から軽く思われたくない、その程度のことなんです」

塩崎は、適当な間隔でスコッチに口をつけながら、まるでひとりごとのように続けた。

「若い頃に受けた心の傷って、あとあとの人生に、自分で思っている以上の影響を残すと思いません？　わたし……つまらないことで傷ついて、それをいつまでも引きずるようなことをしたくないんです。人間って、自分よりも弱いもの、幼いものほど平気で傷つけてしまう。悪気はなくても、相手が若いとわかると、余計なことを言いたくなるもの。違います？」

「そうかも知れない。……歳を経るほど、人の心は図太くなるからね。自分に耐えられる言葉だから相手も耐えられる、無意識にそう思ってしまうとしたら、自分より弱い者ほど傷つけてしまうことは多いだろうな」

麻生は、少しぼんやりとしてしまった塩崎の横顔を見つめた。この女は今、何について考えている？

麻生の勘に、何かが反応した。沖田のところの探偵が彼女を煩わせたのは、つい先日の話だ。彼女が今、河野美絵のことを考えているとしても、決して不自然ではない。

若いから傷つけられた。誰が？……河野美絵が。そうだとしたら傷つけたのは誰だ？　河野美絵が陥れたのは石田恒夫だ。すると……石田恒夫は、河野美絵を傷つけたのか。セクハラが本当ならばそれはそうだろう。しかし、若い、というのがもっと……もっと前のことだったとしたら？　石田は忘れているが、河野美絵と石田恒夫は、ずっと昔にどこかで会っていて、そしてその時、石田は河野美絵の心を傷つけ、それを河野はいつまでも引きずって、あげくに……復讐《ふくしゅう》を考えたのだとしたら。

塩崎は河野の、幼なじみなのだ。つまり、河野美絵の、うんと若い時代、を知っていることになる！

可能性はある。大いにある。

だが沖田の部下が無能なはずはない。無能な人間を雇っておくほど、沖田は甘くない。つまり、優秀な探偵が調べても、河野美絵と石田恒夫の過去における接点は、不明だったのだ。探り出すことができなかったのだ。俺にそれが探せるのか？

麻生は言葉を探した。自分には文学的な素養がない。相手の心に響く言葉が見つからない。が、塩崎の心の迷い、戸惑いは、なぜか横に座っているだけで伝わって来た。グラスを手にしながら、自分が客の相手をしていることを瞬間忘れて、塩崎の瞳《ひとみ》はどこか遠いところを見ている。グラスがゆっくりとまわり、琥珀《こはく》色の液体にカウンターの上のダウンライトから注ぐ光が集まって、宝石の輝きを思い出させた。

麻生は、肩書きのない名刺を財布から取り出した。

「そろそろ、帰ります」

麻生の言葉に、自分が客の存在を忘れかけていたことにハッとして、塩崎京美は驚いたようにスツールから立ち上がった。

「あら、いらしたばかりですのに。ごめんなさい、わたし、今、失礼なことを」

「いや、違うんです。これからまだ仕事が残っていて。ここ、とてもいい店だ。よかったらまた、寄らせて貰います」

「それはもう、ぜひ」

麻生が財布を取り出しているのを見て、塩崎はそれを押しとどめる仕草をした。

「よろしいんですのよ、うちは、お名刺をいただければ、請求書をお送りいたしますから」

「いや、わたしは一見《いちげん》ですから」

「構いません。なんだか……わたし、少し変でしたわ。今日の分は、そのお詫《わ》びということで御馳《ごち》走《そう》させてください」

「それはだめです。それでは、次に来るのに敷居が高くなる」

「そうですか。でもあの……お名刺はいただけますわね？」

麻生は一万円札と、肩書きのない名刺をカウンターの上に置いた。

「若い頃に心に受けた傷がいつまでも痛むのは、言葉や行いに対して無防備で、疑うことを知らないからでしょう。言葉とか相手の態度をそのまま受け止め、そのまま反応してしまう。我々のように鈍感になってしまうと、相手の言葉をまともに聞いていないし、相手のことをまともに見てもいない。だから多少のことでは傷つかなくなるんじゃないかな。ただ、過去のことにいつまでも自分の人生を支配されていたのでは、やはり損ですよね。ましてや……復讐は、何も生み出さない。結局、自分をさらに深く傷つけてしまうだけです。あなたがそうして心を守ろうとしているのは、賢明なことだと思います。わたしが今、仕事でかかわっている女性は、昔のことにいつまでもこだわって、愚かな復讐を企《たくら》んでいるんですよ。そんなことをすれば、誰より自分が傷つき、自分の人生が傷つくのに。あなたの賢明さがその女性にもあったなら、と思わずにはいられません」

麻生は、塩崎の顔に表れた変化に気をとめない振りをしながら、笑顔を作って店を出た。

4

その夜麻生は、本を読みながら起きていた。時おり時計を確かめる。あの店の閉店時刻は午前零時。それから食事をしたり、いろいろとあって、塩崎京美が自宅に戻るのは明け方かも知れない。一晩くらいの徹夜ならば、する価値はある、と思った。その電話が鳴った時、眠っていてもし電話に出損ねたら、明日はもう、風向きが変わってしまうかも知れないのだ。塩崎京美が、河野美絵についで自分に打ち明けてくれるとすれば、それは今夜しかない、そんな気がした。

午前二時過ぎ、電話は鳴った。麻生は、誰何《すいか》せず、ただ自分の名前を名乗った。溜め息のような音と共に、塩崎京美の少しだけハスキーな声が、耳に流れ込んで来た。

「ごめんなさい……こんなに遅く」

「いえ。かけていただけるのではないかと期待して、起きてましたから」

塩崎は、低く、短く笑った。

「やっぱりあなた……麻生龍太郎さん、あなたは、ただのお客様ではなかったのね」

「どういう意味かな。わたしはただ、旨いスコッチを少しだけ楽しみたかったからあなたの店にお邪魔しただけですよ」

「あなたがスツールに座っているお背中を見て、わたし、父を思い出したんです。父は……刑事でした。胃癌でもう、死にましたけれど」

「それは……いや、でもわたしは刑事じゃありません」

「そうでしょうね。警察の人なら、お酒を飲みながら尋問なんてしませんものね。でもあなたの背中は、父の背中にそっくりです。ぴんと張って、緊張して、背後のかすかな物音にもすぐに反応できるように身構えて。少し前に、女性の私立探偵さんとお話する機会があったんです。結局、その方に協力するわけにはいかなかったけど、私立探偵、って、意外と見た目は普通なんだな、と思ったわ」

「見ただけで私立探偵だとわかるようなら、私立探偵は務まらないでしょう」

「それはそうよね。でもね……あなたは、普通の人には見えなかった。美絵のことでいらしたんじゃないかな、なんとなく、そんな気はしたんです。でも美絵のことは、警察が関係するようなことではないし」

「いや、警察も関係せざるを得なくなりますよ。このまま河野さんが、愚かな行為を続けるならば。名誉毀損《きそん》は犯罪です。石田さんが警察に相談すれば、河野さんが逮捕されるという展開だってあり得ます」

「そんなことできないでしょう？　石田という人は、警察沙汰《ざた》になんかしたくないはずだし……名誉毀損なんて、美絵が嘘をついている証拠なんか出て来るわけないし」

「それはわかりません。少なくとも、石田さんと河野さんの接点が明らかになれば、そして、嘘をついてまで石田さんを陥れる動機が河野さんにはある、と判明すれば、捜査次第では河野さんの嘘は暴《あば》かれるかも知れない」

「麻生さん、あなたは刑事ではないんですよね？　美絵を逮捕するつもりで調べているのでは、ないんですよね？」

「わたしはただの私立探偵です。わたしには、一般市民すべてが持っている、現行犯の場合の逮捕権以外、何の権限もありません」

「やっぱり私立探偵……あの事務所には、協力はしないとはっきり断ったのに」

「わたしは沖田さんのところの探偵ではないんです。個人で、つまりわたしひとりで細々とやっています。沖田さんのところとは、たぶん、依頼人が違いますよ」

「あなたの依頼人は誰？」

「申し訳ない、それは言えません」

少しの間、沈黙があった。麻生はただ黙って待った。やがて、塩崎の声がした。

「美絵とは、ほんとに子供の頃からの親友でした。でも高校に入った頃からは、お互いに別の友達関係が大事になっちゃって、段々、一緒にどこかに出かけることもなくなって。でも、携帯電話で長話することもあったし、わたしの父が癌だと判った時もとても心配してくれて。……父の病気にかなりお金がかかっちゃったんですよね。公務員だったから病院も公立だったし、いろいろ優遇はされてたんでしょうけど、それでも……母は働いた経験のない人で、弟はまだ高校生で大学にも行きたがっていたし」

「それで、銀座に？」

「ええ。デザイン事務所のお給料ってすごく安くて、ひとり暮らしだと家賃と食費払ったらもう残らないんです。実家に戻ることも考えたんですけど、やっぱりね、ひとりで暮らす快適さを手放すのは辛かったし。結局、母に仕送りしてあげられるくらい収入があれば、という考えになっちゃって。でもそれは後悔していません。むしろ、よかったと思っています。わたしには、この商売がとても向いているとわかったから。パトロンなんか捕まえて男に金を出して貰ったくせに、って笑われそうですけど」

「それも才覚ですよ。それに、あの渋谷の店は本当にいい店だ。あなたには、ああした店を切り盛りする才能があるんです。素晴らしいことです」

塩崎は、ほんの束の間、嬉しそうに笑った。

「麻生さんに褒めていただくと、お世辞に聞こえなくて気持ちがいいわ」

「お世辞ではありません」

「ありがとう。褒めていただいた御礼に、お話する、というわけではないんですけど……とにかく美絵のことは、今でも大事な友達だと思っているんです。だから美絵には……これ以上、自分が傷つくようなことにはなって欲しくなくて」

「今、河野さんを救えるのはあなたしかいません。このまま河野さんが無茶《むちゃ》を通せば、必ず、大きく傷つくことになります。石田さんにだって家庭もあれば人生もある。いざとなれば、たとえ失うものは大きくても、自分の人生を守る為に河野さんと戦うことを選ぶでしょう。あなたが河野さんを大事に思う気持ちは大切ですが、河野さんの計画に加担してあなたまでトラブルに巻き込まれては、あなたの人生だって傷つきますよ」

「……美絵は……わたしをトラブルに巻き込むつもりはないんです。と言うか……わたしに嘘をつかせるつもりも、美絵の計画にわたしの意志で加担させるつもりもないと思います。ただ美絵は……わたしを利用しようとした。わたしを騙《だま》すことで、わたしがあとで責任を負わされることなく、彼女の計画に役立つように仕組んだ、そういうことなんだと思います」

「それはつまり」

麻生は思考を整理しつつ言った。

「河野さんがあなたに宛てて出したメールで、石田さんからセクハラを受けていると相談した、それは事実だ、ということですね？　そしてあなたも、それを信じて受け答えしていた」

「はい」

「だがあなたは、セクハラそのものが河野さんの狂言だということを、今は知っている」

「……はい」

「なぜ、判ったのですか」

「それは……思い出したからです。とても昔のこと、すっかり忘れていたことを」

「やはり、河野さんと石田さんは、昔、どこかで接点があった？」

「そうです。……美絵は、中学を受験しているんです。慧愛学園女子中等部を」

麻生は、意外な思いでその言葉を聞いた。それでは河野美絵と石田恒夫との接点は、今から十数年も前、河野がまだ小学生の時のことだったのか。

「落ちたんです。美絵、第一志望だった慧愛に」

「しかしまさか……まさか、受験に失敗したから石田さんを恨んだ？　石田さんは当時、まだそんなに学園での権力があったわけでは」

「違うんです。落ちたことで恨んでいるわけではないんです。石田という人はその頃、中等部で先生をしていて……美絵の面接を担当したんです」

「面接官だったんですか。それは……盲点というか……」

「きっと、男性には理解して貰えないと思います。でもわたしには……美絵の気持ちがわかります。石田という人は、たぶんそんなに悪気があったわけではないと思うけど、でも、やっぱり、ひどいことを言ったんです。美絵はそれでものすごく傷ついたんです」

「それは、面接で、ということですか」

「ええ。試験のあと、美絵は悔しくて何日も眠れなかったんです。わたしの家に来て、わたしの部屋で泣いてました。石田という人は、美絵にこう言ったんです。……君は発育がいいみたいだけど、試験の面接に来るのに、化粧はよくないな。まだ小学生なんだから、そういうことに興味を持つのは早いよ、って」

「……化粧。私立中学を受験するのに……化粧を」

「してません！」

塩崎は鋭く叫んだ。

「美絵は化粧なんかして行ってません。して行くはず、ないじゃないですか。第一志望の学校の面接に、お化粧なんて！　違うんです。美絵は……唇を噛《か》む癖があるんです。緊張したりすると、唇を、ぎゅーっ、って。そうすると唇が真っ赤になるんです。昔からそうでした。それで、小学校でも一度、先生に誤解されたことがあったんです。だから美絵自身、気をつけていたとは思います。でも試験で、緊張して、面接ではもっと緊張して……口紅なんかつけるはず、ないじゃないですか！　考えたらわかりそうなことなのに……石田って人は、美絵の体格がいいことを引き合いに出しました。つまり……美絵の……胸が膨らんでいることを言ったんです。美絵はそれをとても気にしていて、学校でも恥ずかしい思いをしていたのに。女の子が自分のからだの変化にどれほど敏感で、それを誰かに指摘されることがどれだけ恥ずかしいことなのか、しかも、胸が膨らんでいるから口紅なんか使うんだろう、なんて、美絵のこと馬鹿にするなんて。今の石田がどんな人格者なのか、それは知りません。でも十数年前、小学生の女の子にそういう無神経なことを平気で言う、そんな男は、罰せられても当然なんです！　石田は、小学生の美絵にセクハラをしたんです、間違いなく！」

麻生はしばらく、言葉を探した。だが、見つからなかった。

そんなことで、そんなつまらないことで、と言ってしまいそうになる自分自身の無神経さが怖かった。十二歳の河野美絵にとって、大人の男、それも、憧《あこが》れていた学校の教師から、ませて色気づいただらしのない子だ、そう指摘されたことがどれほどの屈辱であったのか。他の子よりも胸が大きくなっていたのは河野美絵のせいではないし、悪いことですらないはずなのに。ただ女として成長していくことを、みだらだ、と否定されたも同然なのだ。それは河野美絵にとって、自分の全存在を否定されたも同じ、決定的な恥辱だったのだ。

河野美絵は、その時、男、というものの正体を知ったのだ。そして、呪った。

女のからだを欲しているくせに、女のからだをみだらで汚いものだと無意識に軽蔑《けいべつ》している、男、という存在を呪った。

溜め息しか、出なかった。この事実を知った時、石田は何を思い、どう考えるのだろう。石田にとっては、たぶんとっくの昔に忘れている、ごくつまらないことなのだ。試験に落ちた小学生のことなど、数日もすれば記憶から消えてしまっただろう。そして石田も経験を積み、十数年かけて、今の地位までのぼった。が、その同じ世界の片隅で、石田を呪い、いつの日か、自分がした行いの当然の報いを受けさせてやると思い続けていた女性がひとり、いた。

受話器の向こうで、塩崎京美がすすり泣いていた。麻生は、なぐさめの言葉を口にし、打ち明けてくれたことに感謝した。だがすぐに電話を切ることができずに、京美が電話を切るまで、そのまま、かすかなすすり泣きを聞き続けた。

＊

「まったく、おそれいりました。やっぱりあなたって、天才だわ」

沖田の声には、称賛というよりはどこか、呆《あき》れた、という響きがあった。

「まさかそんなことだったなんて。想像もできやしないわよね、まさか、そんなつまらないことをいつまでも憶えていて、こんな汚いやり口で復讐を考える人間がいるなんて」

「河野美絵にとっては、つまらないことではなかった。あなたにもそれは理解できるでしょう」

「まあね、わかろうと思えばわかるわ。でもね、しょせん女は、生きている限り、男に蔑《さげす》まれるものなのよ。男がそれを意識しているかしていないかは別にして、ね。なぜなら男は、自分が女のヴァギナから生まれて来たって事実を直視することができないから。あそこからオギャーッて生まれた、そのことの絶対さに耐えられないの。河野美絵も、これから先、本気で男と恋愛して、たくさんセックスすればわかるわ。石田の言ったことくらいで人生を棒に振るなんて、馬鹿げている、ってわかるようになるわ」

「そういうものでしょうかね」

「そういうものです。麻生さん、あなただって離婚経験者なんだから、無意識に奥さんのこと蔑んだことがないなんて、言えないはずよ」

「何も言うつもりはないです」

麻生は笑った。

「あなたに向かって余計なことを言っても、言い負かされるだけだし。とにかく、真相はそういうことみたいです。これから石田恒夫に連絡し、報告します。その後石田がどう出るかは……正直、もう考えたくないですね、わたしは。できれば事を荒立てず、教育者らしい態度で収拾をつけて欲しい、それしかね」

「石田も勉強するでしょ、今度のことで。教師としても、あるいは、人の親としてもね。子供に教える立場の人間が、子供に教わるなんて、珍しいことじゃないけど」

「石田恒夫には子供がいるんですか」

「いるわよ。そして……奥さんも」

「それは知ってますが」

「そう?　だったらこれ以上、あたしがあなたに説明する必要もないわね」

「どういう意味です?」

「さあ」

沖田は笑った。

「要するに、石田はあんまり変わってない、ってことかも。自分の妻を無意識に蔑んでる、だから浮気もできる」

「……沖田さん、それはつまり」

「はい、ここまで。じゃ、また近いうちに食事でもしましょう。助かったわ、ありがとう、石橋の龍さん」

電話は切れた。

麻生は少し考えて、苦笑いした。そういうことか。

石田恒夫にとっては、河野美絵の問題以上にやっかいな問題が、今まさに、起ろうとしているわけだ。さて、私立探偵まで雇って浮気調査をする自分の妻に、石田はどう言い繕うのだろう。まあどうでもいいか、そっちは俺の調査範囲じゃないし。

麻生は、石田の名刺を取り出して電話番号をプッシュした。

石田の声が聞こえて来るまでの数秒の間、考えていたのは、塩崎京美の店で飲んだ水割りの、たぐい稀《まれ》な風雅さのことだけだった。

DÉJÀ VU《デジャ・ヴュ》

1

毛布の中で身震いして目が覚めた。発熱している、と、麻生は思った。警官時代には風邪すらほとんどひいたことがなかったのに、抵抗力が弱まったのも老化現象のひとつなんだろうか。

ベッドから起き上がる時、背中や膝《ひざ》が痛んだ。雑貨をまとめて突っ込んである引きだしを開けて体温計を探す。大島《おおじま》のマンションから引っ越す時、家財道具の大半は処分してしまった。雑貨もほとんど捨てた。体温計はどうしたか記憶になかったのであまり期待していなかったが、プラスチックのケースに入った、古い体温計がなんとか見つかった。脇の下に挟み、体温計が落ちないようにゆっくり歩いて冷蔵庫を開け、食べられる物が何かないかと引っかき回して、トマトと魚肉ソーセージを手にベッドに戻った。リモコンで小さなテレビをつける。絞殺死体が発見されたニュースが流れていた。被害者は若い女性だ。被害者が男だろうと女だろうと、若かろうと年老いていようと、命の重さは一緒だ。が、若い人がこんな形で誰かに無理矢理《むりやり》命を断たれたと知ると、痛ましいと思う気持ちは強くなる。だが、もう自分にとって、その被害者の無念を晴らす役割は終わったのだ。

麻生は、不謹慎ながら新鮮な気持ちで殺人事件の速報を眺めていた。捜査一課の刑事だった頃には、こんなに淡々とそうした報道を見ていることなど出来なかった。たとえ事件の発生が警視庁の管轄以外の場所だったとしても、犯人が東京にひそんでいないということにはならない。いつ、自分の仕事に関係した問題として浮上して来るかわからない。報道される一言一言が気になった。真偽の確かでない情報でも、耳が勝手に集めて脳にインプットし、無意識に分析していた。

今、麻生は穏やかな気分でいた。もう関係ないのだ。自分はもう、殺人課の刑事ではない。被害者には気の毒だと思うが、自分にはどうしてあげることも出来ない。

遺体は、小さな公園のつつじの植え込みに押し込まれていたらしい。全裸で、膝を抱えるような姿勢で折りたたまれて。植え込みの葉は冬枯れてまばらで、無理に遺体が突っ込まれた為、細い枝がかなり折れていたと、現場に立つテレビ局の報道部員が、それがとても重大なことであるかのように、沈んだ声で伝える。犯人には、遺体を隠すつもりがあったのかなかったのか。葉の落ちたつつじの植え込みなどに押し込んでも、朝が来れば犬の散歩をしている住民にすぐ発見される。殺人者が犯行前後に抱く論理は、相変わらず不思議だ。

体温計を引っ張り出して目盛りを読んだ。三十七度七分。微妙なところだった。起き上がって動きまわるともっと熱が上がるだろう。三十八度を超えるとさすがにだるくなるだろうし、八度五分までいけば、仕事にはなりそうもない。だが今の熱程度なら、寝ているのももったいない。そう考えてすぐに、麻生はひとり笑いした。俺ってつくづく、貧乏性だな。

継続している仕事は一件あるが、今日できることはない。定期的に青森から東京に出張して来る男の浮気調査で、依頼人は青森に住む妻の父親。その父親も東京在住で、娘の夫が妙齢の女と親しげに歩いている様を目撃してしまった、という、まるでドラマの出だしのような話だった。もともとその夫婦は共に東京の出身で、依頼人としても愛娘《まなむすめ》を青森になどやるつもりはなかった。が、娘の夫が青森の支社に転勤になり、仕方なく離れて暮らすようになった。娘の夫は月に二、三度、東京本社での会議に出る為に上京する。泊っているのはその男の実家なので、青森に残されている妻も安心しきっている。が、その男が巧みに浮気をしているのではないかという疑惑が舅《しゅうと》の心に湧《わ》き起こったのだ。依頼人であるその舅、妻の父親は、知り合いに紹介されたとここを訪れた。紹介者は、三ヶ月ほど前に麻生が行った浮気調査の依頼人。その時も調査対象、つまり依頼人の妻の行状はクロだった。夫婦はすでに協議離婚の手続きに入っているらしい。そう聞くと、なんだか自分が、夫婦仲を壊す為に生きているような気分になって来る。私立探偵なんてそうしたものだとあたまでは判っていても、辛《つら》いのに変わりはない。

青森から調査対象者が上京して来るのは明後日。前の上京の時、男は品行方正に青森に戻って行った。夕方五時まで本社にいて、そのあとは接待で十時近くまで、遅い電車で実家に戻り、翌朝はやたらと早い新幹線で青森に戻ってしまった。しかし今度の上京は金曜日だ。週末に出張が入ると、男は実家に二泊して日曜日の夜に青森に戻るのが習慣らしい。仕事をする必要のない土曜日丸一日、はたして男は浮気をするのか、しないのか。金・土・日と三日間は張り込みになりそうなので、この熱はどうしても今日、明日にはひかせてしまわないとならない。

麻生は、休むことに決めた。どのみち他に仕事は入っていないのだから、無理に起きてもすることと言えば帳簿つけくらいなのだ。まずは医者に行って薬を貰《もら》うなり注射されるなりして来よう。麻生は、この住居兼事務所の入っているビルからほんの数十メートル離れた真新しいビルの一階に、調剤薬局があったことを思い出した。まだこの町には詳しくないので病院の場所はわからないが、調剤薬局に訊《き》けば、契約している内科医院を教えて貰えるだろう。

とりあえず、顔を水で洗い、歯を磨く。ジーンズをベッドの下から拾いあげ、Tシャツは洗濯してあるものに替えた。小さなビル窓に下がった、ところどころ折れたブラインドの隙間から、明るい光が漏れている。天気は良さそうだ。トレーナーにジャケットで大丈夫だろう。

事務所のドアに本日臨時休業、の札をかけ、階段を降りた。そろそろ消防署からダメ出しされそうな老朽化したビルだった。階段も、貼ってあったすべり止めはほとんどとれてしまい、リノリウムも剝《は》がれて下のコンクリが剝《む》き出しになっている。建て替えの話はもう出ているらしく、斡旋《あっせん》してくれた不動産屋には、建て替えが決まったら出なくてはならないことを念押しされていた。その分、保証金が安かったのだ。いずれにしても、長居はできそうにない。住居と一緒というのは便利ではあったが、あまりみっともいいものではないし、風呂《ふろ》がないのはやはり不便だ。

調剤薬局は混んでいた。カウンターの向こうの薬剤師があまり忙しそうなので、病院を教えてくれと訊くのに気後れがした。が、何かご用でしょうか、処方箋《しょほうせん》をお持ちでしたらこちらにどうぞ、と声をかけられてしまったので、そばに寄って、風邪気味なんだが引っ越したばかりで医者がわからない、と囁《ささや》いた。

「お風邪ですか。そうですね、いちばん近い内科医院でしたらこちらです」

薬剤師がカウンターの下から取り出した紙には、印刷された簡単な地図が載っていた。そこにいくつかの病院名と電話番号が入っている。なるほど、俺みたいにここで病院を教えて貰う人もけっこういるんだな、と、麻生は妙なところに感心した。

「この内田医院でしたら、内科と神経科、外科、循環器科も扱ってます。それから、こっちの徳山クリニックは、内科と呼吸器科、神経科、ですね。喉《のど》か鼻に症状が出ているようでしたら、内科より耳鼻咽喉《いんこう》科の方がいいかも知れませんよ。近いのはここ、山崎耳鼻咽喉科医院です。いずれも歩いて十分はかかりません」

立板に水、で説明し終えると、紙を麻生に手渡してにっこりする。これにておしまい、忙しいのでそこどいてくれ、と、まだ年若い薬剤師の笑顔の奥で目が睨《にら》んでいた。

あれ？　と、その時一瞬、思った。どこかで見た顔だ、という気がしたのだ。が、名前も何も思い出せなかったし、相手も何の反応も示さなかった。気のせいか。麻生は礼を言って薬局を出た。


いちばん近い内田医院に行ってやはり風邪だと診断され、飲み薬の処方箋を貰ってまた薬局に戻ったのは一時間ほど後のことだった。カウンターにいたのはさっきの男とは違う中年の薬剤師で、奥に目をやると、さっきの若い薬剤師は奥の机に座って何か書いていた。薬を待つ人は一時間前と顔ぶれは変わっていたが人数はほぼ同じで、またここで待たされそうだな、と思った麻生は、処方箋を預けて一度事務所に戻った。短時間の外出なので転送を解除してあったが、留守電のサインが点滅していた。録音を聞くと、前に出した報告書についての質問、警察時代の知人から飲み会の誘い、それにクリーニングが出来上がったのでいつでも取りにいらしてください、と入っていた。まず知人にかけ直し、近況とどうでもいい世間話をしてから日程を訊き、空いている日なのでできるだけ顔を出す、と返事して電話を切り、報告書のファイルを取り出してまた電話をかけ、質問されたことに答えて電話を切った。それだけのことを済ませるのに一時間近くかかった。クリーニングの預かり証を探して引き出しをかき回し、ようやっと見つけて、そろそろ薬を貰いに行くかと立ち上がったところでノックの音がした。

麻生はいちおう立ち上がった。休業の札は下げてあるが、依頼人ならば話ぐらいは聞いてやれる。

仕事にとりかかるのは来週からになると言えばいい。

ドアノブに手を掛けたところで、声がした。

「あの……みどり薬局ですが」

「え?」

「お薬、お持ちしました」

麻生は慌ててドアを開けた。

「どうもすみません、わざわざ持って来てくれたんですか。今、そちらに取りに行こうと思ったところなんですが。それにしても、よくここが」

と言いかけて気づいた。処方箋を出す時に保険証の提示も求められ、住所と電話番号は控えられていたのだ。

「はいこれ。えっと飲み方の説明を」

「あ、どうぞ入ってください」

あの若い薬剤師だった。白衣は着ておらず、ジーンズにセーターだ。白衣を脱いだだけでこうも感じが変わるものなのか、と驚くほど、普段着になった男は、薬局にいる時と雰囲気が違っていた。

「それにしても、わざわざ持って来ていただくなんて。電話くれればよかったのに」

「いえ、僕、もうあがりなんです。どうせ帰るんならって。あそこはバイトだから。あ、えっとですね、薬の名前はここに全部書いてあります。飲む時、ここに出ている写真と見比べて、違っていたら飲まずに電話してください。間違いはないはずですが、万一ってこともありますから。飲み方ですが、これは朝・晩二回で食後三十分以内、こっちのは二錠ずつで朝昼晩と三回、これは頓服《とんぷく》なんで、熱がどうしても下がらない時に飲んでください。でも熱がぐんと上がったり、咳《せき》がひどくなったりしたらもう一度医者で診て貰ってくださいね。肺炎になると大変だから」

　麻生は面食らいながら、カラー印刷された薬の写真と名前、効能書きなどが並んだ紙と、袋に詰め込まれた薬を見比べた。

「最近はこんなふうになってるんだなあ。実を言うと、医者なんかかかるの久しぶりだったんで。昔は医者で直接薬をくれましたよね」

「医薬分業が進みましたからね。患者さんにとっては面倒《めんどう》になったと思いますが、薬で利益を出そうとする開業医が減れば、患者さんにとってはいいことだと思いますよ」

「薬の名前なんか、前は教えてくれなかったものなあ」

「いろいろ、うるさくなったってことです。最近はいろんな本が出ていて、医者で貰う薬でも名前から効能まで全部調べられるんですよ、誰でも」

「アルバイトって言ってたけど、まだ薬剤師さんじゃないんですか？」

「いいえ、資格は取りました。でも大学院に進んで研究を続けてるんです。あそこは親戚《しんせき》がやってる薬局で、人手が足りないって頼まれちゃって。僕んち、薬一族なんですよ。もともとが富山の出で、ひいお爺《じい》ちゃんの代までは、背中に薬背負って毎月訪問販売して歩く、いわゆる、富山の薬売り、ってやつだったんです。そのせいで、一族のほとんどが、薬関係の仕事してるんです。僕みたいに薬剤師になったのもいるし、薬問屋に勤めてたり、医者もいるし、医薬品メーカーに勤めてるのもいますよ。正月に親戚が集まったりすると、やれなんとか新薬の認可は下りそうなのかとか、どこそこ薬品でなんとかいう新薬が出たとか、なんとかかんとかいう薬の副作用がどうとか、もうそんな話ばっかり。おせち食ってたって、薬の味がしそうで食欲なくなっちゃいます」

よく喋《しゃべ》る男だ、と思った。人と話すことが好きなんだろう。一族郎党そろって薬関係の仕事をしている、というのはなかなか面白いし、依頼人以外の若者とこうやって世間話をすること自体、ほとんどないことだったから、何時間つきあってやってもいいか、という気はした。が、薬を飲んで熱が下がるまで寝ないと、明後日からの仕事にさしつかえる。

「本当にどうも、ありがとう」

薬剤師がひと息入れたタイミングで、麻生は立ち上がり、軽く頭を下げた。

「これから何か昼飯を食べて、貰った薬を飲んで休むことにします」

「そうしてください。ほんと、肺炎は怖いですから」

若い薬剤師も立ち上がった。だが、帰ろうとはせずに、麻生の顔を見ている。

「あの」

麻生はほんの少し、気味悪くなった。

「まだその、何か?」

「いえ……えっと、どう説明したらいいんだろう。あのですね、僕……あなたが午前中に病院を教えて欲しいといらした時、その場では気づかなかったんですけど、後から、どこかで前にあなたにお会いしているような、そんな気がして仕方なくて。なのに、どう考えても思い出せないんです。妙な訊き方になってしまうんですが、あなた、僕のこと、前にどこかで見たことありませんか?」

「……あ、実は」

麻生も苦笑いしながら言った。

「わたしもさっき、白衣のあなたを見た時、そう感じたんです」

「やっぱり！　じゃ、僕たち、どこかで会ってるんですね！」

「たぶんそうでしょう。二人ともそう感じたわけですから。しかし……ほんとに妙だ。いくら考えても、どこでお会いしたのか思い出せない」

「妙ですよね」

薬剤師は笑った。

「二人揃って、その部分の記憶をなくしちゃったのかな。そんなのちょっとあり得ないですね」

「じっくり考えてみましょう。あ、これ、わたしの名刺です」

麻生は青年に名刺を手渡した。

「ここの電話番号入ってますから、何か思いついたらいつでも」

「へえ……ここって、私立探偵事務所だったんですか！　わあ、僕、本物の私立探偵と話をしているんですね、今！」

「そんな、喜んでいただくようなことは何もありませんよ。東京にはたくさん私立探偵がいますし、そんなにかっこいい仕事でもありませんから」

「でも、なんとなく憧《あこが》れますよ。あ、じゃ、僕の電話番号も何かに書いておきます」

麻生はメモ用紙とボールペンを手渡した。

「僕、携帯はまだ持ってないんで。上が自宅、真ん中がみどり薬局、いちばん下が大学で、内線番号も横に書いておきます。僕のいる研究室の。時間があるとみどり薬局に駆り出されてるから、たいてい、薬局か学校にいます」

「何か思い出したら、必ず」

「僕も。なんか、わからないままって気持ち悪いですよね。でもきっと、わかってみたら、笑っちゃうようなつまんないとこで会ってるんだと思うな」

「まあたいてい、そうでしょうね。重要な出逢《であ》いをしていたのならば、記憶に残っているはずですから」

青年は気持ちよく笑いながら出て行った。残されたメモには、電話番号の他に、川越琢磨《たくま》、と名前が書いてあった。

川越琢磨。

口の中で何度か呟《つぶや》いてみたが、その名前にも記憶はない。妙な気分のまま、麻生はメモを机の上のメモ刺しに突き刺した。

2

「川越琢磨、ねえ」

電話の向こうで、山背《やませ》は真剣に考えこんでいるふうだったが、結局、言った。

「いや、すんません、記憶にない」

「そうか。……忙しいのに、つまらないことで電話してすまなかった。事件絡みだったとしたら、あんたと踏んだヤマがいちばん多いから、あんたの記憶にあるかと思ったんだけど」

「数が多いからねえ」

山背は諦《あきら》めたように笑った。

「一件、ヤマ踏むと、事件関係者は少なくても数十人でしょ。いちいち憶《おぼ》えてたら頭がパンクしちまう。でも、いいよ、調べといてやりますよ」

「いや、そんなことまで頼めない。いいんだ、記憶にないってことは、よしんば事件絡みだったとしても、そんな重要人物じゃなかったんだろう」

「まあそうだろうね。それより龍さん、仕事の方は、どう？」

「まあ、ぼちぼち。なんとか食べられる程度には」

「あのさ、ほんと、何の遠慮もいらないから、何かあったら俺にも言ってよ。龍さんの為ならできる限りのことはするから」

「そんなこと言って貰ったら申し訳ないよ。ヤマさんには迷惑ばっかりかけたのに」

「迷惑だなんて、そんなこと考えたこともない。今だって、あんたが辞める必要なんかなかったと思ってるよ」

「いや、辞めたのは、俺自身の方に問題があったからさ。二十年かかったけど、俺には向いてないってはっきりわかったから」

山背は、鼻を鳴らすような音をたてた。

「龍さんは、日本一の刑事だった。あんたよりすごい刑事は、どこにもいない」

「褒め過ぎだよ。俺は出来損ないだった」

「なんと謙遜《けんそん》しようと、俺の感想は変わらないよ。俺の目標は今でもあんただ。私立探偵って仕事がどんなふうなんだか俺にはわからんが、俺は今でも残念で仕方ないよ。でも、龍さんが選んだ道だから、あとは龍さんができるだけ、幸せにやっててくれるよう祈ってる」

「……ありがとう」

「俺はいつだって、あんたの為だったらヤバい橋も渡っちゃうよ。どうせ俺はもう、出世もここまでだしさ、もうちょっとしたら所轄にご栄転、ってやつで、あとは定年までのらくらよ。高望みはしないし、女房も無理はしてくれるなって言うしさ。ね、どうかな、その仕事が順調にいったら、定年になったら俺、雇ってくんない？」

「馬鹿言うなって。もっといい再就職の口がいくらでもあるよ」

「警察辞めて探偵になるやつもけっこういるじゃないか」

「それは構わないが、俺んとこなんかじゃなくて、もっと大手にいけよ。俺んとこなんか、毎月の家賃払うだけでもひやひやもんなんだから。とにかく、仕事中に邪魔してすまん」

「なんのなんの。いつでも連絡して」

「また近いうち、どっかで軽くやろう」

「いいねー。それ、忘れないでいてよ、龍さん。約束したからね」


電話を切って、またベッドに戻った。結局、あの青年のことが気にかかって眠れないでいる。熱は上がるでもなく下がるでもなく、膝や腰のあたりがギシギシと痛む。

デジャ・ヴュ、とかいうものなのだろうか。この景色は前にも見たことがある、とか、こんな場面に以前も遭遇した、と思う瞬間。だが思い出せないのだ。いつ見たのか、いつ遭遇したのか。脳の錯覚だ、と何かに書いてあった。記憶というものは、常に塗り替えられ、微妙に調整されて、自分自身を騙《だま》すものらしい。

だが、どちらか一方が抱いた感覚なら錯覚で済むが、川越琢磨と自分とが同時にそれを感じたのだから、やはりどこかで出逢っているのは事実なのだろう。多分、二人ともかなり様変わりしているのだ。つまり、出逢ったのはずっと昔だ。川越琢磨がまだ子供で、自分は新米刑事だった頃、そのくらいならどうだ？　あり得ない話ではない。二十年前、あの頃自分は、江東区の所轄署にいた。川越琢磨の言葉には訛《なま》りがまったくない。東京で生まれ育ったと考えれば、二十年前は江東区に住んでいた可能性もある。

刑事になって最初に勤務したのは高橋《たかばし》署だった。琢磨の一族はみんな薬関係の仕事だそうだから、もしかすると、あの管轄にあった薬局が、彼の実家だったのかも知れない。薬局は確か、数軒あった。しかし……そこまで考えても、あ、あの時の、と閃《ひらめ》かない。まったく見当はずれなことを考えているのかも知れない。

薬の中に眠くなる成分が入っているのか、毛布にくるまっていると自然とうとうとして来るのだが、なぜか眠りに落ちるまでには至らず、中途半端な眠さを抱えて、麻生はベッドの上で寝返りを繰り返した。

＊

電話のベルで目が覚めた。反射的に枕元の時計を見て、もう夜の七時を過ぎていることを知った。熱は下がったらしい。目元のあたりがぼんやりとしていたのが、かなりすっきりした感じだ。

起き上がって衝立《ついたて》の向こう、事務所側まで歩き、受話器をとった。

「龍さんか?」

山背だ。

「うん。ヤマさん?」

「昼間な、電話で、川越琢磨、って言ったよな? 埼玉の川越市の川越に、切磋《せっさ》琢磨の琢磨って」

「……うん。なんだ、わざわざ調べてくれたの」

「いや、そうじゃないんだが」

一瞬、言い淀《よど》み、間が空いた。

「えっと、まだマスコミに発表されてないから、オフレコで頼みたいんだけど」

「もちろん、いいよ。どうせ俺には、情報を流す相手なんかいない」

山背は少し笑った。

「龍さんの口が堅いのは誰より俺が保証するしな。で、川越琢磨なんだが、薬剤師だとも言ってたよな」

「それは間違いないと思う。白衣着て、調剤薬局で働いてたし」

「じゃ、やっぱり同一人物だな」

「何の話だ? 川越琢磨が、誰と同一人物だって?」

「ニュースで見たと思うが、未明に神奈川県で発見された絞殺死体のこと」

「若い女が殺されてた、ってやつか? 詳しくは知らないが、確かにテレビのニュースでやってたな」

「神奈川県警が重参で引っ張るみたいなんだ、川越琢磨」

「え？」

「遺体の身元が割れて、その女と川越琢磨が交際していたことが判ったらしい。しかも、昨夜、被害者の女が男と一緒だったのを大勢の人間が目撃してる。二人はなんか口論してたんだそうだ。遺体発見現場は被害者の住んでいるワンルームのすぐ近くで、二人がもよりの私鉄駅の改札を出たのは駅の防犯カメラに写ってた。もうちょっと詳しいことが判るといいんだが、神奈川県警のヤマだからな、俺たちが嘴《くちばし》を突っ込むことはできないしな。でも川越琢磨は都内でひとり暮らししてるんで、都内で任意同行する為、協力要請が来た」

　頭が少し、混乱した。ほんの数時間前、この事務所にいて屈託なく喋っていたあの青年が、昨夜、恋人を絞殺していた、ということか？

「……そんな素振りはまったくなかったけどな。普通に仕事してたし」

「本ボシだとしたら、相当に図太いか、どっかキレちゃってるかだろう」

「しかし……ここにわざわざ、薬を届けてくれて、少し世間話もしたんだ。少なくとも、俺の鼻が感じられるようなうさん臭さは、まったくなかった」

「まだ本ボシだと決まったわけじゃない。あくまで重参だ。しかし、最近の殺人犯ってのは、人を殺してもその後、まったく態度が変わらないってのが多いからなあ。普通に仕事したり学校に通ったりして、食欲なんかも落ちないいんだ。感情の回路がどっかショートしちまってんのかも知れん。いずれにしても、同一人物なんだとしたら、そのうちあんたんとこにも、県警の刑事がなんだかんだ訊きに行くかもな。とにかく今日、そいつがあんたと話したことは間違いないんだし」

「ああ。いいよ、もし県警から訊かれたら、俺は構わない」

「ま、どっちにしても俺の仕事じゃないから、余計な手出しはしないけどな。神奈川県警とはそれでなくてもいろいろあるから、触らぬ神に祟《たた》りなし、だ」

「知らせてくれてどうもありがとう」

「いや。風邪ひいてんの？　なんか鼻声だよ」

「うん。でももう熱は下がった」

「駄目だよ、寝てろ。ひとりもんが起き上がれなくなったら悲惨だぞ。その時はいつでも、俺の女房に看病させるから、電話くれよ」

「わかった。じゃ」


とても奇妙な気分だった。あの若い薬剤師が、恋人を絞殺した。それも、昨夜。

どうも何か、しっくり来ない。単にあの青年が人殺しには見えなかった、というだけではなく。

麻生は体温計をまた脇の下に挟んだ。七度二分。もう大丈夫だろう。

汗をかいていたTシャツを着替え、外に出られるように防寒対策をする。

それから、メモ刺しに突き刺してあったメモを見て、番号をプッシュした。

自宅。出ない。七時二十五分、薬局に電話したが川越は当然いなかった。とっくにバイトを終えていた。大学の研究室。S薬科大学薬学部です、という声が聞こえたので、内線番号を伝えた。少しして、受話器の奥に女性の声がした。

「はい、石沢研究室ですが」

「あ、あの……川越琢磨さんは」

「川越くんですか。えっと」

声は若かった。川越と同じ大学院生だろう。

「あれ、今夜はここに来るはずなんだけど、まだ来てませんね」

「そうですか。あの……そちらに伺って待たせていただいてもいいですか」

「どちら様ですか？」

麻生は、ひと呼吸空けて嘘をついた。

「叔父《おじ》です。麻生と言います。地方から上京して来たんだけど、琢磨のところに電話してもいなくて。不在の時は研究室に連絡してくれと言われてたもんだから」

「あ、そうですか。叔父様ですか。ええ、予定表によれば、今夜もここに来てるはずなんですよね。もしかすると、どっか寄り道してるのかな。ええっと、大学関係者じゃないと、許可を貰わないと研究室には入れないんですけど、どうせ今はわたししかいませんから、いいですよ。談話室がありますから、そこでなら待ってても問題ないと思います。あ、でも、この時間だと大学に入る時、守衛さんのところで申請書を出してくださいね。えっと、場所はわかります？」

親切な女子学生に交通機関まで教えて貰って、麻生は事務所を出た。

本日休業のはずだったのに、いったい俺は何をする気でいるんだろう、と、自分で少し、呆《あき》れながら。

3

　地下鉄を乗り継ぎ、S薬科大学の大学院キャンパスに着いた時には、時刻はもう八時を過ぎていた。正門は閉まり、大学に用のある者は通用門の守衛室へ、と書かれた立て看板が、閉まった門の前に置かれている。通用門はキャンパスを半周した裏手にあるらしい。

　守衛室の窓口を叩《たた》き、時間外来訪者用の記録簿のようなものに、氏名や連絡先、来訪目的、訪ねる相手の名と研究室名などを書き込み、首からぶら下げる札を手渡された。番号が書いてある。028。

「お帰りの際に、必ずその札を返してください。返されるのを忘れると、こっちからご連絡することになりますので」

　初老の、だがきりっと姿勢のいい警備員服を着た男が言った。ふと、その姿勢の良さが気にかかった。この人も元は警察官なのかも知れない、と思う。山背は、定年になったら警備会社にでも再就職したいと口癖のように言っていた。麻生自身も、警察を辞めるという考えが頭の中で具体的にかたまるまでは、漠然と、そんな未来を自分に重ねていたことがある。夜間の警備は体力的にさほど楽ではないだろうが、大学のキャンパスならば、毎日凶悪事件が起きたりはしないだろう。もっともここは薬科大学なので、毒物や劇物も当然保管されているだろうから、普通の大学よりは警備に神経質なのだろうが。

石沢研究室、というのは、石沢誠、という名の教授が率いる研究室らしい。電話に出た親切な女子学生が、談話室と研究室の場所は教えてくれていたので、さほど迷うことなく、まずは研究室にたどり着いた。ドアをノックすると、丸眼鏡にひっつめ髪の小柄な女性が顔を出した。

「あの、先ほどお電話した」

麻生が言いかけると、女性は頷《うなず》いた。

「川越くんの叔父様ですね？　すみません、川越くん、まだなんです。どうします？　この時間になっても顔を出さないところをみると、もう今夜は来るつもりないのかも」

「何か連絡は入っていないですか」

「うーん、研究生はみんな、好き勝手にやってますからねえ。わたしと川越くんは研究テーマが違うんで、彼の予定は、ボードに書いてある範囲でしかわからないんですよ。川越くんは確か、伊坂助教授に研究をみて貰《もら》ってますから、伊坂助教授には細かいスケジュールも連絡してるとは思うんですけど。わたしは今夜、徹夜になると思うんで、談話室でお待ちになるんでしたらご案内しますけど、九時前に守衛さんが来て、談話室は鍵《かぎ》をかけてしまうはずです。もうあと、四十分くらいしかないですよね」

麻生は迷ったが、思い切ってカマをかけてみることにした。

「琢磨《たくま》から、おつき合いしている方がいる、と聞いていたんです。どうもその、結婚とかそういうことを念頭に、わたしに相談したいんじゃないかと思ったんですが、こちらの大学の方なんでしょうか、すみません、もしご存じでしたら……」

丸眼鏡の女性は、意外にも笑顔になって頷いた。

「ああ、ええ、川越くんと交際している人でしたら知ってますよ。うちの研究室の人じゃなくて、学部の方の学生だったはずです。ここにも何度か顔を出してました。二人とも真面目で、すごくいい感じのカップルだと思います」

　と言うことは、まだこの女性は、身元不明で発見された絞殺死体がその女だという事実を知らないわけか。麻生は、さっと研究室の内部に視線を投げた。部屋の半分もドアの隙間からは見ることが出来なかったが、テレビやラジオの音はしない。遺体の身元が判明したニュースはまだ、この女性の耳に入っていないのか。いや、ニュースそのものが流れていないのかも知れない。もし流れていれば、あの守衛室にいた警備員がもっとぴりぴりしていただろうし、マスコミが駆けつけて来ていてもおかしくない。つまり、山背の情報は、とびきり最新のものだったということだ。

「わかりました」

　麻生は腕時計を見た。

「守衛さんが来るまで談話室で待ってみます。それで来なければ、琢磨のアパートにもう一度連絡してみます。あ、談話室の場所はわかると思いますので、確か、この廊下の手前を右ですよね？」

「ええ。すみません、お茶も出さないで。談話室にコーヒーの自販機がありますから」

「ご親切にありがとう。どうもお邪魔しました」

　本心を言えば、中に入ってなんでもいいから川越琢磨の私物を手にとってみたかった。何か手がかりが得られる可能性はある。川越琢磨にとって、研究室はおそらく、第二の自宅のようなものだろうから。が、あの女性が事件について何も知らない以上、無理に中に入る口実は今のところ思いつかない。警察手帳さえ見せればたいていの無理は通ってしまった頃が、少しだけ懐かしい。

談話室にあった自販機は、ありがたいことに紙コップ式だった。缶入りよりはまだしも、コーヒーらしい味がするし、砂糖の入っていないものが飲める。だがブラックで飲みたいと思うようなシロモノではない。クリームだけ、を選択して、落ちて来たコップにコーヒーが注がれるのを待ち、取り出した。

S薬科大は歴史のある名の通った薬科大学だが、この建物はここ数年に建て替えられたものだろう、まだ新しい。談話室などというものがあるのも、麻生の学生時代を想い出すと、とんでもなく贅沢《ぜいたく》に思える。紙コップを手に、ソファのようにクッションのきいた椅子が並ぶ窓際に腰かけ、暗いキャンパスを見るとはなしに眺めた。

さほど広くはない。守衛室のある通用門のところだけが、闇の中に浮かび上がっていた。その向こうには住宅地のさびしい街灯が並んでいる。が、すぐ上方には光の帯が見える。首都高速だ。建物に隠れてはいるが、その下には車がひっきりなしに通る国道がある。


不意に携帯が胸ポケットで振動した。

発信者名を見てから、電話に出た。

「あのさ、今、どこ?」

もしもし、くらい言えよ、と、思わず苦笑した。

「仕事中」

「ふぅん」

「何か用か？」

「さっき、あんたんとこ寄ったんだ。いなかったから」

「浅草まで来たのか」

「すき焼き食ってたんだ」

「誰と」

「言わない。また機嫌悪くなるだろ、言えば」

麻生は溜《た》め息をついた。もちろん、そうだとも。機嫌はおおいに悪くなる。

練はいったい、いつになったらヤクザと手を切ると口にしてくれるのだろう。この頃、練は頻繁に組の幹部から呼び出されて飯につき合わされているようで、麻生は気持ちが重くなった。このまま この男は、正式な組員になって、暗い世界で生きていくことを選ぶつもりなのだろうか。

「今夜、逢えない？」

「うーん、……何時になるかわからんな」

「何時でもいいよ、会社にいて仕事してるから。からだ空いたら電話くれる？」

「いや、ごめん、実はあんまり体調がよくないんだ。できれば、仕事のあとはちょっと寝たい」

「風邪？　そう言えば鼻声だね」

「明後日から尾行のある仕事が入ってるんで、こじらせたくない」

「だったら今日も寝てればいいのに」

「俺も忙しいんだよ、これで。おまえほどじゃないけどな。何か相談か？　電話ではだめか？」

「たいしたことじゃない。いいよ、今度で。それより早く帰って寝ろよ」

「少しなら時間、作るぞ。もしかすると今夜はもう、これであがりになるかも知れないし」

「いいって。風邪なんだろ、あんた、もうサラリーマンじゃねえんだもん、寝込んだら金、なくなるぜ」

「身に染みてわかってるよ」

麻生は思わず笑った。

「金のない辛《つら》さをおまえに指摘されるとは意外だな」

「欲しい、って言うならくれてやるのに、金なんかいくらでも」

練の笑いは、どこか冷めて乾いていた。それだけに、本心がそこに滲《にじ》んでいるように思えた。

麻生は何も言わなかった。

練が手にする金を汚いなどと言うつもりも資格も、自分にないのはわかっているし、金には結局、綺麗《きれい》も汚いもありゃしない、というのも知っている。だいたい、私立探偵なんかして稼いだ金が、綺麗な金、と言えるのか。

だがそれでも、踏み込むことのできない境界線がそこにはある、と思う。

良心だとか善悪の判断だとかではなく、もはやそれは習性の問題なのだろう。練の住んでいる世界と自分の住んでいる世界とでは、生きていくのに何がいちばん必要なのか、たぶんその法則が違うのだ。

「風邪が治ったら、ゆっくり飲もう」

麻生はそれだけ言って、自分から通話を切った。いつもは、練の方が先に切る。部屋を出て行く時と同じに、さよなら、も言わずに、じゃあ、と切ってしまう。麻生はそれに慣れていた自分に気づいた。自分の方から通話を切ると、こんなに淋《さび》しいものなんだ、と、携帯電話を見つめて、少し、驚いていた。

さて、どうするか。

時刻はそろそろ九時。守衛が来てここを追い出されたらそれで手詰まりだ。一縷《いちる》の望みを繋《つな》いで、琢磨のアパートに電話してみた。ただ留守電の応答が繰り返しているだけだった。

やはり、彼は恋人を殺して逃げているのか。だとしたら、俺に出来ることなど何もないわけだ。

麻生は、依頼された仕事でもないのにここまで出向いてしまった自分が、なんとなくおかしかった。人殺しをしても、まったくいつもと同じに仕事して生活して、冗談を言って笑える人間というのは、実際にいるのだ。特に珍しい存在でもないし、だからと言って、その人間が極端に冷酷であるというわけでもない。ただ、麻痺《まひ》しているだけだ。自分の犯してしまったことの重大さを心が受け止め切れず、思考を停止させてしまう。人を殺した、あるいは殺してバラバラにして埋めた、そのことの記憶一切に、自分で靄《もや》をかけてしまう。忘れているわけではない。記憶はあるのだ。が、そのことについて考えようとすると、頭が考えることを拒否し、脳裏に浮かぶ記憶の映像はぼやけて、すべてが夢の中の出来事のように現実感を失ってしまうらしい。そして、いつものように食べたり仕事をしたり会話を交わしたり、笑ったりもできるようになる。

そんな殺人犯を何度か逮捕したことがあるが、取調室に入ってしばらくは、どうして自分がこんなところにいるのだろう、という顔をしている者が多かった。

琢磨も、そんな殺人犯のひとりになってしまったのかも知れない。だから、いつもと同じに薬局の仕事をし、わざわざ麻生に薬まで届けてくれた。彼の頭の中では、恋人を殺してしまったことがすべて、ミルク色の靄に包まれた、ゆうべ見た夢、に変わっていた……

ひっかかった。どうしても、それで納得できない気がした。

飲み干した紙コップをごみ箱に入れ、麻生は談話室を出た。今夜のニュースでは、遺体の身元が判明したと報道されてしまう。たぶんもう、琢磨は研究室には来ないだろう。が、琢磨が犯人でないとしたら、彼は当然、今夜ここに来る予定だったのだ。そう、あの研究室に。

麻生はまた、石沢研究室まで戻り、ドアをノックした。

4

「信じられない……です」

絞り出すように言ってから、岩槻恵美《いわつきめぐみ》と名乗ったひっつめ髪の女性は、顔を掌で覆った。低いすすり泣きの音と重なり、研究室の隅に置かれた小さな古いテレビが、まさに今、身元不明だった絞殺死体の身元判明のニュースを伝えている。

恩田秀子《おんだひでこ》さん、二十一歳、S薬科大薬学部二年、横浜市在住。

「さきほどは嘘など言ってしまって、本当にすみませんでした」

麻生はもう一度頭を下げたが、顔を覆ったままの岩槻恵美にはそれが見えなかっただろう。

「でも、わたしも川越さんが犯人だとは、どうしても思えないんです。今も説明したように、彼は今日、わざわざわたしのところまで薬を届けてくれた。だからってすごくいい人だ、などと単純に言うつもりはありませんが、その時の態度や笑顔には、まったく不自然なところがなかったんです。わたしは警察で、凶悪犯罪専門に十年以上、刑事をやって来た人間です。人を殺しても態度がそれまでとほとんど変わらなかったという犯人も、知っています。が、川越さんは、そうした犯人にありがちな、どこかぼんやりとしたりやたらとハイになったり、そうした素振りもなかった。受け答えはしっかりしていたし、わたしの目をちゃんと見て話をしていました」

「……川越くんが……人殺しなんてするはず……ないです。あり得ない。しかも、彼女のこと殺すなんて……」

恵美は白衣のポケットからハンカチを取り出して、目に押し当てた。

「彼とは、研究テーマは違ってましたけど、学部の頃から知ってましたし……授業も一緒に受けたし、コンパもしたし……明るくて、楽しくて、友人も多い人なんです。彼女……恩田さんは学部生で、わたしは直接のつき合いってないんです。でも、ここに顔を出して、お茶菓子の差し入れなんかしてくれることはたまに。彼女も、ごく普通の人でした。薬剤師の資格をとったら父親の薬局チェーンで働くみたいなこと言ってたので、ああ、お金持ちの娘さんか、とわかったんですけど、贅沢な感じはちっともしなかったし……派手でもなかったけど、目立つほど地味でもなかった……すみません、なんか言い方、変ですね」

「いや、わかります。今どきの学生さんとしては珍しいほど地味な格好をしていたら、逆に目立つものですよね。恩田秀子さんという人は、普通にお洒落《しゃれ》を楽しみ、女子大生として違和感のない人だったんですね」

「その通りです。わたしなんかよりは、ずっとお洒落でした。学部生だったというのももちろんあると思います。院生になると、余裕がなくなっちゃって」

恵美は泣き笑いのような顔になった。

「二人のことは、この研究室のみんなが知ってます。漠然とですけど、川越くんが院を終えて、彼女も卒業して、二人ともちゃんと就職したら、結婚するんだろうな、とみんな思ってたと思います」

「川越さんが今夜、ここに来る、というのは、電話か何かで連絡があったんでしょうか」

「いいえ、そこのボードに」

恵美が指さした壁に、ホワイトボードが貼り付けてある。カレンダーのようになったそのボードには、日付ごとに、殴り書きのように名前や何かの略号、数字などが書きつけてあった。今日の日付の欄には、川越、PM7:30と書いてある。

「この部屋は、研究生のたまり場みたいなもんなんです。そっちのドアを開けると石沢実験室、と呼ばれている、うちの研究室専用の実験室があります。でもそこも、それぞれの机に私物だのワープロだの置いてあるだけで、みんな、研究は大学内のいろんな施設でやってます。テーマによって使う薬品も実験機材も違いますし、分析機なんかはすごく高価ですから、研究室ごとに揃えたりできませんし」

「わたしは化学だの薬学にはまったく詳しくないので、難しい説明はけっこうなんですが、川越さんの研究テーマというのは、大雑把に言ってどのようなものなんでしょう」

「そうですね」

恵美は、ポケットティッシュを取り出して、ちん、とはなをかんでから言った。

「彼は、医薬品メーカーの研究所に就職を希望してたはずです。それで、血液製剤の研究をテーマにしてました」

「研究はうまく行っていたようですか」

「……詳しいことはわかりませんけど、もしうまく進んでいなければ、たぶん態度でそれとわかったと思います。わたしたちはみんなそうなんですけど、研究が進んでいればそれですべてOKだし、進まなければ何もかもアウト、そんな感じなんです。そういうのはどうしたって態度に出ちゃいます。川越くんは、沈んだ様子もなかったし、雰囲気も暗くありませんでしたから、順調だったと思います」

「たぶん、早ければ今夜中に警察がここに来ると思います。わたしはもう警察の人間ではありません。ですから何の権限もない。でも警察が押収してしまう前に、川越さんの持ちものを少しでいいから調べてみたいんです。もしかすると、川越さんが今、どこにいるか、何か手がかりが見つかるかも知れない。あなたにご迷惑はかけないと約束します。警察に訊かれたら、この名刺を貰ったと渡してください」

麻生は名刺を恵美に手渡した。

「ここからは何も持ち出しません。ただ、どこに川越さんの私物があるか教えていただければ」

「警察、来るのかしら、ここに」

「間違いなく」

「麻生……さん。あなたのことは警察にお話ししていいんですね？」

「けっこうです」

「でしたら……そのドアを開けて、三列になっている机の、左端の列の、えっと……確か真ん中の机が、川越くんが使っていた机です。ロッカーみたいなものはないんで、みんな自分の机に私物をしまってます」


実験室、とは本当に名ばかりだった。三列三つずつ、九個並んだ机と、奥に少し大きな机が二つ。事務机のようにそっけないものばかりで、上にはありとあらゆる物が雑然と置かれている。本や文具、紙の束から、カップラーメンの空き容器、飲料水の缶、ペットボトル、バイクのヘルメットやなぜかぬいぐるみまで。中にはワープロや、それらしく顕微鏡やシャーレの載った机もあるが、ここで実験をしていたのではなく、何かの都合で置いてあるだけだろう。

川越琢磨の机は、比較的片づいている方だったが、それでも読みかけの雑誌が何冊も伏せたまま置かれていて、今にも川越自身が戻って来て続きを読み始めそうな雰囲気だった。雑誌はどれも英字の研究誌らしい。

恩田秀子の現住所は横浜市だとテレビが流していた。遺体が発見されたのも確か横浜市だ。山背に電話すれば教えて貰えるだろうが、できれば山背にはあまり迷惑をかけたくない。同じ理由で、琢磨自身のアパートの場所も、ここでわかればそれに越したことはない。

机の引き出しを順番に開けると、呆気《あっけ》ないくらい簡単にそれは見つかった。封筒の束が輪ゴムでとめてあり、それらはみな、琢磨宛になっていた。住所をメモし、封筒を裏返す。たぶん実家にいる母親だろう、群馬県太田市の、川越富枝、という女性からの手紙ばかりだ。ついでに実家の住所も書き取り、さらに何かないかと引き出しの中に手を入れた。今度は、カードの入った封筒が見つかった。封は切ってあり、少しつまみ出して誕生日のカードだとわかった。封筒の裏に……女性の名前と住所があった。

恩田秀子ではない、別の名前。書き留めた。

別の引き出しから、薬学部学生名簿が出て来た。二年生の名前を焦りながらたどっていくと、恩田秀子の住所もちゃんと出ていた。

他に、他に何かないか?

机の上をもう一度見る。伏せた雑誌をひっくり返してみたが、英語ばかりでじっくり読み解いている時間はない。

立てて並べられた専門書も、麻生にとっては意味不明の本でしかない。自分が何を探しているのか、麻生には具体的なイメージがなかった。こんな机の上に、川越が殺人犯であるとかないとか示す証拠が載っているとも思っていない。ただ、自分の内部にある、捜査の勘だけを頼っていた。長年の刑事生活で指先まで染み込んだ、犬の直感、を。

そして、その指先がやっと探しあてたのは、クリップケースの蓋《ふた》の裏に貼られていた、小さな小さなシールだった。

プリクラ、ってやつか。

男と女が、頬をくっつけるようにして、ハート形の枠の中に並んでいる。男は川越琢磨に間違いない。でも女は……恩田秀子？

違う、と麻生は思った。さっきの恵美の説明と合致しない。

その女の子は、明らかに高校生だ。ブレザータイプの制服、チェックのリボン・タイ。髪の毛は染めていないが、頭頂部のところがふんわりと立っていて、なんとなく女性らしくない。そして、不自然なほど濃い、アイメイク。目尻《めじり》のあたりには銀色の星まで散らしてある。

その蓋をクリップケースごと持ち去りたかったが、何も持ち去らないと恵美に約束した以上、恵美に迷惑はかけたくなかった。集中して、その小さなシールに収まった女の子の顔を記憶した。

腕時計を見る。九時半を過ぎた。もう、警察が来てもいい頃だ。少なくとも学校に連絡は入っているだろう。

麻生は、捜索をそこまでにして、実験室を出た。恵美に挨拶《あいさつ》して研究室を出ようとした時、ドアを開けて中に入って来ようとした人物とぶつかりそうになった。

「メグ、すっげえ、大変大変！　さっきテレビでやってたんだけど、横浜で見つかった死体がさ……」

飛び込んで来た男は麻生の顔を見てギョッとして口をつぐむ。刑事か何かと間違われたのかも知れない。麻生は軽く頭を下げて廊下に出た。

守衛室に来客札を返し、大学を出た。駅まで戻る途中で、サイレンを鳴らしていないパトカー二台がつらなって大学の構内に入って行くのが見えた。いちおう、間一髪か。が、恵美が名刺を捜査一課に渡せば、麻生の名前はすぐに知られてしまう。山背から電話が入るのは時間の問題だろう。今夜のうちに出来ることは限られていた。とりあえず、川越琢磨のアパートに行ってみるか？だが、もう警察でがっちり固められていて、琢磨本人にしてもアパートには近づけないだろう。

麻生は地下鉄の駅に飛び込み、メモを読んだ。誕生日カードの贈り主。カードの絵柄はちらっとしか見なかったが、スヌーピーが描かれていたのは間違いない。二十代半ばの男性に贈る誕生日カードにスヌーピー。発想としては、幼い。

賭《か》けてみるか。

麻生は、メモしてあった名前と住所を見た。さっき書き留めた時から、その住所には特別な思いを抱いていた。新宿区神楽坂四丁目。

神楽坂四丁目。

もより駅は、飯田橋《いいだばし》でいいだろう。永田町《ながたちょう》で乗り換える。

土地勘があった。遠い昔の思い出に繋がるものだった。まだ麻生が駆け出しの刑事だった頃、同じ住所にあった賃貸マンションに、ある男が住んでいた。その男とは学生時代から、先輩後輩のつき合いだった。そして、それだけではない特別な感情も抱いた。お互いに。

あれから年月が経ち、その男は別の場所に越し、麻生は事件の捜査でそのあたりを何度も歩きまわった。そのたびに感傷にひたっていたわけではない。ああ、ここらへんは変わっていないな、とか、あの店は潰《つぶ》れちまったのか、と、微《かす》かに思い出の残滓《ざんし》を感じることはあっても、仕事中はできるだけ、余計なことは考えないようにして来た。そんな暇がなかった。捜査本部が出来れば、いつも戦場に出ているのと同じだった。

けれど今、麻生はもう、戦士ではなくなっていた。

戦士ではないのに、自分はどうして、知りたいのだろう。あの男、川越琢磨が殺人犯なのかそうでないのか、知りたくてたまらない。知らずにはいられない。だから、仕事でもないのに、こうして地下鉄に乗っている。

それが不思議だった。自分で自分のしていることが、よくわからない。


川越琢磨。

結局、自分が本当に知りたいのは、彼が誰なのか、なのだ。

自分はあの男と、過去に必ず、出会っている。

あの男のことを、知っている。なのに、それが思い出せない。

なぜ?

どうして思い出せないんだ!

神楽坂四丁目×—×。
吾妻《あづま》杏奈《あんな》。

もしこの名前の持ち主があのプリクラ少女だったとしたら……殺された恩田秀子は、この少女の存在を知っていたのだろうか……

5

都会の町は不思議だ。何年も間をおいて訪れた時、自分が知っていた店のほとんどが消えてなくなっているのに、まずは唖然《あぜん》とする。こんなに変わってしまったのか、と思う。が、少しすると、いや、結局何も変わっていないんだな、と思いなおす。店は変わる。が、建物はほとんど変わらないのだ。よほど古いビルが建て替えられたり、戸建てだったものがマンションになったりという変化はあるにしても、町は昔から町であって、都会は以前から都会のままだ。山がきれいに消えて新興住宅地が忽然《こつぜん》と姿を現しているとか、草に覆われていた川の土手が灰色のコンクリートでびっちりと固められてしまうとか、田舎の景色の変化の方がよほど劇的で、ショッキングなものである。

神楽坂も、麻生の知っている店はほとんど消えてまったく別の店に変わってしまっていたのに、それでも相変わらず神楽坂のまま、そこにあった。

飯田橋からゆっくりと坂をのぼる。週末の夜、二十代、三十代の人間が圧倒的に多く、川の流れのように歩道をうねって歩いている。からだが触れるのを避けて進むのがけっこう大変だった。

坂の途中から細い路地に入り、昔よく知っていた家並みの中に踏み込んだ。驚いたことに、木造家屋の半分ほどに確かな見覚えがある。あの頃から頑張って生き残っている家々だ。が、新築された小綺麗な家ももちろんあったし、規制がいくらか緩和されたのだろうか、マンションが昔よりずっと増えていた。

本庁の捜査一課にいた時代は、東京都下の全域が仕事の範囲だった。それなのに、不思議と、神楽坂周辺で起った事件を扱ったという記憶がない。他の場所で起った事件の捜査で聞き込みに訪れたことは何度かあるが。

幸い、吾妻杏奈の家にたどり着くまでにさほど歩く必要はなく、あと数軒先の角を曲がったところに、あの男が住んでいた賃貸マンションが今でもあるのかどうか、知る機会は消え去った。知らなくていい、と思った。いずれにしても、あの男はもうそこにはいないのだ。そして時は、ただただ、流れてしまった。

吾妻、と、かなり古くなった木製の表札に薄れた墨字が読み取れた。リフォームはした形跡があるが、それでもけっこう貫禄《かんろく》のついた、昭和三十年代頃に建てられた一戸建て。ブロック塀の切れたところから、あかりのついた引き戸の玄関が見えている。

なんとなく勢いでここまで来てしまったものの、麻生はそこから先どうすればいいか、戸惑っていた。警察手帳を持っていた時代が、こういう瞬間は妙に懐かしい。あの頃は、時間や場所に縛られることなく、手帳さえ見せればいつでも、訊きたいことが誰に対しても訊けた。答えて貰えるかどうかは別としても、警察手帳に門前払いを喰《く》らわせる度胸のある市民というのは少ないし、自分が犯罪にかかわっていない限り、むしろ人々は警察手帳をめずらしがり、刑事から質問されるのをどこか楽しんでいるふうな感じも受けた。たぶん、テレビドラマの中で起っていたことが自分の身にも起った、というちょっとしたハプニングで興奮するからだろう。

今、麻生の胸ポケットに警察手帳はない。時刻は午後十時を過ぎていて、しかも訪ねようとしている相手は、女子高校生、いや、もしかするとまだ中学生なのだ。目の前の古びた一戸建てには、あの少女の家族が一緒に暮らしていることは間違いないだろう。彼ら家族にとって、夜間に突然娘を訪ねて来た中年男、というのは、非常にうさんくさいものに思えるに違いない。

麻生は、何か気のきいた言い訳を思いつくまで、吾妻宅の周囲を調べてみることにした。調べる、とは言っても、左隣りにはほとんど隙間もないほどぴっちりと、隣家の壁がある。正面のブロック塀の中は小さな前庭になっているようだが、塀の上まで鬱蒼《うっそう》と伸びた椿の木で一階の窓のあたりは何も見えない。二階には二つ部屋が並んでいるのだろう、二枚ずつ組みになったガラス窓が、間を開けて二組あった。左側の窓の外には、木製の物干しが張り出している。右隣りは、人ひとりが歩けるくらいの狭い幅の路地になっていて、その奥にアパートの玄関が見えた。路地は地道《じみち》だ。東京のど真ん中で、土の道路があるというのは小さな奇跡に思えた。路地を入ると、吾妻宅の右横が見渡せる。意外と奥行きのある家だった。二階の各部屋は八畳以上あるか、それとも、四畳半が四つくらいあって、真ん中に廊下が通っているかだろう。ブロック塀は家の周囲をぐるっと囲んでいるが、左側はその塀もなかった。右側は、家の壁との距離を一メートルくらい空けて塀が続いている。勝手口らしい木製のドアが右横の奥にあった。

二階にはやはり部屋が四つあるらしい。正面から見て右側の部屋は、横手にも窓がある。そちら側には、窓の外に金属の柵《さく》が取り付けられている。昔の家にはよくあった作りで、窓を開けた時に誤って転落しない為のものだろう。柵の内側には板のようなものが渡してあるようで、その板の上に、小さな植木鉢が三つ、行儀よく並んでいた。何か植物の種か球根でも植えられているのだろうが、下から見たのでは、芽が出ているのかどうかもわからない。その二階の右側の部屋にある、角を挟んで二つの窓には、苺《いちご》模様のカーテンがひかれていた。部屋の中は明るいらしく、苺の部分が逆光で黒く浮き出している。どうやら、レースのカーテンが内側にもう一枚さげられているようだ。もう一度、吾妻宅の二階の窓を正面から右奥へと順番に見たが、苺模様のカーテンがひかれているのは右前の部屋だけ、他の部屋のカーテンは、暗い色の無地だった。苺模様にレース。姉か妹が同じ部屋にいる可能性もあるが……ま、賭けてみるか。

麻生は、ポケットからスケジュール手帳を取り出し、メモ部分にさっと書き込みをして破った。路地に転がっていた小さな石を拾い、破ったメモでぎゅっと包んだ。

距離はたいしたことないが、加減が難しい。力まかせにぶつけたのではガラスが割れてしまうし、あまりそっと当てたのでは、運良く部屋の中に少女がいたとしても、気づかないかも知れない。角度によっては跳ね返った石が柵の内側に落ちずに落下してしまうだろう。

腕をぐるっとまわしてウォーミングアップしてから、えいっ、と投げた。

こつん、と、想定していたよりだいぶ小さな音をたてて、石は窓ガラスにぶつかり、なんとか下に落ちずに板の上に載った。しかし、音が小さ過ぎたかも知れない。麻生は少し落胆したが、とにかく結果を待つことにして、窓が開いた時に姿が見つからないよう、塀に身を寄せた。真下を見られても、柵の板が邪魔して麻生のことがすぐには見えないはずだ。

息をひそめて待っていると、わずか数十秒の時間もとてつもなく長く感じられる。しかも、ほとんど期待していなかっただけに、ガラッと窓が開く音がした時には心臓がびくっとした。

顔を覗《のぞ》かせて様子を見るわけにはいかないので、気配に耳をすませた。窓は開いたが、人の声はしない。そのまま数秒が過ぎ、かすかに頭上の板の上を何かが滑るような、ざらっとした音が聞こえた気がした。メモでくるんだ石をみつけてくれたのだろうか。そのままじっとしていると、またガラガラと窓が動く音がして、最後に、ピシッと小さな音がした。鍵をかけたのだろう。

麻生は、そのまま塀に身をくっつけるようにして歩き、足早に吾妻宅から離れた。

大手チェーンのファーストフード店は、神楽坂のような繁華街では割合に息が長い。十年くらいの時間は耐えて存続する。最後に仕事で神楽坂を訪れたのは、もう四、五年前だったか、その時に情報を得る為に会った若い男と待ち合わせたハンバーガー・ショップは、今でもちゃんと目立つ場所にある。

麻生は中に入り、コーヒーとハンバーガーを買った。薬が効いたのだろう、熱はかなり下がった気がするが、まだ食欲はない。それでも、夕飯を食べていないという認識はあった。食べられる時に少しでも食べておく、刑事時代から、それは麻生のライフスタイルになっている。

高校生だか中学生だかはっきりとはわからないが、いずれにしても制服の似合う年齢の女の子が、親の目を盗んで夜間に家を抜け出すのは簡単なことではないだろう。もしかすると、親が寝てしまうまで待たなければならないかも知れない。そのハンバーガー・ショップは十一時まで開いているが、閉店してしまったら、外で待つしかない。

麻生はポケットを探り、こうした時の時間潰しにいつも持ち歩いているクロスワードパズルの切り抜きを取り出した。新聞や雑誌についているものをこまめに切り抜いてポケットに入れておく習慣は、つい最近になって身についたものだ。刑事だった頃は、ひとりで捜査することはほとんどなかったので、時間潰しには同僚と適当なことを喋っていればよかった。私立探偵になって最初に困ったのは、ひとりでこうした時間を過ごす方法がわからなかったことだ。文庫本でも持ち歩こうかとも思ったが、たった文庫一冊分でもポケットが重くなるのは辛い。他に細かい道具がいろいろとポケットに詰まっている。紙切れ一枚のクロスワードパズルならば荷物にはならない。

縦のカギ。横のカギ。簡単に埋められそうな文字列を選んだ。いちばん短いのは……縦の5。

□ジャヴ

ヒント。既視感。こんなこと前にもあったな、と思うこと。

デ、と書き込んで、川越琢磨《たくま》の顔を思い浮かべた。あの男とは、前にどこかで会った。彼の方も麻生の顔を見てそう思った。なのに、思い出せないのはなぜなんだ?

奇妙だった。靴の中で足先がムズムズする。何か、何か考え方が間違っているのだ。考える方向が。

前に会った、と思うからいけないのかも知れない。だが、会っていないのに顔を知っているということがあるんだろうか。

次に短いのは……同じ縦から埋めるか。縦の3。

プレ□ボール

ヒント。野球が始まる時に審判がコールする。

野球。

野球……いや、野球じゃない。野球じゃなくてあれは……ただの……ただのキャッチボールだ。

そう、ただのキャッチボールで……

もやもやとした場面が頭に浮かんで来た。もやもやと……麻生はこめかみを指で揉《も》んだ。

俺はキャッチボールをしてたんだ。そうだ、そうだ、あの子と！

あの子、つまり川越琢磨だ！　そう、彼はまだ……小学生だった。グローブが青くて……だけど、いったいなんであの子とキャッチボールを……？


「あの」

震えるような小さな声で呼ばれて、麻生は顔を上げた。

吾妻杏奈が麻生を見下ろして立っていた。

「あの、これ」

皺《しわ》くちゃのメモを広げて突き出す。

「あなたですよね？」

「よくわかりましたね」

麻生はメモを杏奈の手から取り返した。

『川越琢磨さんのことでお話があります。彼はとても困った状況に陥っているようです。神楽坂下の××××ハンバーガーでお待ちしています』

「これだけで、わたしが書いたものだと、どうして？」

「字が……大人の字だな、って。ほら、今ここに、こんな字を書きそうな人ってあなたしかいないじゃないですか」

そう言われて店内を見回して、麻生は苦笑した。なるほど。とんでもない色に染めた髪を逆立たせ、ギターのケースを隣りのテーブルにたてかけて話し込んでいるロック・ミュージシャンもどきが二人。べたべたと、他人の目などまったく気にせずに肩を寄せ合い、コーラをすする合間にキスを繰り返しているカップルが一組。杏奈よりも年下に見える、中学生風のルーズソックス制服少女が三人。それで全部だった。

「考え事をしていてすみませんでした。あなたがいらしてくれたら、わたしの方から声をかけようと思っていたんですが。えっと、何か飲みますか？」

「……バニラシェイク、買って来ます」

「あ、ならばわたしが」

「いいです」

杏奈は睨《にら》むような目をした。

「おごってもらう理由、ありませんから」

気の強い子らしい。麻生は頷《うなず》いて、そのまま待った。注文カウンターに他の客がいなかったので、シェイクのカップを片手に杏奈はすぐ戻って来た。

「夜も遅いし、おうちの方が心配するといけませんから、単刀直入に言います。川越琢磨さん、知ってらっしゃいますよね？」

杏奈は悪びれず頷く。

「琢磨のことは、知ってます。もちろん。だってあたし、つき合ってるんだもの」

「琢磨さんと交際している、という意味ですか」

「他にどんな意味があるんですか？　あたしが琢磨とつき合ったらヘンですか？」

「琢磨さんは、大学院生ですよね」

「十歳しか離れてないわ。そのくらい離れてるカップルなんて珍しくないでしょ？　あたしの親だって、父親は母親の十二歳年上よ」

「あなたは……高校生？」

「一年です」

「交際してどのくらいですか」

「ちょうど一年くらい。去年の今ごろ知り合ったから。ねえ、どうしてこんなこと訊くんですか？　琢磨が困った状況、って、いったいどういうこと？」

「川越さんと最後にお会いになられたのはいつですか」

「昨日よ」

杏奈はきっぱりと言った。

「昨日、琢磨のバイトが終わってから、浅草でご飯食べたわ」

「今日はまだ?」

「今日は忙しいって言ってた。バイトのあと、研究室に行くって。琢磨が困ったこと、って意味、教えてください。彼、どうしたの? 何があったんですか?」

麻生は、嚙《か》みつくような勢いの杏奈から身をそらすように姿勢を変えてから、訊いた。

「恩田秀子、って名前、知ってますか」

杏奈の顔が歪《ゆが》んだ。若さは正直だ。感情を顔の筋肉が見事に表現する。


「……別れたはずよ」

吐き捨てる、というのがぴったりの、ぞんざいな言い方だった。

「あんな女とは別れたのよ、琢磨は」

「……亡くなられたんですよ」

杏奈の顔に、また新しい感情があらわれる。掛け値なしの、びっくり。

「……死んだの? どうして? 交通事故か何か?」

「テレビのニュースはご覧にならないんですか」

「テレビなんて見ないもん。つまんないじゃない、どれもこれも。ニュースって……やっぱり事故?」

「事故、というよりは……事件に巻き込まれた、と言った方がいいでしょう。……今朝、横浜で遺体が発見されたんですが、どうやら殺人事件のようなんです」

「殺人……事件って」

杏奈が何度か瞬《まばた》きする。喉《のど》が苦しそうにぜろぜろと音をたてた。

「なによそれ。……琢磨に何の関係があるの？」

「ですから、川越さんが行方不明なんですよ。ご自宅に電話しても出ません。研究室にも、結局顔を出されなかった。警察は、被害者と交際していた川越さんに、当然ながら事情を聴きたいと思っているでしょう。つまり彼は、今、警察に居場所を探される立場なんです」

「交際なんかしてなかったわよ！」

杏奈が大声を出したので、店内の客の目がさっと注がれた。が、麻生の視線を感じて、野次馬は目をそらし、自分たちの会話に戻った。

「……別れたのよ。別れた、って言ったもん……」

「今さっき、川越さんの大学に寄って来たんです。ゼミの同級生は、川越さんと恩田さんが交際していると思っていましたね、まだ。川越さんは、あなたのことは友だちにも秘密にしていたのかな？」

杏奈は口ごもって下を向いた。頬が紅潮している。

「だって……あたしまだ高校生だし……あたしの親がきっと怒るだろうから……」

「それで、交際のことは二人とも、誰にも言っていなかった？」

杏奈は頷いた。上目遣いにちらっと麻生の顔を見るが、視線が合うと慌ててまた下を見る。麻生は落ち着かない気分だった。この子は嘘をついている。嘘をついている人間と遭遇して会話した経験ならば、腐るほどある。

「いずれにしても」

麻生は慎重に、できるだけおだやかな口調で言った。

「問題は川越さんがどこにいるか、なんですよ。彼が恩田さんを殺したとは、わたしも考えていない。実はわたし、今日、彼に会っているんです。その時の彼の様子はまったく平常でした。もちろん、殺人をおかしたあとでごく普通に生活できる人間というのはいます。が、どうもわたしには、彼がその手の人間だとは思えない」

「あ、当たり前よ。琢磨は……琢磨は人殺しなんてしない」

声は震えていたが、口調はしっかりしていた。

「彼は優しいもん。……とっても優しい人なの」

「わかります。今日、ほんの少し彼と話しただけでも、気持ちの優しい青年だというのは感じました。ですが、実際に恩田さんの遺体の身元が確認されてから、彼は姿を消してしまったんです。もし何か用事が出来てアパートに戻っていないだけだとしたら、研究室かどこかに電話の一本くらいはしているはずです。しかも恩田さんのことを知ったら、今はともかくとしてかつて交際していた女性だったんですからね、びっくりしたり心配したり、とにかく黙っていることなんて出来ないでしょう。彼が無実ならば、逃げ隠れしているというのは解せない。おそらくは、事情があるんだと思います。申し遅れましたが、わたしはこういう人間です」

麻生は名刺を出して、杏奈の前に置いた。杏奈はそれをこわごわ指先でつまんだ。

「……麻生探偵事務所……って、おじさん」

「世間一般に私立探偵と呼ばれている仕事をしています」

「警察に協力してるの？」

「この国では、私立探偵が警察の仕事を手伝うケースはごく稀《まれ》です。私立探偵の中には警察ＯＢも多いですから、皆無だとは言いませんが。しかし普通、我々は、いわゆる民事事件と呼ばれる問題について調査します。たとえば……ほら、テレビドラマとか小説にあるように、ご主人の浮気を疑った奥さんがご主人を調べて欲しいと依頼するとか、あるいは、家出してしまった娘さんを探してほしいとか、結婚する予定の女性の素行を調査してほしいとか、まあそんなことですね。会社の経営状態を調べたり、産業スパイのようなことにかかわったりする同業者もいます。とにかく、警察が手を出せないところならば、至るところに私立探偵の出番はあります。しかし殺人事件は刑事事件ですから、普通は我々が関与することはありません」

「でも、だって」

「ですから、わたしは警察の協力者としてここにいるのではない、ということです」

麻生はゆっくりと頷いた。

「もちろん、私立探偵にだって、それ以前に一般市民としての義務はありますよ。つまり、犯罪が行われていることを知ったら警察に通報して逮捕に協力する、というのはその義務なんです。ですから、もし川越さんが恩田さんを殺した犯人だと判った場合には、黙って見過ごすことは出来ないかも知れない」

「やってないわ！　琢磨は絶対、そんなことしない！」

「そうであれば、川越さんの味方となって行動することは市民の義務に反しませんよね。わたしは、川越さんの力になりたいと思っているんです」

「どうして？」

　杏奈は率直な疑問をぶつけて来た。

「なんであなたは琢磨の味方なの？　琢磨があなたに何か依頼したわけじゃないんでしょ？」

「御礼です」

　麻生は微笑んで見せた。

「今日、彼はわたしに親切にしてくれたんです。風邪で熱があったわたしが彼の働いている薬局に処方箋《しょほうせん》を持って行ったんですが、薬局が混んでいた。それでわたしは、処方箋を預けたまま一度家に戻ったんですよ。あとで出直して薬を貰うつもりで。そうしたら、彼はわざわざ、薬をわたしのところに届けてくれたんです。初対面のただの患者なのに。おかげで熱は下がりました」

「たった……それだけ？　それだけのことなのに、琢磨を助けてくれるんですか」

「いけませんか？　誰かに親切にされた。だからその人のことをいい人だと信じた。そういう動機は、おかしいかな？　わたしは、川越さんがいい人だと信じています。つまり、彼は無実だと思っている。ですから彼を助けたい」

「あとで彼から、たくさんお金を貰うつもり？」

「うーん、そうですね」

　麻生は笑った。

「彼は学生さんですからね、多額の報酬を要求したって支払えないでしょう？　金が目当てなら、もっと金持ちを狙いますね。それに、わたしが勝手に彼の為に働いても、事前にちゃんと契約がなされていなければ、彼にその代価を支払う義務はないんです。つまり、押し売りされたものを買う義務はない、ってことです」

「あたし……なんだかよくわからないです。あなたのこと信用していいのかどうかも……」

「構いませんよ。私立探偵なんてものをあたまから信用するのは愚かなことです。わたしのことは信じなくていい。ただ、川越さんの居場所を知っているのであれば、すぐ彼に連絡をとって、とりあえず警察に出頭して自分は恩田さんを殺していないと弁明するようにすすめてください。弁護士の心当たりがないなら、わたしが紹介します。逃げ回っている時間が長ければ長いほど、警察の心証はクロでかたまって行きます。推理小説の中ならば、犯人でない人物が逃げ回って結局うまくいくこともありますが、現実の事件では、逃げている人物はほとんど犯人なんです。警察はそれをよく知っています」

「琢磨は犯人じゃないです」

「そう、だから逃げていてはいけないんですよ。逃げていれば、自分が犯人だと認めているのとそう変わらない事態になってしまうんです。わたしのことが信じられないなら、それで構いませんから、彼に連絡して、とにかく警察に出頭して自分が犯人ではないと言うように、出来るだけ早く。わたしのアドバイスはそれだけです」

「……知らないんです」

杏奈は首を横に振った。

「ほんとに知らないの。……夕方にあたしも、彼に電話してみたの。でも……出なくて。あたしは携帯、持ってないんです。彼からあたしの家へは電話できないんだと思う。でもどうして電話に出てくれないのかな、って、ほんとは……ほんとは心配していたとこでした」

「心当たりはありませんか。彼が困った時に頼る友人とか」

杏奈は少しの間、俯《うつむ》いていた。が、ふと、顔を上げた。

「……もしかしたら」

「何か、思いつきました？」

「あの……琢磨には……ほんとのお父さんがいるって」

「ほんとのお父さん？」

「琢磨の実家って、群馬の病院なんです。それは知ってます？」

「ご親戚がみんな医業や薬剤師関係だというのは聞きました」

「琢磨のお母さんも薬剤師さんで、お父さんはお医者さんだったんです。でももう、病気で亡くなってます、二人とも」

「そうだったんですか。バイト先の薬局が親戚のものだというのは聞いていましたが」

「群馬の病院は琢磨のお兄さんが継いだって言ってました。でも……でもほんとは琢磨は、その家の子じゃなかったんですって。琢磨のお母さんが、琢磨のほんとのお父さんと離婚して、再婚したんです。琢磨がまだ小学生だった頃に」

「その、実の父親がどこかにいるんですね？」

「たぶん……タクシーの運転手をしてるって」

「東京で？」

「……だと思います。琢磨と二人で横浜の遊園地に行った時、帰りに駅までタクシーに乗ったの。その時ね、運転手さんが、自分の息子のこと自慢したんです。どっかの医学部に受かったって。でも入学金とかすごく大変で、借金をしたから働かないと、みたいな話。タクシーを降りてから琢磨が、俺のほんとの親父も今、タクシー運転手してるんだ、って言ったの。東京にいるのに、なかなか会えない、って……」

川越琢磨の母親は、夫と離婚して再婚した。つまり、川越、という名字の人間と再婚したのだ。麻生のあたまの中で、いろいろなパズルがかちりかちりとはまって行った。どこで琢磨と出会ったのか。どこで、なぜ、子供だった琢磨とキャッチボールをしていたのか。

「いろいろとありがとう」

麻生は、杏奈のシェイクの容器も自分のトレイに載せて立ち上がった。

「あまり遅くなると、ご両親に叱られるでしょう。とりあえず、わたしは川越さんを探します。また何か思い出したことや思いついたことがあったら、その名刺に書いてある携帯の番号に電話してください。でも、いいですか、あなたは自分で川越さんを探そうなんて思ってはいけませんよ。これは殺人事件なんです。簡単に考えてはいけない。どうしてもわたしを信用する気になれなければそれでもいいから、自分で動かないで。あなたは家に戻り、今夜はもう絶対に外出しないことです」

「今夜中に、琢磨、見つかりますか?」

「それはわかりません。でも、努力します」

杏奈をおくって吾妻宅の近くまで歩き、杏奈が玄関から家の中に入るのを見届けてから、山背の携帯に電話した。

6

錦糸町の駅で電車を降りた。もう終電間際だと言うのに、車内も混んでいたしホームにも人がたくさんいた。下町でも新宿でも、東京で暮らす人間はみな宵っぱりだ。

麻生は懐かしさを感じながら駅前のロータリーでタクシー待ちの列に並んだ。大島の団地で暮らしていた頃、ここからよくタクシーで帰宅した。亀戸《かめいど》からの方が距離は近いが、集まって来るタクシーの数が多いので、長く並ばないで済む。地下鉄を使えば団地のすぐそばに駅もあるのだが、麻生はあまり地下鉄が好きではなかった。毎日の通勤にはもちろん地下鉄を利用していたが、正直、苦痛だった。

が、東京は次第に、地下鉄に支配されていく気がする。今ではもう麻生も、地下鉄を利用することを躊躇《ためら》うだけの気概もない。せっかくガラスの窓がついていても、地下鉄では窓の中に映った自分の顔しか見えない。東京の人々はそれに慣れ、車内では窓のことなど気にもとめずに本や漫画に没頭しているか、目を閉じて寝たふりだ。

タクシーはその点、車窓から都会を眺める楽しみがある。今の麻生にとってタクシー代は決して安いものではないが、座席に腰かけて背中を後ろに預けると、いくらか心の緊張がとけて気持ちが贅沢《ぜいたく》になる。


「どちらまで？」

運転手はまだ若かった。深夜勤務もさほど辛くはない、働き盛りの三十代前半か。

「このタクシー、中松タクシーでしたよね」

「ええ、そうですけど」

「営業所は猿江？」

「うちは小さいですからね、猿江と小岩にしかないっすよ」

「その猿江の営業所までお願いします」

「へ？」

運転手が驚いた顔で振り返った。

「お客さん、うちの会社に御用ですか」

「ええ、まあ。この車は猿江から出て来たばかり？」

「一時間前に出て、銀座まで流して銀座からひとり乗せて緑町まで戻って来て、錦糸町駅です」

「じゃあ、まだ営業所に戻るのはだいぶ先のはずだったね。申し訳ない。でもたまたま列に並んでいたら、中松タクシーに当たっちゃったんだ」

麻生が軽く笑うと、へええ、と運転手も笑顔になった。

「じゃあ、偶然ですか」

「そうだね。わたしにとっては、幸先《さいさき》がいい、ってところだけど。猿江まででは近すぎますか。歩いても良かったんだが、できれば急ぎたくて」

「どんなに近くたって行かせていただきますよ。この不景気でワンメーターだって貴重です」

「タクシーもやっぱりだめ？」

「だめですねぇ。バブル崩壊だなんて言われてるけど、たった数年でここまで悪くなるもんかと呆《あき》れます。この仕事に就いたのは八年前ですが、あの頃はバブルが始まった頃で、そりゃお客さん、タクシーも客には困らなかったっすからねえ。わたしも、高校出て二、三の会社を転々としてたんすけどね、友人がタクシー運転手になってかなり稼げるって言うんで転職したんですよ。まあ二種免許はとらして貰えたし、この先免許さえありゃ、何があったってタクシーやって生きてはいかれるんすけどね、それにしてもこう売り上げが落ち込むと、先行きが不安ですよ」

「ご家族は？　奥さんはいらっしゃるんでしょう」

「かみさんも働きに出てますよ。なにせまだガキがちっちゃいんで、この先学費だってかかるだろうし、ほんとは家も欲しいんすけどねぇ、アパートの家賃もばかにならないから、ただ払ってるのはもったいないんだけど」

「不動産はかなり値下がりしてるでしょう」

「そうらしいすけど、まだ手が出ないっすよ。売り上げが落ち込むともろに手取りに響きますからね、わたしらは。もっと徹底的に値下がりしてくれないと、とても家なんか買えません。お客さんは会社にお勤めですか」

「いや、ちょっと前に独立したんだ。でもどんな商売でも不況は一緒だよ。わたしもかつかつ、なんとか生きてます」

「それでも人につかわれるよりはいいでしょう。一国一城の主ってのは気持ちいいもんじゃないすか」

「人をつかってるわけでもないからね。確かに一国一城の主だけど、兵隊さんひとり持ってない。まあでも、気分的には楽ですよ。不況で苦しくても、自分ひとり飢え死にしなければいいんだと思えば。他人の生活に責任がある立場だと、不況を言い訳にすることもできないでしょう」

「まあ、それはそうですね。こんなご時勢に会社なんか経営して、それでうまくいかなくなって従業員を路頭に迷わすようなことにでもなったら、死んでお詫《わ》びしたい、なんて気になっちゃうかも知れないですからねぇ。なんか今、すごく増えてんでしょ、飛び込み。しょっちゅう、電車、停ってるみたいじゃないすか」

　世間話と呼ぶにはいささか暗い流れになったところで、タクシーは営業所に着いた。五分も乗っていただろうか。メーターも動いていない。それでも札で払って釣り銭は断った。タクシーは営業所の駐車場にいた初老の男性に挨拶だけすると、さっさと夜の町へと消えて行った。

「さきほど電話した者なんですが、塚本さんとお会いする約束で」

　麻生は初老の男性に訊《たず》ねた。男性は、洗車用のブラシを振って外階段を示した。

「二階に事務所がありますから。塚本さんなら、中にいますよ」

　錆《さび》の浮いた鉄製の外階段をあがり、戸を開けると事務室のような部屋があり、机が三つほど並んでいた。中年男性がひとり座り、書き物をしている。奥の方には運転手たちが休憩する為のスペースらしい、ソファをコの字に並べた空間が設けられていて、一人の男が座って新聞を読んでいた。

「はい、何か御用でしょうか」

中年男性が立ち上がる。

「先ほどお電話した、麻生と言います」

「あ、塚本さんの」

「ええ」

「塚本さん、いらっしゃったよ、お客さん！」

男がソファの方に向かって声をかけると、新聞を手にしたまま塚本弘保《ひろやす》は立ち上がった。


老けた。あれから二十年が経つのだから当たり前なのだが、記憶の中にあった塚本の豊かな黒い髪が、今は白くまばらになっているだけでも、麻生には小さな衝撃だった。それは麻生の感じだけではなく、実年齢も塚本はまだ五十そこそこのはずで、やはり見かけの老いは普通ではない。

塚本が正確には何年服役したのか、麻生は知らない。罪状からして、刑期は十二、三年程度か。模範囚でいたなら、十年経たずに出所した可能性もある。それでも刑務所での生活は、確実に塚本を弱らせたのだ。

塚本は不思議な男だった。高校を中退してありとあらゆる仕事を渡り歩き、最後に詐欺師になった。勤勉に働くことのできない性質だったのだろう。なのに、とても人あたりが良く、純朴に見える男だった。そんな塚本のことを、女性たちは簡単に信用した。結婚詐欺。殺人や強盗に比べればおだやかな犯罪には見えるが、実際には、女の夢を食い破り、心に深い傷を負わせるタチの悪い重罪だ。金銭的にも、狙われた女が何年もかかってこつこつと貯めた全財産なのだから、その被害は深刻である。塚本の被害者の中には自殺してしまった女性もいる。

だが、遂に、塚本の獲物だった女が牙《きば》を剝《む》いた。警察に訴える、民事裁判も起こして身ぐるみ剝《は》いでやると脅されて、塚本は逆上し、女の首を絞めた。

だが、塚本には内縁の妻がいた。認知こそしていなかったが、子供もいた。妻は、塚本の嘘をすべて信じていた。自分の夫は、いわゆるプロのセールスマン、いろいろな会社で訪問販売業務を引き受け、その売り上げによって歩合制の報酬を受け取る仕事をしていると思い込んでいたのだ。実際、そうしたセールスマンは、月のうち二十日以上地方回りに出張することがあり、給料も月によって額がまちまちらしい。月末の五日ほどしか家に戻って来ない塚本を、妻は健気《けなげ》に待ち、子供を育てていた。

子供は男の子で、月末にだけ帰って来る父親のことがとても好きだった。月末に塚本が戻って来ると、いつも、家からすぐの河原でキャッチボールをしていた。塚本は子煩悩で、息子のことを心底可愛がっていた。塚本が詐欺師である、という事実さえ隠蔽《いんぺい》されたままだったなら、家族三人、仲むつまじく暮らしていっただろう。近所の人々の評判もすこぶる良く、みんな口を揃えて、あんなに子供を可愛がる父親は見たことがない、と言っていた。

だが、どれだけよい父親で、どれだけ自分の家族に優しくても、塚本が女たちを不幸にした詐欺師で、殺人者である、という現実から逃げることは出来なかった。

女を殺し、塚本は、岩手にいるもうひとりの女、つまり愛人の元に逃げた。が、警察に目を付けられたと知って観念し、息子に逢う為に家に戻った。

麻生は塚本を逮捕する為、川風の匂いが漂って来る下町の小さな借家へと向かった。

ぼく、まだ五十球、投げてない！

塚本の息子は泣き顔で叫んだ。息子には見えないよう手錠は上着で隠したのに、父親が警察に連れて行かれることが大きな不幸を意味すると、まだ八つか九つくらいのその男の子は、ちゃんとわかっていたのだ。河原の土手の上、そろそろ夕焼けに西の空が染まる時刻。

男の子が手にしていたのは、真新しいグローブ。新品の革の匂いがする、本物のグローブだ。それはどう見ても、その子の手には大きい。子供用ではあるけれど、たぶんもう少し上級生が使う為のものだ。でも男の子は、グローブから手を出さなかった。頑《かたく》なに、首を振って叫んだ。

五十球投げるって約束したんだ！　パパと約束した！

投げさせてやりたかった。塚本の手錠をはずし、息子とのキャッチボールをあと少し、あとほんの少しだけ続けさせてやりたかった。が、それは出来ない。そこは開けた土手の上で、麻生も麻生の同僚も、拳銃《けんじゅう》は携帯していない。手錠をはずした途端に塚本が走り出したら、逃げられてしまう可能性があった。

麻生は無言で、年下の同僚に合図した。塚本は息子の名を呼び、おかあさんの言うことをよく聞くんだぞ、と言って、警察車両の中へと連れ去られた。

麻生は塚本が地面に残したグローブを手にとり、はめた。

「続き、投げてごらん。受けてあげるよ」

男の子は驚いた顔で黙っている。

「ほら、お父さんも車から見てるから。ちゃんと五十球、投げよう」

男の子は、手の甲で目をこすった。涙を拭《ふ》いたのかも知れない。それから頷《うなず》いた。

「あと三十二球です。十八球、投げたから」

しっかりした子だ、と麻生は思った。そして利発だ。この子は大丈夫だろう。父親がいなくなっても、母親を支えてきっと強く生きていく。


川面が金色に輝いている。風がその金の帯をさざ波だて、夏の匂いがした。


三十二回、男の子の球を受けた。三十一回、男の子に向かって球を放った。

それから、駆けつけて来ていた母親の腕の中に、男の子を返した。母親は泣きながら、男の子を抱きしめていた。

麻生は車に戻り、仕事に戻った。

「すみません、これからお仕事だというのに、お引き止めしてしまって」

麻生は、いぶかしげに首を傾げている塚本に頭を下げた。塚本は麻生の顔を憶えていないのだろう。逮捕は麻生がしたが、取り調べは別の刑事がした。麻生はそのあと、ほんの一、二度しか塚本の顔を見なかった。河原は残照で眩《まぶ》しく、車の中から見ていた塚本には、麻生の姿は黒いシルエットになって見えただろうし、逮捕されてからは顔を伏せていることが多かっただろう。大勢いる刑事の顔などいちいち記憶してはいられないし、そんな心の余裕もなかったはずだ。

「……お忘れですよね」

麻生は、皮肉に思われないよう、微《かす》かに笑顔をつくるにとどめた。

「以前にお会いしているんですが」

塚本は目を細めてじっと麻生を見つめた。そして、思い出した……思い出したのだろうと、麻生は思った。

「ああ」

塚本は、力の抜けたような声を漏らし、唇の端を少しひきつらせて無理に笑顔のようなものを見せたが、泣き顔に近いように麻生には見えた。後ろめたさで麻生の胸のあたりがズキリと痛む。塚本は刑期を終え、こうして真面目に働いている。前科を隠して就職したのかどうかはわからないが、たぶん、会社の上層部にはちゃんと説明がされているだろう。刑期を終えて出所した者を社会復帰させる為、事情を踏まえて雇ってくれる会社は、数こそ少ないが、存在している。だが同僚にまで前科をすべて話してあるとは限らない。いや、塚本の場合、殺人罪なのだから、まず隠していると思っていい。今、塚本は、麻生の出現によって、触れられたくない過去を暴露される恐怖を感じているのだ。麻生は、自分が脅迫者にでもなったような気分だった。そのつもりはもちろんない。が、あの時一緒にキャッチボールをした少年を救う為には、塚本と話す必要が、どうしても、ある。

「えっと……あの時の……刑」

「麻生と申します」

麻生は塚本の言葉を遮った。

「現在は、こんな仕事をしております」

名刺を素早く塚本の手に握らせる。塚本はちらっとそれを見たが、その顔から不安は消えない。

「以前のことについてお伺いしに来たのではありません」

麻生は、ちらっと、受付業務をしていた男の方を見た。

「コーヒーでもいかがですか。四ツ目通りに出れば深夜営業のファミレスがありますよね、きっと」

「いや、えっと」

塚本は中腰になって言った。

「わたしの知ってる店でよければ……アルコールの入ってないもん、出してくれますから」

麻生は頷いた。塚本は、焦っているようにばたばたと新聞をたたみ、ソファの後ろのロッカーを開けて上着を取り出し、袖《そで》を通しながら、受付にいた男に、ちょっと出て来る、と言った。まるで逃げ出すようにせわしなく。麻生は受付の男に頭を下げてその後ろを追った。

塚本に連れて行かれたのは小さなスナックだった。カウンターとボックス席が二つだけ。カウンターには客が二人ほどいて、内側にいる中年の女性と談笑していた。

「あら、塚本さん。まだ出ないの?」

「ちょっとね、用事があって」

「何か食べる?」

「いや、えっと、コーヒーくれる?　えっと……麻生さんは」

「わたしもコーヒーを」

中年女性は笑った。

「はいはい、わかってますよ。これから仕事に出るタクシーさんにお酒ってわけにはいかないもんね」

タクシー仲間だと思われたのは都合がいい。少なくとも、刑事には見えないというのは、少し嬉《うれ》しかった。

「突然で本当にすみませんでした。しかし、ちょっと急がないとならない事情がありまして」

「わたしに何をお訊きになりたいんですか。わたしはそら、出てからずっと中松で運転してるんですよ。ひとりもんだし、他には何もお話しするようなことは」

「息子さんがいらっしゃいますよね」

麻生の言葉に、塚本のこめかみが大きく一度、波打った。

「……いますよ。だけど……あれの母親は再婚してますから……」

「息子さんとはお会いになっていらっしゃらない?」

「いえ、あの」

「息子さんが、塚本さんがタクシー運転手をしておられると、友人に話していたそうです。息子さんは、あなたのことを御存じだ。あなたがどこで何をしているのか、ちゃんと」

塚本は口ごもり、下を向いた。カウンターの中にいた女性がコーヒーを運んで来て、塚本の様子にほんのわずかに眉《まゆ》をひそめ、非難するような視線を麻生に向けたが、黙ってまたカウンターへと戻ってくれた。


「息子さんは、今、どこにいるんでしょうか」

麻生は、コーヒーを一口すすった。インスタントではなかったが、何時間も前にドリップしたものを温め直した味がして、香りなどほとんど消えている。真夜中にスナックでコーヒーを頼むのは、帰宅する為に酔いざましをする客だけだろうから、こんなコーヒーでも苦さだけで、頼む客の役に立つのだろう。

「今夜、どうしても息子さんに会いたいんです。わたしに何が出来るのかはわかりませんが、息子さんは今、窮地に追い込まれています。なんとかして息子さんを助けたい」

塚本の肩が揺れ、顔が上を向きかけた。だが、また下に垂れる。

「もう思い出していただけたでしょう。わたしは昔、息子さんとキャッチボールをして遊んだことがあります。あなたの見ている前で」

塚本は、下を向いたままで頷いた。

「あの時は……ありがとうございました。あれから何度も、あの時のことを思い出して考えました。わたしは……あの子の球を最後まで受けてやることが出来なかった。自業自得です。それでも……わたしはあの子とあの子の母親のことは……本気で……大事に思っていたんです。わたしが迷惑をかけた人たちには本当に申し訳ないと……ましてあんなことになって、取り返しがつきません。今でも毎晩、目を閉じる前には手を合わせて……ゆるしてくださいと……あの時、あなたが息子の球を受けてくれた。それで観念したんです。本当は……死ぬつもりでいました。あんなことしてしまって、もう人生は終わったと思った。息子の球を五十受けたら、どこか遠くへ逃げて、海にでも飛び込もうと漠然と考えていたんです。でも、あなたと息子がキャッチボールしてる姿を見て、生きて償うしかないと観念したんです。わたしが死んだってそれで息子が幸せになれるわけじゃない。悪いことをして責任もとらずに逃げて、勝手に自殺した父親なんて、あの子にとっては最低だ、そう思ったんですよ。どんなに蔑《さげす》まれても……憎まれても……たとえ死刑になっても、裁判を受けて償えばと……」

「あなたは、ちゃんと更生した。そして深く反省もしている。犯した罪そのものが相殺されるわけではないでしょうが、少なくとも法的には、あなたの罪は償われました」

　塚本は、首を横に振った。

「法律なんて……どうでもいいことです。わたしが……手にかけたあの人はもう戻って来ない。わたしがゆるされる日なんか来ないんですよ」

「そうかも知れません。でも……息子さんはあなたをゆるした。でしょう？　だからあなたに連絡して来たはずです。困ったことになってしまって、あなたを頼ったに違いない。わたしはそう思いました。息子さんのお母さんはもう亡くなっています。義理のお父さんもお亡くなりになったそうです。今の彼の実家に、彼が窮地に陥った時親身になってくれそうな人はいない。しかも彼は、医師や薬剤師ばかりの親戚に囲まれている。みんなそれなりに裕福で良識があるのでしょうね。それだけに、彼はそんな親戚を頼ることは出来ないはずだ。彼が着せられた濡《ぬ》れ衣《ぎぬ》は、そんなにきれいなものじゃない」

「……濡れ衣だと、あなたは……」

「思っています。彼は無実でしょう。いや、証拠も根拠もありません。ただの感触です。しかしわたしは長い間、今回のようなことにかかわって来ました。自分の感触がある程度まで真実を摑《つか》むことに、いくらかの自信があります。名刺をご覧になったでしょう、わたしもう……前の仕事はしていません。民間人です。息子さんを探しているのは捕まえる為ではなく、事情を聞いて、何かしてあげられることはないか考える為です。誰かに依頼されたわけではないんです。わたしは今日、本当に偶然、息子さんと再会しました。お互い、相手の顔が思い出せず、でも確かにどこかで会っているのに、と不思議に感じたんですよ。あの頃息子さんは小学生で、そしてわたしは、まだ若かった。二人とも変わりました。特に息子さんの方は、正直、まるっきりわかりませんでした。しかし不思議なものですね、段々と思い出して、あの時の子供の顔が、今の息子さんの顔と重なりました。面影が残っていた。これは……縁《えん》なんですよ。人と人とが偶然触れ合う、そこに生まれる、縁《えにし》なんです。わたしにはそう思える。だから、無視することは出来ない。知らないふりをしていることは、出来なかったんです」

「縁《えにし》、ですか……」

塚本は、ようやく顔を上げた。

「それだけのことで、あなたを信じろと」

「足りませんか？　わたしの人生と琢磨くんの人生とは、あの日、あの土手の上で一時《いっとき》、触れ合った。わたしは彼の投げる球を、三十二回、受けました。それだけではいけないでしょうか。わたしが彼を助けたいと思うのに、それでは足りないんでしょうか。わたしは、あなたに信頼して貰う為の他のものを何も持っていません。わたしはこれまでの人生でたくさんの嘘をついて来たし、あなたを含めて、大勢の人の手に……冷たい輪をはめて来た。そんなわたしを信じてくれと言っても、無理なことかも知れない。でも今夜、わたしを信じて貰いたい。その理由は、たったひとつです。わたしは彼を助けたいと思っている。ただそれだけです」

塚本は麻生を見つめたまま、瞬きもせずにじっとしていた。彼が何を思い、何を考えているのか、麻生にはわからなかった。その見開いた瞳《ひとみ》の奥には、ただ小さく映る麻生自身の顔だけがあった。

塚本は、不意に立ち上がった。

「行きましょう。……早い方がいいんでしょう?」

「もちろんです」

麻生も慌てて立ち上がり、財布を出した。

「えっと、すみません、おいくらですか」

麻生がカウンターの方に声をかけると、中の女性は困惑した顔になった。

「いいんです、わたしにツケて貰ってます。いつものことですから」

塚本は、カウンターの中の女性に片手をあげた。

「いや、それでは」

「コーヒー代なんかどうでもいいでしょう」

塚本はドアを開けた。

「どのみち、あなたを信じる以上、コーヒーなんかで埋め合わせ出来ないくらいの迷惑を、あなたにかけることになるんだ」


塚本は何の説明もせず、営業所に戻った。事務所には向かわずに駐車場の奥へと進む。三台のタクシーが並んでいて、まだ男がホースで水をかけて洗っていた。

「あれ、塚本っちゃん、今から出るの。遅いね」

「今夜は休むつもりでいたんだけど、やっぱりちょっとは稼いで来ないとね。四号車、出してもいいのかな」

「いいんじゃないの、もちろん。休むって届けてないなら、他のもんが乗る予定はないだろうし」

「悪いけど、中谷さんとこの帳面につけといてくんないかな。朝戻り予定で。急いでるんで、事務所に戻らずこのまま出るから」

「あいよ、了解」

塚本は、ズボンのポケットから鍵を取り出し、左端の車のドアを開けた。

「後ろに乗ってください」

塚本に言われて麻生は後部座席に乗り込んだ。

「お、実車で出発とは景気がいいね」

ホースの男が笑う。塚本はメーターを作動させ、車を出した。

「会社がうるさいんで、メーター、動かしますけど、ちょっと走ったら倒しますから」

「いいですよ、払います」

「大丈夫です。どうせ一晩中走ったって、最近はからっきしなんです。わたしはひとりもんだからいいけど、家族がいたら、タクシーで食わせるのは大変ですよ、もう」

車がどこに向かうのか、麻生にはまるでわからない。が、新大橋通りに出て西に向かって走り出したので、都心部に向かうことは確かだ。

間に合うだろうか。

麻生は腕時計を見た。午前二時。琢磨は指名手配されるだろうか。たぶん、このまま姿を現さなければ、明日の朝には指名手配されるだろう。

隠れている琢磨を探し出しても、それで犯人がわかるとは限らない。真犯人の手がかりを提供してやらなければ、山背に申し訳が立たない。

深夜の新大橋通りには車の姿がまばらで、やがて隅田《すみだ》川にかかる橋が見えて来た。

川面に橋の灯が反射し、そのきらきらとした輝きの底に、川べりに建つビルのゆらゆらとした姿が沈んでいる。

デジャ・ヴュの正体はわかった。

熱がまた少し、あがり始めている。琢磨が届けてくれた薬の効果がきれ出したのだろうか。

朝まで、なんとか動ければいいんだが、と、麻生は息を深く吐いた。

7

迎車、の表示を出したままのタクシーは、中央区に入ってまもなく新大橋通りから箱崎ＣＡＴの方へと向かった。が、それからさらにビルとビルの谷間へと曲がり、同じようなビルが延々と並んでいる中をスピードを落として走った。表通りに面したあたりは再開発なのか何なのか、やたらと大きなビルが建ちはじめているが、その裏にはまだ、規模の小さなマンションがいくつも、少し古ぼけた様子を街灯の中に晒《さら》している。駐車禁止の貼り紙や看板がどのビルの前にもあって、昼間はさぞかし混雑しているだろうと思える。が、深夜の二時過ぎ、通りには猫一匹、生き物の姿がない。

歩道のない狭い道だが、駐車禁止の時間帯を過ぎている為か、路上駐車している車が何台もある。塚本の運転技術は確かで、車は滑るように静かに駐車車両を避けて進み、一台分空いていた隙間に、するりと縦列駐車した。

「このビルの二階です」

塚本は、息を殺すような小声で言った。

「二〇三号室に、石山商事、ってドアに貼ってあって、その上からマジックで×印がついてます。……潰《つぶ》れた会社なんですよ。わたしのね、今の同僚の、石山さんって人がやってた、ロシア関係の海産物の輸入会社です。石山さんには息子だとは言ってません。電話があったのが……夜の九時過ぎくらいだったかなあ、理由は言えないけど、どこかに隠れたいってね」

「息子さんから、直接ですか」

「ええ。せっぱ詰まった声でね……石山さんから、潰れた会社の事務所として使ってた部屋が空き部屋になってることを聞いてたんですよ。実はわたし、今は会社の独身寮に住んでるんですが、あんまり手狭になったんでどっかにアパートでも借りたいと思ってましてね、その話を数日前に石山さんにしたら、ここに住んでくれないかって言われまして。ここ、ボロなんですが、これで分譲なんだそうです。バブルの頃に買ったとかでね、まだローンが終わってない。でも石山さんには家族がいるんで、四十平米そこそこの部屋では住めないんだそうです。なんとか買い手がみつかったら売るつもりらしいんですが、不動産の値下がりが激しくって、今売っても損するばかりでしょ。これでもいちおう中央区で、交通の便も悪くないし、水天宮あたりは古いビルを壊して大きな新しいビルが建ってるじゃないですか、だから石山さんも、売らずになんとか持ちこたえたら、もうちょっとまともな値段に回復するだろうって思ってるんだそうです。それでまあ、ローンの三分の一でも家賃がとれれば、ってことなんでしょうね。敷金とか礼金なんかいらないと言ってくれましたし、家賃もこのあたりの相場よりかなり安くしてくれるって言うんで、たまたま昨日、下見に来て、鍵も借りたままになってたんですよ」

「それで、息子さんにその鍵を貸したわけですね」

「……息子に鍵を渡してから、定食屋で晩飯食った時に見たんです。テレビのニュースで、薬科大学の女子学生が殺されたってやってました。……偶然ってことはないですよね。息子が何か、隠れないとならないトラブルに巻き込まれたとしたら、きっとこの事件だ、そう思いました。でも、わたしから警察に連絡する気はありません。息子は人殺しなんか絶対にしない、そう思いたい。息子は、人殺しの父親を持って、随分と苦しんだはずです。だから同じ間違いをおかすはずはない。息子……

…そう思いたいんですよ」

　塚本はハンドルに額をつけ、すすり泣いた。

「……わかってください。理屈じゃないんです。もし……もしあいつが、息子までが人殺しなんかになっちゃったら、わたしはいったいどうしたらいいんですか。わたしの犯した罪が息子にまで罰を与えた、そういうことになってしまう。あるいは……わたしのからだの中に流れている人殺しの血が……」

「塚本さん」

　麻生は、後部座席から塚本の肩に手をかけた。

「人殺しの血、なんてものはありませんよ。いやむしろ、我々人間は、誰でも人殺しになる可能性を持っています。仕方ないんですよ、我々は戦って、殺し合って、歴史を作って来た生き物なんですから。しかし、だからこそ、そこから脱却したいと必死に社会を築いて来た。殺人という罪を憎み、それが起きないように努力することは、我々の進歩の証明なんです。だから警察は殺人犯を捕まえ、裁判で裁く。が、今のわたしは警察官でも裁判官でもありません。ただの私立探偵です。今、わたしのするべきことは、息子さんの安全を確保した上で、息子さんの言い分を聞くことだけです。後のことは、息子さんの言い分を聞いてから判断しませんか？　盲目的に息子さんの無実を信じることは、親として美しいことなのかも知れません。だがそれでは、あなたの不安は消えないだろうし、息子さんの立場をよくすることにもならない。わたしに行かせていただけるなら、なんとか彼を説得して警察に出頭させますが、もちろんその前に、息子さんの口から、いったい何が起ったのか聞きましょう」

麻生がドアに手をかけると同時に、カチリ、とドアが開いた。塚本も、のろのろとした動作でシートベルトをはずし、重そうに腰をずらして車から出る。

「あいつはやってない」

塚本は小さく首を振って、呟《つぶや》いた。

「人殺しなんか、絶対、してないんだ」

麻生は塚本の肩をそっと押して、先に進ませた。


管理人室はあるが、管理人がいるのは夜の七時まで、と書かれている。分譲マンションにしては本当に質素な造りで、どこもかしこも古びていた。オートロックでもなく、エレベーターは一基しかない。エレベーターの前に並んだ郵便受けには、個人名がほとんど見当たらず、なんとか商事だのなんとか物産だのと書かれた紙がたくさん貼られている。編集プロダクションや行政書士の事務所もある。このくらい古い建物で部屋も狭いとなると、居住用には不向きなのだろう。

エレベーターは狭かったが、監視カメラはちゃんと付いていた。ぎしぎしときしむような音をたててゆっくりと上昇する。少し大きな地震でも来たら、どこで停るかわからない危険な箱、だ。

二階の廊下はエレベーターを挟んで左右に延びていたが、部屋数は全部で十ほどだろう。右手に進んですぐに、二〇三号室があった。

「鍵はひとつしか借りてなくて、それは息子が持ってるんですよ。どうやって中に入りますか」

塚本の囁《ささや》きに、麻生は笑顔で言った。

「あなたが呼ばれたらいいと思いますよ、息子さんの名前を。たぶん、寝てはいないでしょうから」

麻生は、目を見開いたままドアを見つめている塚本の顔の前で、拳を軽くドアにあて、コツコツ、と叩いた。室内で人の動く気配がする。廊下に面して窓があり、ブラインドは降りていたが、かすかに弱い光が漏れている。が、その光がふっと消えた。

「わたしだよ」

塚本は、とても低い声で囁いた。

「琢磨、話があるんだ。中に入れてくれないか」

息の詰まるような沈黙が数秒続き、それからドアがカチャリと鳴った。ほんの少しだけ開いたドアの隙間にチェーンが見えた。

「……父さん……誰と一緒なの？」

「警察じゃない。父さんを信じてくれ」

「誰なんだよ！」

苛立《いらだ》った声が脅すように響く。


「今日、薬をありがとう」

麻生はドアの隙間に顔を近づけた。

「麻生です」

「……麻生？」

「わざわざ事務所まで、薬を届けて貰ったでしょう」

「……あの……私立探偵の？」

「ええ」

「どうしてあなたが」

「思い出したんです。ほら、わたしとあなたとは、昔どこかで会っている、お互いにそんな気がしていたじゃないですか。それで、わたし、思い出しました」

また琢磨は黙った。が、突然、おびえたような声で言った。

「わかった！　父さんとあなたが一緒だってことは……」

ドアが閉まる。麻生は靴先を隙間に突っ込んだ。反射的な行動だったが、琢磨が思い切りドアを閉めようとしたので、足に激しい痛みが走った。

「父さん、警察は連れて来てないって、嘘言ったな！」

「違う、嘘ではありません！」

麻生は必死にドアに肩を押し込んだ。琢磨がその気になれば、足の甲にひびくらいは入るかも知れない。

「事務所で確認したでしょう？　わたしはもう、刑事じゃない！」

「でも、あなたは、あなたは……」

「そう、あの時は刑事でした。あなたとキャッチボールをした、あの時は」

麻生の足と肩とを締めつけていたドアの圧力がゆるんだ。

「そうじゃないかって」

　琢磨の声が、頼りなく震えている。

「……思ったんです。……後から。でもあの時、僕はあなたの顔を見ていなくて……見ていたのはただ、あなたのグローブだけだったから。……父の代わりにあなたがはめていたグローブだけだったから」

「中で話しましょう」

　麻生が言うと、チェーンがカチャカチャと鳴ってはずされた。


　オレンジ色のあかりがひとつだけ、点《つ》いていた。懐中電灯だった。

「電気はまだ通じているのかな」

「点くと思います」

　塚本が玄関のブレーカーを上げ、壁のスイッチをいじった。部屋が明るくなり、一瞬の眩《まぶ》しさに麻生は目を閉じた。再び開けた時、目の前に見えたのは膝を抱えて床に座り込む青年の姿だった。

　わずか数時間の間に、川越琢磨は驚くほど変貌《へんぼう》していた。事務所に薬を届けに来てくれた時の、快活で人懐こく、若さを楽しんでいる自信に溢《あふ》れた青年の姿は、どこにもない。追い詰められ傷ついて途方にくれた小動物のように、からだを丸めて自分の運命を耐える青年の痛みが、狭いけれど家具らしい家具が何もなくがらんとしたその部屋に充満している。

　麻生は、ゆっくりと琢磨の前に腰をおろし、あぐらをかいた。塚本も少し後ろに座る。

「朝まではまだ時間があります。とにかく、何が起ったのか、話してみてください」

琢磨は顔を上げた。

「……だけど、なんであなたが？　警察に協力しているのでないのなら、どうして」

「理由を説明するのは、ちょっと難しいな。ただ、わたしにとっても、あの日のキャッチボールの思い出は大事なものだった。それだけで納得はして貰えないですか」

「あなたは……父を逮捕しに来ただけだった。そして僕に同情して、キャッチボールの相手をしてくれた」

「同情していなかったわけではないです、もちろん。慕っていた父親を警察に連れ去られる幼い男の子を可哀想だと思う気持ちは、わたしにもあった。だがそれだけではなかった……なかったと思います……おそらく。わたしの父は、わたしが中学生の時に死にました。父とキャッチボールをした思い出というのが、わたしにはあまりないんです。わたしが小学生の頃、父はとても忙しくて……うちはあまり裕福ではなくてね、父も母も懸命に働いていたけれど、彼らには余裕というものがあまりなかった。わたしには弟がいますから、キャッチボールの相手には困らなかった。でも、父親とやりたいという思いはたぶん、ずっと持っていたんですね。自分では意識していなかったけれど。あの日、わたしは……夕日の土手でキャッチボールをしたかったんだと思う。とても単純に、君とキャッチボールがしたくなった。そしてね、わたしは……こうやって思い出そうとすれば、君が投げた球の一球一球を思い出せそうなほど、あの日の記憶を大事に心にしまっていた。君は成長してしまい、わたしの記憶の中の男の子とは顔も姿も変わってしまったけれど、あの時のあの子が苦境に立たされていると知った時、何もしないでいることは、出来なかった」

琢磨はまた顔を伏せ、そのままの姿勢でじっとしていた。麻生はただ、待った。塚本も息をとめているのかと思うほど静かに、待っている。

朝になったら山背に連絡しないわけにはいかない。琢磨が無実であれそうでないのであれ、逃亡を続けることは決して得策ではない。麻生自身がそう考えていたように、逃げる人間は無実ではない、と警察は考える。そして仮に無実の人間が逃げているとすれば、その間に、本当の犯人はもっと遠くへと逃げてしまうかも知れない。

だが、朝が来るまでにはまだ、数時間の時が残されている。


「……何がどうなってるのか……ほんとにわからないんです」

琢磨は、聞き取りにくいほどの声で囁いた。

「彼女とは……恩田さんとは、昨日から連絡がとれなくなってました。彼女は携帯を持ってないし、彼女の部屋に電話しても留守電だった」

「留守電に、君は何か吹き込んだ？」

「いいえ、特には。彼女の電話は番号が出るやつだから、僕がかけたってことはわかるだろうと思ったし……別に急ぐような用事でもなかったから」

「恩田秀子さんとの交際は、その、順調だったのかな？　いや、ある人から、君たちはもう別れたというような話も聞いたので」

琢磨は首をうなだれたまま、また少し考えてから言った。

「……誰か気づいてたんですね。学校では周りに気をつかわせるのもどうかと思ったし、正直なとこ、自分でも自分の気持ちがはっきり決まっていなかったから、なんとなく曖昧《あいまい》にしてたんだけど。

彼女とは、一時は真剣に結婚を考えてました。ほんの数ヶ月前まで、そのつもりだった。でも……彼女、見合いしたんですよ、僕には黙って。田舎に帰った時にね。彼女の実家は栃木で大きな薬局チェーンをやってて、それで……地元のけっこう大きな病院の、二代目と見合いしたらしいんです。彼女の様子がなんかへんだったんで問いただしたら、そう言いました。だけど、彼女が一方的に僕を裏切ったというのとは違うんです。つまり僕と彼女とは、この半年くらい、なんとなく気持ちがすれ違うことが増えてて、ほんとは僕たち、合わないんじゃないか、って思い始めてた。でも僕も彼女も、婚約してるって事実を軽く考えることは出来なくて、なんとか修復できるんじゃないか、結婚してしまえばうまくいくんじゃないか、そんなふうに問題を先送りしてたんです。でも彼女の方がやっぱり、それでは不安になったんですね。で、見合い、という思い切った行動に出ることで、自分自身の気持ちを確かめようとした。そう彼女が僕に打ち明けた時……ああ、僕らはこれで終わるんだな、と僕も思いました。彼女を恨んでなんかいません。僕の方の気持ちも……彼女から離れつつあることは事実でしたから」

「他に、好きな女性ができた？」

琢磨はちらっと顔を上げたが、また伏せて横に振った。

「恩田さん以上に考えるような人はいません。でも、以前のような、彼女の為だったらすべてを投げ出せる、そんな気持ちは……もうなかったかも。僕と彼女との関係は、つまり、寿命が尽きたような状態だったんです。だから僕は彼女を憎いともひどい女だとも思ってないし、むしろ、彼女が見合い相手を気に入って幸せに結婚する形で僕と別れるなら、彼女にとってはベストだと思ってました。僕たちが婚約してることは学校にも知れてたし、共通の友人も多いですから、別れて傷つくのは、男の僕よりも彼女の方でしょう。彼女が別の人と結婚する為に僕をフッた、ってことになった方が、彼女にもいいだろうし、僕もそれだと正直、気が楽です。婚約までした女性を捨てた男だと思われるよりは、ふられた男と思われた方が」

「つまり、君には恩田秀子さんに対して殺意が芽生えることは有り得なかった」

「そうです。でも……警察がそれを信じてくれるとは思えない。彼女が田舎で見合いしたことは、調べたらすぐわかることだし」

琢磨は頷《うなず》いた。

「恩田さんが亡くなったことは、ニュースか何かで知った？」

「……今朝はニュース見てなかったんで、横浜で見つかった女性の変死体のことは知らなかったんです。今夜は研究室に行く予定があったんで、その前に食事でもどうかな、と思って彼女のとこに電話したけど留守電で。いつまでもだらだらとしてるのも気持ちが落ち着かないし、そろそろ、ちゃんと話し合っておく方がいいだろうと思ったんです。彼女が見合い相手と結婚するつもりなのかどうかだけでも、聞いておく方がいいだろう、って。でも留守なら別に、どうしても今夜会わないとならないってわけでもないし……それで、研究室に行く前に、ちょっと買い物がしたかったんで渋谷に出て、CDとか洋服とかみてて、そろそろどこかで飯食って大学に向かおうかな、と思った時……駅前の……電光パネルに彼女の名前が」

琢磨は頭を両膝の間につっこみ、啜《すす》り泣いた。

「……とても信じられることじゃなかったです。何かの間違いだと思った。だから確かめるつもりで、テレビのニュースが放映されるまで待ったんです。たまに行く洋食屋にテレビがあるの知ってたんで、そこで……ニュース見たら、やっぱり本当のことだった。初めはすぐに警察に行くつもりで店を出たんです。でも横浜に向かう途中で……急に怖くなってしまった。さっき言ったみたいなことを警察に話して、そのまま信じて貰えるとは思えなくて。彼女に結婚を断られた僕が逆上した、って筋書きの方が、ずっとわかりやすい。研究室や大学の仲間には、二人がうまくいってないことは知られてなかったから、なおさらまずいと思いました。どうしていいかわからず、父に電話したんです。……とにかく一晩、一晩だけ考えたかった。って言うか……何もかも悪い夢なんじゃないか、どこかに隠れてじっとしていれば、全部終わって元通りになるんじゃないか、そんな……すみません、幼稚なこと言って……」

「いや、気持ちはよくわかります。君と同じ立場になって平静でいられる人なんかいませんよ」

麻生はそっと言ったが、琢磨が顔を上げるより早く、肝心な質問に移った。

「ところで、吾妻杏奈さんとのことを話して貰えませんか」

琢磨は顔を上げたが、そこには麻生が怖れていたようなおびえや不安よりも、純粋な驚きに見える表情があった。

「どうして、杏奈のことを?」

「どうしても、あなたと今夜中に会いたかったんです。今夜、あなたに会って、あなたの口から事情を聞き、助けになりたかった。それで、あなたの居場所を知っていそうな人を探しました。すみません、あなたの研究室の机から、吾妻杏奈さんがあなたに宛てた手紙を見つけました」

「……そうですか」

琢磨は首を振り、そうですか、ともう一度呟いた。

「彼女のことは……言葉でうまく説明するのは難しいんだけど……僕の方は、妹みたいな感じでいます。彼女の方がその……僕に対して恋愛感情を持っているというのはわかってます。わかってるけど、彼女のことを恋愛の対象に考えることは、今はまだ難しいというか……彼女は……子供なんです。実際の年齢よりさらに幼い部分が多い」

「彼女とは、どこで知り合ったんです？」

「……渋谷です。一年くらい前だったかな、彼女の方から声をかけて来たんです。財布をなくしたんで、電車賃を貸して欲しい、と。よくある手口です。小遣いの少ない中学生や高校生の女の子が、食事やカラオケを奢《おご》って貰うのにする、逆ナンパですよ。僕みたいな、人畜無害に見える、ちょっと年上の男をカモるんです。その時は僕もたまたま時間を潰してるとこだったし、杏奈は不良には見えなかったから、まあお茶を飲むくらいは面白そうだな、と。でも、中にはタチの悪い連中もいて、カラオケボックスに入った途端に仲間が出て来て殴られて、金をとられるなんてのも聞いてたから、用心はしました。電車賃に千円札を手渡して、それから、ドーナツ屋にでもどう、とかなんとか、確かそんなふうに誘ったんだったな。それでドーナツ食べて、僕の電話番号を教えて、その日は僕も人と会う予定があったんで、それでおしまいです。実際、もう二度と会うことはないだろうと思ってたんですよ。そしたら彼女の方から電話があって、また会いたいと言って来ました。僕は相変わらず用心してたから、会ったけど、スパゲティかなんか食べてそれで別れた。そんなふうな、なんか飯とか甘いもんとか奢ってあげるだけ、みたいなことを何回か繰り返しているうちに、ディズニーランドに連れて行って、なんてせがまれるようになって、その頃には、杏奈が不良じゃなくて、ただ友達の少ない、淋しい子なんだ、ってわかりました。なんだかんだ、彼女に呼び出されるとつい、つき合ってあげちゃうようになりました。悪い子じゃないし、僕には妹っていなかったから、杏奈のことが可愛いと思うようになって。でも……恋愛感情はありません。そういう対象としては見られない」

「恩田さんのことは、話しましたね」

「ええ。彼女から、ちょっと生々しい感じの手紙とか貰うようになったんで、こっちにそのつもりがないことをはっきりさせた方がいいと思ったんです。婚約している女性がいる、と話しました。だけど彼女は納得しなくて。僕の心の中を見透かしてるみたいに、僕が恩田さんのことを愛してない、と言い張るんです。それがまったく的外れなら、僕ももっと毅然《きぜん》と出来たんでしょうけど、事実僕の恩田さんに対する気持ちは冷めかけてましたから……女の子って、鋭いなあ、と思ってました。でも、今度のことにはもちろん、杏奈は無関係ですよ。あの子はただ、友達がいなくて淋しがってるだけの女子高校生です。渋谷で逆ナンパしたのだって、特に不良だったからじゃないんです。今の子はそのくらい、普通にします。杏奈を巻き込むのはやめてください。杏奈のとこは、けっこう親が厳しいんです。僕の為に怒られることになったら可哀想だし」

「……恩田さんと別れた、とは言わなかったんですか。申し訳ないが、そこのところをはっきり聞かせてください」

「どうしてですか？　杏奈に何の関係が」

「ちょっとね……気になったんです。吾妻さんの様子が」

琢磨は瞬きしながら麻生の顔を見た。

「それって……元刑事の、勘、ですか」

麻生は苦笑いして、頷いた。

8

「杏奈には……あまり彼女のことを詳しく話してはいません……いなかったはずです」

琢磨は、記憶を正確に言葉にしようとしているのか、目を閉じてゆっくりと話した。

「さっき言ったように、杏奈から僕に対して思いを綴《つづ》った手紙が来たり、僕とふたりでいる時に、自分が僕の恋人なんだと周囲に見せつけるような態度をとるようになって来て、僕も杏奈の気持ちに真剣に向き合わないといけないな、と思ったんです。それまではほんとに、妹のような感覚で、可愛いなあ、と思いながら杏奈の言葉や仕草を楽しんでいただけでした。僕を好きだ、という言葉は、二度目に逢った時から口にしていたけど、十代の女の子ってすごく簡単に恋をする、というか、恋をしたつもりになるものですよね。僕も女の子の心理に詳しいなんて自信はないけど、高校生の時に同級生と交際してた経験はありますから、そういうノリってなんとなくわかりました。なので、そんなに堅苦しく考えなくてもいいかな、って、杏奈のしたいようにさせていたんです。でも手紙が来たりしたことで、このままではいけない、ちゃんと言わないと、と思いました」

「それで恩田さんのことを打ち明けたんですね」

「そうです。結婚を約束した女性がいる、ということと、杏奈に対しては、すごく大事な友達だと思っているけれど、恋愛感情はない、ということを、話しました。正直、すぐに納得してくれるとは思っていませんでしたから、駄々をこねられるのは覚悟して、それでも杏奈が理解してくれるまで、辛抱強く話し合うつもりでいたんです。でも杏奈は、僕が思っていたよりずっと……ずっとその、なんて言えばいいのかな……ふてぶてしかった、と言うと言い過ぎかも知れないけど、とにかく、はなから平気よ、って顔でした。僕と恩田さんとの間はもう終わっている、と、ズバッと言い当てたんです。僕はもう恩田さんのことを好きじゃない、とっくに気持ちは冷めてるはずだ、って」

「なかなか鋭いですね、年頃の女性の勘は」

琢磨は苦笑いして頷《うなず》いた。

「きっぱりと否定して、恩田さんのことを今でも愛していると演技するべきだったんですよね。でも……自分の本心をいきなり言い当てられてしまうと、誰だって動揺しますよね？　僕もなんか焦っちゃったって言うか、演技する余裕がなくなったって言うか。そんな僕の態度を見て、杏奈はますます、僕と恩田さんとの関係は終わった、だから僕の新しい恋人になる権利が自分にはある、そういう感じになって」

「しかし、杏奈さんと交際する意志のないことははっきり言ったんでしょう？」

「言いました。でも、杏奈は泣きながら、自分のことが嫌いなのか、って訊《き》くんです。そう訊かれたら、僕は彼女が嫌いなわけじゃないし……ただ、恋愛対象と考えるには彼女が幼過ぎて、どうしていいのかわからなかった。でも杏奈は、自分はそんなに子供じゃない、ちゃんと向き合って、恋人として認めて欲しいと言いました。僕のことをずるい、と非難したんです。そう言われてしまうと、僕は確かにずるかった。杏奈を恋愛の対象として考えることから、あえて逃げていた。ほんとはきちんと答えを出して、もしどうしても杏奈を恋人としてみることが出来ないのなら、きっぱりと別れるべきだったんですよね。喫茶店で喋ったりディズニーランドに行ったり、そういうことも全部、諦《あきら》めるべきでした。だけど、麻生さん、杏奈が恩田さんの事件に関係しているなんてことは、絶対にないと思います。確かに杏奈は幼稚なところがあるし、感情的になりやすい。でも、賢い子なんですよ。それに暴力的な面はまったくありません。これまでだって、感情がたかぶって泣き喚《わめ》くことはあっても、物ひとつ投げたことはないんです。恩田さんを殺すなんてこと、そんなことは……あり得ないです」

麻生は、顔をうなだれてしまった琢磨の膝を軽く叩いた。

「たぶん、杏奈さんが直接恩田さんに危害をくわえたわけではないとわたしも思います。でも彼女は、わたしに何かを隠していた。何かを言いたかったのに、言わなかった。そう感じたんです。彼女には……もしかすると心当たりがあるんじゃないか、そんな印象を受けたんですよ」

「心当たり、ですか。つまり……杏奈は、恩田さんを殺した奴を知っていると」

「彼女は淋しがりだとあなたは言いましたね。あなたは優しい人だ、きっと出来るだけ都合をつけて杏奈さんと逢ってあげていたでしょうね。だがあなたには薬局での仕事もあるし、大学での研究もある。それほど頻繁に彼女を遊びに連れて行ってあげられるとは思えません。あの年頃の女の子ならば、好きな男性とは毎日でも逢いたいと思うのが自然でしょう。わたしも女の子の心理に詳しいわけではないですが。でも、彼女があなたと逢えない時間の淋しさをどうやってまぎらわせていたのか」

琢磨は顔を上げ、探るような目で麻生を見た。

「それは、杏奈に僕の他にボーイフレンドがいたんじゃないか、ということですか」

麻生は頷いた。

「渋谷であなたに声をかけたくらいですから、淋しいと思ったら心の隙間を埋めてくれる遊び相手を自分で見つけるくらいのことは、杏奈さんには出来るはずです。彼女くらい可愛らしい女の子ならば、渋谷や原宿《はらじゅく》あたりで遊んでいて、ナンパされることも多いんじゃないかな。そんなこんなで、他にボーイフレンドがいた可能性は高いように思うんです。そんな男性のことは、何も言ってませんでしたか」

「……はっきりとは。でも……ああ、そうです、ライブハウスの件がありました」

「ライブハウスの件？」

「六本木《ろっぽんぎ》の、Ｃａｔｓ＆ｄｏｇｓって店で、杏奈が同じ年頃の男といるのを見かけたことがあるんです。その時、声をかけてもよかったんだけど、僕にも連れがいたもんだから、杏奈に説明するのがめんどうで。その時は、薬局の同僚と一緒だったんですよ。内野さんという女性で、薬剤師です。大学時代からの友人がやってるバンドがライブするから、行かないか、って誘われて。ほんとにただの同僚で、一緒に行く予定だった友達が風邪ひいちゃったんでチケットが余ってるから、それで誘われただけだったんですけど。でも杏奈のことだから詮索《せんさく》したがるだろうし、ただの同僚だって言い訳しても勘ぐるかも、って、僕の方で勝手に気をまわしちゃって、その時は声をかけませんでした」

「それはいつ頃のことですか」

「ちょうど一ヶ月くらい前です」

麻生は腕時計を見て、それからたっぷり一分以上、腕組みして考えた。夜明けが来れば、山背に連絡しなくてはいけないだろう。万が一、自分が杏奈のところに行っている間に琢磨が逃走したら、山背の責任が問われる。だが杏奈はもう寝ているだろうし、起きているとしても厳しい親と住む家に連絡することは難しい。さっきのように窓に何かぶつける手もあるが、もう時刻は午前四時近い。杏奈がすぐ気づいてくれなかったら、新聞配達か誰かに見咎《みとが》められて、やっかいなことになる可能性もある。

「杏奈さんと今すぐ連絡をとる方法、何かありませんか」

麻生が訊くと、琢磨は目を大きく見開いた。

「……じゃ、麻生さん、あなたは、杏奈のそのボーイフレンドだかなんだかが……」

「可能性はあると考えています。もちろん、まったく見当はずれならそれに越したことはない。杏奈さんは恩田さんの事件に本当に無関係で、恩田さんは気の毒に、通り魔か何かの犠牲になったのであれば……まだ救われます。しかし、仮に事実がその通りだったとしても、そうだと警察が断定するにはたぶん時間がかかります。警察としては、あなたを第一容疑者だと考える線からはずれる理由が、今のところ、ありません。あなたをいったん警察の手に引き渡してからゆっくり事実を探る、そういう方法もあるにはありますが、正直なところ、今あなたが取り調べを受ければ、あなたにとって不利な状況になると思います」

「でも、僕は無実です。取り調べを受けても、無実なんだから自白のしようがないですよ」

「わかっています。しかし、あなたが自白しなくても、他に容疑者が浮かばなければ、警察は情況証拠をかためることに熱心になるでしょう。起訴まで持ち込まれてしまったら、無実を勝ち取るのに大変な時間と労力、それに金がかかります。いずれにしても、あなたが隠れたままで一件落着することはないでしょうが、大事なことは、あなただけを唯一の容疑者にしないことなんですよ」

「すみません、麻生さん。わたしが余計なことを言うつもりはないんですが」

それまで、一言も言葉を発しないで黙って座っていた塚本が、苦しそうに聞こえるほど低く小さな声で言った。

「つまり、麻生さんは、どちらにしても息子を警察に出頭させるおつもりなんですね?」

麻生は、塚本の目を見て、ゆっくりと頷いた。

「それしかないんです。このまま彼を匿《かくま》い続けていて、それで真犯人が挙がればいいんですが、その可能性がどの程度あるのか、今の段階ではまったくわかりません。現在の状況では、わたしが捜査を担当していたとしても、息子さんを第一の容疑者と考えて行動すると思います。もし無実であるのならば、自分から警察に出向いて事情を説明しておくことが、何より重要です。が、しかし、その場合でも今言ったように、息子さんの置かれる状況が不利であることは変わらない。警察に他の容疑者の存在を知らせてやることが必要です。その二つのことは、同時に、つまり今夜が終わって外が明るくなった時に、行う必要があります。息子さんとあなたとの関係など警察が調べれば明日には判明する。警察は必ず、あなたのところを事情聴取に訪れます。この隠れ場所が明らかになるのも時間の問題です」

塚本は、黙って下を向き、深く大きく溜め息をついた。

「……息子は……琢磨は無実です。こいつは絶対に人を殺《あや》めるような人間ではありませんよ。こいつを警察に……あの取り調べを体験させるのは……わたしには耐えられない。なんとかできないですか、なんとか。あと数日ならば、わたしが息子を連れて逃げ切ってみせます。ここでなくても、どこかに隠れるところはあるはずだ。その間に、その杏奈とかいう女の子を問い詰めれば……」

「塚本さん。わたしはあなたの存在を探り出す為に、昔の、警察時代の友人を頼りました。その友人はわたしを信頼してくれたから、一晩だけ、猶予をわたしにくれたんです。一晩だけの約束を引き伸ばせば、彼の信頼を裏切ることになる。しかもそれによって、彼は辞職させられるかもしれない。あなた達が逃げるのはあなた達の勝手です。が、わたしがあなた達を庇《かば》えるのは朝までで、それからは、わたしも警察に協力する立場をとります」

「けど、あなたはもう、警察官ではないんでしょう？」

「ええ、違います。そして、お察しの通り、わたしが警察を辞めたのにはそれなりの事情があり、わたしは警官として優秀であり続けることが出来なかった、いわば落後者です。でもね、塚本さん。わたしはしょせん、警察の飯を長く食った人間なんですよ。わたしが私立探偵として生きる上でも、警察とのコネクションは大切なんです。軽蔑《けいべつ》していただいても構いません。ですが、それがわたしの本音なんですよ。わたしは……琢磨くんを助けたいと思った。あの日、土手の上でキャッチボールをした思い出の為に、琢磨くんを守ってあげたいと。しかし、あの夕刻から長い時が流れ、その間に、わたしはあの時のわたしではなくなってしまったんです。わたしは警察に敵対する気はないし、友人を裏切ることも出来ません」

　しばらくの間、三人は黙っていた。が、琢磨が口を開いた。

「わかりました。僕、出頭します。僕がこのまま逃げ隠れしていると、親父さんにまで迷惑がかかる。そういうことですよね、麻生さん」

　麻生は頷いた。

「約束してください、麻生さん。たとえあなたの友人とやらに訊かれても、親父さんのことは話さない、親父さんが僕をここに匿ったことは黙っていてくれる、と。そうであれば、僕、これから警察に行きます。適当に逃げ回っていたと嘘をつきます。気が動転していて、どこで何をしていたのか正確には憶えていないと言い張ります。その代わり、あなたは杏奈にこれを渡してください」

　琢磨は、ポケットから折りたたんだ紙を取り出した。

「ここに隠れている間に、杏奈に宛てて書いたものです。たいしたことは書いてません。ただ、僕の正直な気持ちが書いてあるだけです。これを読んで、それでも杏奈があなたに隠し事をしたままでいるなら、僕は自力でなんとか、頑張ってみます。絶対に嘘の自白なんかしないで、日本の警察の優秀さに運命をたくしますよ」

　琢磨は、頼りなく笑った。

「麻生さん、その時はもう一度、弁護士を通じてあなたに仕事を依頼します。僕の無実を証明する為に、杏奈のボーイフレンドを探り出す仕事です。でも、僕が正式に依頼するまでは、決して、勝手に探らないでください。杏奈が自分からあなたに教えるのでなければ」

「それでいいんですか」

「いいんです。そうして欲しいんです。杏奈が僕を裏切る前に、僕の方からあの子を裏切りたくない。僕はほんとに、卑怯《ひきよう》でした。妹みたいに思っているなんて、そんな言い方で彼女と真正面から向き合うのを避けていたんです。もしかしたらそのことで、杏奈は……取り返しのつかないことをしてしまったのかも。彼女がボーイフレンドに恩田さんのことを悪く話し、そのボーイフレンドが恩田さんに……麻生さん、あなたはそう考えているんですよね？」

「可能性としては」

麻生はそれだけ言った。琢磨は、ほう、と息を吐いて立ち上がった。

「わたしが送っていく」

塚本も立ち上がったが、琢磨は首を横に振った。

「だめだよ、父さん。あなたは無関係だ。今夜、あなたはここにはいなかった」

「馬鹿を言うな！」

塚本は涙声だった。

「わしは……わしは……」

「あの時、僕とのキャッチボールを途中でやめて、あなたは逮捕された」

琢磨は静かに言った。

「僕は待ってたよ。麻生さんに代わりに受けて貰った球は、申し訳ないけど、僕は数えてない。僕はあなたが戻って来て続きを受けてくれるのを、ずっと、ずっと待ってたんだ。だから今度は、あなたが信じて待っててください。今度はね、僕は無実なんだもの、すぐに戻って来る。すぐにまた、あなたに逢えます」

琢磨は言って、ドアに向かう。そのあとを追って走り出そうとした塚本の腕を、麻生は摑んだ。

「塚本さん、あなたにはわたしを送って貰いたい。この手紙を杏奈という少女に届けに行くわたしを、あなたに送って貰いたい」

塚本が泣きながら麻生の顔を見る。その間に、ドアは開いて、そして、閉まった。

＊

「その手紙、あんた、読んだの？」

練が訊いた。麻生は首を横に振った。

「でもさ、その杏奈って子、結局、あんたに全部告白したんだろ。ってことは、よっぽど泣かせることが書いてあったんだな、その手紙」

「どうかな。ちらっと見た感じでは、とっても短かったけどな」


杏奈は告白した。

ライブハウスで杏奈と一緒にいたのは、麻生の想像した通り、彼女のボーイフレンドだった。杏奈が惚《ほ》れていたのは琢磨だけだったのだろうが、そのボーイフレンドとは、性的な関係も持っていた。麻生には、好きな男が別にいるのに、簡単に肉体関係を他の男と持つ少女の気持ちは理解出来ない。が、なぜなのか、だからこそ杏奈は本気で琢磨に惚れていたのだ、と信じられた。そして、だからこそ、杏奈は、恩田秀子を激しく憎んだのだ。たとえ一時でも琢磨の心とからだとを支配していた、女として。

杏奈はボーイフレンドの橋本健次という十九歳の少年に、琢磨のことは内緒にしたまま、恩田秀子について嘘を吹き込んだ。自分の家庭教師をしていた大学生で、自分の父親を誘惑しようとしている悪女なのだ、と。だから、痛い目に遭わせてやって、と。健次に恩田秀子を強姦《ごうかん》させる、それが杏奈の立てた計画だった。

あまりにも幼い。結果に何かを求めるのではなく、ただの腹いせだ。そして、その残酷さを充分には理解してさえいない。

恩田秀子の抵抗に逆上して殺害してしまった橋本健次の人生まで無茶苦茶《むちゃくちゃ》にしてしまったことに対しても、杏奈は、それが自分のせいだという認識をあやふやにしか持っていなかった。

やりきれなかった。

子供の犯罪なのだ。からだは大人であったとしても、杏奈も健次も、本当に子供だ。

そして無残に散らされてしまった恩田秀子の命が、誰に償えると言うのだろうか。たぶん、琢磨はこれからずっと苦しむことになるだろう。自分が杏奈に対して曖昧《あいまい》な態度をとった為に起った悲劇。


「そう言えば」

麻生は、思い出した。

「その手紙、処方箋《しょほうせん》に書いてあったな」

「処方箋?」

「うん。勤め先の薬局の、さ。たまたまメモ代わりに持っていたか何かなんだろう」

「なんて書いてあったのかなあ」

「気になるか」

「そりゃ、なるさ。書いてあったとしたら、嘘か真実、どっちかひとつだろ? その男がそのガキに嘘ついて、おまえを愛してるから助けてくれ、って書いたのか、それとも、正直にさ、やっぱり愛してない、ごめん、って書いたのか。どっちかを読んだから、そのガキ、あんたにほんとのこと話したんだろ」

麻生は思わず、漏らし笑いした。

「おまえって、時々、そういうこと言い出すな」

「そういうことって、なんだよ」

「だから……俺なんかが気にしないようなこと、さ」

「あんた、気にならないの」

「ならない」

麻生は、手にしたグラスから、冷えた清酒をすすった。

「それを知ったからって、自分が応用できるわけじゃないからな。あの薬剤師とあの少女、二人の世界だったから、出るべくして出た結果だ」

「あんたなら、どっちを書く？　愛してるって嘘か、それとも、ごめんな、って真実か」

麻生は答えなかった。練の仕掛けた小さな罠《わな》だ。足を踏み入れるつもりはない。

「それより」

麻生は言った。

「今度のことで、俺は自分が、警察側の人間なんだって思い知ったよ」

清酒が苦い。

「そろそろおまえ、どうするのか、決めてくれ。俺はおまえの世界に属して生きることは出来そうにない。おまえが……もし……」

そのあとは、言葉にならなかった。

練も黙っている。

もし、足を洗う気がないなら、俺たちはもう終わるしかない、そう声に出して続ける代わりに、麻生は、グラスの酒を無理に飲み干す。

あの夕暮れの土手、オレンジ色に染まったボールを受け止めたあの日から、なんて遠くに来てしまったんだろう、と、麻生は思った。

CARRY ON

1

田村というこの男は、不思議な奴だ、と麻生はあらためて思いながら、焼けた肉を口に放り込むその忙しさを見つめていた。

「ああ、うんめー」

もうけっこういい歳のはずなのに、田村の笑顔は、とても幼い。この笑顔が女を騙《だま》す武器なのだろう。

「拘置所の飯って、なんかほんと、禅やってる坊主の飯みたいだもんなあ」

「麦飯はからだにいいんだぞ。俺なんかこの頃、たまに飯炊く時はわざわざ麦を入れてるよ」

「まずい飯食ってまでヤクザなんかやってらんねぇっすからね。ヤバいシノギやって裏で生きてんのは、表じゃ俺なんか、うまいもん食ったりいい女抱いたりできねぇからだし」

「そうかな。俺は前から思ってるが、おまえはカタギの世界で法律でも勉強すれば、弁護士くらいにはなれるんじゃないか。頭もいいし記憶力もいいし、それに、他人の心理を的確にとらえてる」

「そんな買いかぶられても、今さら遅いっす。十五ん時から裏で生きてんだから、今さらね、表には戻れねぇし、戻る気もねぇし。ああ、ほんと、うめぇ。こんないい肉喰《く》わして貰《もら》っちゃって、すんません、麻生さん」

「俺にさん付けはいいよ。俺はもう、警察の人間じゃない。それにしても、よく不起訴になったなあ。また高安が活躍したのか」

「さあね、俺はなんも知らねぇっす。高安先生のとこの弁護士が接見には来ましたけど。もともとあれでしょ、俺みたいな小者はもっと上の方をつかまえる材料だったんでしょ。三ヶ月も前に、ちょっと女のほっぺた叩《たた》いたくらいのことで、いきなり暴行傷害だって逮捕されたんだから」

「女は前歯、折ったんだろ？」

「義歯っすよ、義歯。もともとつくりもんで、安物だからすぐ割れる。その歯だって、新しいの入れる金はちゃんと渡したんだから」

「暴行傷害は親告罪じゃないからなあ。目撃者がいたんなら、逮捕されても仕方ないな。ま、不起訴になってよかったじゃないか」

田村はカルビをまとめて何枚か口に入れ、くちゃくちゃ噛《か》んでから生ビールで呑《の》み込んだ。

「別荘いくのはもう勘弁なんで、助かりました。で、俺に肉喰わしてくれてる理由は、あいつのことでしょ、麻生さん」

田村は口のまわりの白い泡をぬぐって、にやり、とする。

「あんたも変わってるよなあ。あんた、女と結婚してたんでしょ？　まああいつは魔物みたいなとこあるから、ホモじゃない男もたらしこむけどさ、あんたの場合、あいつの正体は充分知ってんのに、なんで警察辞めてまで、火中の栗に手を出すんだか」

洒落《しゃれ》た言い回しをする。麻生は、田村が意外なことに読書家だ、ということを思い出した。

「腐れ縁なんだ。それ以外にはどう言えばいいのかわからない。ただ、今は俺もあいつの本心が読めないんだ。噂は聞いてる。あいつを組の若頭にしろってのが、春日の先代組長の遺言だったって」

「俺は春日の人間じゃないですからね、正確なことは知らねぇっす。でもその噂はたぶん、ほんとのことだよ。うちのオヤジさんが激怒しまくってたから」

「武藤は練のことが嫌いなんだろうな」

「オヤジさんはほら、死んだ韮崎《にらさき》さんと仲悪かったから。であいつは、韮崎さんの片腕だったわけで。でも、ほんとに遺言に書いてあったんなら、オヤジさんがいくら怒ってもどうしようもないよ。俺らの世界、遺言状みたいなもんは絶対だからね。春日の新しい組長も、先代の遺言に逆らうのはまずいってわかってるはず。あとはあいつ次第だね。あいつが遺言に逆らうなら、エンコ詰めてこの世界から足、洗うしかない。逆らわない気なら、春日組の若頭に就任するしかない」

「詰めないとだめかな」

　麻生は思わず、自分の小指の先を見た。

「警察が中止命令出せば、やめさせられるだろ」

「そりゃ、あんなの結局、カタチだからさ。金で解決しちゃう幹部だってけっこういるし。けどなあ……あいつ、小指くらいなら顔色ひとつ変えないで落とすと思うよ、ほんとに足洗うつもりなら。あいつが迷ってるのは、そんなことじゃないよ……って言うかさ、麻生さん、あんたが悪いんだよ。あんたがはっきりしねぇから、あいつだってどうしていいかわかんないんだ」

「俺は」

　麻生は、網の上で縮まっている焦げた肉を箸《はし》でつまんだ。

「もう決断してるよ。……俺はやっぱり、ヤクザとは暮らせない。自分が骨の髄まで警察色に染まってるってこと、最近、自覚した」

「つまり、あいつが足、洗わないなら、別れるわけ」

麻生は黙って頷《うなず》いた。

田村が小さく笑う。

「あいつ、あんたに対しては本気を通り越して、異常に執着してるんだぜ。そんな簡単に別れると思う？」

「簡単であろうがなかろうが、練が春日の盃《さかずき》を受けるなら、俺たちは終わりなんだ」

「そういうこと言うから、あいつ、意地になっちゃうんじゃないかなぁ」

田村は生ビールのお代わりを頼み、キムチを箸でつまんで言った。

「麻生さん、あんたなんで警察辞めたのさ。あいつの為でしょ？　あいつみたいな裏稼業やってる人間と仲良くしてるってだけで、警察では睨《にら》まれる。だから辞めたわけでしょ。だったらさあ、あいつが本物のヤクザになろうがどうしようが、とことんあいつの為に生きるって言ってやればいいじゃん。あんたがそう言えば、あいつ、あっさり指なんか落としてさ、あんたと二人、どっか海外にでもとんで死ぬまでのんびり暮らす決心、すると思うんだよね。それだけの金は持ってんだし、第一さ、あいつ、ヤクザなんかほんとは好きじゃねえんだよ。たまたまあいつが線路に寝ころんで死んじまおうとしてたのを拾ったのが韮崎さんで、その韮崎さんが筋金入りのヤクザで、だからあいつもそのまんまこっちの世界に入っちゃった、それだけなんだもん。そりゃ、あいつと韮崎さんの関係はものすごい複雑怪奇ってか、もうこんがらがってて俺にもよくわかんないくらい濃かったけどさ、しょせんは死んだ人間だよ。あんたがそのつもりになれば、いつかは練も韮崎さんのこと、忘れるよ。外国とか行けば、男同士で結婚できる国だってあんだろ、死ぬまで働かなくたって食える金は持ってんだから、二人でさっさと海を渡ってさ、シアワセになればいいんだよ。なんかあんた、俺から見ると何考えてんのかさっぱりわかんねぇ。グズグズしてばっかで煮えきらねぇんだもん、あいつが意固地になるのもわかるんだよね。あ、すんません、御馳走《ごちそう》になってんのに言いたいこと言って」

田村はへらっと笑って、飛驒《ひだ》牛の特上ロースを追加した。痛い出費だが、それ以上に、田村の説教が麻生には痛かった。田村の言うことはまともで、まさにその通りなのだ。

麻生は、また焦げた肉をつまんだ。自分には旨《うま》い肉なんか食う資格はない、という気がした。


「結局」

田村はぐぐっと新しいジョッキを三分の一、一気飲みして言った。

「あんたは、女の方がいいんだろ。なんとなくわかるよ。俺も両刀と思われてるけど、野郎をこますのは商売で、本気じゃねえもん。野郎の方が金持ってるから、シノギとしてはいいんだよ。それだけのことでさ、別荘でろくでもないことおぼえこまされたおかげさんで、野郎相手でもなんとかできるってだけで。男に惚《ほ》れたことなんかねえし、この世から俺以外の男がみんな消えていなくなっても、ぜんぜんかまわねえもんな。ヤるんなら女の方がいい。惚れるのも女だけ。あんたもさ、ほんとはそうなんだろ？　今でもほら、逃げた女房のことが忘れらんねえとか、それが本音だろ。あいつ、それがわかっちゃってるから、素直になれねぇんだよなぁ。そう考えたら、やっぱあんたらは別れた方がいいかもな。練は、たぶん根っからのホモだよ。女とも遊びでは寝るけど、女には惚れない。あんたと違って、ほんとに自分に惚れてくれるやつとくっついた方が、あいつも落ち着くだろ」

「否定しても説得力はないんだけどな」

麻生は、ジョッキのビールをあけた。

「そうやって決めつけられると、やっぱりそれも違うんだよ」

「あいつに本気だ、って言い切れるわけ」

「……言い切れる」

「だったらなんで悩むわけ」

麻生は、田村の顔を見た。田村は純粋に不思議そうな顔で麻生を見ていた。

「取り戻してやりたいんだ」

「何をさ」

「……故郷。あいつが帰る場所だ。このまま二人で外国に逃げちまったら、あいつは永遠に故郷を失う」

「ふうん」

田村は、わざとらしく鼻でわらった。

「そういうの、あんたの自己満足だろ。ま、いいけどさ、俺には関係ねえから。でも俺があいつだったら、故郷なんかより、惚れた相手と南の島で一生暮らす方が大事だと思うけどね」

*

田村と焼き肉屋の前で別れ、麻生は大久保通りから歌舞伎町《かぶき》に向かってぶらぶらと歩いた。歌舞伎町は変わらない。店の看板はめまぐるしく入れ替わっても、町としての塊は不変だ。この猥雑《わいざつ》さ、この豊かさ、そしてこの、貧しさ。

田村に声をかけたのは、仕事で久しぶりに歌舞伎町を歩き回っていた時、偶然見かけたからだった。田村は、新宿を縄張りに持つ暴力団の構成員だ。それほど美男子というわけではないのに、専門は、女性をたぶらかして風俗業界を「転がして」儲《もう》ける、いわゆるスケコマシ、だ。借金で首がまわらなくなった女性を説得し、自分からソープなどに勤めるよう仕向けたりする仕事をさせると抜群の才能を発揮するらしい。ある意味、田村は聞き上手で、田村と話していると妙に素直になってしまうことがある。田村に騙される女たちもみな、そうなのかもしれない。そして田村は、練の、数少ない親友なのだ。

田村に何か相談する気はなかった。ただ、田村の姿を見かけた時、反射的に声をかけていた。そして田村が旨そうに肉を口に運んでいるのを見ているうちに、本音を語りそうになってしまった。それでも、麻生はすべてを話すのは踏みとどまった。言葉にしてしまうと、もう取り返しがつかない、そんな気がした。

田村に言われたことは、自分でも繰り返して考えていたことだった。自分がいったい、同性愛者と呼べる存在なのかどうか。自分の気持ちは、錯覚なのか。すべてはただの勘違いで、恋愛だと感じている部分はすべて、プロの男娼《だんしょう》だった練のセックステクニックが見せた幻なのか。

自分はただ、幻惑されているだけなのか。

何がひっかかっているのかは、はっきりしている。だがそれを口にすることは出来ない。口にしてしまうと、後戻りも出来なくなる。


「麻生さんじゃないですか？」

不意に背後から声がかかった。振り返る前に、声の主が誰なのかはわかった。

「お久しぶりです。お元気そうですね」

後藤絹子。元東京地検の検事で、今は弁護士をしていると聞いている。麻生はこの女性が苦手だった。検察官と刑事という立場だった頃、何度となく手厳しく批判されたことがあった。後藤検事は麻生の捜査方法は解決を遅らせ、捜査本部の協調を乱すと決めつけていた。

自白をとりなさい、自白を。後藤検事は、冷たい声で言った。

自白がきちんととれていなければ、公判の維持なんかできないでしょう？

その後藤絹子も、今は民間人だ。検事の多くがそうするように、定年など待たずに出世の先が見えて来たあたりで検察を辞め、弁護士になったのだろう。そして元検察官のコネクションとブランド力を背景に、民事で稼ぎまくる。

後藤の胸元には、涙の形をした大粒のダイアがひとつ、きらきらと輝いている。

「まだ、お仕事中かしら」

麻生が型通りの挨拶《あいさつ》を返すと、後藤は探るような視線で麻生の顔を見た。

「いえ、今夜はもう」

「あら」

笑顔になると、後藤はそれなりに、中年になった今でも美人だ。昔から器量の良さは変わらない。ただ昔は、麻生だけでなく後藤を煙たがっている者は多かった。

「だったら、カクテルか何か、少しどうかしら。アルコールでない方がよければ、コーヒーでも」

何か言い訳して断ろうか、と思ったが、ねぐらに戻っても今夜はすぐに眠れそうにない。田村と交わした言葉が、安らかに眠る妨げになることは予想できた。

「わたしでよければ、おつきあいします」

「アルコール？　それともコーヒー？」

「どちらでも。車じゃないですから」

「それなら、カクテルにしましょう。このあたりでは奇跡みたいに居心地のいいお店、一軒、知ってるの」

軽やかにきびすをかえして、後藤は歩き出した。麻生があとを追いかけると、横目でその様子を見て、少し満足そうな笑顔になる。この高慢さは、あの頃のままだ、と麻生は内心、苦笑する。

それでも、見た目のいい中年の婦人と並んで歩くのは楽しかった。どんなに美人でスタイルが良くても、若い女は苦手だ、と麻生は思う。若い女は、存在を誇示し過ぎる。その若さに絶大な自信を持っているので、ただそこにいるだけで、他人に息苦しさを感じさせる。

自分より上の女性だと、そうした鬱陶《うっとう》しさは感じなくて済む。

後藤は、昔よりひとまわりふっくらした感じだが、黒っぽい色のスーツにきりっとしたシャツカラーの白いブラウスが歌舞伎町のあかりに溶けて、弁護士と言われればそうも見えるが、クラブのママさんだよと紹介されれば納得もしてしまいそうな、不思議な色気を放っている。抱えているバッグは大きくて書類がぎっしりと入っていそうだが、安物ではないのは、そういったことにはまったくうとい麻生にもわかった。

目的のバーまではけっこう遠かった。まだ住所表記は歌舞伎町らしいが、東のはずれあたりで、ようやく後藤は足をとめた。

「ここなの」

掌で示された看板には、carry on、とあった。

「carry on……って店の名前ですか」

「そうよ」

「どういう意味で使ってるのかな」

「さあ。続けて、くらいじゃない?」

後藤が階段を降り始めた。

店内は、かなり薄暗かったが、目が慣れて来るとこぢんまりとして趣味のいい店だとわかった。古風な革張りのソファが、大小合わせてコの字に並べられたスペースが二つ、高めのスツールがきちんと並んだカウンター。ぎっしり客を詰め込んでも、せいぜい、二十人程度で満席、といったところ。カウンターの向こうでシェイカーを振っているのは女性だ。白いシャツに赤い蝶《ちょう》ネクタイ、黒い前掛け。きびきびとした動作でカクテルを作り、とても繊細な仕草でそれをカウンターの客の前に置いた。

「ほら、見とれてないで座りましょう」

後藤に袖《そで》を摑《つか》まれて、麻生はやっと、カクテルを作る女性の姿から目を離した。

「女のバーテンさん、最近じゃ珍しくないでしょう？」

「そうなんですか。わたしの行くような店ではあまり見たことなくて」

「彼女ね、カクテルコンクールで入賞したこともある実力派なのよ。ね、杉田さん」

後藤がスツールに座りながら呼びかけると、杉田、というそのバーテンダーは、にこりとして軽く頭を下げた。

「わたしはギムレット。今日は火曜日だから」

後藤は言って笑った。

「最初の一杯だけは、曜日で決めてるの。わたしのジンクスね。決めたお酒から入れば、深酒しないで済むのよ。麻生さんはどうされます？　スコッチとかがよければ、ここ、品揃えはいい方よ」

「そうですね、スコッチの方が好みだけど、でもシェイカーを振るのを見せて貰いたいから、何か、振って作るものを」

「いやぁね、麻生さん。そんなに杉田さんが気に入っちゃったの」

後藤がからかうように笑い、杉田は、光栄です、とかえした。笑われてもからかわれても、麻生には、女性がシェイカーを振る姿が新鮮だった。店の薄暗さも、歌舞伎町という場所の秘めた匂いも、小気味のいい杉田の動作で吹き払われてしまう気がした。

「絹子さんと同じにギムレットにいたしますか。それとも、違う方がよろしいかしら」

「せっかくだから、別のものをお願いします」

「ベースは何にしましょう」

「麻生さんは二杯目からウイスキーにされるから、ブランデーがいいんじゃない?」

後藤が言い、麻生は同意した。

優美な動作で杉田はまず後藤のギムレットを作り、それから麻生の為にもう一度シェイカーを振った。

「サイドカーにしてみました」

カクテルグラスに注がれた液体からは、柑橘《かんきつ》類の香りとブランデーの芳香がふわっと漂う。追って出された、白い小皿に盛られたピーナッツが、カクテルグラスとどこか不調和で、それが面白く感じられる。なんとなく洒落た自家製のオードヴルでも出て来そうな雰囲気なのに、ごく普通の、塩をまぶしたピーナッツ。ただそれだけ。わざとらしく殻がついていたりもしない。

麻生は、ゆっくりとグラスをすすった。ブランデーの濃厚な香りが鼻腔《びこう》を満たす。だがシェイクされて角がとれた酒には、胃を焦がすような粗野な力強さはなく、ただただ、上品な飲み物になっている。ブランデーそのものも、かなりいいものなのだろう。

美味《おい》しい、と思う。が、二杯目はもう少し、威勢のいい酒が欲しいな、とも思う。

「ほんと言うとね、焼き肉屋さんから出て来るところを見たの」

唐突に後藤が言った。

「それで、つい、あとをつけちゃった」

「わたしを尾行してたんですか？　すぐ声をかけてくだされば良かったのに」

「あのね、麻生さん。わたしもう、検事じゃないのよ。そんなにかしこまった話し方されると、こっちも敬語つかわなくちゃならないじゃない」

「あ、いや……すみません、でも後藤さんの顔を見ていると、昔のことしか思い浮かばなくて」

「わたし、もう後藤じゃないの」

絹子は、クスッと笑って肩をすくめた。

「ご結婚されたんですか」

「違うわよ」

絹子は怒ったふりをして、それからまた笑う。

「わたしに夫がいること、知ってたでしょ？　それとも、わたしの私生活なんか興味なかった？　わたし、結婚が早かったのよ。司法修習生の時に結婚したから、検事になった時はもう後藤だった。今は、早坂。旧姓よ」

麻生はやっと思い出した。そう言えば、後藤検事は既婚者だった……


「いっしょにいた男、ヤクザもんでしょ。確か、田村とかいった」

「ご存じなんですか」

「またそんな敬語」

「あ、すみません。いや……田村のことなんか、なぜ」

「前に一度、あの男がダニみたいにたかってた女の子を救い出したことがあるの。と言っても、救ったと思ってるのはわたしとその女の子の親だけで、女の子本人は、無理矢理《むりやり》田舎に連れ戻されて荒れてたけど。あんなダニのどこがいいんだか、本気で惚れてたみたい。まだ十九でね、高校出て家出して東京に出て来て、ヘルス勤めしてて、あいつに喰らいつかれて、バンス背負ったまんま三回も店を替わってたから、清算しようとしたら六百万ものっかってたわ」

「親が支払ったんですか」

「半額ね。どうせ違法な借金だからびた一文払う必要はなかったんだけど、女の子の親が心配したのよ。ヤクザの借金を踏み倒したら、ずーっとつきまとわれて、田舎にまで押しかけて来られるんじゃないか、って。うちの事務所はそういうのに強いから、絶対大丈夫なように話をつけるって言ったんだけど、まあね、お金を払いたいって言うなら、払ってもらった方が解決は早いし」

「後藤、いや、早坂さんがそういう方面の仕事をしてるとは知りませんでした」

「専門じゃないわよ。たまたま、わたしが担当しただけ。わたしがいつもやってるのは、そうねえ、賠償関係が多いかなあ。離婚も扱うけど。で、麻生さん、あなたのご専門は？　あなた、私立探偵になったって聞いてたけど、田村みたいな連中の仕事をやってらっしゃるの？」

麻生は首を横に振り、サイドカーをすすった。

「心配かけてすみません。あの男とは前に事件絡みで知り合ったってだけです。暴力団関係の仕事は引き受けてません」

「そう、よかった」

早坂絹子は、大袈裟《おおげさ》に肩を上下させた。

「警視庁捜査一課の天才、石橋の龍がね、ヤクザにつかわれる探偵に落ちぶれたのかと思って、胸が痛んだのよ。それですぐに声をかけられなかったの」

「ヤクザにつかわれてはいませんが、落ちぶれていないのかどうかは微妙ですね」

麻生は笑って、グラスを飲み干した。

「ペース、速いのね。スコッチになさる？」

麻生はボウモアを注文した。半分半分の水割り。スコッチを水割りにする、というのは、練が教えてくれた飲み方だ。香りを楽しむなら、半々の水割りがいいと。実際、水割りにすると口に含んだ時の香りが素晴らしい。が、練自身は、めんどくさいと言ってストレートで飲んでいる。しかもスコッチよりバーボン党だ。麻生も、バーのカウンターに座った時でもなければ、スコッチなど高い酒は飲まない。他のスピリッツに比べればウィスキーが好きだが、本当は、酒は日本酒がいちばん好きだ。が、歳のせいなのか、この頃は、日本酒を満足するまで飲んだ翌日は宿酔《ふつかよ》いに苦しむようになってしまった。若さを失う、ということは、楽しみを失うことでもあると実感する。もちろん、歳を経て得られる楽しみもあるのだろう。だが麻生はまだ、これがその楽しみなんだ、と思うようなものと出逢《であ》っていない。

とりあえず、カクテルタイムが終わって、麻生は少しだけ、自分を取り戻した気がした。

「麻生さんがヤクザの仕事をしてないってわかってホッとした。実はね、あなたに依頼したい仕事があるの」

「わたしにですか？　何か誤解があるといけないので言いますが、わたしは大手の探偵事務所に勤めているわけではないですよ。ほんとにひとりで、細々とやってます。浮気調査だの家出人探しだの、中学生の護衛だの」

「護衛？」

「ええ。この頃多いんですよ、学校でいじめにあっているかもって親が心配して、学校から家まで戻る間、尾行してくれって依頼です。暴力をふるわれたり金銭を脅しとられたりしてないかどうか、こっそり見張るわけです」

「そんなことしたって、学校の中でいじめられてたら無駄じゃない」

「そうなんですが、学校の中でいじめられている場合、学校を出てからもいじめが続いているケースは確かに多いんで、それでいじめの存在を証明できることがあるんです。そうでもしないと、学校も教師も認めないんですよ、いじめがある、ってことそのものを」

「なるほどねぇ。わたしは子供を産んだことないし、うちの事務所も子供関係は扱わないからなあ」

「まあそんなわけで、早坂さんから依頼を受けられるほど大きくやっているわけではないんです」

「そんなこと構わないわ。だってうちの事務所とは無関係な、わたしの個人的な依頼なんだもの。麻生さんひとりでやって貰えるならその方がいいのよ。あなたは昔から口がかたいから信用できる。焼き肉屋さんから出て来たあなたを見て、わたしが探していた探偵はこの人だ、って思った」

「まあ、他にこれといった取り柄も売り物もないですが、依頼人の秘密は厳守します」

「そうして貰いたいの。わたしがこんな依頼したってこと世間に漏れたら、わたし、自殺しなくちゃいけなくなっちゃう」

麻生は思わず絹子の顔を見たが、絹子は笑っていた。

「心臓に悪いなあ。いったいどんな依頼なんですか」

「物探しよ。わたしの宝石を探して貰いたいの」

「どこかでなくしたんですか」

「たぶん、盗まれたの」

麻生はまた驚いた。

「それだったら警察に」

「警察はだめなのよ」

絹子は、大きく溜《た》め息をついて、グラスの底に残っていたギムレットを飲み干した。

「だって、わたしが盗んだものなんだもの」

2

後藤、いや早坂絹子の依頼は風変わりなものだった。もっとも、このところ風変わりな依頼が持ち込まれることが多くて、自分にはそういった奇妙な事件を引き寄せてしまう特質があるのか、とも思い始めている。麻生は事務用ノートのストックから新品を取り出した。一事件に一冊。探偵稼業を始めた時から、この覚書をつける習慣をつけた。刑事時代にも事件が長引けば整理用のノートをつけることはあったが、たいていは数日以内に犯人が挙がったし、そうでないもののほとんどは迷宮入りして手を離れる。ノートなどにのんびりと事件を書きつけている暇などはなかった。それでも何冊か、印象に残った事件の記録はとってある。私立探偵になってからは、依頼人に渡す報告書とは別に、すべての案件について記録をつけておくようになった。警察時代と違って、私立探偵には法的に認められた権限というものがない。認可制度がない以上、誰でも好き勝手に探偵を名乗ることができるわけで、それは逆に言えば、私立探偵には法律で保証されるいかなるアドバンテージもないことを意味する。仮に顧客とトラブルにでもなれば、どんな容疑をかけられて犯罪者となってしまうかわからない立場なのだ。そうしたリスクを背負っている以上は、できるだけ詳細な記録を手元に持っておいて、あらぬ言いがかりをつけられた時にきっちり反論できる材料を確保しておくことが必要なのだ。が、固有名詞や人名はすべてイニシャルにし、万が一他人の目に触れても依頼人のプライバシーが守れるように配慮してある。いつの日か私立探偵を引退し、二度とこの仕事に戻らない決心がついたら、すべてを燃やすつもりでいる。

ノートの買い置きの中から、薄いものを一冊選んでマジックで表紙に通しナンバーをつけ、依頼人K．H、宝石について、と書いた。

絹子が取り戻して欲しいと麻生に頼んだ宝石は、彼女の話では四、五十万円、のものらしい。麻生は宝石の値段に関する知識などまったくなかったが、絹子から預かった写真を見て、そのよそよそしいフォルムはあまり好きではない、と思った。石の名はアレキサンドライト。小さいが、どぎついと感じるほど赤い。

棚から百科事典を取り出してアレキサンドライトの項目をひいてみた。変光性があることは絹子から聞いていたが、事典の写真でその変化の大きさに驚いた。貰った写真で赤く輝いているのは、白熱灯か蠟燭《ろうそく》で照らしているからで、それが太陽光や蛍光灯の下に出すと青緑色や暗緑色に輝く。赤から緑へと、まったく異なる石のように色が変わる。しかも、絹子の何気ない言い方とは裏腹に、希少性の高い高価なものらしい。

問題のアレキサンドライトは指輪に加工されていて、石の周りを小さなダイアが囲んでいた。安物とは言えないだろうが、無理して盗んでも故買に流せば手取りはたいした額にならないだろう。わざわざセキュリティの厳しいマンションに空き巣に入って盗む対象とは思えない。絹子自身が思っている通り、この指輪は、単なる泥棒にではなく、過去の因縁によって盗まれることになったのだ。

「もともとは、叔母《おば》のものなの」

いくらか酔って桜色に染まったまぶたを半分だけ閉じて、絹子は遠い記憶をたどるような顔つきで言った。

「わたしの母はうんと早く、わたしがまだ子供の頃に病死しちゃったのよ。父の妹、叔母の啓子って人はずっと独身のままでね、それで、母親を亡くしたわたしのこと、すごく可愛がってくれたのね。その叔母が、特別な時にだけつけていた指輪がこれ。この指輪をはめる時は、叔母はいつもとびきりおしゃれしていたの。だから指輪を見ると、その時の叔母の姿を思い出すのよ。叔母はとても綺麗《きれい》な人で、おしゃれで。どうしてあんな美人なのに結婚しないのかって、親戚《しんせき》が集まると話題にしていたわ。この指輪を叔母がどうやって手に入れたのか、わたしは知らないの。父も知らなかった。アレキサンドライトは昔からそんなに安い宝石じゃないし、そんなに一般的なものでもない。

それに……叔母が自分で選んだにしては少し、いかめしい感じがしない？　この指輪。根拠はないけど、これ、誰か男性が叔母に贈ったものじゃないかって気がするのよね」

絹子は、思い出にひたってひとり頷《うなず》いた。

「叔母はね、わたしがドレスアップした叔母をきれいだって褒めるたび、恥ずかしそうに言ってた。お化粧をしたり宝石をつけたりすると、なんだかすごく恥ずかしいのよ、なぜかしら、って。わたし、その気持ちが理解できなかった。綺麗なものを身につけているのに、どうして恥ずかしいと思うのか。うわべだけじゃなく、心の底から奥ゆかしい人……言葉を換えると、自分に自信のない女ってのが存在していることを知らなかったから。悪口じゃないのよ、わたし、叔母のことは好き。今でも好きよ。認知症が進んじゃって、医療老人ホームに入ったまんま、今ではお見舞いに行ってもわたしの顔の区別もつかないけどね。だから叔母がわたしにその写真の指輪をくれたんだって言っても、誰も信じないでしょうね。ボケちゃった叔母からわたしが盗んだ。取り上げた。きっとそう思われるわ。実際、そうなのかも知れない。叔母にはもう、物事を正しく理解して判断する能力はないもの、たとえ叔母の口から、これをあなたにあげる、って言葉が出たとしたって、それをそのまま鵜呑《うの》みにして指輪を貰っちゃうのは、盗みなのよ。指輪が叔母の手元から消えてそれをわたしが持っていると知った誰かが、わたしを泥棒だと考えて、目には目をで盗みに入ったとしても、責めることはできないわね」

つまり、そういうことだった。絹子の叔母は、大切にしていたアレキサンドライトの指輪を、見舞いに来た絹子にあげてしまった。その時その啓子という叔母が、まともな思考と判断とでそうしたのか、それとも、何もわかっていないのに気分でそうしてしまったのか、それはわからないし、医者が診察したって堂々巡りになるだけだろう。認知症は零か百かの病ではない。九十九までわからなくても、残りの一は正常な理解力を示すことだってある。

だが、真実はどちらだったとしても、絹子がこの指輪を持っていることに怒りを感じる人間は多くはない。指輪自体、そこそこに高価ではあるけれど、憎み合ったり奪い合ったりするほどの金銭的価値はないし、その啓子という女性には夫も子供もなく、両親もきょうだいもすでにいない。たったひとりの昔から可愛がっていた姪《めい》に指輪を贈ること自体、別に不自然なことではないのだ。

仮に指輪が絹子の手にあると知っても、そのことを恨みに思う親戚などはいないはずだ、と絹子は言った……ただひとりの例外を除いて。


麻生は肩をすくめ、指輪の写真をポケットに突っ込んで部屋を出た。気乗りのしない仕事だ。が、絹子は、こちらが送った契約書にきちんとサインして返して来た。手付金にあたる二十万円もすでに口座に振り込まれている。

仕事のえり好みをしていられる立場ではない。この事務所兼自宅は狭過ぎるし、このビル自体、建て替えの話が出ているらしい。早晩立ち退きを迫られることになる。

万にひとつの奇跡が起って、あいつが足を洗ってくれたとしても、仕事をやめるつもりはなかった。田村の言う通り、あいつの金で海外にでも逃げて、気楽に余生を過ごしていく、そんな未来もちらっと思わないでもない。が、それはやっぱり、夢なのだ。実現しない、夢想なのだ。

第一に、自分には責任を感じる人間があいつ以外にもいる。弟とその家族。彼らはまっとうな人生を歩んでいる。弟やその家族に心配やひけめを感じさせることは避けたい。そして第二に、自分の過ちはきちんと正さなくてはいけないのだ。

麻生は、唇を嚙《か》む。

俺の、過ち。

続けるしかない。今のこの愚直な人生を、ただ続けていくしかない。そして見つけ出し、捕まえる。あいつを罠《わな》にはめた連中のしっぽを。

＊

潮の匂いを含んだ風が首筋を撫《な》でた。にじんでいた汗が一瞬、ひく。麻生が考えていたよりも鎌《かま》倉《くら》の坂道はきつかった。十分も登ると背中にシャツがはりついてくる。

振り向くと、青い海が木々の上から見えた。近づいてその水を覗《のぞ》き込めば、それほど透き通っているわけでもないのに、離れて眺めるとどこの海でも海は美しい。紺色に金色を浮かべた水面は眩《まぶ》しいほど輝いていて、じっと見つめていると眼の奥がじんじんと痛み出す。麻生は煙草を取り出し、一本の三分の一ほど喫《す》って携帯灰皿に潰《つぶ》した。警察を辞めた時、禁煙にも挑戦してみた。が、二週間ともたなかった。ことさら長生きしたいとは思わないが、肺癌で死ぬのは嫌だ。癌の末期はだらだらと苦痛が続くと聞いたことがある。それに、病を抱えてしまうとこうして出歩いて探偵仕事を続けることも難しくなるだろう。

だったら煙草なんてやめろよ。麻生は、残った煙草の入ったハイライトの箱を手の中で玩《もてあそ》び、心の中で自分を罵倒《ばとう》する。おまえはいつだってこうだ。はっきりしない。優柔不断で、勇気がない。煙草の箱を握り潰してひねって、上着のポケットにねじ込んだ。どうせあとで引っ張り出して、ねじれた煙草を無理にくわえて火をつけることになるんだろうな、と思いながら。

坂のてっぺんあたりには寺があるらしい。重そうな瓦《かわら》屋根がちらりと見える。麻生はもう一度、絹子が書いてくれた略図を見た。閑静な住宅地なので目印になるような建物はないが、坂の途中に白い洋館づくりの家があるので、それを目指して行けば迷わないと言われている。白い洋館はすぐ先に見えている。洋館と言っても由緒ある古い建造物ではなく、金持ちが酔狂で建てた個人の住宅だ。日本の高温多湿な気候に洋館が合致しているとは思えないが、現代ではエアコンがあるから問題はないのだろう。

略図によれば、洋館の手前の道を左に折れた三軒目が目的地だ。

犀川《さいかわ》、と表札が出ていた。絹子の話では、犀川修造《しゅうぞう》は七十歳は超えていることになる。庭の隅にガレージがあって、二台の車が入っている。一台はＢＭＷ、もう一台はベンツのオープンカーだ。七十を過ぎてもオープンカーを愛好する車好きな人間はそこそこいるだろうが、単純に考えて、この家には犀川修造よりも若い人間が一緒に暮らしていると予測する方がいいだろう。犀川修造は独身のはずだ。それとも、絹子が知らないだけで、結婚して子供がいるのだろうか。

高級住宅地に恥じない、金のかかりそうな一戸建てだった。外観からは二世帯住宅には見えないが、内部で分かれていることもあり得る。

呼び鈴を押す前に上着をひっぱってのばし、ネクタイも直した。どうせ防犯カメラで一部始終を見られているのだろうが、だからこそ、良識ある訪問者の体裁が大事なのだ。

「突然お訪ねして申し訳ありません。麻生と申します。犀川修造さんは御在宅でいらっしゃいますか」

インターホンから誰何《すいか》したのは中年の女性の声だった。麻生の答えに、声の調子がいくらかぞんざいになった。何かのセールスと思われたのかもしれない。

「どんな御用件でございましょう。旦那《だんな》様は、お約束のない方とはお会いになりませんが」

旦那様、という言い方で、家政婦かお手伝いさんだとわかった。鎌倉に構えた邸宅、高級外車、使用人。犀川修造の経済状態はかなり良好らしい。

「弁護士の早坂絹子さんからの使いで参りました。おりいって犀川さんとお話ししたいことがございまして」

「はあ」

「早坂さんの名前を出して、犀川さんに取り次いでみていただけませんか」

「わかりました。そのままお待ちください」

カチッと音がした。麻生は溜《た》め息をひとつつき、自分を映しているはずのテレビカメラを探す。玄関ポーチの上に、隠そうともせずにカメラが取り付けられている。ちらと視線だけで確認し、前を向いたままで待った。

五分ほどかかった。ただ立っているだけの五分は、おそろしく長い。

ガチャガチャと音がしてドアが開く。想像していたのよりは少し若く見える女性が、頭を下げた。

「旦那様がお会いすると申しておりますので、どうぞ」

三和土《たたき》で靴を脱ぎ、出されたスリッパに履き替えてぴかぴかした板張りの廊下を歩き、突き当りの部屋に案内された。まるでインテリア雑誌のコンサバティヴ特集のグラビアになりそうな、よそよそしいほど整った客間だった。革張りの応接セットはかなり古めかしいが、照明器具や壁にかけられた風景画などとしっくり調和している。広さはさほどないが、余計な家具が一切なく、来客と家の者とが顔をつき合わせる目的だけに限定された部屋らしい。

ソファは麻生の好みより少しやわらかく、尻《しり》が沈みそうになるのが気に入らなかった。

わざとなのかうっかりなのか、客間のドアを少し開けたままで女性が消え、廊下から別の女性の声が聞こえた。

「あら、どなたかいらっしたの?」

「旦那様にお客様です」

「おとうさまに? お客が来るなんて聞いてなかったけど」

「お約束はなかったみたいです」

「それでおとうさま、お会いになるって? まあ珍しい。どちらの方なの?」

「弁護士事務所の方みたいです」

「弁護士事務所? 井村先生のところの?」

「いえ、早坂とかおっしゃってました。早坂絹子さんという弁護士さんの」

犀川修造にはやはり子供がいたのか。それにしても、あの家政婦だかなんだかは、修造のプライバシーなどに配慮する気もないらしい。

修造をおとうさま、と呼んだ女が客間に顔を出してくれると面白いんだが、と期待して待ったが、女は別の部屋に消えてしまったらしい。ほどなくして、さっきの家政婦またはお手伝いさんが、盆に紅茶を載せて戻って来た。

「旦那様は着替えていらっしゃいますので、もう少しお待ちくださいませ」

「御迷惑をおかけします」

紅茶にはレモンの輪切りの載った小皿が添えられていた。が、砂糖の包みはなかった。麻生は紅茶をあまり飲まないが、飲む時は砂糖を少し入れる。この家では紅茶に砂糖を入れる習慣がないのか、それとも家政婦らしい女性が、かなりのうっかり者なのか。なんとなく面白いな、と考えているうちに、ドアが開く気配がした。

3

「犀川です」

入って来たのは、白髪をぴっしりと撫《な》で付け、有名な傘のマークの付いたゴルフシャツに質の良さそうなズボンを穿《は》いた、背の高い男だった。

麻生は立ち上がって一礼し、名刺を手渡した。

「麻生……探偵事務所？」

修造は立ったままで名刺を睨《にら》んだ。

「弁護士事務所の方だと聞いたんだが」

「いえ、わたしどもの依頼人が、弁護士の早坂絹子さんなんです。早坂さんのお使いで来たと申し上げたんですが、取り次いでくださった女性が勘違いされたようですね」

「ああ、そう」

修造はソファに腰をおろし、手振りで麻生にも座ってくれと言った。

「あの人は遠縁にあたる人でね、若くしてご主人が交通事故で亡くなったんで、家のことをして貰うのに来て貰ったんですよ。芝山さんというんだが」

修造は肩をすくめ、子供が隠し事を見つかった時のような顔で笑った。

「大変なおっちょこちょいなんです。ここに来てもう十年になるが、それでも毎日、何か不思議なことをやらかすんだ。初めの頃はうんざりもしたが、慣れてしまうとね、あの人が何か面白いことをしないかと、家族で期待してしまうようなところがあって」

「ああ、なるほど」

麻生は紅茶にレモンを入れた。

「それでお砂糖が見当たらないんですね。こちらのお宅では紅茶に砂糖を入れない主義なのかなと考えていたところでした」

「おや、これは失礼。すぐに持って来させます」

「いえ、これでけっこうです」

麻生は紅茶をすすった。

「砂糖なしというのも、なかなか新鮮でいいものですね。新しい習慣になりそうです」

修造は今度は愉快そうに笑った。

「麻生さん、私立探偵さんというのは生まれて初めて見ましたが、あなたなかなか、飄々《ひょうひょう》としていて面白い方ですな」

「わたしは変わり者だとよく言われます。他の私立探偵は、皆さんもっときびきびしておられますよ」

「でも普通は名乗らないものなんでしょう、探偵って。こうやって自分は探偵だと名刺まで出すというのは、珍しいいんじゃないですか」

「いえ、そうでもありません。探偵仕事というのは、調査や尾行など自分の正体を明かせないものももちろんありますが、最近は、名乗ってご相談にのるというケースもかなりあるんですよ。つまりその……交渉をお引き受けする、ということですが」

「なるほどねえ。弁護士みたいなこともするんですね」

「弁護士ではできない交渉ごとも世の中にはある、ということです。まあやってる弁護士もいるんでしょうが、少なくとも、早坂絹子さんはこの手の交渉には向かない、まっとうな弁護士さんですから」

　修造は、ふふ、と軽く笑った。

「懐かしいな、絹子ちゃん。わたしの記憶にいちばん残っているあの子は、まだ中学生だか高校生だかの頃かな」

「その後はお会いになっていらっしゃらないんですか」

「いや、もう少しあとまで知ってますよ。もちろん今は成功した弁護士になっていることもね。……あなた、わたしと絹子ちゃんの叔母さんとのことは、どの程度ご存じなんですか？」

「早坂さんから説明されたのは、あなたが……早坂さんの叔母さんである啓子さんの婚約者だったということだけです。啓子さんはあなたとの婚約が解消された後も、結婚はせずに独身を通されているらしいですね」

修造は頷いた。

「……今は施設に入っていると聞いてますが……元気なのかな、啓子さんは」

「啓子さんの現状をご存じないとおっしゃるんですか。絹子さんは、あなたは何もかも知っているとおっしゃってましたが」

「おやおや」

修造はまた笑った。

「それはどういう意味だろう。わたしは啓子さんには、あれから一度も会ってませんよ。もう三十年以上になるかなあ」

「会ってはいなくても、啓子さんが今どこでどうしているのか、知ることは可能ですよね。わたしのような仕事をする者を雇えば」

修造は答えなかった。ただニヤニヤと笑い続けている。麻生は、修造が手ごわい相手だと感じた。

「単刀直入にいきましょう」

麻生は、指輪の写真を取り出し、ソファテーブルの上に置いた。

「早坂絹子さんは、この指輪を捜しておられます。そして、犀川さん、あなたがこの指輪が今どこにあるか、知っておられると考えていらっしゃいます。早坂さんは、指輪を返して貰えるのであれば、すべてなかったことにして忘れましょうとおっしゃっています。あるいは、この指輪を返していただく手間賃として、いくらかお支払いしてもよろしいと」

修造は黙ったまま、しばらく写真を見つめていた。それから、くつくつと笑い出し、やがてその笑い声は大きく高らかになっていった。


「あの子は変わってないなあ」

修造は笑いながら言った。

「昔っから、そういう子だったんだ。鼻っ柱が強くてねえ、学校の成績は抜群によくって、顔も可愛かったが、性格がね、ほんとにかわいげがなくてね。啓子さんの姪だなんて信じられなかった。あんな性格じゃ嫁にいけないよ、って、ぼくは言ったもんだよ、啓子さんに。啓子さんはあの子の母親代わりだったから、ぼくの言うことをまともに受け取って、心配していたよ。いや、参ったな。あの子がぼくを、このぼくを泥棒扱いするなんてね！」

「泥棒扱いしたなどとは、わたしは一言も申し上げておりません」

「だって、探偵さん、そういうことでしょう？　絹子はぼくがこれを盗んだって言ってるんでしょう」

「指輪が盗まれたなどとは言っていないんですよ、わたしは」

麻生は、静かに言った。

「ただ早坂さんが捜していると申し上げただけです。犀川さん、あなたはどうして、盗まれただの泥棒だの、そんなふうにお考えになられたんです？」

修造は一瞬、笑顔をひっこめた。が、またニヤニヤと笑い始めた。

「なるほど、口は災いのもと、ですか。ふふ、でもね、ぼくにはちゃんと言い訳が用意してありますよ。ぼくの知っている限り、この指輪は啓子さんのものだ。そして啓子さんがこれを手元に持っているのならば、絹子が捜す必要なんてない。絹子が捜しているのは、啓子さんの手元にこれがなくなったからで、啓子さんは施設に入っているんだから、指輪がなくなったとすれば、どこかに落としたなんてのは考えられない。外をふらふら出歩けるような施設ではないと聞いていますからね。誰かに盗まれた、そう考えて当然でしょう。もちろん、施設の中で落として、それを拾った人が返さないというケースも、盗まれたのと一緒です」

「苦しいですね」

麻生も笑った。

「それだけのことだったら、早坂さんがあなたを名指しする理由がありません」

「それを言うなら、なんで絹子がこれを捜す必要があるのか、いや、捜す権利なんかあるのか、それがそもそもおかしいんだ。この指輪はね、ぼくが啓子さんに渡した婚約指輪ですよ。啓子さんは七月十日生まれだった。だから誕生石のルビーを婚約指輪として贈ったんです。三十……そう、三十数年前に」

「ルビー？」

麻生は犀川の表情を注視しながら訊《き》いた。

「あなたが贈られたのは、ルビーの指輪だったんですか」

「そうですよ。ほら、真っ赤な血みたいな色だ。ぼくは宝石のことなんかろくに知らないが、銀座の有名な宝石店で買ったんだから、まさか偽物ではないでしょう。当時から婚約指輪にはダイアを贈るのが流行《はや》ってたみたいだったけど、ぼくはあのダイアってのがあまり好きじゃなかった。白い石なんて、冷たい感じでね。それで誕生石にすることにして、店員に訊いたら、七月ならルビーだと。でもあんまり大きなルビーは、赤い色がきつくて啓子さんには似合わないと思った。だがぼくはね、啓子さんに安物を贈りたくはなかったんだ。あの当時、ぼくは仕事に自信を持ち始めていたところでね、三十半ばにしてやっと、愛する女性にもめぐりあって、人生が変わる興奮にひたっていた。だから安物の指輪なんかで運勢を落としたくないと思った。少しぐらい無理をしてでも、ぼくにできる精いっぱいのことをしたかったんです。それで店員と相談して、品質のいい小さなルビーを、とびきり質のいいダイアで囲んだこの指輪に決めた。見た目はさほど派手ではないが、見る人が見れば価値がわかる、そんな指輪だった。値段もね、当時のぼくが買える上限ってとこかなあ。当時の金で、七十万以上した」

「三十数年前の七十万は、大金ですね」

「今だって大金さ。年金暮らしになった今、ぼくの小遣いなんか、一年分でもそんなにはないよ」

修造は写真をもう一度手にして、懐かしそうに目を細めた。

「うん、確かにこのデザインだ。だが……人間の記憶ってのはあてにならないもんだな。ぼくの思い出の中では、もっとその……もっとなまめかしい赤色だった。こうして写真で見ると……この赤は、なんとなく違うなあ。……かたい色だ。確かに血の色だが……この色は鳩の血の色じゃなくて……人の血の色だ」

麻生は修造の手から写真を受け取り、もう一度見た。修造の記憶は正確だ。修造が啓子に贈った指輪は、アレキサンドライトではなく、ルビーだったのだ。一夜漬けで調べた百科事典の記述に、上質のアレキサンドライトは蠟燭の光では褐色がかった赤色になると書いてあった。褐色がかった赤。そう、人の血の色だ。そう言われて見れば、この写真の石の色は、わずかに褐色がかっているように見える。そしてルビーという宝石には、修造の言う通り、ピジョンブラッド、という表現が使われる。鳩の血の色。鳩はもともと渡り鳥だ。長距離を飛ぶ為には酸素を大量に必要とする。だから鳩の血は鮮やかに赤い。そんな話を何かで読んだことがある。


石が入れ替わったのか、それとも指輪そのものがすり替えられたのか。

いや、そもそもの問題は、と、麻生は困惑した。

依頼人が捜しているのは、アレキサンドライトの指輪なのか、それとも、ルビーの指輪なのか？

この仕事は、考えていたよりもやっかいなことになりそうだ。

4

「色合いが違っている、というのは、確かでしょうか」

麻生は犀川修造の顔色を見ながら慎重に話を進めた。

「この石の赤色と、あなたが啓子さんに贈られた指輪の石とでは違うものに見えますか？」

「いや、何しろ三十年前のことですからね、わたしの記憶なんてそんな正確なものじゃない。しかし、勘違いだとしても、わたしが憶《おぼ》えていた石の色と違う気がするのは確かですよ。それとも、ルビーってのは三十年経つと色が変わるもんなんですか」

「わたしも宝石には詳しくありませんが、ルビーはとても硬い宝石だと聞いたことがあります。三十年やそこらで色が変わったりはしないでしょう。ですが、犀川さん、あなたの御記憶は正確なのかも知れません。実は、早坂さんはこの指輪がルビーの指輪だとはおっしゃらなかったんですよ」

犀川は警戒するような顔つきになった。

「それは……まさかわたしが偽物を啓子さんに贈ったとでも？　しかしわたしがこれを購入したのは、銀座の一流宝石店ですよ。今でもちゃんと営業している老舗《しにせ》だ。金は現金で払ったが、受け取りは貰いました。あの店が詐欺をするなんてことは」

「デザインは、ご記憶の指輪と同じですか」

「デザイン？」

「石の周りをダイアが取り囲んでいるこのデザインです。何か違和感はお持ちになりませんか」

「さあ……店員に選んで貰って、箱に入ったまま啓子さんに渡してしまったからなあ、正直、細かいところまでデザインを記憶しているわけじゃない。でも、違和感はないですよ。こんなふうに赤い石をダイアが囲んでいた」

「そうですか」

麻生は一呼吸おいて言った。

「実はこの指輪の石はルビーではなく、アレキサンドライトという石なんです」

「アレキサンドライト？　聞いたことあるな。なんか、色が変わる宝石じゃなかったですか」

「その通りです。わたしはまったくの門外漢なので、昨夜、一夜漬けで調べました。クリソベリル、という鉱物の中で、光の波長によって色が変わるものをアレキサンドライトと呼ぶらしいです。太陽光や蛍光灯のような光と、蠟燭《ろうそく》や裸電球の光とで色が変わるわけです」

「なるほど。吸収スペクトルの違いですか」

「理科系には弱いんですが、要するに、波長が長いと赤く、短いと青く見えるんでしょう。写真は赤く見えていますが、早坂さんはこれをアレキサンドライトだとはっきりおっしゃいました。ルビーではなく」

「妙な話だな」

修造は首をひねった。

「まさか、宝石屋が間違えたわけはないし……そのアレキサンドライトってのは、ルビーと比べて高いものなんですか」

「早坂さんはこの指輪を、アレキサンドライトとしては安い方で、だいたい四～五十万だとおっしゃってます。ですが、アレキサンドライトは産出量が少なくて希少性があるらしいので、実際に店で買うとしたら、このくらいの大きさでももっと高いかも知れません。人工のものもあるらしいですが、天然のものと見ただけでは区別できないものの、創るのにコストがかかるので人工石は普及していないと、昨夜読んだ本には書いてありました」

「この手の、デザインされてしまった宝石ってのは、売る時は買値の半分にもならないらしいですね」

「早坂さんの記憶にある限りでは、啓子さんがつけていらしたのはこの指輪なんです。つまり、ルビーではなく、アレキサンドライトです」

修造は顔をあげ、笑った。

「そんなことはないはずですよ。それは絹ちゃんの勘違いだ。婚約してからわたしは何度か、これをはめた啓子さんと食事に出かけたし、ドライヴなんてものにも行ったんです。太陽の下でも見たし、レストランのキャンドルの光でも見た。宝石屋が間違えたなんてことが仮にあったとしても、色が変わればね、いくらぼんくらのわたしでも気づいたはずだ」

そう言ってから修造は、不思議そうな顔になった。

「ちょっと待ってくださいよ……絹ちゃんは、これをつけた啓子さんをそんなに何度も見てるんですか？　わたしと啓子さんは婚約したが、半年で婚約は解消したんです。啓子さんの性格からして、破談になった婚約の証《あかし》を、その後もずっとつけていたなんてのは、妙だ」

「婚約が解消された時に、指輪を返すという話は出なかったんでしょうか」

「もちろん出ましたよ。啓子さんから返したいと言ってきました。でも、わたしが断った。というのかな、啓子さんに懇願したんです。お願いだから、そのまま持っていてください、ってね。もう三十年以上も経つから隠していても仕方ないので言いますが、わたしは啓子さんをずっと好きなままだった。婚約の解消などしたくなかった。彼女と結婚したかった。だから、未練だったんです。指輪を返されたらすべて終わる。終わらせたくなかったんですよ。いつの日か、彼女の心をまたぼくの方へと向けさせる、向けさせてみせる。あの時は本気でそう思っていたんです。だから、指輪を返さないで持っていて欲しい、箪笥《たんす》の引き出しに放り込んだままでいいからと、彼女に頼みこんだんです」

「そのあなたのお気持ちを汲《く》んで、それからも指輪を愛用していたのでしょうか」

「うーん」

修造は苦笑いしながら首を横に振った。

「啓子さんはそういうタイプじゃなかったなあ。というか、そこまで図々《ずうずう》しくはなれない人だったと思いますよ。だってそうでしょう、自分から婚約破棄した男の贈り物である指輪を愛用するなんて、あまりにも無神経だ」

「だとすると、こういうことになりますね」

麻生は修造の表情を注視したまま言った。

「啓子さんは、あなたとの婚約を破棄された後、あなたから貰った婚約指輪と同じデザインの、しかしルビーではなくアレキサンドライトの指輪を作るか買うかして、それを愛用していた、と」

「そういうことになるんですかね。しかし……わけがわからないな。そんなにこのデザインが気に入っていたなんて……綺麗なことは綺麗だが、デザインとしてはごく当たり前というか、むしろ平凡じゃないかな。啓子さんって人は、目立つ宝石を身につけて人目を惹《ひ》いたりするのが苦手な性格だとぼくは思っていたんで、だからこれを買う時にも、できるだけ品がよくて悪目立ちしないデザインをと店員さんに頼んだんですよ。そんなだから、まあ、平凡だが人が見て奇異に思わないデザインでしょう？　しかし、熱烈に好きになって、わざわざ別の石を入れて身につけたくなるようなもんではないと思うんだが」

「しかし、早坂さんははっきり記憶しているんです。啓子さんは、あなたとの婚約が壊れてからもずっと、この指輪を愛用していたと。普段はごく質素な身なりで、これといっておしゃれなどしなかった啓子さんが、特別な時にだけこの指輪を大切そうにつけていた。それで、子供、というか、少女心にもこの指輪は特別なものに思えたと」

修造は、ふう、と息を吐いた。

「絹ちゃんは、ぼくと啓子さんの婚約破棄についてなんと言ってます?」

「事情はよく知らないとおっしゃってましたね」

「ぼくと啓子さんの実家とは古いつきあいだったんで、絹ちゃんのことはまだ赤ちゃんの頃から知ってるんですよ。絹ちゃんの父親が啓子さんの実家に遊びに来る時、いつも連れてたから。ぼくらが婚約して、その婚約がだめになって。でもね、啓子さんとはそれからもたびたび会ってました。絹ちゃんのことは、大学に入る頃まで知ってますよ」

「婚約を破棄されたのに、お会いになっていたんですか」

修造は照れたように笑った。

「さっき告白しちゃいましたからね、ぼくには未練があった、って。だから今さら言い訳しても遅いんですが、ただ、その未練と、啓子さんと会うことになった事情とはまったく別問題なんです。要するに、仕事でね、どうしても啓子さんとは顔を合わせることが多くて、そのうちに彼女の方もこだわりが薄れたのか、前みたいに接してくれるようになっていったんで、彼女の家にもまた足を向けることになったんです。ぼくの未練はかなり長い間くすぶってましたけどね、結局は……ぼくも別の女性と結婚することになりましたから。ぼくはひとりっ子なんですよ。弟がいたんだが、インフルエンザ脳症で子供の頃に死んじゃった。だから、犀川の家を継ぐ必要がありました。ふた親が歳をとるにつれて、結婚せずに啓子さんへの思いを貫く、という選択肢は、次第に選びにくいものになっていきました」

修造の顔には、苦渋、と呼べるような色があった。断ち切ったと自分でも思っていた啓子への思いはまだ、修造の心の底でひっそりと生きているのだ。しかし、いったいなぜそれほど好きだった女性との婚約を解消することになったのだろう。修造の口ぶりでは、婚約破棄したのは啓子の方らしい。が、それにしては、いくら仕事の繋《つな》がりがあったとは言え、何年もの間、交流を続けていたというのがまた、不自然に思える。

目の前の紅茶はすっかり冷めていたが、麻生はわざとカップを持ち上げて、ゆっくりとすすり、ほんの少しだけ顔をしかめてカップをソーサーに戻した。その様子を見ていた修造は、立ち上がり、壁かけ式の受話器を手にした。

「あ、すみませんが、お客様のお茶をいれかえてくれますか。そうだな、今度はコーヒーにしてください。ぼくもコーヒーが飲みたいんで」

修造は振り返った。

「麻生さんはコーヒーはお嫌いじゃないですよね？」

「好物です」

麻生が言うと、修造は笑顔でソファに戻った。麻生の作戦が功を奏して、修造は立ち上がって家政婦と話すことで気持ちをほぐしたらしい。あるいは、覚悟が決まった、のか。

おっちょこちょいだという家政婦が、盆に載せたコーヒーを運んで来るまで、麻生は急がずに、コーヒー談義をして待った。修造は、仕事でヨーロッパで暮らしていた時、エスプレッソに辟易《へきえき》して、薄くてさらっとしたコーヒーが恋しくなったと笑い、十分以上経ってやっと登場したコーヒーの香りを、大げさにくんくんと嗅《か》いで見せた。

「あの人もようやっと、まともにコーヒーがいれられるようになったなあ。先ほども言いましたが、彼女は自分が紅茶党のせいなのか、コーヒーに興味がなかったみたいで、なんとね、インスタントのあの、お湯を注いで溶かすやつしか知らなかったんですよ。うちはそんなに凝ったことするわけじゃなくて、コーヒーメーカーを使ってごく普通にいれるだけなんですが、それでもどうも要領をつかんでくれなくってねえ。妙に濃くて粉っぽいか、湯で薄めたのかと思うほど薄いか、どうしてもどっちかになっちゃう。なのでお客様にはとてもお出しできなかった。最近やっとですよ、まともにこうしてコーヒーがこの客間に運ばれるようになりました」

麻生は愛想笑いして、自分も鼻を動かした。豆は上等、保存状態も良さそうだ。素直で豊かな香りがする。コロンビアだろう。が、香りに深みはない。コーヒーメーカーの性能にもよるが、メーカーを使うとたいていは抽出の速度が速過ぎて、砕いた豆の上を湯が撫《な》でるだけで下に落ちてしまう。それでも、さっきの紅茶よりはありがたい。

コーヒーを二口啜《すす》って、修造はようやく、麻生と目を合わせ、小さく頷《うなず》いた。

「やはり、順序よくお話しすべきなんでしょうね。絹ちゃんは、ぼくが絹ちゃんのところからこの指輪を盗んだと思っている。だがこの指輪はもともと啓子さんのもので、そしてわたしが啓子さんに贈ったものだ。少なくとも絹ちゃんに所有権はない」

「その点は、早坂さんも認めていらっしゃいます」

「でも彼女は、これをわたしから取り戻したい」

「そうおっしゃってますね」

修造は、深く息を吐き出した。

「きっと絹ちゃんは、ぼくが啓子さんを裏切ったのだと思っているんだな。結婚したことも怒っているのかも」

「いえ、それはご存じなかったようですよ」

「ああ、そう。……そうだろうね、ぼくの結婚はとても遅かったから。啓子さんとも絹ちゃんとも会わなくなってだいぶ経ってからでした。四十五です、ぼくが結婚したのは。父親が亡くなって、年老いた母親がね、自分ももうすぐ逝くから、その前に、せめて身を固めた姿を見せてくれって泣いたんです。ぼくも男ですから、まあその、交際していた女性はいました。でも断られると思ったんで、結婚は申し込んでいませんでした。だってその女性は三十を少し出たくらいで、ぼくとは歳が離れてた。で、母親に言い訳する為にプロポーズしました。断られたら母親にそう言って、独身が続けられるって。ところが、ＯＫされちゃった」

修造は肩をすくめ、笑った。

「嬉《うれ》しかったけど、嬉しくなかった。複雑な気分だったなあ。しかもその女性は再婚で、前のご主人との間に娘がいた。えっと、さきほどお会いになりましたか」

「いえ……お声だけは耳に」

「ああ、そうですか。すみません、御挨拶もせず。血は繋がってないが、三十年近く一緒に暮らしていますから、実の娘となんら変わらないです。まあそんなことはどうでもいいですね。啓子さんとの婚約、そして破談。肝心なことをお話ししましょう」

「よろしくお願いします。どうもややこしいことになっているようなので、すべての情報が欲しいんです」

「ほんとにややこしいよね。宝石がすり替わっちゃったなんて」

修造は、写真を手にしてまた溜《た》め息をついた。

「絹ちゃんのお母さんって人は、ぼくの憶えている限りでは、かなり早くに病気でなくなられたそうで、お父さんは再婚しなかったんですよ。だから啓子さんの暮らしていた実家に、夏休みなんかね、絹ちゃんひとり、よく預けられてました。啓子さんは姪《めい》の絹ちゃんが可愛くて仕方なかったみたいで、ほんとによく面倒《めんどう》みてましたよ。絹ちゃんは幼い頃から勝ち気で、口もたつ子だったんで、ぼくなんか正直、苦手というか、どうやって遊んであげたらいいのかわからなくてねぇ。でも絹ちゃんといると啓子さんが楽しそうなんで、そんな二人を見ているのはぼくも楽しかったな。啓子さんのご実家はデザイン事務所で、主に広告デザインを扱ってました。御両親共にデザイナーで、啓子さんも美術大学を出て、ご実家の事務所で働いていた。ぼくの父と啓子さんのお父さんとは、芸大の同級生で、飲み仲間だった。父は大学を出たあとは絵を描く道からそれて、バイヤーの勉強をした。そしてサザビーズに入社して、絵画のオークションを手がけてました。ぼくは大学に入った頃から啓子さんの実家、早坂家に、父とお邪魔していたんです。父が親友と酒を飲むのにつき合わされたわけです。ですから、啓子さんのことは、彼女がまだ中学生の頃から知ってます。その頃から美少女でしたが、さすがに中学生を恋愛の対象とは見られなかったですからね、数年間は、啓子さんのことを特に意識することもなく過ぎていきました。ぼくは大学を出て広告代理店に入社して、自然と啓子さんのご実家とも仕事の繋がりが出来ました。まあタネをあかせば、啓子さんのお父さんの口ききでコネ入社したんですよ。なので、仕事の繋がりが出来るのも当然だったんですけどね」

「なるほど。それで、啓子さんとも仕事上の関係が切れなかったわけですね」

修造は苦笑しつつ頷いた。

「さすがに破談になって一年くらいは、会社も気をまわしたのか、早坂デザイン事務所がらみの仕事をぼくに押し付けたりはしませんでしたが、いつまでもそんなことばかり言ってられないですからね。早坂さんのところは仕事がとても速くて臨機応変、質も高いので、業界では定評があった。ま、二年もする頃には、図々しく早坂家に出入り再開してましたよ、ぼく」

「大人の対応をされましたね。わたしなら、恨み言のひとつも投げつけてしまったかもしれないのに」

「そこがまあ、複雑なところなんです」

修造はカップのコーヒーをぐいと飲んだ。

「まずは、婚約に至った過程からお話しします。就職して仕事に追われるようになってからは、学生時代に交際していた女性とも疎遠になり、恋愛よりもまず仕事、とばかり、ぼくは猛烈に働いてました。広告業界というのは時間も何もないんです。スピードが命ですから。ぼくは連日残業、というかほとんど会社に泊まり込みみたいな状態で、たまの休みはアパートで寝てばかりでした。そんな状態なので、早坂デザイン事務所に行った時に、学生時代に父と遊びに寄った時のような感じで温かく迎えられ、手料理なんか御馳走《ごちそう》になるっていうのは、なんて言えばいいのかな、砂漠でオアシスを見つけたみたいな感じで。そしてそのオアシスにはいつも啓子さんがいた。彼女は高校を出て美大に入り、デザインを勉強していました。彼女が大学を出るまでの間は、ぼくと啓子さんとの関係には何の変化もなかった。でもぼくの気持ちの方は、その頃にはもうすっかりのぼせちゃってたんですよ、彼女に。中学生の頃から知っている子なのに、会う度に大人の女性に近づいていくそのさまがね、たとえようもなく……美しく感じられたんです。しかも、彼女の性格の良さは昔から知っている。ふと気づいた時、ぼくは、結婚するなら啓子さんしかいない、と思ってました。でも啓子さんは本気でデザイナーの道を歩き始めたところです。せめて早坂デザイン事務所の戦力として働けるようになるまで、そっとしておこうと思いました。それで、彼女が大学を出てから三年、待ったんです。彼女が誰の助けも借りずにひとりでクライアントと打ち合わせし、仕事をこなしている様子を見て、ようやくその時が来たとぼくは思った。でも、男と女として交際していたわけでもないのにいきなりプロポーズなんかしたら、妄想男だと思われる。それで、まずは交際を申し込んだわけです。これまでのような、兄と妹みたいな関係ではなくて、ちゃんと結婚を前提としてつき合いたい、と」

「啓子さんは承諾してくれたんですね」

「はい。……びっくりはしてましたけどね。あらたまって交際を申し込まれるとは思っていなかった、ぼくには他に恋人がいると思っていた、と。でも彼女は嬉しそうに頷いてくれて……ぼくは有頂天でしたよ。正式に婚約したのはその一年後です。もちろん、周囲はみんな祝福してくれて、ぼくも幸せの絶頂だった。なのに」

修造は、そこで大きくまた、溜め息をついた。

「婚約して半年ほど経ち、そろそろ式場の予約をしようかなんて話していた頃でした。突然……彼女から、婚約を解消して欲しいと言われました」

「啓子さんは理由をなんと？」

「自分のわがままで、あなたは少しも悪くない。その一点張りでしたね。ごめんなさいと泣いて謝るばかりで、しかしちゃんとした理由は言おうとしなかった。ぼくにとっては青天の霹靂《へきれき》、いきなり落とし穴に落ちたみたいな感じですよ。まずはびっくりした。それから当然ながら、怒りを感じた。けれど、最後には怒りよりもさびしさで胸が張り裂けそうになりました。理由を言ってくれない彼女の頑《かたく》なさの中に、何かしら、ぼくへの哀れみのようなものを感じてしまったんです」

「犀川さんへの哀れみ、ですか」

「ええ。つまりその……うまく言えないが、本当の要因はぼくの側にあるんじゃないか、そんな気がし始めたんです。でも気持ちの優しい彼女は、それを言ってしまうとぼくが傷つくと思って自分が悪いと言い張っている。そんな雰囲気が感じられたんですよ」

「何かお心あたりでも？」

「ありません」

修造は首を横に振った。

「あれから三十年、ごくたまに思い出すこともありました。その都度、自問自答しましたよ。でもわからない。……婚約を破棄されるほどの落ち度がぼくにあったとは……思い当たることがないんです。ただ、結局彼女はずっと独身だったわけですよね。そのことからしても、ぼくの感覚は当っていた、そう今では思っています。きっと何か、ぼくの側に要因があったんだと。そのこともあったんで、結婚に対しては臆病《おくびょう》になってしまったのかな。四十五で初婚というのは、男としても決して早いとは言えないですからね」

「しかし、そんなことってあるんでしょうか。自分ではまったく思い当たらないのに、婚約を破棄されるほどの落ち度があるなんて」

「実際に、あったんですよ。ぼくはそう思っています。だから彼女に対する怒りは消えた。それが何だったにしろ、彼女は自分が悪者となることでぼくのプライドを守ってくれた。ならばぼくは、いつの日か、彼女がまた結婚したいと思ってくれるような男になろう。財産もつくり、仕事でも成功して、でかい家を建てて、彼女にもう一度プロポーズしよう、そう思うことでなんとか、壊れてしまった恋心と折り合いをつけたんです。あの時、もしぼくが怒りにまかせて彼女を恨んだり罵《のの》ったりしていたら、きっとぼくは、もっともっとみじめになっていた。その点は確信を持っています。まあ二年も経たないうちに、なし崩し的に以前のような、兄と妹みたいな関係になりましたから、それで救われたってことはありますが。しかし不思議なもので、一度気持ちが落ち着いてしまうと、なんだか自分でもあっけなかったくらい、彼女の存在はぼくの心の中で小さくなっていきました。もちろん、愛している気持ちに変わりはなかった。ずっと好きだった。でも、日々の様々なことに追われているうちに、彼女のことを考えない時間がどんどん増えていった。最終的にはぼくの人事異動で、すべてが終わりました。早坂デザイン事務所とぼくとの仕事の関係が途絶えたんです。それでも一年くらいは、ふらっと顔を出して啓子さんと談笑する、なんてこともあったんですが、やがてそれもなくなり……三十年が経ってしまいましたね。三十年。そう思ってみると、あっという間だった」

「結局、婚約破棄の本当の理由はわからずじまいですか」

「ええ。絹ちゃんは誤解しているようですが、ぼくの心変わりなんてことではもちろんありません。また、他に女がいたわけでもない。返せないような借金もなかったし、人様に言えないような悪事をはたらいていたこともありませんよ。あるいは、ぼくにとんでもない癖があったとか、そういうのもね、考えました。しかしどう考えても、結婚出来ない理由になりそうな悪癖はなかった。口臭がひどいんじゃないかと歯医者に相談したり、体臭がきついんじゃないかって、友だちに真顔で相談して笑われたりね。そもそも口やからだが耐えられないほど臭い男のプロポーズを、承知するはずないだろうって言われたな。そう、ぼくの容姿だとか財政状態だとか、そんなものが原因だったら、はじめっからプロポーズを断られていたはずです。一度は結婚を承諾し、楽しく婚約期間を過ごしておいてから、いきなりですからね。やっぱりわけがわかりません。今でもまだ、わかりません」

「どうやら、この指輪にその謎の答えがありそうですね」

麻生は写真をもう一度見た。

「啓子さんはたぶん、この指輪からルビーだけをはずし、同じ大きさのアレキサンドライトと交換したんでしょう。確かにこのデザインは平凡と言えば言えますが、早坂さん、つまり絹子さんが見ても、これはあなたが贈った婚約指輪に見えている。つまり、形が同じなんですよ。だとしたら、もっとも簡単に考えて、石だけ取り換えた、と思うのが自然です。しかしなぜ、ルビーをはずしてアレキサンドライトにしたのか。もし何かのはずみでルビーを落としてしまったのならば、わざわざアレキサンドライトのような珍しい石を入れなくても、素直にルビーを入れればいいわけです。

金銭的な問題があっても、ルビーならばいろいろな等級がありそうですから、安価なものでごまかすこともできたでしょう。なのにわざわざ、希少価値の高いアレキサンドライトを入れた。そして啓子さんは、この指輪をずっと大切に使っていた。いいですか、ただ大切に保管していたというだけならば、啓子さんのような女性ならば理解できます。高価な指輪を捨ててしまうことなどできない、だから保管しておく。それ以上でも以下でもない。そういうことなら理解できるんです。しかし啓子さんは、ちょっとおしゃれをして出かける時にはいつも、これをつけていたそうです。つまり啓子さんは、この指輪を見るのも嫌だったのではなく、むしろ、この指輪が好きだったんです。悲しい別れで終わってしまった婚約の残骸《ざんがい》なのに、なぜかこの指輪を愛し続けていた。わたしは友人たちから朴念仁のように言われていまして、女性の気持ちがわからないことにかけては誰にも負けない自信がある、という困った男ですが、そんなわたしにですら、啓子さんの心理というのは不自然で、そこに何か謎があるとしか思えません」

修造は、じっと麻生の顔を見ていた。なぜか泣き出しそうなほど唇を曲げ、目を見開いて。

そして、言った。

「その謎を解いてください、麻生さん。絹ちゃんの依頼とは別に、わたしがあなたを雇います。三十数年前、どうしてぼくは啓子さんに婚約を破棄されたのか。その理由を、ぼくに教えてください。……ぜひ」

修造の見開いた目の縁から、ぽろっと涙が一粒、落ちた。

5

「簡単には信じられないわ」

早坂絹子は、フォークの先で肉を突き刺し、それを振って見せた。

「犀川《さいかわ》さんって、何しろ広告業界に長くいた人なのよ、他人を丸め込むのは上手よ」

「早坂さんは、犀川さんにあまりいい印象を抱いておられないみたいですね」

「別に、嫌いってわけじゃないけど。ただあの人、昔っから、わたしみたいな女は嫁にいけないぞ、ってそれしか言わなかったのよ。つまりね、すごく保守的な男だったってことね。啓子叔母さんみたいに慎《つつ》ましやかで、男をたてる女がいい女、自分の意見をきちんと言葉にする女は、嫁の貰い手がない出来損ない、それがあの人の価値観だった。だいたいさあ、嫁に貰ってもらう、なんてことが、女の幸せのすべてだなんて、あの歳の人にしても古くさくない？　麻生さんはどう思う？」

「わたしにそういう質問は、酷です」

麻生は肉を呑み込んで言った。

「わたしは結婚に失敗した男ですよ」

「だから訊《き》いてるのよ。女の幸せのすべては、結婚にあるって、あなたは思う？」

「そう思う資格すらないですよ。少なくとも、わたしと結婚した女性は、幸せではないと考えたから、逃げてしまったんです」

「あなた、忙し過ぎたのよ」

絹子はそう言うと、溜め息をひとつついた。

「月並みな分析だけど、結局はそういうことだったんだと思うな。あなたはひとりで忙しくて、その忙しさを奥さんにわけてあげなかった。夫が忙しくてかまってくれない、家庭をほったらかしにする、っていう専業主婦の不満の真意はね、夫に暇になって欲しいということじゃないのよ。そうじゃなくて、自分も一緒に忙しくなりたい、忙しさをわけあいたい、そういうことなの。たとえば、あなた、刑事時代に捜査の進展状況だとか事件のあらましだとか、奥さんに話してあげたこと、ないでしょ」

「話してはいけないことになってますよ」

「そんなのわかってる。それでも話しちゃうのが、夫婦じゃない？　それを聞きたくないって女も、そりゃいるでしょうね。でもわたしだったら、聞きたいし知りたいわ。話してくれない男が夫だったら、きっと、耐えられないくらい淋《さび》しいと思う」

「早坂さんは、話してたんですか、いちいち」

「知らない」

絹子は大きな肉片を口に放り込んだ。

「過去のことはみんな忘れた」

麻生は思わず笑った。二百五十グラムのステーキを瞬く間に呑み込み、終わった結婚については証言拒否。このひとは変わっていない。昔から。

「とりあえず、そんなわけで、犀川さんからの依頼も引き受けた形になってしまいました。それをあなたに了解しておいていただきたくて」

「別にいいんじゃない？　数十年前に自分がフラれた理由が知りたいなら、探偵雇って調べるのは本人の勝手だもの。でも麻生さん、あの人の策略に踊らされたらダメよ。あの指輪はあの人が持ってる、わたしは今でも、そう考えてますから」

「その点についてなんですが」

麻生は、食べ終えた皿を脇に寄せ、作ったばかりの中間報告書をテーブルに置いた。

「早坂さんが指輪を保管されていた、野辺山《のべやま》の別荘ですね。そこに空き巣が入ったことは、地元の警察に届けていらっしゃらないんですね」

「ええ」

絹子は首を横に振った。

「警察には言ってない」

「指輪以外のものは、ほんとになくなっていないんですね？」

「もし他のものも盗まれてたら警察に連絡したわ。あの指輪だけなくなってたから、犀川さんを疑ったのよ。別荘って言っても、バブルがはじけた時に借金で首がまわらなくなっちゃった弁護士会の知人に泣きつかれて、元の夫が買ったもので、離婚の時にくれるっていうから貰ったけど、あんまり使ってないの。だって別荘なんかでのんびりしてる時間、ないんだもの。それに別荘って、たまに行くとまずは掃除から始めないとならないでしょ。ようやっと休暇がとれて出かけて、それでいきなり掃除機を手に家事しなくちゃならないなんて、ナンセンスよ。あのあたりにはいいホテルもあるし、ホテルに泊まる方が気楽で好きなの」

「でも、処分はされてない」

「売れるなら売りたいと思ってるけど、今ねえ、あんな上の方の古い別荘なんか、二束三文でしか売れないわ。もっと標高が低くて冬でも使える高機能な別荘が、そこそこリーズナブルな値段で売りに出てるんだもの。それに、世の中不景気で、別荘がどうこうなんて時代でもないでしょ。せめてもうちょっと、景気が回復しないとねえ」

「しかしどうして、そんな、たまにしか使わない別荘に指輪を保管していたんですか」

「あんなとこに、空き巣なんていないと思ったから」

絹子は、ウエイターが下げた皿の上に、丸めた紙ナプキンをぽんと放った。

「麻生さん、行ったことある？　野辺山よ。八ヶ岳よ。駅から車で十五分、高級別荘地とかいっても、なーんにもない高原の林ん中よ。冬場に別荘荒らしがたまにあるって話は聞いてたけど、盗まれるのはアンティークの家具とか、ゴルフセットとか、そんなもんらしいわ。つまり、あんなとこで空き巣やろうって連中は、お金とか宝石なんかは最初から期待してないのよ」

「それでもたまたま、家具目当てで忍び込んで宝石を見つけてしまった、という可能性はあるんじゃないですか？」

「だったらあの指輪だけ盗んでいくってのはおかしいわ」

「他にも宝石がおいてあったんですか」

「宝石なんてなかったけど。わたし、アクセサリーは嫌いじゃないけど、高価な宝石にはそんなに興味ないのよ。服に合わせてブランドものを買うこともあるけど、そんな高いものは買わない。でもあの別荘には、絵があるの」

「絵、ですか。有名な画家の作品？」

「まああ、ってとこかな。それでも偽物じゃないのよ。そうねえ、買値の三分の一で売れるとしても、数万円から数十万にはなるものが、何枚もかけてある。あの別荘を売らないでおいてあるのも、好きな絵をかけておく場所が欲しいからだし。せっかく空き巣に入って、指輪一個で満足して帰ったなんて変よ。絵なんか壁から取り外すのはたいした手間じゃないんだし」

「しかし、絵は簡単には故買に出せないですからね。特に、そこそこ名の知れた画家のものだと、売りさばくのは難しい。ぱっと見て誰の絵かわかると、当然ながら、買い手はそれが盗品でないか確かめます。数十万程度のもので犯罪者とかかわりになりたいと思う買い手は少ない。それこそ何百万、何千万円もするような絵なら、ブラックマーケットで売買が成立するでしょうが」

「宝石だって同じじゃないの？」

「宝石の場合、一目で出所がわかる物は少ないんです。それに台座からはずして石としてさばけばいい。なので、宝石は故買屋がけっこう暗躍してるんですよ」

「それにしたって、他にも盗みがいがある物はあったのよ」

絹子は運ばれて来たチーズプレートから何種類か選び、デザートワインまで注文した。

「クライアントから勝訴のお礼に貰った古伊万里《こいまり》とか、ああ、そうだ、ノートブックだけどパソコンだって置いてあるし、暖炉の前のラグは、本物のペルシャ絨毯《じゅうたん》なのよ。仮にも別荘地で空き巣をしようっていう連中なら、調度品や家具の価格には詳しいんじゃなくって？　パソコンなんかは、たいしたお金にはならないけど、簡単に売れるし」

「わかりました」

麻生は、絹子が勝手に麻生の為に注文してしまったデザートワインを舐《な》めた。香りは素晴らしいが、甘い。甘すぎる。

「別荘に忍び込んだ犯人は最初からあの指輪を狙った、早坂さんの考えはそういうことですね」

「あなたの考えは違うの、麻生さん」

「わたしは今のところ、何も考えを持ってないですよ。とにかくもう少し調べてみないことには、なんとも」

「相変わらずね」

絹子が笑った。

「警視庁時代、あなたのこと、石橋の龍って呼んでたでしょう、みんな」

「石橋を叩いても渡らない臆病者って意味です」

「あら、そうだったの？　慎重居士だからそう呼ばれてるんだと思ってた。でも臆病者ってのはまったく的外れよね。あなたくらい大胆な人ってわたし、他に知らないわ」

「まさか。わたしのことを大胆だなんて」

「あなたは大胆よ。びっくりするくらい、大胆。無謀と言ってもいいかもしれない。捜査本部の方針が決定して、マル被の逮捕状をとろうって時になってから、別の犯人を追いかけ始めるなんて、あなたしかできないと思った。麻生さんって、上層部に自分がどう思われるかなんて、考えたこともないんだろうな、って、なんだか羨《うらや》ましかったわ」

「いつも考えてましたよ。わたしは小心者で、上には逆らわない主義でしたから」

「しゃあしゃあと、よく言うわ。あなたみたいなタイプって、上昇志向が強くて前向きな人間から見たら、全身が嫌味で出来てるみたいに見えるわね、きっと」

「じゃ、あなたにはそう見えてるんですね」

「おあいにくさま。わたしは仕事が面白かったから突っ走ってたけど、最初から、検察で出世したいなんて思ったことないもの」

「やめ検は最初からの人生設計ですか」

「その通り。検察ほど保守的な組織はないのよ、女に生まれたってだけで、あの組織の中で上を目指すのは奇跡を追い求めるみたいなものになる。まあね、それでもたまに奇跡は起こって、女でも昇りつめる人はいるけど、わたしは無理だって最初からわかってた。ほんと言えば、司法修習生の頃から弁護士志望だったの。でも検察を経験してから弁護士になる旨味《うまみ》を先輩から聞いてたから、若い時に安い給料で苦労するのもいいだろうと思って、検事になったのよ」

「あなたらしい。とても合理的な考え方です」

「そういう言い方も嫌味に聴こえてよ、麻生さん」

絹子はデザートワインをお代わりした。

「でもまあ、あなたってたぶん天然なんでしょうね。悪気はないんだろうな、この人、って昔から思ってた。それにしてもねえ、警視昇進の噂があったのに、あっさり辞めちゃったわねぇ」

「向いてなかったんですよ、警察は。負け惜しみではなく、今の方が精神的には楽です。収入は減りましたが、ひとり者で金のかかる趣味もありませんから」

「もう結婚はしないつもり？」

「たぶん」

麻生は、甘さを我慢しつつ、グラスの中の琥珀《こはく》色の液体を飲み干した。喉《のど》に花畑があらわれたように、素晴らしい香りが胃へと落ちていく。

「……噂はいろいろと……耳にしてるけど。でも……違うんでしょう？　あなたがその……」

「ゲイだって噂、ですか」

絹子は目を見開き、麻生の顔をまともに見てから目を伏せて笑った。

「なんだ。……ほんとだったんだ」

「まあ、そうですね。肯定しておきます。本当を言えば、自分でも何がどうなっているのか、よくわからないんですが。でも世間が思うほどには自分にとって、ゲイなのかそうでないのかは、たいした問題じゃない、という気はしています。どのみち、それとは無関係に女房には逃げられましたし、親父もお袋ももう死んでますし、弟は海外です。家族にも誰にも、迷惑かける心配はありませんから」

「不思議よね。女にとっては、ゲイって、そんな悪いもんじゃないのよ」

「そうみたいですね。どういうわけか、女性の知りあいは噂を耳にしても、嫌悪感剝《む》き出しにはなりませんね」

「結局、女って、セックスの相手が怖いのね。嫌いなのよ」

「……唐突な意見みたいに思えるんですが」

「そういうことなの」

絹子はひとり、頷《うなず》いた。

「セックスしなくていい男は、怖くない。セックスは好き、男のからだは好き、でも男は嫌い。怖いから。それが大部分の女なの」

「ややこしいなあ。早坂さん、少し酔いましたか」

「うん、酔ってるかもしれない」

絹子は、バッグに手を入れて摑《つか》み出したものを麻生の方へと放った。

「別荘の鍵《かぎ》。住所と地図は事務所にＦＡＸしておくわ」

「お願いします。それと、啓子さんにお会いすることは出来ないでしょうか」

「叔母さんに？　面会に行けばいつでも会えるけど、でもどうかなあ、会ってどうするの？　何か質問するつもりだったら、無駄かもしれないわよ。こっちの言ってることが理解出来てるとは思えない。いちおう、話しかけると返事はするけど、いつもとんちんかんな会話になっちゃうの。こっちが何を喋《しゃべ》っても、勝手に自分の頭で作った内容に置き換えて答えてるみたい。認知症の程度としては軽いってお医者は言うのよ。でも、会話が成り立たないのは確かよ」

「それでも構いません。御挨拶させていただくだけでも」

「麻生さんって、ほんと、変わってるわよね」

絹子は笑って、ウエイターにコーヒーを頼んだ。

＊

そもそも、早坂絹子が指輪の紛失に気づいた時、犀川を疑ったのにはそれなりの理由があったようだ。絹子の話によれば、絹子に別荘を売りつけた弁護士というのが、犀川の会社の顧問弁護士だったらしい。犀川は大手広告代理店を五十になる手前で退職し、独立して小さな広告代理店を持った。在職中に手にした人脈を最大限に活《い》かした成果があって、その会社は小さいながらも順調に業績を伸ばし、規模もここ数年で数倍に拡大したらしいが、犀川自身は、共同経営者だった男に経営権をすべて譲り、引退している。だが非上場の自社株はかなり持っているようだ、と、絹子が言っていた。このまま業績が伸びて、もし株式が公開されることになれば、一気に大金持ちになれるわけだ。

それはともかく、犀川が、旧知の弁護士が別荘を絹子に売ったという情報を持っていて、そして何らかの方法で、思い出の指輪を絹子が啓子から「預かって」保管しているという情報も手に入れたのだ、と絹子は主張した。犀川は、絹子が指輪を自分のものにしてしまったと憤り、人をつかってそれを盗ませたのだ、と。

絹子の意見に、麻生は同意していない。と言うよりも、絹子の犀川に対する疑惑には根拠がないと思っている。そもそも、絹子が啓子の指輪を別荘に隠したことを犀川はどうやって知り得たのか。その点を指摘すると、絹子も曖昧《あいまい》なことしか言えないようだった。絹子自身、そのことを誰かに言ったというはっきりした記憶はないらしい。が、絹子はあくまで、別荘から指輪を盗んだのは犀川だと主張した。犀川の経済力をもってすれば、啓子の病院に探偵のひとりやふたり、潜入させるくらいのことはできる。絹子が啓子から指輪を「預かった」ことはそれですぐわかるだろうし、啓子には、指輪を別荘におくことを話したから、それを立ち聞きされたのかもしれない等々。荒唐無稽《こうとうむけい》、というより、どこか偏執的だ、と麻生は思った。絹子はともかく、何がなんでも犀川を犯人にしたいらしい。どうしてそこまで犀川を悪く思うのか、それがわからない。いずれにしても、犀川にとっては災難だ。

絹子と犀川との間には、いったい、どんな確執があるのだろう。

いずれにしても、早坂絹子は一筋縄ではいかない女性だ。頭の良さでは到底たちうち出来ないし、猪突猛進《ちょとつもうしん》タイプのように見せかけていながら、実は、慎重に用意周到に、水面下での工作も巧みに出来る人間なのだということは、検事時代を知っていればわかる。


早朝の中央自動車道は、八王子《はちおうじ》を過ぎるまではけっこう混んでいた。まだ西の空は夜明けの名残りを残している時刻なのに、日本の経済活動はとっくにスタートしているのだ。いや、前の晩から引き続き、車は走り続けているのだろう。大型トラックが集団でサバンナを駆け抜けるサイの群れのように、繋《つな》がって流れ去って行く。

自動車好きな性分だけは、子供の頃から直らない。独身時代から必要もないのに車を持ち、ごくたまの非番の日には、あてもなくハンドルを握ってひとりで遠出したりもした。結婚した時に、それまで乗っていたスポーツタイプの排気量も大きな車を、ファミリータイプの小さな車に買い替えたが、離婚して、また車はスポーツタイプに戻してしまった。

と言っても、スピードを出して走ることにはあまり興味がない。スポーツタイプの車は、運転していてクセが強く、そのクセが楽しいので好きなだけだ。もちろん、高速道路で制限速度を完璧《かんぺき》に守るほどの優等生ではないが、後ろからせっかちな車が迫って来たらさっさと譲る程度の、ごく穏当な運転手だと自分でも思う。

八王子を過ぎると車のスピードは自然とあがる。だがそのあたりから、中央道はカーブやトンネルが多くなり、けっこう事故になりそうなヒヤッとする場面にも出くわす。

　麻生はスピードをあげつつも、慎重さを失わないよう自分に言い聞かせた。こんなところで事故を起こして死ぬわけにはいかない。そんな中途半端な人生をおくる為に、警官であることを辞めたわけではない。

　談合坂《だんごうざか》のＳＡで紙コップの熱いコーヒーを一杯飲むだけの休憩をとり、長坂《ながさか》ＩＣまで一気に走った。トンネルを抜けて甲府盆地に入る頃には、車の数も減り、ドライヴが快適になる。西の空もようやくすっきりと明けて、南アルプスの雄姿がくっきりと眼を楽しませてくれる。

　八ヶ岳の上方には雲がかかっていた。目的地である海の口の別荘地は、標高が千六百メートルくらい、かなり高い。上の方は天気がよくないかもしれない。

　長坂から野辺山までは三十分強といったところ。道路はよく整備されていて、時刻が早いせいか車はほとんど通っておらず、瞬く間に小海《こうみ》線の野辺山駅に着いてしまった。そこからは、地図を頼りに別荘地へと進む。まだ開発されたばかりらしく、どの別荘も真新しい。大型のペンションのように見えるのはマンションタイプの別荘か。不審者だと思われると困るので、別荘地全体を管理しているフロントがある建物にまず向かった。そこで、早坂絹子から今日一日、別荘を借りることになったと告げ、敷地内の案内図を貰った。早坂絹子が事前に連絡しておいてくれたので、怪しまれることもなかった。

　絹子の別荘は、この別荘地のシンボルと言われている音楽堂からさほど遠くない場所にあった。絹子は卑下していたが、なかなかどうして、見た目は素晴らしい建物だ。輸入住宅なのだろうか、洋館風で、敷地面積もかなりありそうだった。

行楽シーズンとは言っても、十一月の半ば、すでにこのあたりでは紅葉も終わりかけており、平日の早朝にリゾート客は少ない。絹子の別荘の両側にある建物は、どちらもすでに冬に備えて閉められてしまったらしい。標高が千五百メートルを超えると、冬に別荘を利用するのはなかなか大変に違いない。だが絹子は、冬の方が好きなのだと言っていた。利用するたびに水道管が破裂しないよう水抜きをしたり、暖房用の燃料を頼んだりと面倒は多いが、人気のほとんどない別荘地、白い雪に覆われた高原にいると、心がとても休まる、と。

　早坂、という表札を確かめてから、鍵を取り出して中に入った。窓にカーテンがかかっているせいで、室内は薄暗かった。

　すでに、水道管は閉められていて水も抜かれ、すぐには使用することが出来ないらしく、ダイニングキッチンの蛇口には「要開栓」の札が下げられている。絹子からブレーカーの位置は聞いていたので、迷わずに上げて、取りあえず照明を点《つ》けてみた。

　少々、驚いた。

　絹子の口調からは、この別荘にさほどの愛着は感じられなかったので、室内のインテリアなどにもあまり気を配ってはいないだろうと漠然と思っていたのだが、予想は裏切られた。アンティークらしい家具が、まるでモデルルームか何かのようにきちんと配置され、凝った手編みの白いレースがあちらこちらに優雅に広げられている。床は磨きあげられた色をした木製で、フローリング、などという軽い呼び方がそぐわないほど、どっしりと安定感がある。ひときわ大きく、古そうなソファには、絹子のイメージに合わない、小花模様の布が貼られたクッションがいくつも置かれていたが、布の古めかしさから、その布自体、フランスあたりのアンティークだろうと見当がついた。麻生はインテリアについては無知に等しい人間だったが、事件関係者でとてつもない金持ち、という人種の住まいには何度も足を踏み入れている。その中で、こんなふうに、古いものばかりで家を埋め尽くしていた者がいた。その者の家で、いかにも古ぼけていてとても高価には見えなかったので遠慮なく座った椅子が、一脚百二十万円する、というのを知って慌てて立ち上がった時のことが思い出された。

やめ検は儲《もう》かる、という巷《ちまた》の噂は、どうやら本当らしい。早坂絹子の財政は、麻生が考えているより何段階も上の良好な状態にあるようだ。

なるほど、こんな家に空き巣に入って、小さな指輪一個を盗んで満足するというのは、プロならばあり得ないだろう。この家具の高そうな様子だけ見ても、壁にかかっている絵が安物でないことは想像できるし、花瓶一個、ティーカップ一個でもけっこうな値段になることも容易に予測できる。指輪は確かに、小さくて軽くて盗むのにちょうどいい品物だが、空き巣の上着にポケットが二つあれば、もう少しいろんな物に手を出したはずだ。

絹子に簡単な見取り図を描いてもらっていたので、それを見ながら二階の寝室をめざした。二階には主寝室の他に、ゲストルームなのか、小さな寝室が二つある。指輪が保管されていたのは主寝室なので、手前の二つの扉は素通りして、奥のドアに向かった。

主寝室も、リビング同様、趣味のいい古い家具が主役だった。天蓋《てんがい》のついた大きなベッドは、麻生の身長でもゆったりできそうだ。絹子ひとりで寝るには大き過ぎる。

指輪は、壁に作り付けられたクローゼットの中に入れてあったらしい。クローゼットの扉を開けると、中には、スキーウェアだろうか、派手なピンクと白の衣類が、薄い不織布をかけて吊《つ》るしてあった。絹子に教えられた通り、クローゼットの奥にはやはり作り付けの引き出しが三つ、縦に並んでいる。貴重品入れというよりは下着入れという感じで、鍵穴はあるが、見るからにちゃちだ。鍵はかけてあったらしいが、針金一本あれば麻生でも開けられそうな代物だ。一段目と二段目は空っぽ。三段目が問題の指輪が入れてあった部分だが、やはり空だった。

これでは、何の参考にもならない。

クローゼットを閉めて、もう一度天蓋のついたご大層なベッドに目を向けた。枕元にはサイドボードがあり、その上に小さな、黒と金色の置き時計がある。手にとってみると、重い。裏返して表示を見て、その理由がわかった。金色の部分が14金製なのだ。黒い部分は、たぶんエナメル塗装だろう。この置き時計だけでも、十万円では買えないに違いない。これで、空き巣の仕業でないことはほぼ確実になった。俺が空き巣でも、空いたポケットにこいつを詰め込んで逃げる、と麻生はひとりで笑った。

麻生はもう一度寝室を見回したが、目ぼしいものは何も見つけられなかった。

しかし、侵入者が素人ならば、必ず痕跡《こんせき》は残しているはずだ。

もう一度、ゆっくりと足下の廊下を確認しながら階下へと降りた。階段から二階の廊下には毛足の短い絨毯が敷いてある。階下に足音が響かないようにという配慮だろう。だが、足跡はおろか、絨毯の表面にすら傷や不自然な圧迫痕はない。もしかすると、靴を脱いで階段を昇ったのかもしれない。階下のリビングは外国式に直床《じかゆか》で、玄関に靴脱ぎなどはない。だが絹子もあまり使用しないこの別荘に客が頻繁にあったわけもなく、絨毯が驚くほど綺麗なので、侵入者は足跡がつくのをおそれたのだろう。

それにしても……痕跡がなさ過ぎる。

玄人の空き巣にしては欲がないし、素人にしては、隙がない。

麻生は、立ったままで半ば途方に暮れた。

その時、麻生の耳に、女の声が聞こえて来た。

誰かが外で呼んでいる？


麻生はリビングのカーテンを少し開け、窓から外を見た。

若い女だ。白いニットのカーディガンとチェックの長いスカートが、外国映画に出て来る田舎の少女を思い起こさせる。

女が麻生に気づき、驚いた顔になった。麻生は窓を開けた。

「何か御用ですか」

麻生の問いに、女はおびえた顔になった。

「あ、あの……早坂さんは」

「今日は来ません。わたしは絹子さんの友人です。今日一日、ここをお借りしています」

女は信じていないようで、眉《まゆ》を少し寄せたまま、警戒する目つきをしている。二十代後半から三十代といったところか。絹子の友人にしては、若過ぎる？

「あなたは？」

麻生は単刀直入に訊いた。女は、いぶかしげなまなざしのままで言った。

「Bの4号の、木村です」

女は、それでも気丈な性格なのか、はっきりとした口調だった。

「早坂さんがおいでになっているのでしたら、この前お借りしたお皿をお返ししようかと思いまして。でもいらっしゃらないのでしたら、また今度にします。すみませんでした」

女は頭を下げて、逃げるように去った。

麻生は、女の後ろ姿を見ながら考えた。

いったいあの女は、本当は何をしに来たのだろう。

返すはずの皿を、持っていないのに。

6

B―4。
麻生は徒歩で、自分の姿ができるだけ隠れるよう、建物の壁にくっつくようにして歩いた。早坂絹子の別荘はA―3区画にある。別荘地の区画表が車道の脇に立っていたので、B―4のおおよその位置はわかっていた。A区画はひとつの建物の敷地が広く、建物と建物のあいだがあいていたが、B区画になると敷地が半分ほどになり、建物自体も豪勢な洋館風や巨大なログハウスなどではなく、いかにも高原の別荘といった感じの、可愛らしいログハウスや、少し野性味のあるデザインのこぢんまりした家が並んでいる。別荘の値段などは興味もなかったので見当がつかないが、B区画の別荘ならば、さほど大金持ちでなくても、少しゆとりのあるサラリーマン家庭で手が届きそうな感じはする。

　B―3の、アーリーアメリカン調の白い家の横で立ち止まり、その隣りにあるB―4の建物を眺めた。平屋の素朴な感じのする建物で、大きさも麻生の目から見て、なんとなくちょうどいい、という気がした。両親に子供二人、おじいちゃんかおばあちゃん、といった家族構成のサラリーマン家庭、妻もどこかで働いていて、子供たちは健康でそこそこ成績がよく。そんな幸せな家族が週末を過ごすのに適した家。ふと、離婚した妻の顔が頭に浮かんだ。もし……もしも子供が出来ていたら……玲子《れいこ》だったらきっと、こんな別荘に憧《あこが》れたかも知れない。妻の唯一の趣味だった、ドライフラワー作り。麻生はドライフラワーがあまり好きではなく、特に、都会の団地暮らしには似合わないものだと思っていた。だがこんな高原の小さな家にならば、あの枯れた花々もしっくりと似合って、玲子が好んだ、小花模様のついたティーカップや、チェックのテーブルクロスなども、溶け込むようにはまっていただろう。

　一瞬、小さな別荘の前で草花の束を手にする玲子の幻が見えた気がした。そしてその腰下に、エプロンを摑《つか》んで離さない小さな子供の手が。だが次の瞬間、麻生の脳裏に現れたのは、玲子の肩を抱く別の男の手、だった。別の男の。

　麻生は首を振り、ひとりで苦笑いした。

　感傷も後悔も、そして心の奥底に押し込めたはずの憎悪も、今は鬱陶《うっとう》しいだけだ。

　幸い、B―3には人の気配がない。柵《さく》も塀もないので、どこからがB―3の敷地なのかよくわからなかったが、遊歩道からはずれる時には足下に充分注意した。小さな花の芽ひとつにしても、別荘を週末の楽しみにしている人たちにとっては大切なものだろう。できるだけB―3の白い壁にからだをつけてB―4から姿を見られないようにし、小さな双眼鏡でB―4を観察する。表札のかわりに、小枝を組み合わせて文字にしたものが玄関ドアの横に貼り付けてあり、確かに、木村、と読めた。

窓のカーテンがひかれているので、家の中の様子はわからない。が、玄関先に小さな植木鉢が三つ、置かれているのが麻生の注意をひいた。週末だけしか利用しない別荘に鉢植えを置くのは不自然だ。この季節でも、一週間も水をやらなければ、水切れを起こして花が枯れてしまうだろうに。それほど頻繁に別荘通いをしているのだろうか。それとも、別荘として使っているのではなく、定住しているのか。

この別荘地は一年中管理棟が営業しており、定住は充分可能だ。冬になるとかなりの寒さとなり、雪や、水道管の凍結などで生活は大変にはなるだろうが、冬期の利用を計算に入れて建てられている家であれば、暖房用のボイラーもあるだろうし、断熱材をしっかり用いているだろうから、問題はない。が、木村家の別荘は、外観からして、厳寒期の利用を想定して建てられたとは思いにくい。いわゆる本物の丸太を組んだ本格的なログハウスではなく、板材で作られたログハウス風の平屋で、窓なども普通のサッシ窓だ。ボイラーがあるようにも見えないし、暖炉用の煙突もない。だが内部が見えるわけではないので、結論を急いでも仕方ない。仮に厳寒期の利用は無理だとしても、今の季節ならばもちろん何の問題もないのだから、週末利用ではなく、長期間暮らしている可能性はある。一ヶ月程度の滞在でも、草花が好きだったら鉢植くらい置くかもしれない。サラリーマン家庭だとそうした利用は難しいだろうが、自宅で仕事の出来る職業ならばかまわないわけだし。

気にし過ぎ、なんだろうか。女が手ぶらだったというだけで、指輪紛失事件にかかわっているかもと考えるのは、行き過ぎか。散歩でもしていて、人の気配がしたので寄ってみた、ただそれだけのことだったのかも。借りた器だかなんだか、そんなものは、絹子がいると確認してから取りに戻るつもりだったとしても何ら不自然なことはないだろう。

それでも麻生は、双眼鏡をおろさずにいた。刑事という仕事をまがりなりにも二十年続けて、嘘をついている人間の表情をいやというほど見て来た。その麻生の目が、木村、と名乗ったあの女の顔に、嘘を読み取った。

どんな嘘なのか、それはわからない。重大な嘘なのか、それとも、取るに足らない嘘なのか。だが、初対面の男に嘘をつかなくてはならない状況は、あの女にとって、決して好ましいものではないはずだ。


双眼鏡の視界の中で、クリーム色のカーテンが揺れた。まるで麻生の要求に応じるかのように、カーテンはほんの少しだけ、開かれた。さっき出会った女の顔があらわれる。

蒼《あお》い。

麻生が驚いたほど、女の顔は蒼白《あおじろ》かった。

澄んだ高原の空気の中にいたのでは、場違いゆえに呼吸も出来なくなるのではないかと思うほど、女はやつれ、不健康そうだ。

女がゆっくりと首を傾けた。何を見ているのか、女の視線がある方向には空しかない。

双眼鏡の中でアップになった女の頬には、涙が光を撒《ま》き散らしながら下へとつたい落ちている。

麻生は決心した。双眼鏡をしまい、白い建物から離れて一度林の中へと入り、木村家の別荘の裏手へとまわる。そこから林の中の遊歩道をつたって、ゆっくりと歩いて女が空を眺めている窓の前に出た。演技力に自信はないが、どのみち女には、自分が絹子のただの友だちなどではない、ということはわかっているだろうという気がした。

麻生は足をとめ、驚きもせずにじっと自分を見つめている女に微笑みかけた。

「さきほどはどうも。このあたりは散歩するのにいいですね」

女は黙ったままでいる。

「野辺山には初めて来たんですが、夏はとても涼しいでしょうね。別荘なんて贅沢《ぜいたく》なものは無縁だと興味なかったけど、こんなにいいところだったら別荘を持つのもいいなあ、なんて思いましたよ。ところで、さっきは失礼しました、何か早坂さんにお返しになりたいものがあるとか？　わたしでよかったら、お預かりしましょうか。早坂さんとは明日にでもお会いする予定ですし」

麻生は視線をそらさず、女の目をまともに見つめた。瞬きもせず、頬の涙を拭《ふ》こうともしないまま麻生を見ていた女は、たぶん、麻生の言葉など聞いてはいないだろう。彼女が考えていることはただひとつ、目の前に立っているこの男は自分の味方なのか、それとも敵なのか、それだけだ。

「あなたは」

女の唇が動き、震えるような声が喉《のど》からしぼり出された。

「誰なの？」

麻生は間合いをおいた。そして、ゆっくりと言った。

「早坂絹子さんから依頼を受けた、探偵です」

女は、細く息を吐き出した。それが安堵《あんど》の息なのだと、麻生にはわかった。

「探偵、だったんですね……刑事じゃなく」

「刑事だと思いましたか」

麻生の問いに、女は泣き笑いのような顔で頷《うなず》いた。なかなか勘のいい女性だ、と麻生は心の中で苦笑いする。自分のからだに染みついた刑事の匂いを嗅《か》ぎつけるなんて。

「刑事が、いえ、警察があらわれると予想する何かが、ありましたか？」

「……知っているくせに」

「さあ、わかりません。いや、とぼけているのではなく。早坂絹子さんから依頼された件は確かに、犯罪にかかわっていると言えば言えますが」

「わたしがやったんじゃない」

女はまた、麻生の言葉など聞こえないかのように、呟《つぶや》いた。

「わたしが殺したんじゃないのよ」

今度は、麻生の心臓がどくどくと鳴った。殺した？　盗んだ、ではなくて？

この女はいったい、何と、どんな事件とかかわっているんだ？

早坂絹子の別荘からアレキサンドライトの指輪を盗んだ、そうだとしたら大当たりだ、くらいに考えていたのに、もっととんでもない事件が指輪の後ろに隠れていたのか。

麻生は、落ち着け、と心の中で自分に言い聞かせた。

「いずれにしても、ここに立ったままで話し合うようなことでもなさそうだ。中に入れていただけませんか。それとも、この近くにコーヒーが飲める店があるなら、そこまで歩きますか。管理棟にもコーヒーショップがあったみたいですね」

女は、ようやく我にかえった様子で瞬きを何度か繰り返し、それから頷いた。

「中へどうぞ。コーヒーはインスタントしかありませんけれど」

「ありがとう。それで充分です」

女の姿が窓から消え、すぐに玄関のドアが内側から開いた。

7

「ほんとにインスタントしかなくて」

馬淵尚美《まぶちなおみ》と名乗った女は、マグカップに三分の二ほどいれたコーヒーを二つ、盆を使わずに手で持って来て、ダイニングテーブルの上に置いた。

「ここに来る時、車がなかったんでたくさん買い物することが出来なかったんです。でも管理棟で、日用雑貨や最低限の食べ物は買えるので、それでなんとか」

「カップラーメンだとか菓子しかおいてないでしょう。そんなものでは、からだを壊しますよ。わたしは車で来ているんで、あとで買い物して来ます」

「そんな、ご迷惑かけるなんて」

「別にたいした手間じゃないです。それより、こみいった事情をすべて話してくれとは言いませんが、とにかく整理してみましょう。あなたは……自分は殺人者ではないとおっしゃった」

「ええ」

尚美はマグカップを手にしたまま、黒い液体に映る自分の顔に見入っている。

「わたしは誰も殺していません」

「それなのに、ここに隠れている。ここは、ご友人の別荘だということですが」

「高校時代からの親友なんです、木村紘子《ひろこ》は。でも紘子は今、ご主人と一緒にドイツにいます。ご主人が、二年の任期でドイツの大学に赴任して」

「殺人者の疑いをかけられたあなたは、親友に助けを求めた？」

「いいえ」

尚美は口をつけずマグカップを下におろした。

「事情は説明してないの。ただ、ドイツにいる紘子に、少しの間別荘を貸して、ってメールで頼んだだけなんです」

「鍵はどうされました？」

「紘子たちが日本を離れる時、鍵はここの管理棟に預けたんです。日本にいる友だちや知り合いがいつでも使えるようにって。建物って使わないと傷むでしょう、だから、いつでも使って、って言われてたし」

「しかし、殺人事件に関与しているという事実が伝わったら、お困りになるでしょうね、木村さん御夫妻も」

尚美は答えずにうつむいた。

「まだ、警察があなたを容疑者と考えているわけではないんですか？　もし容疑者と考えていて、それであなたが自宅を出てここに隠れているとすれば、警察は当然、逃亡したと考えてあなたを捜しますよね。あなたの友人に別荘を持っていて、今海外にいる人がいるとわかれば、ここにも捜しに来るでしょうし、ご友人にも事情を訊《き》こうとするでしょう」

「警察の考えていることなんて、わかりません」

尚美は頑《かたく》なな口調で言った。

「たぶん、まだ遺体が発見されていないんだと思います。管理棟で新聞が読めるんです。まだ、何も出ていませんから」

麻生は少しだけ納得した。もしすでに殺人として報道されている事件に関与した人物が突然姿を消したら、警察はマスコミを利用してあぶり出す作戦に出るはずだ。容疑者の周辺捜査も徹底的にするだろうから、友だちの別荘、などというあからさまな隠れ家が発見されないわけがない。

要するに、まだ事件は発覚していないのだ。

「なるほど。あなたは早坂さんの別荘にいたわたしのことを、刑事だと勘違いした。つまり、遺体が発見され、あなたが怖れている通りにあなたが容疑者となったと。それで、逮捕されることを覚悟して、泣いていらした」

「……逮捕されることは怖いです。でも、それで泣いてたんじゃないわ。何もしてないんだもの、逮捕されたって、そう言うだけよ。でも……どうしてこんなことになっちゃったんだろう、そう思うと悔しくて……」

麻生の誘い水に尚美の本音がすっと漏れた。

「わたしのせいじゃないのに。わたしはただ……ただ、娘に逢いたかっただけなのに……」

尚美が掌で顔を覆って嗚咽《おえつ》する。麻生はそれを黙って見守った。インスタントコーヒーは薄くて香りもなく、コーヒー好きな麻生には堪え難いような味だったが、それでも、すすっていることで少しは間がもつ。マグカップの底が見えた頃、ようやく尚美は泣きやんで、テーブルの上のティッシュケースからティッシュを何枚もたぐり、はなをかんだ。

ひとしきり泣いて尚美の心の鎧《よろい》が脱げたのか、さっぱりとした顔つきで、麻生の顔をまともに見る。そのまなざしの強さには、尚美の勝ち気な性格がよくあらわれていた。

「麻生、さん、でしたっけ」

尚美は、受け取ったあとでテーブルの上に自分で置いたまま、それまで見もしなかった名刺を手にとった。

「早坂さんの依頼で何かの調査をされている、って」

「ええ、その通りです。嘘ではありませんし、本当にただの私立探偵で、刑事ではありません」

「それじゃ……わたしったら、言わなくてもいいことを自分から口走っちゃったのね」

「そのようですね」

麻生の答えに、尚美は少し笑った。

「じゃ、びっくりしたでしょう」

「驚きました。いきなり、殺人の話題になりましたから」

「わたしって、いつもそうなの。言わなくてもいいことを言って失敗するのよ」

尚美は笑いながら、大きな溜《た》め息をついた。

「でもいいわ。どうせ喋《しゃべ》っちゃったんだもの、あなたのこと信頼するしかない。それに、いつまでも遺体が発見されないのはかわいそうだし。あなたが警察に通報するなら、それでもいい」

「どうするかは、お話を伺ってから考えます」

「そうね。どっちにしても、ここに永久に住んでるわけにはいかないし。ただわたし、パニックしてしまって、考える時間が欲しかっただけなの。いずれは自分から警察に行かないと、って、心のどこかではちゃんとわかっていた。さっき、早坂さんのところに寄ったのは、早坂さんがすごくやり手の弁護士さんだって聞いてたので、いらっしゃっているなら、いっそ、相談してみようかと思ったからなのよ」

「そうだったんですか。ではわたしの勘ははずれていたんですね。わたしはあなたの様子から、わたしが調査を依頼された件に、あなたが関与しているのかと勘ぐってしまいました」

尚美はまた笑った。

「わたし、そんなに怪しかった?」

「まあ、それなりに。早坂さんとは親しくしていらした?」

「紘子に紹介して貰って、二度くらい一緒にお茶を飲んだ程度。紘子が日本にいた頃からわたし、ここには何度か遊びに来ていたんです。紘子は時間に余裕のある専業主婦だし、わたしは今、失業中で……というか……離婚のこととかあって……いろいろストレスがたまると、紘子とここに来て、ふたりで好きなお菓子作りをしたりして遊んでいたんです。早坂さんはたまにしか来ないみたいだったけど、紘子と絵の趣味があうんで、ここに来る時は紘子に電話して来て、一緒に過ごせるように予定を合わせることが多かったみたい。わたしたちが作ったスコーンやクッキーもすごく気に入ってくれていたし……有名な弁護士さんなんて、とても相談料が高いんだろうなとは思ったんですけど……他に適当な人も知らなくて。でも紘子はこの春からドイツで、今年は一度もここに来てなかったんで、早坂さんに会えるとは思ってませんでした。それが、遊歩道を歩いていたら早坂さんの別荘に人が入って行くのが見えたので」

「ああ、なるほど。そう言えば遊歩道はいくらか上りになっていた。ここの方が、早坂さんの別荘よりも少し高いところにあるんですね。だから、よく見えるわけだ」

「管理棟から遠くなるほど標高が上がるんです。別荘地のはずれの方だと、坂もきつくて大変なの。その分、眺めはよくなるんですけどね。いずれにしても、よかった。早坂さんじゃなくても、あなたに話を聞いてもらえるから」

「早坂さんのようには頼りにならないかも知れませんが。でも早坂さんとは、単に仕事のつきあいだけというより、昔からの知り合いでもあります。話のいかんによっては、彼女に助けを求めるのは賢い方法かも知れません。わたしから彼女に頼んでもいい。確かに彼女くらい大物の弁護士になると弁護料は安くないでしょうが、本当に殺人の容疑をかけられていて、それを晴らす必要があるのなら、金のことを言っている場合じゃない。それとね、これはまあ裏話ですが、刑事裁判は世間の注目をすごく集めます。もしあなたが無実なのに逮捕され、それを弁護して無罪判決が勝ち取れるとなれば、彼女なら引き受けると思いますよ。冤罪《えんざい》事件で勝利することほど宣伝になることは、弁護士にはありませんから」

「わたし……やっぱり容疑者になるんでしょうね」

「さあ、まずは事情を伺わないと」

　尚美は頷いた。

「離婚したのは一昨年の暮れでした。結婚生活は八年、五歳になる娘がひとりいます。わたしは保険会社のＯＬをしてて、会社の同僚だった男と結婚したの。離婚の理由は、よくある話で夫の浮気。というか……夫は愛人の方と再婚したくて、わたしに別れてくれって言って、わたしは激怒して、それから修羅場が二年近くも続いたんです。わたしも頑固だったけど、しまいには夫の方が家を出てしまって。今の法律だと、結婚生活が事実上破綻《はたん》していると、片方の浮気がそもそもの原因でも、離婚は認められるんですってね。なんだか浮気したもんの勝ちみたいで納得できないけど、いずれにしても、わたしも潮時だと思ったんで離婚は承諾しました。でもその時は、夫がごく普通のサラリーマンだと思っていて、貯金の額もわかっていたんで、慰謝料だなんだってお金の話はせず、娘の養育費だけ約束してもらっただけ。それがね……あとでわかったんです。夫はわたしには内緒で、インターネット取引で株の売買をしていて、それで二億近い利益をあげていたんです。そのお金をそっくり隠していた。娘の養育費といっても毎月五万円だけで、それでは生活できないから、娘をつれて実家に帰ってたんです。仕事に就きたかったけど、この不況でなかなか正社員の口がなくて。短期間のパートで繋ぎながら職探しの毎日でしょう、気持ちもくさるし、親とも喧嘩《けんか》になっちゃうし。だから紘子が誘ってくれてここに来るのが唯一の息抜きみたいな感じだった」

「ところが、元のご主人には財産があったことがわかって、それなら慰謝料を貰いたいと考えられた」

「ええ。当然でしょう？　愛人を作ってわたしを裏切ったのは向こうだし、娘の将来のこともあるし。ドイツに行った紘子にメールでぶちまけたら、慰謝料の請求は離婚後三年間有効だって、紘子が教えてくれたの。それで、わたし……今思えば、ちゃんと弁護士に相談してから夫のところに行けばよかったんだけど……紘子からのメールでそれを知って、あたまに血がのぼったのね。まずは一言、元の夫を怒鳴りつけてやりたくなっちゃった。それで電話したんです。そしたら、夫は留守で、夫の新しい奥さんが出たわけ。考えたらそれも当然よね、平日の昼間だったんだから」

　尚美はおかしそうに笑った。

「再婚した元愛人は、わたしよりずっと冷静なひとみたい。わたしが感情にまかせて喋るのをじっと聞いていて、それで最後に、つまりお金が欲しい、そういうことですね？　って言ったの。わたし、なんかものすごく馬鹿にされた気がしてね、払うのが当然でしょ、少なくとも一億は貰うつもりだから、そう怒鳴って電話を切ったの」

「一億、ですか。それは向こうもちょっと驚いたでしょうね」

「でも、二億も利益があったことを隠して、たった月々五万円でまんまと離婚しちゃったような卑《ひ》怯《きょう》な男だもの、そのくらいさせてもいいでしょう？　高いとは思わないわ。だけど……向こうは高いと思ったんでしょうね。その電話をした翌日、知らない男から電話がかかって来たの。弁護士だって名乗ったけど、今から考えたら、声がガラガラで、なんとなく話し方も乱暴だった。でもあの時は、こっちが慰謝料を要求して弁護士が出て来る、って流れは不自然じゃないと思っちゃったの。その男、確か、下田とか言ってたけどもちろん偽名だと思う。そいつがね、変なこと言ったのよ。

要求額が一億円だというのはわかったが、もしその金を支払うとすれば、娘の親権は渡してくれ、娘とは今後二度と逢わないでくれ、って」

「それはおかしな話ですね。たとえ親権や養育権がなくても、娘さんに会う機会は要求できます。あなたが母親であるという事実は変えようがないですから」

「今から考えたら……何もかも嘘で、何もかも、わたしを動揺させようとした策略だったのね、きっと。わたしはその策略にはまって見事に動揺して、混乱した。電話を切ってから、お金なんかいらないって元の夫に電話しようかどうしようか、考えたの」

「それであなたがお金を諦《あきら》めると思ったのかな。しかし……あなたの元のご主人が考えたにしては、なんとなく乱暴過ぎる策略ですね」

「策略を考えたのは……夫の再婚相手よ、たぶん。八年一緒に暮らした男だもの、元の夫がどんな人間かは知ってます。少なくとも、偽弁護士をつかってわたしを動揺させるだなんて、そんな手のこんだことを考える人じゃないわ。株の売買利益をわたしに内緒にしていたのも、再婚相手がそうしろって言ったからだと思う。いずれにしても、娘のことがわたしの泣き所だっていうのはその通りで、彼女の策略は当たったわけ。でもそれが、あんなことに繫がるなんて」

尚美は、頭を抱えるようにして何度か振った。

「未《いま》だに、何がどうなったのかよくわからないの。わたしが勝手にいろんなことを誤解しちゃったのかもしれない。慰謝料の問題と、あのこととは無関係なのかも……」

話は核心に迫りそうだったが、尚美は頭の中がまだ混乱しているのか、なかなか次の言葉を出そうとせずに黙りこくってしまった。麻生は立ち上がり、簡素なキッチンに向かった。冷蔵庫は大きかったが、扉を開けてみるとほとんどなにもない。が、チーズの塊がぽつんとあったので、それを手にとった。

「すみません、朝飯も食べずに来たので、腹が減ってしまった。これ、ちょうだいしてもよろしいですか」

「あ、じゃあ、何か作ります。カップラーメンくらいしかできませんけど……」

「いえ、これと」

麻生は、テーブルの上に出したままの食パンの袋を指さした。

「それをいただければ」

「ええ、もちろん。わたしがしましょうか」

「いいえ、独り者なので自炊にも慣れてます。キッチンをお借りします」

麻生はチーズを薄く切り、さらに細かく切って、食パンの上に均等にばらまいた。それを二枚、オーヴントースターに入れる。冷蔵庫の扉側に入っていた牛乳パックを取り出し、小鍋《こなべ》で温めた。尚美の分のマグカップも洗って、インスタントコーヒーを入れ、温めた牛乳をそそぐ。焼き上がったチーズトーストと一緒に、二人分、テーブルに置いた。

「あなたも食べた方がいいですよ。胃がからっぽだと、頭にも栄養がいかなくて、ろくなことを考えなくなる」

麻生は自分の分を先に食べ始める。尚美はそれをじっと見ていたが、やがてトーストに手を出した。

「小雨が降り出したみたいですね」

食べながら、窓の方に目をやる。ガラスに水滴が細かくついている。

「高原の夏はとても気持ちがよさそうだが、冬は厳しそうだ。どんな事情があるにしても、この建物ではこのあたりの冬をしのぐのは無理ですよ。初雪が降るまでには、家に帰らないと。娘さんだってあなたに逢いたがっているでしょう、きっと」

尚美は無言のままトーストを食べ続けている。が、蠟人形《ろうにんぎょう》のように生気のなかったその頰には、今、やっと、かすかな紅色がさしはじめていた。

8

「娘は水泳教室に通っているんです」

尚美は、チーズトーストを少しかじり、カフェオレをすすってから話し始めた。

「今は流行《はや》ってるのね、わたしが小さい頃は、通ってる子もいれば通わない子もいる程度だったけど、今は幼稚園の同級生もみんな、行ってるの。実家に戻って、わたしはお金がないのでほとんど親がかりの生活になっちゃったでしょう、だから、娘に習い事をさせる余裕なんてないんだけど、母がね、体力づくりにいいから、水泳だけは通わせなさいって。それで、娘も三ヶ月前から行き始めたんです。でもわたしの実家の近くにはスクールがなくて、スポーツクラブの送迎バスを利用してました。もちろんまだ娘がひとりでバスを利用するのは無理なので、わたしか母が送り迎えして。

あの日……事件があった日も、午後二時に娘を水泳教室に送って、一時間半かかるので、知り合いのお母さんに頼んで、わたしだけ家に戻ったんです。保護者付添は義務じゃなくて、どっちみち、ガラス越しに見学してるだけなので、知り合いの何人かのお母さんたちと交代に見ているようにしてました。一時間半あれば、夕飯の買い物したり、家に一度戻って家事をしたりできるでしょ。で、家に戻って洗濯物をとりこんでアイロンをかけていた時に、電話があったの。あの、弁護士を名乗った男と同じ声。親権を放棄する決心がついたかって訊《き》かれたんで、放棄するつもりはない、でもわたしを騙《だま》した夫に非があるんだから、慰謝料を貰うのは当然だと思う、と答えました。そしたらあの男、とてもいやな笑い方をして……そういう欲張った考え方は子供の教育に悪いぞ、って。そんな女に母親の資格はない、娘はこちらで預かることにする……そんなようなことを言ったんです。わたし、ものすごくびっくりして、それはどういう意味ですか、って怒鳴って。男はまた笑って……慰謝料としてあんたが要求した一億円を、元の旦那から今すぐ貰って来い、そうしたら娘は返す。それでブツッと電話は切れました」

「それは……」

麻生は話の意外な展開にごくりと唾《つば》をのんだ。

「つまり、誘拐ってことですか！」

「……そう思ったんです。そうとしか聞こえなくて。それで慌てて、スポーツクラブに電話しました。そしたら……今日は早退《はやび》きしたいと、先ほどおばあさまが娘さんをお連れになって帰られましたよ、と言われて」

「そんないい加減な！　スポーツクラブはあなたの母上の顔を確認しなかったんですか？」

「確認したんだそうです。確かにうちの母だったと。それにクラブの会員証も見せたし、ＩＤ番号も間違いなかったそうなんです」

「……かなり計画的な犯行のようですね。あらかじめ、何らかの方法でＩＤ番号を知り、会員証も偽造した。その上、あなたのお母様にできるだけ似せた替え玉まで用意していたわけか」

「いいえそれが……そうじゃなかったんです。とにかくわたしは慌ててタクシーでクラブに駆けつけました。もちろん、ほんとに母が一緒ならと思って、母の携帯にも電話を入れました。母は週に三日、勤めに出ています。でも母の携帯は繋《つな》がらなかったんです。……あとになって、どうしてあの時、母の勤務先に電話をして確認しなかったんだろうと自分で自分が嫌になりました。でも携帯が通じない、ということでわたし、本当にパニックに陥りました」

「それは当然です」

「先に警察に知らせることも考えたんですけど、もしそんなこととして娘に何かあったらと思うとどうしても出来ませんでした。それでわたし……とにかく元の夫に逢わないと、と思って。電話をしてみたけれど夫は出ませんでした。それで、夫が再婚して住んでいる家に向かってしまいました。夫は、わたしの実家から車で三十分くらいのところに住んでいます。わたし、そのままタクシーに乗って、スポーツクラブから夫のマンションへ……」

「ご主人は」

「……いませんでした。オートロックのマンションなので、部屋番号を押しても返事がなくて。でも居留守かもしれないと思ったんです。セキュリティボックスのところにカメラがついてますから、訪ねて来たのがわたしだというのはわかってしまいます。それで居留守を使われているのかもと。

どうしてそう思ったのかは自分でもわかりません。夫が勤めに出ているというのはわかっていたんですが、娘を連れ去った犯人が夫に連絡しているとしたら、もう帰っているんじゃないかとか……とにかく、いろんなことをいっぺんに考えてしまって、自分でも何をしているかわからなくなっていたんです」

「わかります。そういう心理状態の時に、理にかなっていない行動をとってしまうのはまったく当たり前のことです」

尚美は自分で自分を納得させるように、何度も頷《うなず》いた。

「……とにかく、部屋まで行って確かめないと、そう思いました。それで、玄関でしばらく待っていて、住人が誰か中に入る時にすべりこもうと。大人だと不審がられるかもしれないけど、子供なら大丈夫だろうと思ったんです。ちょうど午後三時過ぎになっていて、小学生が帰宅する時刻でした。夫が暮らしているそのマンションはファミリータイプで、子供もけっこう住んでいるんです。離婚の話し合いをした時に何度も来てましたから、そういう知識がありました。で、待っていたら、予想通りにランドセルを背負った子が帰って来たので、その子のあとについて中に入りました。そのまま夫の部屋に行ってチャイムを鳴らしたんですが返事はなかったんです。でも……ノブが回って……期待してたわけではありません。留守でなくても、マンションでは部屋に鍵をかけるのが当たり前ですよね。ただもう、なんでもとりあえずやってみなくちゃ、そんな気持ちだったんだと思います。とにかく、鍵はかかっていなくて、わたしはもう、遠慮とかなんとか考えずに中に飛び込んでしまいました。そしたら……そしたら……」

麻生は、小刻みに震えている尚美の手をそっと握った。

「落ち着いて、ゆっくりでいいですから、見たことをすべて、正確に話してください。よく思い出して」

殺人課と俗に呼ばれる部署で長年刑事をしていて、遺体の発見者には数多く話を聴いて来た。警察を辞めた時、もう二度とそういうこともないだろうと思っていたのに、これも因果というものなのか。自分は死ぬまで、こういう状況から無縁にはなれないのかもしれない、と麻生は思った。

「リビングの……夫のマンションはリビングが広いんです……リビングの真ん中に……知らない人が……仰向《あおむ》けで」

「倒れていた？」

尚美は壊れた首振り人形のように何度も頷く。

「男の人でした。あまり大きくなかった……と思うんですけど……目を開いたままで、それが怖くて怖くて、あまり見ていられなくて。でも悲鳴はなんとか呑み込んだんです。どうして呑み込んだのか、それもよくわからない。とにかく、わたし……この部屋から出ないとって……でも」

尚美はあえぐように呼吸した。

「振り返った時、峰子《みねこ》さんが」

「ご主人の、新しい奥さん？」

「そうです。……立ってました。わたしのこと睨《にら》むみたいに、でももしかすると、びっくりしていたのか……とにかく目を大きく開いてて。彼女の視線が床とわたしの顔を忙《せわ》しく往復してました。それがはっきりわかりました。それで、わたし、もう何がなんだか……気がついた時は、マンションの外に出て走ってました。たぶん、峰子さんのこと突き飛ばして逃げたんだと思います」

「なるほど」

麻生は安心させるように、尚美の背中をそっと叩いた。

「そのあと、ここに隠れていたわけですね。ところが新聞には、その事件のことが一度も出なかった」

「そうなんです。でも、でも確かにあの人、死んでたと思います。だってあんなに大きく目を開けたまま倒れてて……」

「目を開けたまま気絶する人もごく稀《まれ》にいるようですよ」

「だって……」

「血は？　血のようなものを見ませんでしたか」

「……わかりません。でも、憶えていないってことは……血はなかったと思います。あったとしても、そんなに多くはなかったと」

「刃物がからだに刺さっていたかどうかは？」

「わかりません」

麻生は立ち上がり、もう一度お湯を沸かした。茶筒があったので、急須《きゅうす》を探した。茶をいれる間、質問はしなかった。雨音がはっきりと聞こえている。本降りになってしまったらしい。

「娘さんはどうなりました？　スポーツクラブから連れ出したのは、本物のお母様だったんですか」

　尚美は茶をすすって頷いた。

「実は、そうでした。でもそれがわかったのは、逃げ出してから半日経ってからです。死体を見たことで動転したわたしは、娘のこともどう考えていいのかわからなくなってしまって。どこに行くあてもなかったので、ゲームセンターに夜までいました。できるだけ騒がしいところにいた方が目立たないんじゃないか、そんなことを考えたんだと思います。それから、突然娘のことが心配になって自宅に電話したら……母が出て、娘も無事でした。母は、わたしからの伝言を会社で受け取ったんだそうです。具合が悪くなって病院に来たら入院することになったので、すぐに水泳教室から日菜子……娘です……を連れて家に帰ってほしい、手続きが済んだら電話する、そういう伝言だったらしいです。それで母は勤め先を早退して日菜子を迎えに行き、家に帰ってわたしからの電話を待っていた。でも電話がないまま夜になってしまった……そういうことでした」

「お母様の携帯が切られていたのは？」

「昼休みに携帯を盗まれたんだそうです。母は勤めに出る日はお弁当を持参するんですけど、食べ終わると会社の近くの公園まで散歩する習慣があるんです。そこで、お弁当の残りものを公園にいる野良《のら》猫にあげるのを楽しみにしてて。残りっていうより、わざわざ野良猫の為に、賞味期限が切れちゃったソーセージとか、夕飯で食べ残した肉や魚を持って行くんですね。それでいつものようにベンチに座って餌《えさ》をあげていて、携帯と小銭入れを入れた小さな手提げを自分の横に置いていたらしいんですけど、ふと気づいたら、それがなくなっていたらしいです。幸い、携帯の他は小銭とハンカチくらいしか被害に遭わなかったんですけど、携帯はなくなっていて……電源はそれからずっと切られたままです」

気にくわない展開だ、と麻生は思った。もちろん、本当に誘拐が行われなかったことはよかったのだが、どうして、誰に、そんな手の込んだ芝居をうつ必要があったのだろうか。母親の会社に偽りの電話を入れたり、携帯の入った手提げを盗んだり、そうしたことは犯人もしくは犯人たちが、尚美の母親の生活習慣や、日菜子の習い事の情報まで、詳しく調べていたことを意味する。が、尚美が元の夫のマンションへ向かったのは成り行きに過ぎず、尚美がもっと冷静であれば、まず母親の勤務先に電話して母親が早退した事実を摑《つか》み、自宅に連絡して、そこで何事もなく娘が無事だったことも確認できただろう。元の夫の部屋に死体が転がっていようといまいと、尚美には無縁の出来事で有り得たはずだ。つまり、誘拐をでっちあげて尚美を惑わせたことと、尚美が元夫の部屋で見知らぬ男の死体を見つけたこととは、繋がっているようでいて繋がっていない。そのでっちあげられた誘拐事件にしても、展開によっては、男から電話があってすぐに嘘だと判り、実質的には何の被害も受けなかった可能性が高かったのだ。たとえば、母親から尚美の携帯に電話一本入っていれば。もっとも、病院内では携帯が使えないことが多いので、母親が最初から携帯が繋がることは諦《あきら》めて、尚美の携帯に電話しなかったのは不思議でもなんでもないが。

いずれにしても、尚美が非常にやっかいなことに関わってしまったことと、誰かが尚美、あるいは尚美の家族に敵意を持っていること、この二点だけは間違いない。

「馬淵さん、そのことがあったのは、正確にはいつのことですか」

麻生は手帳を広げた。

尚美は、壁に貼られているカレンダーをじっと見つめた。

「あれは……もう三週間近くになるのね。先月の二十三日です」

麻生は、ふと奇妙な感覚にとらわれて自分の手帳をめくった。先月の二十三日。麻生の手帳には、すでにその日付が書かれていた。別荘から指輪が消えた日だ。

ただの偶然か。もちろん偶然だろう。尚美が語った偽装誘拐や死体発見の物語と、消えたアレキサンドライトの指輪とは、どう考えても無関係だ。早坂絹子と尚美との接点はこの別荘地だけなのだから。

「娘さんが無事だとわかった時点で、どうして家に帰らなかったんです？　警察に話しても信じて貰えないと思いましたか」

「はい」

尚美は頷いて、両手で顔を覆った。

「だって……電話しても出なかったのにどうして留守だと思わずに部屋まで行ったのか、それひとつとっても、不自然だと言われてしまえば反論できません。わたしが一億欲しいと言ったのは事実ですし、それを拒絶されて夫を恨んでいたんじゃないかと言われれば……慰謝料のことはともかく、ネットの株取引でお金が儲《もう》かっていたのに、それを内緒にして日菜子の養育費までケチった、そのことは恨んでいます。軽蔑《けいべつ》しています。憎んでいると言ってもいいかもしれません。そのことを追及されたら……」

「でも死体はあなたの元のご主人ではなかったんでしょう？　その点は間違いありませんね？」

「絶対に間違いありません。いくらなんでも……八年一緒に暮らした男を見忘れるはず、ないんです。あの……倒れていた人は、痩《や》せて小柄でした。元の夫は大柄です。背はあなたと同じくらいありますし、体重はたぶんあなたより重たいです。倒れていた人は、ぱっと見た感じでもせいぜい百七十センチ、もっと低かったかもしれません。洋服のサイズならMで充分、という感じでした」

「男は血は流していなかった」

「と思いますけど……自信はありません。ただ、リビングが血の海だった、ということはないと思います。だから余計に……この三週間近くの間、わたしも迷っていたんです。ずっと、警察に行くことは考えてました。あの時、峰子さんは死体を見て、それから驚いた顔でわたしを見ていたんです。わたしが殺したのだと彼女は思ったはずです。わたし、すぐに指名手配か何かされるものだと思ってました。でも新聞には何も出ない。警察もここに来ない。いったいどうなっているんだろうって……もし今、警察に行って死体のことを話しても、信じて貰えないと思いました。血がたくさん流れていたのなら、警察の捜査であそこに死体があったことが判るかもしれない。でも血が流れていなかったとしたら……そして……あの死体がどこかに持ち去られてしまったとしたら……警察は、わたしが、元の夫に嫌がらせするために嘘をついたと思う。そうなったら……日菜子が取り上げられてしまう。親権が本当に夫のほうに移ってしまう……そんなことを考えているといつまでたっても堂々巡りで……」


麻生は尚美の話を頭の中で整理した。最大の謎は、死体はどうなったのか、だ。不穏当な犯罪が隠ぺいされた、という可能性を除いて考えても、起こり得る事態はいくつか考えられる。最も有り難い事態としては、死んでいたというのが尚美の勘違いで、リビングに倒れていた男は失神していただけであり、その後、無事に回復した、というケースだ。この場合、峰子という女がどうして尚美のことを夫に言いつけて糾弾しようとしなかったのか、という謎は残るが、床に倒れていた男が峰子の間男だったと考えれば腑《ふ》におちる。

だが、大きく目を見開いたままで失神する、というのは、あまりあることではないだろう。

リビングにいた男が本当に死んでいたとしたら、峰子が警察に通報しなかった理由は二つ考えられる。ひとつは、男が病死だった場合。流血がなかったとすれば、病死の可能性は充分にある。心臓発作か何かで突然死してしまったとすれば、病院に運び込んでそれが明らかになった時、峰子にとっては尚美の存在などどうでもよくなってしまっただろう。男が間男だったとすれば、その事実を夫から隠すのに必死になっただろうし、そうではなく、峰子には何も後ろめたいことはなかったとしても、犯罪性がないとはっきりしていれば、わざわざ尚美に連絡をとって問いただす必要はない。夫に、尚美がいたことを報告したとしても、その夫のほうが、ほっとけ、と言ったかもしれない。その男が尚美の元夫夫妻にとってどんな立場の人間なのかは見当もつかないが、その男の死によって、尚美のことなど後回しにしなくてはならないような大騒動が持ち上がっていることも考えられる。いずれにしても、犯罪ではないのだから、尚美には無関係だ。

だが、二つ目の理由は。

リビングに転がっていた男が病死ではなく、何者かによって殺害されたとすれば、峰子が警察に通報せず、その男の死が新聞に報道されない理由はひとつしか考えられない。

峰子、もしくは尚美の元夫が、男の死に直接関与していて、死体をどこかに隠してしまい、男の存在をこの世から抹消してしまった、というケース。

しかし、このケースならば、リビングの死体を目撃してしまった尚美のことをそのままほったらかしにするだろうか？


「馬淵さん、この別荘にたびたび遊びに来ていたことは、あなたの元のご主人はご存じですか？」

麻生の質問に、尚美はすぐ首を横に振った。

「知らないはずです。わたしが紘子から誘われてここに来るようになったのは、夫が離婚したいと言い出して、わたしが承知せず、夫が家を出て行ってしまったあとでしたから。別居生活は丸二年以上続きました。その間、どうしても気持ちが滅入《めい》って暗くなっていたわたしを心配して、紘子が誘ってくれたんです。でも、そんなこといちいち、夫、いえ、元の夫に報告する必要はありませんでしたから」

「ここにいらっしゃる時、娘さんは？」

「いつも、一緒に連れて来てました」

「三週間もあなたが行方知らずになっていて、あなたのご実家でも大変に心配しているはずですよね。ご実家の方は、ここのことは？」

「何かのおりに、友だちの別荘に遊びに行った、くらいのことは言ったと思いますけど、それが紘子の別荘だってことは言っていなかったと思いますし、もちろん、ここの正確な場所も、いえ、八ヶ岳だってことも、実家の者は知らないはずです。紘子はドイツに行っちゃって、前に住んでいたところは引き払ってますから、電話ももちろん通じないですし」

「でも娘さんが、あなたのお母様に何か話すかも」

尚美は、ゆっくりと頷いた。

「日菜子にしても、ここの正確な場所はわからないと思います。でも、いつも野辺山まで電車で来て、駅からタクシーを使っていましたから、それを母に話すことができれば、母ならここを突き止めると思います。ただ……わたし、母をあまり心配させたくなくて、一度だけ母に電話しているんです。わけがあって今は帰ることが出来ない、日菜子をトラブルに巻き込みたくない、だから探さないで、元気だから警察に捜索願いなんか出さないでって、留守番電話に吹き込みました」

「それでも、三週間となれば限界でしょう。きっと今ごろは、あなたを探しています。そして娘さんからいずれはここのことも聞き出すでしょう」

「……そうかもしれません」

「お母様や娘さんを安心させてあげることだけでも、先にしておいた方がいい。すぐに電話してあげてください。そして、もう一日、いや二日だけ、待ってもらってください」

「二日、ですか」

麻生は頷いた。

「乗りかかった船です、わたしが少し調べてみます。要は、あなたが殺人犯と間違われる状況が存在しないと確認できればいいわけですよね。死体がどうなったにしても、あるいは、その人が生きているにしても、あなたは無関係だと、警察に申し開きできる証拠があればいいわけです」

「でも、あの時は峰子さんが」

「その峰子さんという人は、少なくとも、まだ警察に通報していません。していたら、新聞やテレビなどで事件が報道されているはずです。なぜ通報しなかったのか。そこが最大の問題点だ。二日ですべてが探れるとは思いませんが、少なくとも、あなたが家に戻っても安全かそうでないか、そのくらいは確認できると思います。あなたが安全だとわかれば、すぐに家に戻って、あとのことはもう考えないで元の生活を取り戻してください。どんな事件が裏に隠されていたとしても、あなたのせいではない」

「安全では……なかったら？」

「警察に出向いて、何もかも、あなたが見たものすべて話すしかないと思います。少なくとも、峰子という人がすぐに警察に通報しなかったというだけで、単純にあなたが殺人犯だという結論にはならない可能性が高い。もしかすると、事件のすべてが隠ぺいされていて、あなたが嘘をついていると思われる可能性もありますが、それでもこうして隠れているよりは安全です。あなたが警察に出向いたとわかれば、誰も迂闊《うかつ》に手出しできなくなりますからね」

尚美はやっと、麻生が何を危惧《きぐ》しているのかに気づいたのか、大きく目を見開いて唇をかすかに震わせた。

「あ……つまり……でも、あの人はそこまでする人では……」

「あなたの元のご主人がどんな人間なのか、それはわたしよりあなたの方がよくご存じでしょう。しかし、追いつめられた人間がどんな行動に出るかについては、あなたよりわたしの方がよく知っています。仮にあなたのご主人がそんなことの出来る人ではなくても、峰子という人はどうでしょう。あるいは、あなたの元ご主人と峰子さんの周囲に、危険で反社会的なことが出来る人間がいるのかもしれない。あなたが見たものが本物の死体で、しかもその死体がどこかに隠され、死体があった事実も隠ぺいされているのだとしたら、あなたの口を封じたいと考える者がいることは当然、予想されます。あなたの失踪《しっそう》のことは、すでにあなたの元ご主人も知っているはずで、そのご主人がご実家に連絡した時、娘さんからここのことを訊き出さないとも限らない。馬淵さん、危険はもう近くまで迫っているかもしれないんです」

「それじゃ、あの、わたしどうしたら」

「わたしと一緒にここを離れて、二日ほど、どこかのホテルにでも泊まっていてください。客室がオートロックになっている、都会の大きなホテルがいいでしょう。わたしがあなたの安全を確認するまで、部屋から出ず、食事もルームサービスでとってください。えっと、失礼ですが、所持金の方は？」

「ここに来る前にいくらかおろして来ました。まだ、二、三万円は持ってます」

「それでは少し足りないかな。クレジットカードは？」

「あります」

「なら大丈夫だ。ホテルの支払いは、カードでまとめてできますね。ちょっと出費になってしまいますが、できるだけ大きなセキュリティのしっかりしているホテルがいいので、出費は我慢していただけますか。ホテルまでは車でおくります。車内から携帯で予約を入れればいい」

畳みかけるような麻生の言葉に、尚美は立ち上がってうろうろし始めた。

「荷物をまとめてください。簡単でいい、貴重品だけで。どうせ、誰かが管理棟で訊《たず》ねれば、あなたが三週間もここにいたことはばれてしまいますから。わたしとここで接触したことはわからないようにしないといけないので、あなたは管理棟でタクシーを呼んで貰い、駅に向かってください。念の為、小淵沢《こぶちさわ》あたりまで電車で行った方がいいな。わたしは車なので、先に小淵沢の駅前で待ってます。黒いフェアレディです。あ、これ」

麻生は、テーブルの上に、携帯番号を書き込んだ名刺を置いた。

「万が一のことがあるので、合流するまでにちょっとでもおかしなことに気づいたら、すぐに電話を」

9

高原は激しい雨に煙っていた。慎重に運転しながら小淵沢に向かう。わざわざ尚美を、野辺山から小淵沢まで電車に乗せた判断が正しいのかどうか、麻生には自信がない。だが、尚美に尾行がついているかどうか、たぶん小淵沢駅で張っていればわかるだろうと思った。

ひとつだけはっきりしていることは、尚美をこの状況に追い込んだやつら……それがどんな連中なのかはまるで見当もつかないが……は、尚美が友人の別荘に隠れていることを知っている、ということだ。もし知らなければ、三週間も尚美をほっておいてくれたはずがない。尚美がこの別荘地に逃げ込むことは、尚美の交遊関係を少し調べれば予測できる。敵は、尚美のことをかなり細かく下調べしていた。娘がスイミングスクールに行くこと、尚美が他の保護者にまかせて娘を残して自宅に戻る日があること、尚美の母親がほとんど毎日、昼休みに野良猫に餌をやること。一日や二日の調べでは、そうしたことをすべて把握するのは難しい。何が目的なのかまるで五里霧中だが、敵は尚美を追い込む計画をかなり時間をかけて準備していたのだ。

晴れていれば、さぞかし快適な道路なのだろうが、水煙で十メートル先が見えない有様では、それでなくても視界が狭いスポーツタイプの車には不愉快なドライヴだった。ここで事故など起こしてしまえば、自分だけではなく尚美の人生も終わってしまう可能性がある。行きがかりとはいえ、尚美を助けると決めた以上は、そうした失態だけは絶対にゆるされない。自分の命と引き換えても取り返しのつかないこと、というのはあるのだ。麻生はハンドルを握る手に力をこめ、全神経を運転に集中させた。

胸のポケットで携帯電話が振動している。無視してそのまま運転を続けていると、やがて振動は消えた。

十五分ほど運転を続けて、かなり高度が下がった気がした。野辺山は標高どのくらいなのだろう。小淵沢で九百メートルかもう少し高いくらいだろうか。珍しく信号があり、赤になった。停車するなり携帯を取り出した。尚美からではなかった。

麻生は着信履歴から発信した。

「電話、くれたか」

「うん」

声になんとなく元気がない、と思った。この頃、ずっとこんな調子だった。

「どうした?」

「田村と飲んだ?」

「ああ、そのことか。うん、たまたまな、新宿でばったり会ったんで、俺から焼き肉に誘ったんだ。あいつ、暴行傷害で逮捕されたのが不起訴になって、拘置所から出て来たばっかりだったから、肉でも食わしてやろうかと思って」

練は笑った。頼りない、だが麻生をおちょくるような笑い方だった。

「ずいぶん優しいじゃん、あいつに」

「俺はあの男が気に入ってんだよ。あ、悪い、信号変わる」

「運転中か。どこにいんの？」

「山梨だ。仕事だよ。あとでまた連絡する」

「いいよ、忙しそうだから」

「なんか話、あったんだろう」

「あるような、ないような」

「なんだそれは」

「またね」

電話は唐突に切れた。いつもこうだ。練は、相手が先に電話を切る前に自分から切る。だから会話の最後はいつも、ぷっつりと途切れる。


相談したいのだろう。俺に、いろいろ話したいのだ。でも話せないでいる。ここのところずっと、練は迷い続けている。

結局、練は盃を受ける気なのだ。田村が言うように、足を洗う気があるなら小指くらいさっさと切り落としてしまう奴なのだから。

韮崎《にらさき》が練にかけた呪いは、まだ当分、練から自由を奪い続ける。どうしようもないことなのかもしれない。自殺するつもりで線路に寝転んでいた練を助けたのは俺ではなく、韮崎なのだ。麻生は、いくらか明るくなって来たアスファルトの道路を見つめ続けた。

俺は、あいつを線路に寝転ばせた側の人間なのだから。


小淵沢の駅前に着く頃には、雨はほとんどあがっていた。小さな駅なので、黒いフェアレディはかなり目立つ。が、幸いなことに、黒いＢＭＷが無造作に駐車していたので、その隣りに車をすべりこませた。黒い車が二台並んでいるとさらに目立つが、そのかわり、フェアレディとＢＭＷ、とセットで印象に残るだろうという頼りない計算だった。小淵沢近辺には別荘地があり、この手の高級車やスポーツタイプの車がけっこう走っているだろうという予測もあった。いずれにしても、孤立無援であるはずの尚美にこんな護衛がついていることは、さすがに用意周到な敵でも想定できたはずがない。なにしろ麻生自身、ほんの二時間前までは想定していなかったのだから。

尚美はまだ小淵沢に着いていないはずだった。腕時計で到着時刻を確認し、ハンドルに顔を伏せるようにして上目遣いに周囲を観察した。電車の到着に合わせてだろう、タクシーが二台、続けて駅前にやって来た。夏場のハイシーズンではないので、別荘地の駅はとても静かだ。それでも週末になれば観光客がけっこう来るのかもしれない。

到着予定時刻になり、列車が近づいて来る音がはっきりと聞こえた。小海線は単線の高原列車で、線路が無造作に道路と並行していたりする。

轟音《ごうおん》、というほどでもない、のんびりとした音をたてて列車が駅にすべりこみ、それから三分後、尚美が姿を見せた。とりあえず、麻生はホッとした。だが本当に難しいのはここからだ。尚美には手順をくどいほど確認させてあったが、それでも、もし尚美に尾行がついていたらそれをまけるかどうか、自信はない。仮に尾行がついているのなら、都内に入ってからなんとかしよう、と麻生は腹をくくった。都会に出れば、尾行をまく術《すべ》はいくらでもある。

尚美は、タクシー乗り場へとゆっくりと歩いて行く。麻生は尚美とその後方に注意を集中させた。タクシー乗り場には尚美の他にもうひとりだけ客がいた。タクシーは二台、尚美はすぐにタクシーに乗り込む。麻生は、尚美が乗ったタクシーが駅前から姿を消すまでじっと我慢した。麻生の勘は当たっていた。尚美より一分ほど遅れて駅から出て来たサングラスをした若い男が、人待ち顔で駅前に立ち煙草を喫っていたが、尚美の乗ったタクシーが動き出すと同時に走り出し、それに合わせて、駅前に停車していた白いワゴンがドアを開けた。

ワゴンは明らかに尚美が乗ったタクシーを追跡している。麻生はワゴンのあとからゆっくりと車を出し、タクシーが向かったのとは反対の方向へと道を折れた。

別荘を出る時、地図で検討して作戦はたててあった。小淵沢の駅周辺には大きなリゾートホテルがあり、そのホテルをぐるっと取り囲むようにして道がある。ホテルの正面に向かう道とは別に、ホテルの裏手をまわりこんで中央自動車道のインターに抜ける細い道があり、それらを利用するとなんとか尾行をまけそうだった。尚美はそのホテルにあるショッピングモールに、別荘の持ち主である友人と何度か行ったことがあった。敷地には、フロントのあるメインの建物とは外廊下のようなところで繋がれた別棟があり、そちらからホテルの裏手の庭へと抜けることができるらしい。尚美に説明されても麻生には具体的なイメージがわかなかったが、とにかく、追っ手をまけるとすれば、この近辺ではそこしかない、というのは麻生も同意見だった。

麻生は林の間の狭い道に車を進めた。尚美がうまく尾行者をまいて出て来るかどうかは賭けだが、リゾートホテルの敷地内ならば襲われることはないだろう。かりに追っ手をまけなかったとしても、尚美が無事なら、彼女をひろって東京まで行くまでだ。

地図の上でしめしあわせた場所に車を停めた。尚美の記憶は正確で、林の間から高速道路が見え、横手にはそば屋の看板が出ている。すべて尚美が憶えていた通りだ。

腕時計を睨《にら》みつけていると、一分一秒がおそろしく長い。麻生は窓を開け、雨上がりの高原の空気を肺に吸い込んで深呼吸した。湿った針葉樹の香りがからだの隅々に行き渡り、思考がクリアになる。

尚美を罠《わな》にはめた連中の目的は何だったのか。尚美が元夫のマンションに駆けつけてしまい、死体を発見したことはそいつらにとって誤算だったのか、それとも計算の上のことだったのか。

娘が誘拐されたと信じ込んだ尚美が慌てて元夫に連絡を取ろうとするところまでは、確かに予測できる。が、元夫の会社に電話するでもなくいきなりマンションの部屋を訪れてしまうことまで、はたして予想できるかどうか。尚美は動揺し、考えを整理することができず、思いつくままに行動したのだ。結果として死体を発見した。尚美の半ば支離滅裂な行動を予測して尚美を死体発見者にすることは、たぶん不可能だっただろう。

とすれば、犯人たちの当初の目的は、尚美に死体を発見させることではなかったことになる。では、当初の目的はなんだったのか。尚美の話を聞いていた時、何度か思ったこと、それは、尚美を騙《だま》すつもりだったにしては、すべてがずさんだ、ということだった。結果として尚美が拙速な行動に走り、事態は複雑になってしまった。が、もし尚美がもう少し慎重に冷静に行動していたら、そもそも、娘が誘拐されたのではないことぐらい、すぐに判明していただろう。たとえば自宅にすぐ戻っていれば、娘を連れて帰って来た母親に会えたはずなのだ。

では犯人の目的はなんだったのか。

麻生は、嫌がらせ、という言葉を思い浮かべた。尚美の話を聞いている時も思ったこと。元夫に一億円の財産分与を請求しようとしている尚美に対しての嫌がらせ、そして……脅しだ。

誘拐が嘘っぱちだとわかっても、尚美は笑って済ませることはできなかっただろう。犯人は尚美や娘、そして母親の生活についてこと細かく調べ、すべて把握している。そのことを思い知らされて、尚美は恐怖に震えたに違いない。一億円を諦《あきら》めなければ、今度は本当に娘を誘拐して殺すぞ。そう脅されたと感じただろう。離婚の際に、株の取引であげた利益が二億もあることを隠していたとなれば、裁判で元夫が負けるのは明らかだ。一億丸々とれるかどうかはわからないが、少なくとも、数千万円の財産分与は認められるだろう。元夫、そしてその新しい妻の立場では決して安い金ではない。が、元夫が犯人だと仮定するのは無理があるような気もする。自分の娘を脅しのネタにしても、父親の言葉としては真実味に欠ける。尚美の話からしても、元夫は鬼畜のようなひどい男、という印象は受けなかった。離婚についての話し合いを何度かしていることからしても、粗暴な男でもないように思う。一億円を諦めなければ実の娘に危害をくわえるような人間とは思えなかった。そうであれば、尚美はそうした元夫の人間性の欠落を訴えていたはずだ。

娘に危害がくわえられるかもしれない、と尚美が本気で怯《おび》えるとすれば、相手が元夫ではない、ということになる。つまり……元夫の現在の妻、につきまとっている男、ということか。

尚美は薄々、元夫の新しい妻にそうしたヤバい筋の男がついていることを感じていたのではないだろうか。

構図が見えて来た。

尚美の元夫は、簡単に言えば女に騙されている。女と、そのバックについている奴の目的は、株取引であげた二億の金だ。女は元夫をたきつけ、金のことを隠して尚美と離婚させた。そして後がまにおさまった。これで女は、元夫の相続人となった。尚美のもとにいる娘と権利は半々。つまり、元夫が早死にすれば、一億円の金がそのまま女の懐に入る。かなり物騒な想像だが、よくある構図だ。そこまで過激でなくても、とりあえずこれでその女は、尚美の元夫と離婚する時にうまくいけば一億、ちゃんとせしめられる。何しろ元夫は、尚美に二億のことを黙っていた、という負い目がある。そのことをネタにされれば、山分けせざるを得なくなる。

だが今になって、尚美が余計なことを言い出した。たとえ五千万でも三千万でも、尚美が横取りしてしまうのは承知できない。で、後ろについていた男が動いた。尚美を脅して請求を諦めさせる。

尚美と母親の生活を調べあげ、巧妙に脅した。

そう、これで誘拐は嘘だったとすぐにわかり、尚美はホッとし、でも怯えて請求を諦めていれば、計画は成功だったのだ。

なるほど。

ところが、計画が狂った。

尚美が動揺して予測をはずれた行動をとってしまった。が、元夫のマンションに駆けつけた、というだけであれば、たいしたことではなかったのだ。そこに死体があったことが、最も大きな計算外だったということになる。その死体はどこから来たのか。なぜそこにあったのか。

考えられることは、何か犯人たち、つまり、元夫の新しい妻とその情夫に突発的なトラブルが発生した、ということだ。そして死体がひとつ、計画外に出現してしまい、しかもそれを尚美に見られてしまった。その死体は情夫のものだった可能性もあるが、尚美を監視していた男が乗り込んだ白いワゴン車を運転していたのも男だったところからして、情夫はまだ生きていて、死体の後始末に尚美を利用しようとしていると思った方が自然だ。女がひとりで何もかも手配したと考えるよりは、もともと裏世界の連中と繋がっている男がすべて仕切っていると考えた方が。

いずれにしても敵は、尚美が動転して逃げてしまったことで、尚美に罪を着せる計画をたてたに違いない。だが、そうだとすれば、死体はなぜいつまでも発見されないのだろうか。尚美を殺人犯に仕立てあげられれば、一億円の請求の件もかたがつくし、死体の始末もしなくて済む。なのに犯人たちは死体をどこかに隠したのだ。死体が出て来なければ事件は発覚しない。つまり、尚美を監視している意味がない。尚美が警察に駆け込んだとしても、マンションに死体がなければ、すべては尚美の妄想ということにしてしまえる。

時間稼ぎか？

死体はいずれ発見される。が、今ではまずい。まずい事情が、敵にはある、ということか。

かつて殺人課と世間では呼ばれる部署で刑事として働いていた時代に、そうした動機での犯罪隠《いん》蔽《ぺい》工作を見たことはある。その時は、株価が絡んでいた。殺されたのは二部上場会社の社長で、殺したのはその会社の株の取引で巨額の利益を得ていた男だった。男はその社長とやはり株のことで揉《も》め、殺してしまったのだが、その会社の株を市場で売りさばくまでは社長の死を世間に知られまいと工作した。

何かその類《たぐ》いの利害が絡んで、尚美が目撃した死体はある時期が来るまでどこかに隠されたのではないか。そしてその時期が来たら、尚美が殺害犯人である、というでっちあげた証拠と共に死体が発見されるからくりだとしたら……辻褄《つじつま》は合う。それならば、死体を隠したのに尚美を監視する理由もわかる。尚美が警察に駆け込んだり、他の誰かに助けを求めて動き回ったりすれば、計画が台無しになる。だから監視していた。敵にとっては幸いなことに、尚美はこの三週間、孤立無援のままで別荘に隠れていてくれたわけだ。

そして、そこに現れたのが、俺、か。

麻生はひとりで苦笑いした。

敵は焦っただろう。突然、わけのわからない男が尚美のもとに現れて、それと同時に尚美が別荘地を出てしまったのだから。


いずれにしても、と、麻生は深く息を吐いた。

俺、という新たなプレーヤーが参加したことで、ゲームは動いた。敵も決断を迫られるわけだ。

一銭の得にもならないのに、なんだって俺は尚美を助けようとしているんだろう。

ふと、疑問が頭に浮かぶ。だがすぐに頭を軽く振って、麻生はひとり笑いした。なんだって、と問うこと自体、時間の無駄だ。ここで尚美を放っておけないのは、もう習性としか言いようがない。長年警察官として生きて来た、これが俺に刻まれた証《あかし》なんだ。

携帯がまた振動した。発信者の名を見て、すぐに通話ボタンを押した。

「麻生さん？」

「ちょうどよかった。あなたに連絡してみようと思っていたところなんです」

「あら」

早坂絹子の声は、白々しいほどに軽快だった。

「指輪の件、進展があったの？」

「いや、そのことではないんですが」

「あらでも、今日は別荘に行ってくれたんでしょ？」

「ええ。それで、早坂さん、馬淵尚美さんという女性をご存知ですよね」

「馬淵……尚美、ああ、尚美さん。そちらにいらしてるの、彼女。何度かお会いしたことがあったわ。あの別荘の近くに……」

「その馬淵さんです。早坂さん、あなたと駆け引きをしている余裕がないんですよ。本当のことを教えてください。今回の指輪の一件と、馬淵さんがはまりこんでしまったトラブルと、何か関係があるんですか？」

単刀直入な麻生の言葉に、携帯電話の向こうで絹子が一瞬、凍り付いたように静かになったのが感じられた。が、すぐ次の瞬間、絹子は冷静さを取り戻した。

「馬淵さんがはまりこんだトラブル？　ごめんなさい、よくわからないわ。どんなトラブルなのか説明してくださらないかしら」

麻生は絹子の声を慎重に吟味したが、絹子がそらとぼけているのかどうか、判断できなかった。

「あなたが、あるいは指輪の件が無関係でしたら、かまいません。忘れてください」

麻生はきっぱりと言った。

「あなたから受けた依頼については責任もって調査します。ですが、今日は別件というか、馬淵さんの件で手一杯になりそうです。また後ほど報告します」

通話を切らずにそのまま一呼吸待った。

絹子は溜め息混じりに笑った。

「麻生さんって、やっぱり堅牢《けんろう》よね」

「堅牢、ですか」

「そう、堅牢。あなたの心って、鉛の鎧《よろい》でも着てるんじゃないの」

「そんなもの着てたら重たくて動けませんよ」

「それでも動きまわるのがあなたよ」

「どういう意味かよくわかりませんが、馬淵さんのことで何か、わたしに与えられる情報をお持ちなんですね？　でしたら、本当に駆け引きはお預けにしてくれませんか。今、余裕がまったくないんです。これから馬淵さんを護衛して東京に戻り、彼女を安全なところにかくまわなくてはならないんですよ。情報があるなら教えてください。あなたはわたしの依頼人です。反社会的なことでない限り、わたしは依頼人の利益は守ります。馬淵さんについて情報をいただいても、絶対に、あなたに迷惑はかけない。約束します」

息を吸い込むような音がした。それから、絹子の口調が変わった。

「そんなにまずいことになってるの？」

「かなり」

「そう……なんだ。わかったわ。かいつまんで言えばね、指輪が別荘から盗まれた日、つまりあの別荘に空き巣が入った日よね、その日に、馬淵さんの元のご主人、あのつまり、彼女は離婚していて」

「知ってます」

「そう。その元のご主人が、あの別荘地にいた、って情報を耳にしたの。馬淵さんはご主人と別居している間にあの別荘に遊びに来るようになったはずで、そのご主人があの別荘に来たことは一度もなかったはず。なのに、不思議でしょ？」

「どうしてそのことがわかったんです？」

「あの別荘の管理棟で働いている人がね、教えてくれたの。馬淵さんのご主人って、今はサラリーマンだけど、昔はけっこう有名人だったのよ」

「ほんとですか？」

「馬淵さん、あなたに言わなかった？　池端英二《いけはたえいじ》、ほら、マラソンの。憶えてない？　もう十年以上前だけど、オリンピックにも出た」

「すみません、剣道以外のスポーツには疎くて」

「箱根《はこね》駅伝のエースで、すごく期待されてオリンピックに出たの。でも惨敗しちゃったんだけどね。帰国してから、腰に炎症が起きていたことがわかって、激痛に耐えて完走したって週刊誌とかで持ち上げられたけど、結局、それ以来、マラソンはやめちゃったんじゃなかったかな。管理棟で働いている人が池端英二のファンで、間違いない、あれは池端英二だった、って言うのよ。馬淵さんのことがなければ他人の空似だって笑うところなんだけど、池端英二は馬淵さんの元のご主人だって知ってたんで、それは間違いなく本人だと思ったの。でもどう考えても解せない。それで馬淵さんの家に電話してみたの。そしたら……お母様の様子がなんとなくおかしくて。何か隠してるな、って思った。病気で入院してるって言うんで、お見舞いに行きたいと言ったら、面会はできないって。そんなに重体なんですか、って訊《たず》ねたら、重体じゃないけれど病院の規則だからとかって……すごく歯切れが悪かったのよ。その言い訳を聞いていて、もしかしたら何か、ものすごくまずいことが起こってるんじゃないだろうか、そんな気がして、すごく気にかかって。指輪のことは、ほんとのところ、どうでもいいというか。盗んだのはただの空き巣で、犀川《さいかわ》さんは無関係だろうと思うわ。でも、ただの空き巣なら警察に任せないとならない。警察に任せてしまうと、馬淵さんのことまでは調べて貰えない」

「なるほどね。それで、わたしに白羽の矢を立てたわけですね」

「まあ、そうね」

絹子の声がやわらいだ。

「ほんとは自分で調べてみようかと思ってた。だって、まだ何があったのか、何もないのか、さっぱりわからない。ただなんとなく、展開が気に入らない、嫌な予感がするってだけなんだもの、誰かに調査の依頼をするって段階じゃないでしょう。うちの事務所で仕事を頼んでいる探偵に持ち込める話じゃない。でもあなたの姿を見かけた時、ふっと思いついたの。犀川のおじさまをダシにして、話をややこしくしてやれば、私立探偵を雇う口実になる。しかもそれがあなたなら、きっと…

……馬淵さんのことまで調査することになる……」

「どうしてそうなるんです？」

「あらだって、あなたは天才だもの」

絹子はククッと笑った。

「いつだってそうだった。あなたときたら、他の刑事がとっくに目星をつけて事件を片付けにかかってる時に、ひとりだけ、ぜんぜん違う物語を読み取って、まったく別の結末に向けて歩いていた。そしていつだって、あなたの目指す方角に、真犯人がいたわ」

「そんな。それは買いかぶりを超えて、あなたの創作だ」

「そう思っていたのはわたしだけじゃないわよ、石橋の龍さん。あなたには不思議な勘があるのよ。まさかこんなに早くとは思ってなかったけど、結局あなた、わたしが期待した通りに馬淵さんに到達したじゃない。あなたの歩く方角に、いつも真実がある。あなたの足は、あなたが意識しなくても真相に向かって進んで行くの。でもね、その真相、真実が、必ずしもみんなが望む結末じゃないから、あなたはいつだって苦労して、異端視されて、結局、追い出された」

「それは誤解です。わたしは自分の意志で退職した」

「まあ、そんなことはどうでもいいじゃない。とにかく、指輪のことはわたしにとって、そんな重大な問題じゃない。むしろ、馬淵さんのことの方が心配だったの。彼女は元気なのね？　やっぱり、あの別荘にいたのね？」

「元気です、今のところは。しかし、これから数時間が勝負かもしれません。そうだ、早坂さん、ひとつお願いしてもいいかな。出来るだけセキュリティがしっかりしたホテルに、仮名でもあなたの名前でもいいですから部屋をとっておいていただけませんか。費用はあとでわたしが精算します。そして、その部屋のキーと部屋番号を、どこかでわたしに預けてくれませんか。方法は任せます。あと、運が良ければ三時間か四時間あれば、都内に戻れると思うので、それまでに。部屋がとれてキーが手に入ったら、受け渡しの方法を携帯のほうに指示してください」

「馬淵さんをかくまうのね？」

「はい」

「わかった。ちゃんとやっておくわ。それと、犀川のおじさまにはわたしから謝っておく？」

「いや、それはもう少し待ってください。指輪の件も、すっきりしないことが多過ぎます。きちんとけりをつけましょう」

10

尚美の姿が唐松の林の間から現れた。

注意して周囲を観察したが、人の姿はない。車が通れる道は一本だけで、ほぼ直線、車体を隠すスペースも見当たらない。

それでも、尚美が近づいて来るまで麻生はドアを開けずに頭を伏せて待った。尚美が助手席のすぐ近くまで寄ってから、エンジンをかけ、それと同時にドアを開ける。

「早く！」

麻生の言葉に、尚美は飛び込むようにして車のシートに座った。麻生は間髪入れずに車を発進させる。

「シートベルトして！　すぐ高速に上がるから」

中央自動車道を走り出しても、バックミラーに追跡する車は見当たらなかった。尚美は、蒼白《そうはく》になった顔のままで何度も溜《た》め息をつく。

「気分、悪いですか」

麻生が訊《き》いたが、首を横に振るだけで返事はなかった。


「あなたは尾行されてました」

長坂インターを過ぎて、長い下り坂が終わったあたりで麻生は言った。

「つまり、あなたが別荘に隠れている間、誰かに監視されていたわけです」

「いったい……どういうことなんでしょうか」

尚美の声が震える。

「どうしてこんな……誰がこんな……」

「わたしにもまだ、細かいことまではわかりません。ただ言えることは、あなたがあのまま別荘に隠れ続けていたら、近いうちにあなたの身に危険が迫っただろう、ということです。あなたをこんな窮地に陥れた連中は、何か理由があって時間稼ぎをしている。あなたが見た死体が発見されないのはそのせいです。しかし時が来たら、死体は彼らの都合のいい形で発見され、殺人事件は発覚します。そしてその時にはたぶん、犯人はあなただということになっていた。あなたが犯人である証拠が死体の周囲やその他のところにばらまかれ、警察が動けばあなたの名前が出て来るようにお膳《ぜん》立てされていたでしょう。しかもあなたは、行方不明だ。警察はやがてあの別荘地にあなたを探しに訪れる。連中の筋書きの通りにことが運んでいれば、警察があの家で発見するのはあなたの……自殺に見える死体だったでしょうね」

尚美が息を呑んで顔を覆った。

「しかし、そもそもの始まりはそんな物騒なことではなかったと思います。たぶん、最初は、あなたを脅して財産分与を諦《あきら》めさせることが目的だった。あなたの周囲、娘さんのことやおかあさんのことを細かく調べあげ、それに沿って娘さんの誘拐という騒動を起こす。誘拐が嘘だということはすぐに発覚しますが、それでもあなたは怯《おび》えたでしょう。財産分与を諦めないと、今度は本当に娘に危害をくわえるぞ、そんな意味の脅迫電話か何かは来たかもしれません」

麻生は何度もバックミラーを見ながら話を続けた。

「しかしひとつ、腑《ふ》に落ちないことがある。脅迫の材料に娘さんをつかったという点です。もし仕組んだのがあなたの元のご主人なのだとしたら、ずいぶんと冷酷ですよね。元のご主人はそんなに冷たい人間でしたか？　あなたの話からは、それほどひどい人という印象は受けませんでしたが」

「あの人は……夫は……娘には優しかったです」

「だとしたら、娘さんを誘拐したなどと嘘をついても、あなたが信じない可能性がありますよね。仮に信じたとしても、あなたにとってさほどの恐怖にはならない。元のご主人が娘さんに危害をくわえるはずはないと楽観していられるんだから。しかしあなたは怯えた。どうしてです？」

「それは……」

尚美がやっと声を出した。高速道路の運転中に脇見は出来ないので、尚美の表情が見てとれないのがもどかしかったが、どう説明したらいいのかわからない、という戸惑いは空気で伝わって来た。

「すみません、わたしの質問の仕方、強引ですね」

麻生は口調をやわらげた。

「探偵になる前、警察官をしていたので、悪い癖が抜けていないんです。気にしないでください。ただ、どんな些細《ささい》なことでも、今回のこのこんがらがった事態を理解する材料になるかもしれない。思ったこと、考えたことを教えてくださいさい。あなたは、娘さんが誘拐されたと思った時、それが財産分与と関係しているとは思わなかったですか。元のご主人は娘さんには優しかったのだから、元のご主人の仕業ではないと、確信しておられたんですよね?」

「あの人は……冗談でも娘に何かするなんて、そんな芝居をするような性格ではないと思います。第一、財産分与の件は……一億は無理だが、五千万円くらいだったらなんとかする、そう言ってくれていたんです。ただ……」

「ただ?……新しい奥さんが反対している?」

「はっきりとそう言ったわけではありませんけど……もともと、その株取引で利益が得られたのは彼女のおかげだから、そんなことを言っていました。だから五千万でも、わたしに渡すとなると彼女を説得するのに時間がかかるかもしれないって」

「株取引で儲《もう》かったのは彼女のおかげ、そう言ったんですね?」

「ええ。詳しいことは聞いていません。株のことなどは説明されてもわかりませんから。わたしも一億にこだわっていたわけではないんです。ただ単純に、二億円も儲かっていたんだから半分ちょうだい、そんな感じでした。お金のことよりも、儲かったことをわたしに隠して離婚した、わたしを騙《だま》したことがゆるせなかっただけなんです。娘の将来の為にはお金は多いにこしたことはありませんけど、もし、養育費は娘が大学を出るまで責任もってみてくれると約束してくれたなら、それ以上のお金のことにはこだわらずにいよう、心の中ではそう決めていましたし」

「しかし、財産分与のトラブル以外の理由で娘さんが誘拐されたとは考えなかった、そうでしょう？」

「……はい」

「結びつけて考えざるを得ない何かを、あなたは感じていた」

尚美は、落ち着かない様子でからだをもぞもぞと動かした。

「もしかしたら……元のご主人の新しい奥さんについて、あなたなりに疑惑のようなものを感じていたんじゃないですか？　率直に言えば、あなたの元のご主人は、新しい奥さんに騙されているのではないか、そう思っているとか」

「……嫉妬《しっと》だと思われたくなかったんです」

尚美は、少し間をおいてから、ようやく言った。

「わたしにも……つまらないプライドがありました。元の夫が再婚した時、できるだけ気にしていないふりをしたかった。だからあの人、新しい妻になった人のことには興味がないと言い続けていたんです。でも……でも本当は……気になりました。気になって当然ですよね。だって……彼は娘の父親なんです。たとえわたしたちは夫婦でなくなっても、娘と彼とは永遠に親子です。だからその父親がどんな暮らしをしているのか……どんな人とどんな生活をしているのか……いいえ、ごめんなさい」

尚美は、ほう、と息を吐いた。

「それも言い訳です。娘のことも……本当は、わたし……悔しかったんです。彼に未練があるというのとは違います。違うんです。離婚したことはもう後悔していませんし、離婚してむしろよかったと、それは心から思っています。でも……やっぱり悔しかった。わたしを裏切って別の女性とつきあって、それでまんまと離婚してその女性と再婚するなんて。法律はおかしい、と思います。裏切ったのは彼なのに、彼は離婚してすぐ再婚できる。わたしは半年、再婚もできないんですよ。しかも、彼は何の罰も受けていません。もちろん、その気になればわたしが彼の新しい奥さんとなった人を訴えることができるとは聞きました。結婚生活を破綻《はたん》させた原因として、損害賠償を請求できる、って。でも、わたしが罰して欲しかったのは彼女ではなく、彼、元の夫なんです。わたしを裏切った男です。彼が新しい結婚生活を楽しんでいる、そのことが悔しくて、ゆるせませんでした。気になって気になって……つい、足が向いてしまうんです。まるでストーカーみたい。自分で自分のしていることが恥ずかしくてたまりませんでした。でも、彼とあの人の新婚生活がどんなふうなのか知りたい、あら探しをしてやりたい、そんな自分が抑えられなくて」

「新居の周辺に、こっそりと行ったことがあるんですね……何度か」

「……はい。新居と言っても、別居した時に彼が借りた部屋に二人で暮らしていましたから、場所は知っていましたし、離婚の話し合いで何度も行ってました。それでつい……いつのまにか足が向いて」

「そこで、夫の留守に出入りしている男がいるのを見たんですね？」

「……はい」

尚美の声は自信なさげに揺れて、消え入りそうに小さくなった。

「……なんだか……少し変だ、と。雰囲気が……普通じゃない気がしたんです。彼女はいつも身だしなみがよくて、お洒落《しゃれ》で、上品な人です。でも……一緒にマンションから出て来た男性は……怖い感じでした。からだも大きかったし……シャツのボタンがはずれて胸元が大きく開いていて、金色のとても太い鎖が首にかけられていて。彼女が、彼の留守に男性と会っていたこと自体よりも、その男性の異様な雰囲気にびっくりしました。まるで……まるで……」

「ヤクザ者みたいだった」

「……ええ」

「それで、あなたの元のご主人がその女性とヤクザ者に騙されているのでは、と思ったわけですね」

「……正直、どう考えていいのかよくわかりませんでした。その頃は元の夫がわたしを騙して大金を隠しているなんて知らなかったですから。株で儲けていなければ、あの人はただのサラリーマンです。騙して離婚させてまで結婚しても得をすることがあるとは思えませんでした。で、その時、はじめて疑問に思ったんです。もしかしたらあの人は、ただ浮気していたんじゃなくて、何かもっと、わたしに隠していたことがあるんじゃないか、って。それで……その……調査会社に」

「探偵を雇ったわけだ」

「……たまたま、新聞の折り込みチラシに広告が入ったものですから。費用のことが心配だったんですが、思っていたよりは安いと知って……へそくりを少し貯《た》めていたのでそれで……」

「その結果、元のご主人が株で利益をあげたことを知った」

「はい。サラリーマンなのに確定申告をしていることから、すぐに判ったそうです。それと、新しい奥さんに定期的に会っている男性がいることも。でも、恋人なのかどうかまでは判りませんでした。調査費用がそんなに出せなかったので、二週間しか調べて貰いませんでしたから。彼女とあの、ごつい感じの男性は、昼間時々、喫茶店で会って二時間くらい何か話していた、それだけしか。ただ、話の内容は断片的にわかりました。何かの計画をいつ実行するのか、という話ばかりしていたそうです。そのごつい男性が、アオイ企画、という事務所の人だということもわかりました。アオイ企画は実態がよくわからない会社だそうで、調査員の人は、もしかしたら暴力団とかかわりがあるかも知れないと」

「そのことを、元のご主人には教えてあげなかった?」

「ですから……嫉妬だとは思われたくなかったんです」

尚美が両手で顔をおおった。

「そう思われるのだけはイヤでした。それに、わたしを騙してお金のことを黙っていた、というだけでもう、頭に血がのぼってしまって。一億円、というのは半分はったりみたいなものです。そう言わなければ我慢出来なかった」

「一億も要求したら、そのアオイ企画の男がどう出るか、心配にはならなかったんですか」

「その時は……怒りの方が強くて。それに……彼女の恋人なのだとしたら、喫茶店で話をするだけで終わるはずはないだろうな、とも思っていたんです。彼女がどんな仕事をしているかは聞いていませんでしたが、専業主婦ではないというのはなんとなく彼の話からわかっていましたから、やっぱり仕事関係の人なんだろうって。ああ……こうやって整理してみると、わたし、自分が本当にばかだったと思います。ちょっと考えればわかったことだった……でも、でも、浮気されていただけではなくて、財産分与でまで騙されたとわかった時は、目がくらむほど腹が立って、他のことをゆっくり考えている心の余裕がなくなっちゃってました。彼に電話して、とにかく一億円用意してくれなかったら裁判を起こすから、と怒鳴りました。そうすれば世間にもあなたのやったことがばれて、会社にも噂が広まって、最低の男だと言われるわよ、そう言いました」

すべてが後先《あとさき》だ、と、麻生は思った。この尚美という女性がとった行動は、もう少し冷静に順序よくやっていればこんなトラブルに巻き込まれなかっただろうに、と思うほど、不器用だった。元の夫の新妻にヤクザ者の関係者がついていると判った時点でそれを元の夫に告げていれば、それで新妻とヤクザの計画は頓挫《とんざ》したかもしれない。そうでなくても、金を要求する前にもう少しその男の身元を調べるとか、アオイ企画の正体を探るとかしていれば、危険は察知できただろう。

だが、犯罪とは無縁の世界で生きていた女性なのだから、混乱するのは当然だし、二重に裏切られたと判って逆上するのも無理のないことだ。

問題は、尚美の元夫がどの程度、事の本質を知っているのか、という点だ。

株の取引で二億を儲けるというのはそうそうあることではないだろう。資金が豊富なプロならいざ知らず、サラリーマンが手持ちの資金でできる取引には限界がある。しかも、本人が、儲かったのは女のおかげだと告白している。

尚美の元夫は利用された。おそらくはインサイダー取引か何かの片棒を担がされたのだ。手に入れたインサイダー情報を、情報源と一見無縁な人間に利用させて利益を出し、それをあとで取り上げる。最初の犯罪の構図としてはその程度のものだろう。計画、とはどんなものだったのかはわからないが、結婚したのは合法的にその利益を取り上げるためだとすれば、かなりきな臭い想像も成り立つ。


ふと、バックミラーが気になった。つい数分前に追い越して行ったはずの車が、いつのまにか後ろにいる。単に同じ車種なのか？　いや、違う。尾行車の有無には細心の注意を払っている。白いワゴン。間違いない、小淵沢で尚美を尾行していた車だ。

やはり、まくことは出来なかったらしい。

「少しスピードを出します。ベルトはちゃんとしめてるかな」

「はい」

「じゃ、どこかに摑《つか》まっていてください」

「誰か追って来たんですか！」

「喋《しゃべ》らないで。確認するだけです」

麻生はアクセルを踏み込んだ。車の性能の差から言えば、ワゴンを引き離して次のインターで降りればまくことは可能だろう。だが、午後も次第に遅くなり、東京方面へ向かう車は増えている。事故を起こす危険はおかせない。中央道には覆面パトカーもいる。警察の車とカーチェイスするのだけは避けたい。

それに、いっそとことん、敵を引きつけておくのもひとつの手だ。都内に入ってから尚美の安全だけ確保すれば、あとは対決となっても構わないだろう。

加速しながら車線変更をすると、ワゴンも加速して視界にとどまった。さらにもう一度繰り返す。ワゴンも躊躇《ためら》わずに車線変更した。

「やはり、追って来たみたいだ」

尚美はまた顔を手で覆った。

麻生は元の車線に戻り、スピードを緩めた。

「心配しないで。あの車では、後ろからこいつに追突してまであなたとわたしを亡き者にしようとは思っていないでしょうから、向こうも。ノーズがないワゴンじゃ、ダメージは向こうの方が大きい。しかも向こうは、三人乗ってる」

「三人！　あの……彼女も？」

「いや……後部座席はよくわからないが、頭のシルエットからして、男性のようですね。運転者は、あなたが見たという、アオイ企画の男じゃないかな。でかくて派手な金鎖をつけてる。助手席の男はもう少し小柄だ。いずれにしても、あなたを陥れようとした連中はけっこうな大人数です。ということは……一億や二億の問題ではないのかもしれないな。馬淵さん、元のご主人がかつてのオリンピック選手だという話は、わざと黙っていたんですか？」

「え？」

尚美は、あ、と間の抜けた声をあげた。

「わたし……言いませんでした？」

「ええ。しかしまあ、聞いていたとしても、失礼だが、池端英二さんがどんな方だかわたしは知りませんでしたが」

「ごめんなさい、わざと黙っていたわけではないんです。ただ……この頃、そのことを思い出すこともなくなっていて。もともとわたし、彼がマラソンをやっていた頃のことはほとんど知りません。腰を痛めて引退してから知り合ったので、つきあい出してしばらくは、オリンピック選手だったことにも気づかなかったくらいなんです。彼も、昔のことに触れられるのはあまり好きではないみたいでしたし。学生時代の陸上部の仲間とはまだつながりがあるみたいですけど、実業団に入ってすぐに代表に選ばれて、それでオリンピックで負けて、帰国してまたすぐ引退してしまいましたから」

「引退された時に転職を？」

「ええ。もともと広告塔として入社したわけですから、走れなくなったら会社の中に居場所なんてなかった、そう言ってました。たぶん、かなり辛《つら》い思いをしたんだと思います。わたしが知り合った時はもう今の会社の社員で、自分からは、オリンピックに出たことも口にはしませんでした。でも……そのことが、今度のことと何か？」

「まだわかりません。いずれにしても、まずはあなたの安全を確保して、謎解きはそれからです。それに……ご主人、いえ、元のご主人の安全も確認しないと」

「まさか、あの人まで？」

「少なくともあなたの元のご主人は、首から金の鎖を覗《のぞ》かせているあの柄の悪い男と、ひとりの女性を共有してしまったことは確かのようだ。つまり、のっぴきならない状況にある、ということです。あ、申し訳ない、手が離せないので、わたしの左の胸ポケットから携帯を取り出してくれませんか。振動している」

尚美がおそるおそる、麻生の上着の中に手を入れた。

「発信者は？」

「ハヤサカ、と出ています」

「それなら、あの早坂さんですよ、弁護士の。あなたが出てください。そして、ホテルの部屋に入る手順を訊いて！」

尚美が電話に出た。早坂絹子の声を聞いて安心したのか、泣き声になる。何度か泣きながら同じことを繰り返し、頷いて、それから電話を閉じた。

「手順、覚えられました？」

「はい。恵比寿《えびす》のガーデンコート・リゾートの二十七階、クラブフロアに早坂の名前でツインの部屋がとってあるそうです。実際に、早坂さんがご自分でチェックインしてくださって、カードキーは二枚作ってもらって、同宿者の名前は伊沢桂子、伊東温泉の伊に簡単な方の沢、桂の子。つまり、わたしがその伊沢桂子だということですよね。ルームナンバーは二七一五、わたしの分のキーは、新宿のクライトンホテル地下駐車場の女子トイレの、鏡の前に置いてある蘭《らん》の鉢植えの中に入れてあるそうです」

「凝ったことするな、彼女」

麻生は苦笑した。

「ガーデンコート・リゾートには入り口が三ヶ所もあって、そのうちのひとつはショッピングコートと繋がっているそうです。ショッピングコートの中の、輸入レースのお店が、ホテルのエレベーターの前にあって、その店は反対側にも入り口があるので、店に入るふりをして通り抜けてホテルのエレベーターに乗りなさいって。クラブフロアにはカードキーがないとエレベーターが停まらないので、なんとかひとりでエレベーターに乗り込めば大丈夫だそうです」

「了解。それじゃ、車はクライトンホテルの地下駐車場に入れます。そこまでは連中について来られるだろうから、そこで連中をなんとか引きつけよう。その間にトイレでカードキーを手に入れて、一度ホテルの中に逃げ込んでください。確かクライトンホテルは、地下駐車場から直接ホテル内にエレベーターであがれたはずだから。ホテルに入ったら、正面玄関に出てタクシーに乗り、恵比寿に直行する。ショッピングコートに入って、あとは早坂さんの指示通りにして。最悪でも、エレベーターにひとりで乗り込めれば宿泊フロアにはたどり着ける。部屋に飛び込んだら、何があってもドアを開けないこと。たとえドアの前に座り込まれても、ドアを開けなければ大丈夫だから。早坂さんのことだからきっと、部屋には食料なんかも用意してくれてるだろうしね。もちろん、できれば連中を新宿で迷子にさせてやるつもりだが」

「わたし……こんなにしてもらって……いいんでしょうか。早坂さんにまで迷惑をかけてしまって」

「もともと彼女がわたしを雇ったんだから、構いませんよ」

麻生は笑った。

「それにどうやら、彼女はまだ、わたしに隠し事をしているようだし」

「え？」

「いや、気にしないで」

麻生は、数台距離をあけてついて来るワゴン車をもう一度バックミラーで確認した。

「すべてのことは、あの美人辣腕《らつわん》弁護士さんにあとで説明して貰わないとならないみたいです。どっちにしたって、わたしは依頼人からそれ相応の報酬が貰えるなら、文句は言いません」

11

結局、新宿に着くまで麻生は白いワゴンを引き離すこともまくことも出来なかったが、それはそれで構わない、と腹をくくっていた。最大の山場はクライトンホテルの駐車場だ。そこで尚美をホテルの中に逃がすことができれば、あとはなんとかなるだろう。

八王子の手前から急に車の数が増え、調布《ちょうふ》あたりからは渋滞してしまった。車が停止している間に、麻生は携帯で同業者に電話をかけ、クライトンホテルで合流してくれるよう手筈《てはず》を整えた。

最悪の場合、警察の助けを借りる必要も出て来るかもしれないが、出来れば事件の全体像が摑《つか》めるまでは、警察に介入されたくなかった。何よりも、自分がいったいどういう役を割り振られてこの舞台にあげさせられたのか、それを自分の手ではっきりさせたい。失われたアレキサンドライトの指輪と消えた死体とは、どこでどんなふうに繋がっているのか。とにかく気に入らないことばかりだ、と、麻生は内心の怒りを押さえつけた。早坂絹子が自分を騙《だま》しているのは間違いないが、犀《さい》川《かわ》修造はどうなのか。犀川の態度は不自然だった。何十年も前の婚約不履行に関して、降って湧《わ》いたような話をつきつけられたのに、いやに落ち着き払っていたし、初対面の麻生に対して、恋愛小説まがいのロマンチックな依頼をしたことも奇妙と言えば奇妙だ。

渋滞は首都高速に入ってからも、さらには高速を下りてからもだらだらと続いていたが、そのおかげでホテルの駐車場に入る時、白いワゴンとの間に二台も車が挟まってくれたのは幸運だった。しかもホテルの駐車場も満車の赤ランプが点《つ》いていて、一台ずつゆっくりとしか中に入れない。だがあまり時間差が出来てしまうと、白いワゴンの中から誰か降りて来て駐車場で待ち伏せされることもある。麻生は、バックミラーを睨《にら》みつけながら緊張して駐車場に入る車の列に並んだ。ワゴンから人の降りる気配がないまま、麻生のフェアレディは駐車場に入ることができた。トイレの表示はすぐに見つかり、麻生は一方通行の表示を無視してまずトイレの入り口に車を横付けした。

「急いで！　手順は大丈夫ですね？」

「はい」

「じゃ、気をつけて。後のことは心配せず、ホテルの部屋に入ったら誰が何を言ってもドアを開けないように！」

尚美は転がり落ちるようにドアを開けて外に飛び出し、そのまま女子トイレの中へと走りこんだ。麻生は間髪入れずにバックで車を動かし、駐車場入り口に車を戻す。ちょうどそのタイミングで、白いワゴン車がゲートの前に停まった。麻生はそのまま車をゆっくりと走らせ、空きスペースを探しているかのようによろよろと運転した。すぐに麻生の携帯が振動する。片手で携帯を取り出し、着信履歴を見る。同業者の携帯番号が表示される。あらかじめ駐車場に待機していた同業者が、麻生の車を確認したという合図だ。白いワゴンは反対まわりに車を走らせ、駐車スペース一列分を挟んで並走していた。バックミラーに女子トイレが映る。じりじりと待つ数秒は、無限の長さに感じられる。

尚美が出て来て、小走りにエレベーターに向かう。麻生は白いワゴンから尚美の姿を隠す位置に車を進め、そこで停止した。エレベーターがなかなか降りて来ないのか、尚美の姿がいつまでも消えない。クソッ！　白いワゴンの後部ドアがスライドする。気づかれた！

麻生は車を急発進させ、スライドドアから人が降りて来る前に白いワゴンの真後ろに車をつけた。そのまま斜めに車を滑らせて助手席側をワゴンの後部にぶつける。開きかけていたドアがその衝撃でそのまま停まった。スピードは出ていないので衝突の衝撃は小さかったが、ドアはへこんで、中の人間が慌てる姿が見えた。バックミラーの中の尚美がやっとエレベーターの中に消えた。麻生は車をバックさせてから前進させ、白いワゴンの前に移動して車を停めた。ゆっくりとドアを開け、外に出る。後ろ手に短い木刀を隠す。

視界の隅で、空色のＶＯＬＶＯがそっと動いた。運転席側のミラーに、赤いビニールテープが巻いてある。同業者の探偵、稲田の車だ。

「すみません、うっかりしてぶつけてしまいました。保険会社に電話しますので、少し待っていただけますか」

麻生はとりあえずそう言ったが、運転席の男はすでにドアから飛び出し、麻生に向かって銀色に鈍く光る刃物を突き出していた。

「その態度はおだやかでないな。たかが接触事故で、いきなり刃物はないだろう」

ワゴンの後部ドアがようやくスライドし、中から飛び出して来た男がエレベーターに突進する。

尚美はすでに一階に着いて、タクシー乗り場に向かっているだろう。エレベーターのボタンは各階に停止するようすべて押しておけ、と指示してある。

　空色のＶＯＬＶＯが音もなくすっと、白いワゴンの後方に停止した。運転していた男と、その隣りに立っている男はそれに気づいていない。ワゴンの中にいたのは三人、ひとりがエレベーターの中に消えたので、二対二。

　刃物を構えている男は大柄だが、へっぴり腰で腕が震えている。横の男は若くて背が高いが、唇から色が消えて極度に緊張しているのがわかる。二人とも強くはないし、こうした喧嘩沙汰《けんかざた》に慣れている方でもないらしい。稲田は麻生と同じ元警察官だが、機動隊歴が長いしマル暴の経験も豊富な男だ。こっちの方にだいぶ分がある。だが油断はできない。死にものぐるいで向かって来る素人がいちばん物騒なのだ。

「あ、あんた、何者なんだ！」

　刃物の男が怒鳴った。

「あの女とどういう関係だ！」

「互いに自己紹介するんなら、もう少しおだやかにいこう。とりあえず、その光り物をしまったらどうかな」

「う、うるせえっ！　どこへ逃げたってな、女はぜったい捕まえるからな！」

「捕まえてどうするつもりなんだ？　殺人の濡《ぬ》れ衣《ぎぬ》を着せただけでは足らないのか。彼女まで殺すつもりか。あんたたちが何者で、誰に雇われてんだか知らないが、もうこのへんで手をひかないと、一生刑務所で過ごすことになるかもしれないぞ。わずかな金で人生を売ると、後悔するぞ。どうせあんたたちは、彼女を見張ってろ、ぜったい逃がすな、くらいのことを頼まれただけなんだろ？　その点ではもうゲームオーバーだ、彼女は逃げちゃったんだから、しょうがないじゃないか」

「に、逃がしやしねえっ！　仲間が追いかけてる、すぐに捕まえるんだよ！」

「どうかな。このホテルはでかいぞ、どこにいるかひとりで捜しまわって、わかるかな？　まあい い、とにかく刃物はしまえ。しまわないと、警察の手を借りないとならなくなる。なあ、あんたたち、いくらで雇われた？　話し合いによっては損のないようにしてやってもいいぞ」

「うるせえんだよっ！」

男が突進して来た。麻生は間合いを見切って、伸びた男の腕に木刀を叩き込んだ。稲田が背後から若い男に飛びかかるのが見えた。刃物が男の手を離れて麻生の足下に転がった。麻生はそれを思いきり遠くに蹴《け》り飛ばし、バランスを崩して両膝《ひざ》をコンクリートの地面につけた男の背中に靴底をめり込ませた。男が腹這《はらば》いになるのと同時に背中に飛び乗り、背後から木刀をまわして喉元《のど》を締め上げた。

「ここまでだ。これ以上手間をかけさせると、このまま喉の骨をへし折るぞ」

男は少し暴れたが、麻生が木刀に力を入れると、男から力が抜けた。

麻生は手錠をポケットから取り出して男の後ろ手を拘束した。

「あ、あんた……デカかよ」

「いいや。こいつはオモチャだ。でもまあ、効果はそう変わらない。鍵がないとはずせないって点では一緒だ」

「デ、デカでないのにこんなことしていいのかよ！」

「さあ、いいか悪いかはおまえたち次第だろうな。さっきおまえは刃物を俺に向けた。ひとつ教えておいてやるが、逮捕権ってのはな、警察官や検事じゃなくたって、一般市民にもある権利なんだぜ、ただし、現行犯の場合だけだけどな。おまえは刃物を俺に向けた時点で銃刀法違反の現行犯なんだ。従って、俺がおまえを逮捕して警察に突き出してもいっこうに構わないわけだ。しかし」

麻生は男の髪を掴んで身体を半分持ち上げた。

「おまえたちの出方次第では、俺に刃物を向けたことはなかったことにしてやってもいい。証拠の刃物はどっかに蹴飛ばしちまったから探さないといかんし、目撃者はここにいる四人だけだ、俺だって警察なんかにいちいち協力するのは面倒だしな。おっと、おまえの相棒はおまえより歯ごたえがなかったみたいだな」

麻生は男の髪を掴んだまま、その首を稲田の方へ向けた。そこには白目を剝《む》いてのびてしまった若い男と、その腹の上に足をのせた稲田がいた。

「幸い、俺たちはまあ、堅気と言ったら面映《おもはゆ》いが、少なくともヤクザじゃない。できれば物事は穏便に済ませたいし、おまえたちの身体にコンクリートブロックをくくりつけて東京湾に投げ捨てるなんて真似はしたくない。寝覚めが悪くなると困るからな。とりあえず、さっきから入って来る車がここを避けて通ってるが、そのうちに誰かが警察を呼ぶだろう。どうする？　このままパトカーが来るのを待つか、それともおとなしく、俺たちと来るか」

「龍さん、このだらしないのは俺の車に放り込むか」

「頼む。いちおう、ガムテで動けないようにしといた方がいいだろうな」

「わかってる」

「じゃ、どこにしよう。俺んとこか」

「いや、龍さんとこは遠いな。この時間だと都内はどこも渋滞してるから、俺のとこにしよう。初《はつ》台《だい》だから近い」

「よろしく」

稲田は軽々と、気絶している男を抱え上げて空色のVOLVOの後部座席に押し込んだ。麻生がまた髪を引っ張ると、男は素直に立ち上がり、麻生のフェアレディまで自分で歩いた。

「おまえさんたちの車を駐車スペースに停めるから、キーを貸せ。エレベーターで女を捜しに行ったお仲間が車で帰れるように、キーはそっちにつけとく」

麻生は男の身体を後部座席に転がし、ガムテープで足と胴体をぐるぐると巻いて、ついでに後部座席の安全ベルトで固定した。それから白いワゴンを動かして駐車スペースに収め、キーはつけたままにした。

フェアレディを発進させても、後部座席の男はおとなしく黙っていた。すっかり観念した、というよりは、どうやったらいちばん得をするか必死に考えているのだろう。


初台の稲田の事務所まではほんの数キロだったが、山手《やまて》通りの渋滞が激しく、三十分近くかかった。その間、後部座席の男は一言も言葉を発せず、麻生も何も訊かず、ただポケットの携帯が振動するのをじりじりと待っていた。

稲田の事務所は古い一戸建て住宅で、一階が車四台が入る広いガレージになっている。もともとは小さな自動車修理工場だったらしいが、土地は稲田の父親のものだったと聞いている。父親が死んで稲田が土地を相続して間もなく、自動車修理屋は店をたたんで出て行った。その時、稲田は決心して警察を辞め、ここで私立探偵事務所を始めた。ガレージの奥の階段を上ると二階が稲田探偵事務所で、三階は稲田の住居として使われていた。稲田探偵事務所は麻生のところとは違い、正社員として探偵を四人雇っている。稲田の妻も経理担当兼探偵で、元婦人警官だ。個人営業の私立探偵事務所はどこでもそうだが、稲田のところも普段は浮気調査や素行調査、家出人の捜索などが主な収入源で、今回のような荒っぽい仕事は滅多《めった》にしない。だが稲田自身は、警官時代に暴力団相手に暴れまわった感覚が懐かしいのか、腕っぷしが必要な時はいつでも声をかけてくれと言われていた。そうは言われても、稲田の妻の手前、危険を伴う仕事に誘うのは気がひけたが、今回は相手の力量が未知数だったのでひとりではこころもとなかったし、何より尚美を無事に逃がす為に、打てる手は打っておきたかった。結果的には相手は弱かったが、稲田がいなければそこそこ苦労していたかもしれないので、声をかけたのは正解だった。が、稲田の日給は安くはない。もちろん早坂絹子にすべて請求はまわしてやるつもりだが。

先に麻生がフェアレディをガレージに入れ、あとから空色のＶＯＬＶＯが入った。ガレージのシャッターも内部の照明もすべてリモコンで操作されている。建物の外観は古くて冴《さ》えないが、内部はたっぷり金をかけて改装してある。退職金はすべて注ぎ込んだと稲田から聞いている。

「中に入れる必要はないな」

稲田はガレージの空いたスペースに、車の中から男を引きずって転がした。麻生も後部座席のドアを開け、横たわっている男の足を引っぱり出した。男は両足を縛られたままぴょんぴょんと跳ねて、転がっている男の横に自分で移動した。

「おい、タカシ、大丈夫か」

男が声をかけると、転がっている若い男が頷《うなず》いた。もう意識は取り戻したらしいが、恐怖のあまり動けないようだ。

稲田が、パイプ椅子を束ねて四つ、奥から抱えて来た。そのうちの二つに男たちを座らせ、ガムテープを巻き直して身体を椅子に固定する。男たちは二人ともとっくに戦意喪失していて、ぴくりとも抵抗しなかった。


「まず自己紹介しようか。俺もそっちの旦那も、ともに探偵だ。警察でもヤクザでもない。名前はいいだろう、もう二度と会うこともないだろうし、あんたたちが俺たちの依頼人になってくれる可能性もなさそうだしな」

「た、探偵を雇ってたのかよ、あの女」

「まあ、かいつまんで言えばそういうことだ。あんたたち、誰に雇われたのか知らないが、女をひとり見張っていればいいいんだから簡単な仕事だとか言われたんだろ。だがな、世の中、そんなに甘くはないいんだ。力のない者は頭をつかって、力で物事を片付けようとする人間に抵抗するもんなんだよ。おっと」

麻生はようやく振動した携帯を手にした。通話ボタンを押すと、尚美の声が聞こえて来た。

「すみません、遅くなって。道がすごく混んでいて」

「着いたの?」

「はい。部屋に入りました。早坂さんからの手紙がありました。それと、冷蔵庫には食べ物と飲み物がぎっしり」

「彼女のすることに抜かりはないよ。手紙、読んでくれないか」

「はい。何も心配はいりませんので、ゆっくり過ごしてください。あとのことは、わたしと麻生さんに任せておけば安心ですから。それだけです」

麻生は苦笑した。

「わかった。それじゃ、言った通り、絶対にドアを開けないこと。いいね？　とりあえず、八ヶ岳から尾行して来た連中とは今、話をつけてるところだ。君はひとまず安全になった。今夜はゆっくり休んで。明日にはある程度、君に説明してあげられるようになんとかするから」

「はい。……本当に、ありがとうございました。わたし……」

「いいから。まだこっちはしないとならないことがあるから、じゃあ、明日。こっちから明日連絡します」

携帯をしまい、いくらか元気の残っている体格のいい方の男に笑いかけた。

「第一ラウンドは勝負ついたみたいだな。あんたたちが見張れと命じられた女は、安全圏に逃げ込んだ。籠城《ろうじょう》を覚悟の上だ、あんたたちでは、しばらくは手が出せない」

「おまえらが請け負った仕事は失敗したんだよ。このままだと日当を貰うどころか、失敗した責任とらされておまえら、ヤバいぞ」

稲田が男の後ろに立ってドスの利いた声で言った。

刑事時代からこのパターンは手慣れている。麻生はいつも飴《あめ》の役で、そして稲田はたぶん、鞭《むち》の役を取調室で担っていたのだろう。

「あんたたちを雇った奴らは、あんたたちが考えている以上に狡猾《こうかつ》で危険な人間たちだ。奴らはすでに、一人殺している」

若い方の男が目を見開いた。

「こ、殺してるって、だ、誰を」

「余計なことは知らない方がいいんじゃないか？　いずれにしても、あんたたちが殺しのできるタイプじゃないことは、見たらわかる。あんたたちは、詳しいことを知らずに雇われた。仕事は簡単だ、八ヶ岳の別荘にいる女をひとり見張っててくれればいい、と言われて。その女が別荘を出たら尾行して、どこに行くか報告すればいいとも言われたかな」

二人とも返事はしなかったが、否定もしなかった。

「問題は、誰に雇われたか、だ。俺たちが知りたいのはそれだけで、それがはっきりすればあんたたちに用はない。今すぐお帰りいただいても構わないし、しばらく身を隠したいならその手配くらいしてやってもいい」

「さっさと吐いちまいな。それでどっかに二、三日隠れて知らん顔しときゃ、その間に全部終わってるよ。どっちにしたって、おまえら、ホテルに残して来た奴が今頃泡食って雇い主に報告してっだろうから、女に逃げられたのはもう知られてるぜ。のこのこ雇い主の前に顔出してみな、こんなもんじゃ済まなくなるぜ」

「このまま黙って雇い主との仁義を通すのもいいが、それだと全部片づくのが数日、あるいはもっと先になるかもしれない。そうなると、あんたたちが自分の身を心配していないとならない期間も長くなるわけだ、当然ながら」

麻生は煙草を取り出してくわえ、箱を前に突き出した。

「やるか?」

若い方がすぐに頷く。麻生は立って、若い男の口に一本煙草を押し込み、火を点けてやった。

「身を隠すなら、資金もささやかだが提供しよう。あんたたち、一日いくらでこの仕事、請け負った?」

「五万です」

煙草をくわえた方がすぐに言った。

「ひとり五万?」

「いや、三人で」

「なんだそりゃ」

稲田が笑った。

「コンビニで一日働くのと変わらねえじゃねえか」

「うまくいったら、百万ずつやるって」

「ほう」

麻生はニヤッとして顎《あご》をさすった。

「つまり成功報酬はたったの三百万、か。たったの。あんたたち、雇い主は人殺しまでしてるんだよ、儲《もう》けはそれに見合っただけある、と計算してるんだ。一千万や二千万の金じゃない。それなのに、あんたたちにはたった三百万だ。どうだ、義理立てするのにふさわしいような奴らじゃないって、わかったろうが」

「いったい」

がっしりした方が慎重な口ぶりで言った。

「何をやろうとしてんだ？　そんな金、どうやって」

「そのあたりは俺たちもまだ、はっきりしたことは摑んでいないがな、とにかく人を殺してでもやり遂げようとしていることなんだから、よほどでかい儲けが期待できるんだろうな。そうだなあ、億の単位なのは間違いないな。だが当然、非合法だ。リスクは大きいわけだ」

「おまえらもすでに、そのリスクになっちまったんだぞ。ぐだぐだ考えてねえで、さっさとゲロってあとは俺たちに任せな。千葉の方に知り合いがやってる船宿がある、そこに一週間も隠れてりゃ、全部片づく」

「こちらも金持ちってわけじゃないんで、まあだいたい同じだけ、二人で一日三万くらいなら資金提供してもいい。お仲間の一人と合流するのは難しいだろうが、それは諦《あきら》めて貰うしかないかな。それともあのお仲間を救い出してくれって言うなら、そっちの仕事を別に請け負ってもいいけどな、相当高くつくのは覚悟して貰わないとならないだろうな」

「そ、それっぽっちの金で納得できるかよ！　ひとり百万貰うことになってんだぞ、俺たちは」

体格のいい方が喚《わめ》いたが、声にはもう力がなかった。

「それじゃ、交渉決裂かな。悪いが新宿まで送ってやることは出来ないんで、地下鉄で帰ってくれるか、あのホテルまで。地下鉄の駅はここからすぐだから」

「谷山って奴だ！」

若い方の男が叫んだ。体格のいい方が怒鳴りつけたが、若い方の男はもう限界だった。

「よく知らねえ男なんだよ、パチンコ屋で声かけられたんだ！　四十過ぎたくらいでよ、五分刈りにして、でっかい奴だ。な、仲間に女がいるよ。綺麗《きれい》な女だよ、年増《としま》だけどよ！　お、女のこと、谷山はよ、ケイコとかなんとか呼んでたよ。あの女、結婚指輪してんだよ、それで、それで」

「いいから黙ってろっ！」

「黙らねえよっ！　聞いてんの嫌だったらてめえだけこっから出てって、谷山んとこ行けよ！　俺はもうまっぴらなんだよ、なんで俺がこんな目に遭わないとなんねえんだよ、借金踏み倒して逃げてる女を見張るだけだって言われたんだぞ、それがなんだよ、人殺しかよ！　女をソープに売っぱらったら、分け前に百万ずつやるって言われただけだぜ、俺は！　店との交渉がまとまるまで見張っててくれって。てめえはなんかもっと知ってんだろうよ、どうせよ、ヤバくなったら俺とコータ見捨ててずらかるつもりだったんだろうが！」

「あんたが見張りを引き受けたのはいつからなんだ？」

麻生が訊くと若い方の男は必死で言った。

「き、今日で十日くらいだよ、まだ」

「十日か」

麻生は稲田に向かって言った。

「あの馬淵尚美という女性は、かなり以前から別荘に隠れていたらしい。だがこいつらに見張りをさせたのはわずか十日間だとすると、どういうことなのかな」

「その前は自分らで見張ってたんだろうな」

「忙しくなったんで手伝いを雇った」

　稲田が頷いた。

「仕掛けが動き出したんだろう」

「やっぱり株価か」

「たぶんな。一気に利鞘《りざや》を稼いで、それが終わったら馬淵尚美に殺人の罪を着せ、ついでにいらなくなった亭主も罠《わな》にはめてずらかる予定だった。株の関係で谷山、って名前には記憶があるぞ。何年か前、あやしげな投資会社をやってた男じゃないかな。詐欺の疑いがかかって一度は逮捕されたが、証拠不十分で釈放されてたと思う。おい、おまえら、その谷山ってのはな、指定暴力団の企業舎弟だって噂もあった奴だ、相当アブナイ知り合いがいっぱいいる輩《やから》だぞ。そんな奴にかかわってると、ほんとにおまえら、命なくすぞ」

「あんた」

　麻生は、体格のいい年上の男の前でしゃがみこみ、目の高さを合わせた。

「あんたはもう少し、事情に詳しそうだな。どっちにしても谷山たちの悪巧みはもう成功しない。馬淵尚美は明日にでも警察に連れて行って、見たことすべて話させる。殺人の件が明るみに出たら、金を儲ける前に奴らは逮捕されるか、国外逃亡するしかなくなる。あんたに約束された金は入って来ない。ひとり百万、いや、もしかするとあんただけはもう少し色をつけて貰ってたのかもしれないがな、絵に描いた餅《もち》は食えないんだ。もし谷山たちがやろうとしていることについて、もう少し詳しい情報を持ってるならそれを買おう。俺たちは金持ちじゃないが、俺を雇った人はいくらか余裕のある人だから、今度の一件をすっきりさせるだけの情報に対してだったら、かなり払ってくれると思う。まあその点は保証はしないが、いずれにしたってあんたの選択肢はそう多くない。谷山のとこに戻って失策のゆるしを乞《こ》うか、千葉の船宿にこもって嵐《あらし》が過ぎ去るのを待つか。どっちの方があんたの人生にとってプラスかは言うまでもないだろう。それに情報提供の報酬があれば、今回のことはあんたにとって、必ずしも大損ということにはならないと思うが」

麻生は立ち上がり、若い男の口元から落ちた煙草を拾って携帯灰皿に入れた。それから椅子に戻って座り、腕組みして待った。


「あの女の別れた亭主は、元オリンピックのマラソン選手だったんだ」

遂《つい》に、年上の方の男が口を開いた。自分の足下を見つめたまま、ぼそぼそと。

「もう憶《おぼ》えてるやつも少ないと思うが。ケイコさんは……谷山さんのレコだ。その元オリンピックの大学の後輩が、製薬会社の研究室にいるんだ。運動……運動なんとか学とかいうのをやってて、痩《や》せ薬の研究してる。谷山さんは、新薬のインサイダー情報を流してくれるツテを探してて、その元オリンピックが会社の接待でケイコさんの店をつかって」

「クラブか」

「赤坂だ。ケイコさんは雇われママだった。それでその元オリンピックがケイコさんに興味を示して……谷山さんがけしかけて、二人はできあがった」

「そのインサイダー情報で、二億儲けたわけだな」

「……あのくらいは小手調べだって、谷山さんは言っていた。谷山さんが狙ってたのは、なんか、なんとか酵素、リ、リパなんとかの薬の研究だとか。それを飲むと、腹の脂肪とかどんどん落ちるんだって。実現したらものすごいことになる、巨大な利益が出る、その製薬会社の株はとんでもなく跳ね上がる……だけど、俺はよ、そんな夢みたいな話、信じてなかった。谷山さんだってニヤニヤ笑ってたから、ほんとは信じてねえと思うよ。要はそういう噂をいつ流すか、そのタイミングだ。ケイコさんは元オリンピックと結婚するつもりなんかなかったらしいけど、オリンピックには女房がいたんで、めんどくせえから離婚させちまえってことになって、結局、結婚までした」

「あんたは谷山と昔からの知り合いか？」

「昔から、ってほどでもない。二年くらい前に雀荘《ジャンそう》で知り合った」

「そっちの兄さんと同じように、ただ女を見張れって頼まれたのか」

男は若い方の男をちらっと横目で見て、また下を向いた。

「……いや。借金を踏み倒したとかソープとか、そういうのはこいつとコータにした話で、俺には女の素性を教えてくれていた。けど、なんで見張るのかは聞いてねえよ。あの女が余計なこと知っちまったんで、金が入って来るまで別荘を出ないように見張っててくれ、そう頼まれただけだ。女が動き出したらあとをつけて、どこに行くか教えろ、そうも言われてた」

男は、深く息を吐いた。


「……殺人って……誰が殺されたんだよ。もしかして……」

「心当たりがあるのか？」

男はまた黙った。根比べか。麻生はまた腕組みして目を閉じた。根比べだったら、俺もちょっと自信があるんだ。

「谷山さんといつもつるんでた、柳沢、って奴の姿をここんとこぜんぜん、見てなかったんだ。ちょっと前からどこにもいなくなった。……柳沢は、昇竜会だ。……殺されたのが柳沢だったら……谷山さんもケイコさんも、すごくヤバいと思う……」

「柳沢、なんて名前だ？　フルネームわかるか」

「知らねえ。だけど……いっつも指輪してたよ。でっかい宝石のはまったやつだ。色が変わる宝石だ」

「色が変わる……？」

「アレキサンドライトとかなんとか、そんな名前の石だ。母親の形見だって言ってた」

12

アレキサンドライト。

ここで登場か。

麻生は、これで全部繋がるな、とひとり、頷《うなず》いた。そもそも、今度の依頼の真の目的はなんだったのか。

遠い昔、婚約を破棄した女は、生涯独身を通して老いた身を老人ホームのベッドに横たえている。

彼女は何も語らない。

その女が婚約者から貰った指輪にはまっていた石は、ルビーのはずだった。婚約者だった男は間違いなく、ルビーを贈った、と言った。しかしいつの頃からか、その指輪の石はルビーからアレキサンドライトに変わった。ルビーもアレキサンドライトも赤く輝く。素人ではぱっと見て区別ができないかもしれない。が、アレキサンドライトは条件が変われば緑色に輝く石だ。二つの色を持つ石……二つの顔を持っていた……女？

女の姪《めい》は、大人になって有能な弁護士になった。そしておそらく……とある企業……製薬会社？から依頼を受ける。社内情報が漏れているらしいので調べてほしい。たぶん依頼内容はそんなものだったろう。インサイダー取引が行われている可能性大。かかわっているのはもちろん、内部の誰かだ。が、しかし、それが先に警察に知られれば会社にとってはありがたくないスキャンダルになるだろう。弁護士に調査させ、できれば内々に処分してことをおさめてしまいたいと企業は考えた。むろん、愚かな手だ。傷口にたまった膿《うみ》は、一気に出してしまわないと事態が余計に悪くなる。痛みも続く。

いずれにしても、弁護士は警察ではない。依頼された仕事をすすめていく内に、情報漏洩《ろうえい》のルートを探り出した。ところがその情報漏洩ルートに、弁護士の知人が絡んでいた。それが偶然だったのか、それとも、そもそもその仕事の依頼が来た理由がそこにあったのか、それはわからない。企業にも社内でそうした調査をする部門はあるかもしれないから、前もって社内調査の結果、漏洩ルートはほぼ特定されていて、そこに登場した元オリンピック選手の元妻が弁護士と面識があることまで突き止めた後、その弁護士に追加調査を依頼した、という線もあるだろう。どちらにしろ、弁護士としてはまず、自分の知人の動静を知ろうとしたはずだ。ところが、そこで何かとんでもないことが起こっている気配とぶつかった。情報漏洩ルートに直接かかわっている男の元妻、自分の知り合いである女性が、自宅から遁走《とんそう》している。なぜ？

その女性が姿を消した前後のことを調べていくうち、子供の誘拐を偽装した事件に行き当たる。同時に女性の元夫の周辺を調べていくうち、女性が姿を消した寸前に消えたヤクザ者の存在が浮かび上がった。

女性が危険だ、と弁護士は思った。その女性が姿を隠しそうな場所をピックアップして調べ、自分と女性が知り合った八ヶ岳の別荘に隠れていることを突き止めた。が、その女性の姿を見張っている男たちの存在にも気づいた。自分が直接乗り出せば、かえって事態が悪くなると弁護士は考えたのか……あるいは、単に危険なことはしたくなかっただけか。

弁護士は、元殺人課の刑事で殺人犯と対峙《たいじ》した経験が豊富でありながら、さほど深く警察に義理立てしたり警察と繋がったりはしていない、孤立した私立探偵を自分の身代わりに選んだ。それが俺だ、と麻生はハンドルを握る手をゆるめ、信号待ちのブレーキを踏む。

そこまではいい。この想像は、そう的外れではないだろう。が、どうしてそこでアレキサンドライトが出て来たのか。

たぶん殺されてしまっているヤクザ者が、トレードマークのようにアレキサンドライトの指輪をしていたというのは、それこそ単なる偶然なのか？

むろん、偶然のはずはない。アレキサンドライトなんてそんなによく見かける宝石ではないし、それをいつも指にはめている男自体、ごく少数のはずだ。

しかしここから先は、いくら想像力を働かせてみたところで納得できるような物語は頭に浮かんで来なかった。


チンピラ二人は稲田に任せたので心配ないだろう。事件のケリがつくまでは千葉の船宿に隠れておとなしくしていて貰えばいい。あの二人に同情するつもりはなかったが、わずかな金でつられて命を落としたのでは、彼らの親の気持ちを考えると辛い。

敵は凶暴だが、さほど頭がいいわけではないらしい。それだけに、割に合わない殺しでもしてしまう可能性がある。

白バイに追いかけられるのはごめんだったが、場合が場合なので麻生は飛ばした。

恵比寿のガーデンコート・リゾートには一度しか入ったことがない。恵比寿駅に近いタワーホテルなので場所は間違えようがないが、駐車場の入り口がわからずにぐるぐると周囲を二周してしまった。落ち着け、と自分に言い聞かせる。焦ったところで、もう事態は最終局面に入っているのだから、どのみちやり直しはできないのだ。早坂絹子の計略はだいたい予測がつく。相変わらず、大胆な上に、人を人とも思わぬ不遜《ふそん》な女性だ、と思う。

早坂絹子は、馬淵尚美を助けるふりをしつつ、尚美を餌《えさ》にねずみ捕りを仕掛けた。助けるふり、と言ったのではちょっと気の毒か。実際、尚美は早坂のおかげで危ういところを助けられたのだから、早坂にも尚美を助けたいという正義感はあったのだ。が、最後の最後でねずみ捕りの罠《わな》の奥に尚美を餌としてぶら下げるわけだから、ただの親切な弁護士さん、と褒めてやることはできない。

解せないのは、どうして早坂が警察にも連絡せずに、直接自分の手でねずみを捕ろうとしているのか、だ。よほどそのねずみが美味《おい》しいのか、それとも、よほどそのねずみが憎いのか。あるいはまったく別の計算があるのか。

ようやく駐車場の入り口をみつけて車を入れると、気持ちが落ち着いて来た。早坂絹子が何を企《たくら》んでいようと、最終的には仕事に見合った報酬を受け取れればそれでいい、そのくらいに割り切ることだ。すべての謎に納得できる答えをよこせと依頼人に要求する権利は、探偵にはないのだ。少なくとも、馬淵尚美を助けることができたのだから、仕事としては上首尾と言えるだろうし。

ホテルのカフェテラスにいる早坂絹子は、縁が黒い眼鏡をかけ、何か本を読んでいた。藤色のブラウスに黒いスーツ、斜めに流した脚の形がどきりとするほど綺麗で、どことなく、知的ではあるがコケティッシュな雰囲気がある。三十代だと言われたら信じそうなくらい若々しい。

麻生がそばに立つと、早坂は本を閉じ、眼鏡をはずした。老眼鏡か。

「ご苦労さま」

早坂はにっこりした。

「ビールでもどう？　と言いたいところだけど、アルコールはまだ少し我慢してね。この先、素面《しらふ》でいて貰わないと困ることがないとは言えないし」

「馬淵さんは」

「あなたの言いつけをしっかり守って、一歩も部屋から出ていないわ。隣りの部屋にうちの事務所の者が部屋をとってあるの。それと、彼女には言えないんだけどね、盗聴器を仕掛けさせてもらったわ。彼女を信頼していないんじゃなくて、不測の事態をすぐにキャッチできるように、ね」

「なるほど、万全ですね。さすがだな」

「あなたこそ、さすがよ。正直、こんなに素早く解決してくれるとは思ってなかった」

麻生は笑った。

「お忘れみたいだから言いますが、あなたの依頼は、盗まれた指輪を取り戻してくれ、というものでしたよ。その件に関しては、わたしはまだ何もしていない」

「あら、そうだったかしらね」

早坂は悪びれもせずに言った。

「だとしたら、その件はきちんと片付けてちょうだいね」

「可能なんですか?」

「どういう意味?」

「わたしがその指輪を捜し出すことは、可能なのか、という意味ですよ。つまり、消えた指輪なんてものは最初からどこにもないんじゃないか、あるいは、指輪は盗まれていないんじゃないか、って意味です」

「わたしのこと、嘘つきみたいに言うのね」

「違うんですか?」

「まあ、違わないでしょうね」

早坂は屈託なく笑った。

「でもそれは仕方ないでしょ。嘘のつけない弁護士なんて、泳げないイルカと同じくらい珍しいわよ。生きていくのが困難だって意味でも、泳げないイルカのごとく、だわ。でもね」

絹子は、麻生がコーヒーを頼んだウエイトレスの姿が遠ざかるまで待ってから続けた。

「指輪のことは、本当なのよ。本当になくなったの。もしできるなら……もう今となっては難しいかもしれないけど、取り戻したいのも本当。でもそれは叔母の願いではないでしょうね。叔母はあれを……あげてしまったんだと思う……息子に」


息子。

麻生は、自分が頭の中で組み立てていた物語が崩れるのを感じた。


「柳沢亮二《りょうじ》。おそらくはもう生きていないヤクザ者が、わたしの従弟《いとこ》なの」

「……早坂啓子さんが生んだお子さん、ということですね」

「ええ、そう」

「つまり……それが、犀川《さいかわ》修造さんとの婚約を啓子さんが破棄した理由、ですか」

絹子はコーヒーカップに唇をつけて、頷いた。

「たぶんね。……でも真相はわからないわ。叔母の心の中にしまわれたまま、もう永遠に明かされることのない真相は。叔母は犀川さんと婚約していた。結婚する気でいた。それなのに……妊娠した。柳沢亮二の存在を知った時、わたしは叔母のために、それが恋愛の結果であったことを祈った。今でも祈っている。叔母は犀川さん以外の誰かを好きになってしまい、自分でもどうしようもない情熱にひきずられて妊娠したんだ、そう思いたいのよ。だけど……たぶん違うんでしょうね。もしそうだったとしたら、叔母はきちんと犀川さんに謝ったと思う。叔母はおとなしい人だったけれど、物事の筋はいつでもきちんと通していたわ。その叔母が、犀川さんに対してあれほど理不尽な、身勝手なことをしてしまったのには、それなりの……どうしようもない事情があった……叔母はクリスチャンではないけれど、それに近い倫理観を持っている人なの。だから妊娠が判った時、堕胎という選択肢は叔母にはなかったのね。でもその妊娠は……叔母にとって幸せなものでも誇らしいものでもなかった。そう考えると辻褄《つじつま》が合うのよ。叔母はおそらく……愛していない男に……」

絹子が、深く溜め息をついた。麻生は黙ってコーヒーをすすった。

「……アレキサンドライトは色が変わる。二つの色を持つ。……自分には二つの顔がある、啓子さんはそれをこっそりと示したかったんでしょうか」

絹子が麻生の顔を見て微笑んだ。

「あなたって人は……無粋の見本です、みたいな顔していながら、そういうことをするっと言うのよね。ほんとに面白いひと。ええ、きっとその通りだったと思う。叔母は自分がこっそりと出産したことを周囲にも家族にも隠し通した。それってものすごいことよね。いくら体質的に妊娠しても見た目があまり変わらなかったとしても、普通はそんなのあり得ないわ。もちろん……わたしの祖父母、つまり叔母の両親は何もかも知っていたんでしょうけど、少なくともわたしには、叔母が妊婦だった記憶なんてないもの。たぶん、旅行に出るとかなんとかごまかして、臨月と出産を乗り切ったんでしょうけど。今になってよく思い出してみるとね、あの頃確かに叔母は、デザインの勉強をしたいからってイタリアに行ったような記憶もあるのよ。三ヶ月くらいだったと思うけど、帰って来てお土産をいっぱい貰った憶《おぼ》えがあるの。出産のことは親戚にも知られないようにしていたでしょうから、きっとそのイタリア旅行が出産期間だったのね。もちろん、イタリアなんかに行ってはいなくて、日本のどこかでこっそり産んで。あのお土産はどうしたんだろう、なんて、くだらないことを考えちゃうわ。祖父がイタリアに行って、娘の嘘を守る為に買い込んで来たんだろうか、なんてね。……アレキサンドライトは、叔母の決意の表れだったのかも。叔母は結局、産んだ子を育てはしなかった。こっそりと非合法に養子に出してしまった。もちろん、画策したのは叔母本人ではなく祖父だったと思う。祖父母としては、叔母に、望まない出産のことは忘れて幸せになって貰いたかったんでしょう。でもねぇ、そんなに簡単なものじゃないわよね。叔母はアレキサンドライトを指にはめることで、産んだ子を見捨てたひどい母親としての自分、を忘れまいとしていた、そんな気がするの。自分には二つの顔がある。赤と緑が……裏と表が。当てる光の種類によって色が変わるアレキサンドライトのように、自分もまた、人生の状況によって色を変えた。そのことを罪として背負っていく、叔母はそう決意して、もう二度と恋はしなかった」

「柳沢亮二が啓子さんの息子だと、どうして判ったんです？　非合法に養子に出したということは、柳沢の養い親は自分の実子として役場に届けていたということですよね。それだと、ちょっとやそっとでは判らないと思うんですが」

「早坂の側からみればそうね。ちょっとやそっとでは判らない。でも柳沢家の側からみれば、判らないどころか、それは日常的な問題だった、ということ。亮二を自分たちの子として育てた夫婦は、悪い人たちじゃなかったと思う。わたしの祖父だって、相手の素性くらい確かめたでしょう。たとえ望まれずに生まれた子とはいえ、まぎれもなく血の繋がった孫なんだものね。でもどんなに善良な人たちも、貧乏には勝てないのよ。どんな事があったのか細かいことまではわからないけれど、亮二の養い親は事業に失敗したか何かで破産したみたい。それで離婚して、亮二は養母に引き取られたけど、経済的な打撃と親の離婚の衝撃が、思春期の不安定な精神状態と重なったんでしょう、よくあるパターンでぐれちゃって家出して、いつのまにかヤクザ者。でもその過程で、亮二は自分の出生の秘密をどうやってか知ってしまった。亮二がどうして叔母と接触したのか、それはわからないわ。叔母は金持ちじゃないからお金の無心ができると思ったわけでもないでしょうし、脅迫したってたいした実入りはなかったでしょうし。もしかすると、本当にただ、実の母親に逢《あ》いたいっていう純粋な気持ちだったのかも。いずれにしても、亮二は叔母に自分から接触したらしい。亮二がアレキサンドライトがはまった指輪をするようになったのは、半年ぐらい前からだそうよ。たぶんその頃、亮二は叔母と……生みの母と再会したのね。わたしも親戚の誰も、もちろんそんなことは何も知らなかった」

「では……そのことをあなたに教えたのは、啓子さんご本人？」

「さすがにいい勘だわ」

絹子は頷いた。

「そう、叔母が自分で言ったの。……叔母が大切にしていたアレキサンドライトの指輪は、本当にわたしが叔母から頼まれて預かって、別荘においてあったのよ。叔母は認知症が進んでいて、ごくたまにしか正気に返らないけれど、正気の時にはいろんなことをわたしに頼んでくれる。頼りになるのは絹ちゃんだけよ、って叔母に言われると、わたし、なんでもしてあげたいと思うの。あの指輪は叔母がいつも枕元に置いていたの。でもある時、ホームにはどんな人が入って来るかわからない、不用心だって心配して、わたしに預かってと頼んだ。それで預かって別荘に置いておいたの。ところがある時、叔母が、指輪がないって騒ぎ出して。わたしに預けたことをすっかり忘れてしまっていた。取り乱した叔母が言ったのよ。あれはいつか亮二にあげるつもりなんだ、だから亮二にもそう言った、あれをあげるからって言った、って。亮二って誰？　と訊《き》くと、叔母はあっさりと言ったの。わたしの息子よ、って。そのまま訊きもしないのに、叔母は昔のことを一気に喋《しゃべ》った。たぶん、昔のことを一時的に思い出したんでしょうね。わたしは混乱して、悲しくなって、最後には叔母のことをあらためて尊敬したわ。それで、指輪は別荘に置いてあるから心配しないで、って納得させせたの」

「啓子さんは、指輪があなたの別荘にあることを柳沢亮二に教えたんですね」

絹子はまた頷いた。

「きっとね。叔母の心にはずっと、二人の人間が住んでいる。アレキサンドライトの赤と緑みたいに、二つの色が叔母の心を半分ずつ染めてるの。ひとつの色は、常識的で穏やかな人生を歩いて来た人の色。もうひと色は、自分が産んだ子を捨てた罪の重みを背中にいつも感じながら、歯を食いしばって作り笑いを続けていた人の色。認知症のせいで常識から切り離された時、叔母の心は亮二のことだけで埋まってしまうようになっていたんでしょうね」

「それで柳沢亮二があなたの別荘に行き、指輪を盗んだ」

「盗むっていう意識はなかったのかもしれない。叔母はたぶん、亮二に、あれはおまえのものだよ、くらいのことは言ってたでしょうし……もしかしたら、自分で頼んだことは忘れて、わたしが指輪を別荘に隠してしまったと思っていたのかも。それで亮二に取り戻してくれって頼んだ、その方が自然だという気もするのよ。今となってはもう、どうでもいいことだけど」

「しかし、指輪が盗まれた日に馬淵尚美さんは死体を見ている？」

絹子は、薄く笑って空のコーヒーカップをもてあそぶように掌《てのひら》で包んだ。

「わたしは泳げるイルカなの、麻生さん」

「……わたしに関連性を想像させるために、同じ日だということにしたわけですね」

「指輪が盗まれた時、亮二の仕業だろうというのは見当がついていた。叔母から柳沢亮二の話を聞いてすぐ、亮二のことを調べたから、とんでもない奴だってのはわかっていたし。だから警察に盗難届は出さなかった。……日付を同じにしておけば、あなたが馬淵さんと接触した時、きっとそのことに気づいて興味を持つだろうと思ったわ」


「それにしても、奇遇、と呼ぶには偶然が過ぎますね。馬淵さんがたまたま、柳沢がからんだ株の不正取引で中心的役割を果たした男の元の妻で、それがあなたの別荘のご近所さんと親友だったわけですか」

「世の中にはいっぱい偶然がある。というよりも、世の中は偶然で成り立っているのよ」

絹子は力なく笑って、頭を振った。

「でも、あなたの言う通りよ。偶然なんかじゃないのよ……すべてはわたしのせいなの。馬淵さんを危険に陥れることになったのも、亮二が死んだのも、わたしのせい」

絹子はウエイトレスを呼び、コーヒーのおかわりを頼んだ。麻生も二杯目を注いでもらった。

「馬淵さんの元のご主人、オリンピック選手だった池端が罠にはめられていたこと自体は、わたしとは関係ない話よ。馬淵さんが八ヶ岳に遊びに来るようになったのは、離婚問題がこじれた頃からだし。馬淵さんから離婚の愚痴を少し聞かされて、わたし、純粋に職業的な興味を持ったの。昔なら離婚原因を作った側からの離婚請求は、日本の裁判ではまず通らなかった。でも今は、結婚生活が事実上破綻《はたん》していれば、離婚そのものは認められるようになったでしょう。それで無理矢理離婚させられてしまって、そのあげく、慰謝料だの養育費だのを踏み倒されて泣きをみている女はものすごく多い。離婚した女は就職でもなんでも差別される傾向が、まだまだこの国では強いのよ。男はバツ一でも仕事には差し支えないけど、専業主婦だった女が離婚で社会に放り出されたら、翌日から路頭に迷うことになる。最近わたし、その手の問題に関心があってね、いろんなケースを調べて整理してみようと思っていたところだったの。だから馬淵さんのケースにも興味を抱いた。彼女に頼まれたわけではないのよ。わたしが勝手に興味を持って、勝手に調べてしまったの。池端さんのこと、相手の女のこと……そしてそこから、不正な株取引の匂いがしていることも」

絹子は、疲れた、というようにこめかみを指で揉《も》んだ。

「これは妙なものをつついちゃったな、って、わたしは困惑した。そのまま知らないふりをする、って選択肢もあるけど、知ってしまった以上、犯罪を放っておけば先行き、ろくなことにならないっていうのは経験上、わかってるものね。このままだと池端さんは破滅する、悪くしたら自殺に見せかけて殺されるかもしれない。どうしたらいいかしら、なんて考えはしたんだけど……とりあえず、誰にも知られないように、池端さんに関することを書いたものをすべて別荘に移したのよ。事務所の誰かに見られたら、そのまま放っておくことはできなくなるでしょ」

「それじゃ、その書類を柳沢に」

「そういうこと」

絹子は、湯気のたつコーヒーをすすり、ふう、と息を吐いた。

「指輪を盗みに別荘に入った亮二が、置いてあった書類を読んで池端さんの犯罪を知ってしまった。亮二は大きな金儲《もう》けに加われると思ったんでしょう、自分から池端さんと今の妻、峰子《みねこ》に接触した。峰子は赤坂にいた頃、源氏名をケイコと名乗ってて、今でもみんなからケイコって呼ばれている。結婚前の姓は下田、結婚詐欺で逮捕歴のある女よ。被害者と示談が成立して、結局不起訴になってるけどね。峰子には十年も前から、谷山宏三《こうぞう》っていうヒモがいて、この男は組織にこそ所属していないけど、悪いことなら一通り経験済、って奴よ。亮二はまだ若いけど、昇竜会ではそこそこ頭角をあらわしてるいっぱしのヤクザで、谷山みたいな男とはお互い、利用し合えるって思ったでしょうね。要するに、わたしのせいなの。わたしが頼まれてもいないのに馬淵さんのことを調べた上に、それを無防備に別荘に置いておいた。繋がるはずのなかった池端夫妻や谷山と亮二が、わたしとあの別荘を介して繋がってしまったのよ」

「指輪が盗まれて、あなたは柳沢が犯人だと思った。それで柳沢に指輪を返してくれるよう連絡しようとした。ところが、柳沢と連絡がつかなかった」

「指輪が盗まれたのは、馬淵さんの離婚が成立してしばらく経ってからだったの。わたしは池端さんのことをどう扱うか決めかねたまま、調べたことをまとめて別荘に置きっぱなしで、正直、半ば忘れかけていたのよ。冷たい人間だと思われても仕方ないけど、わたしも毎日、けっこう忙しいのよね。仕事に追いまくられて、余計なことを考える時間がほとんどない。池端さんが危ない橋を渡っているってことは気にはなっていたんだけど、そもそもわたしは池端さんとは面識もない、知り合いでもない。馬淵さんにしたところで、何度か一緒に別荘でお茶を飲んだ程度の関係だもの、頼まれてもいないのにわたしがしゃしゃり出る必要があるのか迷ってね……ううん、それじゃ言い訳がましいな。要するに、お金にはならないな、と思ったわけ。池端さんが法に抵触するような取引で億単位の利益を手にしたことはほぼ確実だったから、仮にわたしが手を出すとしても、結局は警察の出番になっちゃうでしょう。逮捕されて起訴された池端さんの弁護くらいは引き受けられても、それ以上はどうしようもないものね。そんなこんなで、いつのまにか池端さんのことは忘れかけていて、書類を別荘に置いてあることも思い出さなかった。別荘に空き巣が入ったらしいって管理人から連絡を貰った時、真っ先に頭に浮かんだのは指輪のことで、実際、駆けつけてみたら指輪の入れてあった箱が見当たらない。ああこれは、叔母が亮二にここに指輪があることを教えて、それで亮二が盗んで行ったんだな、と思った。でもまさかその時、池端さんに関する書類をそっくり亮二が持ち出していたなんて、思わなかったの。指輪だけの問題だったら、もともとあの指輪は叔母のものでわたしのじゃないから、叔母がどうしてもそれを亮二にやりたいならわたしが反対する理由はない。そう思ったから管理人には、何も盗まれていないと報告して、警察にも届けなかった」

「しかし、盗まれていたのは指輪だけではなかった」

「驚いたわ」

絹子はまた、溜め息をついた。

「知識として亮二がヤクザだと知ってはいたけれど、叔母の息子、わたしの従弟だという意識があったから……金の匂いがすればすぐに飛びつく男だ、という認識に欠けていた。インサイダー取引は、バレさえしなければ確実に大金を手に出来る美味しい話だものね、今時のヤクザが興味を示さないはずがなかった。指輪の盗難事件から三、四ヶ月は経っていたかしら、ふらっと別荘に出かけてその時はじめて、池端さんに関する書類がごっそり消えていたことに気づいたの。指輪事件の時は、指輪の箱がなくなっていただけで納得してしまって、書き物机の中までは調べなかったから。亮二が池端夫婦と谷山の犯罪を嗅《か》ぎ付け、甘い汁の分け前に与《あずか》ろうと接触している。それを知って、慌てて亮二を探したの。ところが、どこにもいない。ちょっと調べてみると、亮二はここのところ、仲間に顔を見られていない。組事務所にも顔を出していない。でも亮二は、ふらっとカンボジアあたりに麻薬の買い付けに出かけることが時々あったみたいで、昇竜会は特に騒いでもいないみたいだった。わたしもわたしの事務所も、ヤクザ方面にはそんなに強くないでしょう、情報も断片的にしか入って来ない。なんだかおかしい、とは思ったけど、どうすればいいのか考えあぐねているうちに……今度は馬淵さんが失踪《しっそう》している、という事実が耳に入って来た。それを知った時はからだが震えたわ。わたしのせいでもしかしたら、馬淵さんが……想像するだけで怖かった。それで慌てて馬淵さんの周囲を調べた。するとおかしなことがわかった。馬淵さんの母親は血眼になって娘を探しているふうではなかった。報告して来た調査員は、母親が娘の居場所を知っているか、少なくとも娘が無事でいることは確信しているだろう、と言ってる。つまり、亮二が消えたのと同じ頃に、馬淵尚美は自分の意志で身を隠してしまった。なぜ？　わからない。わからないけれど、二つの事実には絶対に繋がりがあるはず。馬淵さんが長期間身を隠していられる場所は限られている。彼女にも母親にも金銭的余裕はないから、ホテルだのなんだの、お金のかかるところにはいられない。

馬渕さんには地元以外に知り合いが少ないし、それほど頼りになる友達がいるという話も聞いたことがない。ああ、八ヶ岳にいるな、って直感したわ。しかも彼女の友人はドイツにいて、あの別荘は使っていないわけだし。自分で出向いて馬渕さんを見つけ出し、何がどうなっているのか問いただそうかとも思った。でもその前に、念のため、調査員を八ヶ岳にやって本当に馬渕さんがいるかどうか調べて貰ったの。もし馬渕さんがひとりじゃなくて亮二と一緒だったりしたら、わたしが顔を出すことでややこしくなるかもしれないものね。でも事態はもっと悪い方に進んでいた。調査員は、馬渕尚美は数人の男に監視されているようだ、と報告して来た。亮二が消え、馬渕尚美は逃げ、その馬渕尚美を見張っている連中がいる。わたしの鼻に血の匂いがしたのよ。もうだめだ、これ以上はわたしの手にはおえない、と思ったの。それで、殺人課の刑事だった麻生さん、あなたに頼るしかないと思ったの」

「どうせ頼ってくれるなら、最初からすべて話してくれていればよかったのに。そうすれば、無駄に動き回らずにすぐ馬渕尚美を救い出せたでしょうね」

「無駄に動き回って貰いたかったの」

絹子は、笑顔を消して真剣な目で麻生を見た。

「いいえ、あなたの動きはいつだって、ひとつも無駄がない。わたしはあなたが天才だってこと、ちゃんと知っている」

「時間が短縮できたのに、と言っているんです。なぜ先に教えてくれなかった?」

「確信が持てなかったのよ」

「だって、調査員を八ヶ岳にやって馬淵さんのことを確認していたんでしょう」

「そのことじゃない」

絹子は首を横に振った。

「もっと肝心なことよ」

「もっと肝心な……？」

「いちばん肝心なこと。亮二はたぶん殺された。馬淵さんが見たという死体は亮二のものでしょう。殺したのは、単純に考えれば谷山よね。そして池端峰子がその共犯。二人は亮二の死体をどこかに隠した。大きな儲けを手に入れるまでは、殺人事件なんか明るみに出ない方がいいものね。でも馬淵尚美が生きている限り、いつ警察が動き出すかわからない。昇竜会だって亮二が死んでいるかもしれないとなれば、黙ってはいない。儲けを手に入れたら亮二の死体を隠し場所から出して事件を発覚させ、池端さんか尚美を殺人犯に仕立てて自殺に見せかけて殺す。谷山が書いたとすればそんなシナリオでしょう。インサイダーの罪もすべて池端さんに着せる手筈《てはず》よ。池端さんが遺書でも残して自殺してしまえば、そのあとで誰が何を警察に言ったところで問題ない、せいぜい、池端峰子が死体遺棄の共犯として逮捕される程度のこと。それだって、愛する夫から懇願されて死体のことは警察に言わなかったんだ、と供述すれば、間違いなく執行猶予」

「まあ、そんなところでしょうね。しかしそれと、わたしに事実を隠して調査させたこととがどこで結びつくんですか？」

「亮二はなぜ殺されたのかしら」

絹子の問いに、麻生は反射的に顔を上げて絹子の目を見た。絹子は異様なほど落ち着いて、静かな目をしていた。

「それは……仲間割れでしょう。金の分け前か何かで谷山と揉めた」

「そうよね。そう考えるのが自然よね。でも」

絹子は、なぜか視線をはずしてホテルの正面玄関の方を見た。麻生もつられて視線を向けた。と、そこに、知った顔が現れた。麻生は驚愕《きょうがく》したが、絹子が目で、声をかけるな、と指示したので、コーヒーカップを顔の前に持ち上げた。

「うちが契約している調査員が池端夫妻の周囲を調べていた時に、白髪の男性が何度か谷山や池端峰子と喫茶店で話し込んでいるのを目撃していたの。その男の写真を観た時、わたしね……人はそんなに簡単に過去を捨てることはできないんだな、って思った」

麻生と絹子に気づかずに、その人物はフロントで鍵を受け取ると客室に通じるエレベーターに乗り込んだ。

麻生は立ち上がった。絹子は席を立たずにただ、小さく頷いた。

白髪の男がエレベーターの中に消える。

絹子が携帯電話を取り出し、誰かに言った。

「犀川が現れたわ。たぶん、馬淵尚美の部屋に向かうか、自分の部屋から尚美を呼び出すかするつもりだと思う」

13

犀川《さいかわ》修造が、黒幕だったのか。

麻生は、鎌倉の自宅でくつろいでいた時の犀川の表情を思い出した。

犀川は、かつての婚約者が自分との婚約を破棄した理由を調べてほしいと、麻生に依頼した。多少の不自然さはあっても。犀川は本当にその理由を知りたがっていると、麻生は思ったのだ。

俺の判断ミスか。

苦々しい思いで、麻生はそっと犀川がエレベーターの中に消えるのを見ていた。それからすぐに横のエレベーターに入り、馬淵尚美が中でじっと身をひそめている部屋がある階へと向かった。

犀川は、フロントで何か訊《たず》ねるでもなく、直接エレベーターに乗り込んでいる。つまり、尚美がいる部屋を知っているのだ。尚美は追っ手をまききれなかったのだろう。尚美が部屋の中に入れたのはラッキーだった。追っ手が尚美を拉致《らち》できる機会を作る前に部屋の中に逃げ込めたということだ。

だが犀川は、いったいなぜ、殺人にまでかかわったのだろうか。そして今、犀川は尚美をどうしようとしているのか。

エレベーターのドアが開いた。麻生はドアの外に出てから素早く廊下を見渡し、からだを一瞬隠せる、製氷機の置かれた小さなスペースに飛び込んだ。

廊下はかなり長く、ゆるやかに湾曲している。尚美がいる部屋の番号はわかっていたので、ゆっくりと踏み出してそちらに進んだ。犀川の姿はどこにもない。だが自身で尚美に会う以外に、犀川がこのホテルに来る理由はない。

犀川はどこだ？

壁に半分身を寄せながらゆっくりと進んだ。ゆるやかに湾曲する廊下なので、いつ犀川が視界に飛び込んで来るのか予想がつかない。部屋番号の表示から、尚美の部屋に近づいているのはわかっている。


見えた。尚美が中にいる部屋のドア。廊下には誰もいなかった。

と、近づいて来る清掃ワゴンがあった。ホテルの清掃員が、シーツや備品が山積みされたワゴンをゆっくりと押して来る。女性の清掃員は、重そうなワゴンを押しながら、ホースのようなものを手の中で伸ばしている。

清掃員は麻生に気づき、軽く頭を下げて、尚美のいる部屋の隣りのドアを開けた。ワゴンごと部屋の中へ入ろうとして、何かワゴンからはみ出しているものがひっかかったのか、ドアのところで往生している。清掃員の女性は、何度かワゴンを押していれようとして諦《あきら》め、ワゴンを廊下に置き、ホースとバケツを手にもう一度部屋の中へと入った。ホースの元はワゴンの中段にあるので、ホースのせいでドアは閉まらない。

まだ不慣れな人なんだろうか。ワゴンの幅はちょうどドアの幅くらいだ。あれでは少しものが出っ張っているだけでつかえてしまう。そもそも、あんなワゴンをいちいち部屋の中に入れて清掃するのは大変だろうに。

その時、麻生の記憶が、何かおかしい、と警告を発した。清掃員の女性に見覚えがある。だがこのホテルには以前来たことなどない。

どこだ? どこであの女に……

麻生は、ホースのせいで閉まり切っていないドアを乱暴に開け、中に飛び込んだ。

女の姿がない。

ホースだけが廊下から中へと長く延びていた。

麻生はそのホースをたどった。バスルーム。中に飛び込むと、天井を見た。思った通り、ダクトに通じる天井のパネルがはずされている。その真下に、化粧用のスツールが置いてあった。身の軽い女だ。スツールにのっても、天井裏に入り込むには、あの背丈なら腕力が必要だったろうに。麻生はスツールにのり、パネルの穴に腕をかけて、一気にからだを上に引き上げた。少し苦労したが、天井裏にからだを押し込め、腹這《はらば》いで前を見た。同じような姿勢でこちらに足を向けている女のからだが、数メートル先にあった。女は、隣の部屋のパネルをはずそうとしている。

麻生は這ったまま進んだ。女が気づいて、麻生を見る。

女は、表情を変えなかった。たいしたもんだ、と麻生は思った。

犀川修造の家にいた、お手伝いさん。

あの女だ。

「君は、犀川さんのところにいた人だね。どうしてこんなところで、泥棒なんかやってるの」

「何も盗んでいません」

女は作業を中断しようとしない。あくまでパネルをはずし、隣の部屋のバスルームに侵入する気だ。

「盗んでいなくても、こんな形で隣の部屋に入るのは犯罪だ」

「警察官でもないくせに、あなたに何か関係があるの？」

女は頑固に、パネルをガタガタやっている。その手を止めようとして、麻生はその音に気づいた。

ドアが開く音がかすかにした。


「囮《おとり》か！」

麻生は女を突き飛ばし、パネルを動かそうとした。が、パネルははずれない。

「犀川はなんでこの部屋に入れるんだ！　鍵はどうした！」

そう叫んでから麻生は、気づいた。ホテルの清掃員の格好をした女。

清掃員は、どの部屋でも開けられるマスターキーのようなものを持っているのだろう。

この女が着ている制服はすべて、本物なのだ。本物の清掃員を襲って、マスターキーと制服を奪ったのだ……

「それってね」

女がふふふと笑った。

「下からしか取れないみたいよ」

麻生は拳《こぶし》を、パネルの真ん中の編み目状になったプラスチックに叩き込んだ。割れない！

力任せに叩き込む。二度、三度、四度目にようやく割れた。その割れ目から手を下に入れ、バスルーム側からパネルを引っ張ってはずし、下に落とした。そのまま足からバスルームに降りる。が、女が麻生の腕を力一杯引っ張ったので、麻生の肩は不自然にねじれ、鋭い痛みが走った。麻生は構わずに女を振り切ってバスルームに降り、客室へと飛び込んだ。

「犀川さん！」

麻生が叫ぶと、尚美の上にのしかかっていた犀川が振り返った。

鎌倉の家で見た時の、あの穏やかで知的な男とはまるで別人だった。

犀川が手にしていたものが光った。

麻生は躊躇《ためら》わずに走り、犀川のからだの上にジャンプするように飛んで、光るものを握った腕を摑《つか》み、それを思い切りねじった。

悲鳴。

麻生は手をゆるめなかった。腕なんか折れたって命には別状ない。

ボキッ、と鈍い音がして再び悲鳴があがり、それから、麻生の下になっていた犀川のからだが、グニャリとなった。

ドアを激しく叩く音がする。

「麻生さん、麻生さん！　何があったの！　大丈夫なの！　麻生さん！」

麻生は、息をととのえてから、ドアを開けた。

＊

「単純骨折だから、たいしたことないみたい」

早坂絹子が、肩をすくめた。

「でもあなたもう、刑事じゃないんだから、あそこまでやっちゃうといろいろめんどくさいことになるかもよ」

「犀川は逆上していた。刃物を持った手を摑んだら、その刃物を取り落とすまでねじりあげるのは鉄則だよ」

絹子は笑った。

「まあいいわ。過剰防衛であなたが起訴されたら、無料でわたしが弁護してあげる」

「それはどうも。でも犀川から直接訊《き》きたかったことがたくさんあったから、もう少し手加減すべきだったかな、やっぱり」

麻生は、大きくひとつ、溜め息をついた。

「すっかり騙《だま》された。……あの男の家に行き、あの男と話をして。俺の勘もだいぶ鈍ったなあ」

「それはたぶん……あの人があなたと話したことは、ほとんど本当のことだったからでしょうね。

あの人は……叔母がどうしてあの人を裏切ったのか、本当に知りたかったのよ」

「知っていたわけだろう？　知っていたから、今度の事件にかかわりを持ったんだ」

「それはそうでしょうね。たぶん、あの人は、自分で調べたんだわ。叔母が妊娠して出産し、生まれた子を非合法な形で里子に出してしまったことなんか」

「調べたのに、なんで俺にもう一度依頼したんだろう。それがいちばんわからない点なんだ」

「それは」

絹子は、不思議な目で俺を見ている、と麻生は思った。

「たぶん……別の答えが欲しかったから……じゃないかしら」

「別の、答え？」

絹子は、頷《うなず》いて席をたち、広々としたガラスの窓のそばに立った。


「犀川は、ずっとずっと、叔母を恨んでいた……憎んでいた。それは、それだけ深く叔母を愛していたからだ、という言い方もできるでしょうね。でも愛が憎悪に変わった時に、やっぱり愛は死ぬのだと思う。犀川が叔母を憎いと思った瞬間に、彼の心の中にあった愛は死んだ。でも犀川はまだ若かったから、どれほど叔母が憎くても、自分の人生を充実させる方を優先した。そして日々の中で次第に憎悪を薄れさせ、叔母への執着も表面的には消え去ったかにみえた。時が経ち、犀川はそれなりにまっとうで平和で、充実した人生をおくった。そして第一線から退くと決心した時に、昔封じ込めてしまったモヤモヤを払い去ろうとした。叔母の過去を掘り起こし、婚約破棄の謎を解くことでね。犀川は、婚約破棄の真相に到達した。叔母は妊娠し出産していた。犀川が亮二を捜し出したのは、たぶん単純な好奇心からだったでしょう。最初から亮二を殺す目的だったとは、いくらなんでも思いたくない」

絹子は掌《てのひら》で顔を覆った。が、泣いてはいなかった。

「亮二が叔母のことを突き止めたのは、犀川に教えられたから、と考えるとぴったりはまるわ。そして亮二は金儲《もう》けの材料をみつけてしまった。犀川がどうしてその話に絡むことになったのかは本人に訊かないとわからないけど……」

「犀川は金に困っていたわけではないんでしょう?」

「表面的にはね。でも実態は、調べてみないとわからない。最近は素人でもリスクの高い株や金融商品を買えるでしょう。表向きはまったくお金に困っていないように見える人が、数千万単位の借金を抱えて破産寸前なんてことは珍しくないもの。犀川にもきっと、お金が必要な理由が何かあったのでしょうね。だから亮二の話にのった。でも結果的に、仲間割れか何かで、亮二は殺されてしまった」

「殺したのは犀川なんだろうか」

「それもわからない。この事件には、犀川の他にも暴力団が絡んでいるし。でも最後に犀川が自分で尚美さんを殺そうとしたことを考えると、亮二を殺してしまったのは犀川なんじゃないかと思うわ。しかも……尚美さんは気づいていなかったけれど、尚美さんが目撃した死体の近くにいたのは、元夫の新しい妻だけではなかった。たぶん、犀川もいたのよ。居間の続きの部屋とか、キッチンとか……犀川は尚美さんに顔を見られたかどうかとても不安だった。でもたとえ見られたところで、犀川と尚美さんにはまったく面識がなかったわけだから、ひとまずすぐに自分の身元が判ってしまうことはない、と考えた。それで、尚美さんに殺人の罪を着せることにして、計画をたてた。それからしばらくして、わたしがあなたに仕事を依頼し、あなたは犀川のところを訪ねる。そしてそのあなたが、尚美さんと一緒に別荘を逃げ出した時、犀川は尚美さんを殺さなくてはならないと思った」

「面識はなくても顔を見られていたかもしれない。そしてその顔が誰のものか、俺は知っている。その俺と、彼女が結びついた……」

「犀川は、はからずも追いつめられたわけね」

「あなたが仕組んだくせに」

麻生は笑った。

「あなたは、俺をまず犀川に会わせるため、犀川が指輪を盗んだと俺に吹きこんだ。そして俺を八ヶ岳に送り込み、そこに隠れているはずの女性を助け出し、同時に、俺を介して犀川にプレッシャーをかけた。でもどうして犀川が、顔を見られたかもしれないと不安に感じているってことまで、わかったんです?」

「そんなことわかるわけないじゃない。尚美さんのことでも言ったでしょう。麻生さんは、不思議と真相に近づいていく人なのよ。だからぶつけてみることにした。まずは犀川に、そして八ヶ岳に」

「それだけなんですか?」

「それだけよ」

絹子は澄ました顔で言った。

「犀川は、それでも叔母の忘れ形見を殺してしまったことに、とても強い後悔をおぼえていたんでしょうね。だからあなたに頼んだのよ……別の理由を見つけてほしくて。犀川は、叔母が自分以外の誰かを愛したから婚約を破棄したんだ、と思いたかった」

「そんなもの、俺が引き受けたって出て来ないでしょう」

「どうかな。犀川にしてみたら、なんだってよかったんじゃない？　犀川は被害者でいたかった。叔母が望まない妊娠をして出産までしていたとわかったら、叔母も加害者ではなくなっちゃう。犀川は、叔母を憎み続ける理由が欲しかったのよ。だってその理由がなければ、叔母の息子を殺してしまう理由もなくなっちゃうもの」


「わからないな」

麻生は頭《かぶり》を振った。

「ひとつだけ教えてください。あなたはどうして、犀川が怪しいと思ったんです？　亮二の失踪《しっそう》に関わっていると」


絹子は、小さな箱を取り出し、麻生の前に置いた。

箱を開けると、中には赤い宝石がはまった指輪が入っていた。

「これは……亮二が盗んだ指輪？」

「いいえ。それね……石はルビーよ。アレキサンドライトじゃない」

「……ルビー……つまり、最初に犀川が贈った宝石」

「そう。その指輪は、故買屋で見つかったの。亮二が売り払った」

「……意味がわからない」

「そのままの意味。亮二が、犀川の家から盗んで故買屋に売ったの……たぶん。亮二が姿を消してしまって、わたしは彼を捜した。そしたら亮二がこれを売ったことがわかった。亮二が親しくしていた故買屋が警察にあげられて、わたしに泣きついて来てね。最初は何の意味も繋《つな》がりもないと思った。亮二が誰かからギャンブルのかたにでも奪ったんだろう、って思った。でもよく見てみたら……違うとわかった」


絹子は指輪をつまみ、リングの内側が読めるように麻生の方に近づけた。

To KEIKO　　from SHUZO

「偶然では、あり得ない。そう思ったわ。しかもこれは石がルビーだもの」

「どうして……じゃ、叔母さんは石を取り換えなかったのか」

「ええ。たぶん、元の婚約指輪は何年かしてから犀川に返したんでしょう。叔母がいつもはめていたのは、石をいれかえた指輪ではなくて……最初からアレキサンドライトの入った、指輪だった」

絹子は麻生に背中を向け、ガラス窓に顔をつけるようにして、囁《ささや》いた。

「……わたしね……犀川の勘は正しかったのかな、って、ちょっと思う。叔母は犀川以外に好きな人ができてしまったのかもしれない、って。それが亮二の父親なのかどうかはもう永遠にわからないことだろうけど」

Epilogue

雨が降り始めた。
麻生は、ワイパーを何度か動かしてフロントガラスの視界を取り戻した。それでも雨の勢いはあっという間に増して、目の前の世界が透明な膜に覆われる。

この街にはなるほど、マロニエが似合っている。柄にもなく麻生はそんなことを考えた。
その街路樹がマロニエだと教えてくれたのは、誰だったろう。何度かこの街を事件絡みで訪れて、その間に知り合った所轄の人間の誰かだった気がする。
そしてマロニエは、パリのなんとかいう通りの街路樹でもあるらしい。

この街はパリを気取りたかったのだろうか。

そしてこの街は、俺に最も似合わない街だ、と、麻生はひとり笑いした。

その通りは西へと続き、静岡の方まで伸びている。三桁《けた》国道なのに、なぜか人々はその通りの名前を、番号で呼ぶ。マロニエの似合うあたりはその三桁の番号に、特別な意味を与えているらしい。

246

ガラスがふんだんにはめ込まれた無機質な輝きを放つビルがその両側を埋め、人々はみな思い思いの服装で自信ありげに颯爽《さっそう》と歩き、車線を埋めている車の列には高級車や外車が数多く混じる。自分が呼吸するために必要なものが何も見つからない、そんなよそよそしい街並み。

麻生は腕時計を見た。練は、意外にパンクチュアルな人間だ。約束の時刻まであと、二分。

麻生が車を停めた歩道とちょうど反対側に、白いカウンタックがすべるようにやって来て、停まった。二分、早い。

カウンタックのドアが開くと、歩道を歩いていた人がちらりと目をとめる。奇妙な動きのガルウイング。

練は、空をちらっと見た。雨粒は次第に大きくなり、フロントガラスで弾《はじ》けるほどになっている。

なのに傘を持たず、練は車のドアを閉めて車道を渡る。

無茶をする。こんなに交通量の多いところで横断歩道を使わないなんて。

練は確かに、麻生の車を見た。麻生の車も、決して地味とは言えない黒いフェアレディだ。他のあらゆるものは地味で目立たないほうが好みなのに、車だけはスポーツタイプが欲しかった。警察に入った時も、本当は白バイに憧《あこが》れていたのだ。

が、練は無視した。

麻生の車を無視して246を渡り切り、そのまま外苑銀杏《いちよう》並木の方へと歩いて行く。

麻生は軽く舌打ちして、傘を掴《つか》んで車を降りた。

練らしいやり方だ。

「おい、びしょ濡《ぬ》れになるぞ」

麻生は小走りに練に追いつくと、傘をその頭上にさしかけた。

練は、横目で麻生と、傘とを見た。

「一本しかないじゃん」

練は不貞腐《ふてくさ》れたように言う。

「どっちみち誰か濡れる」

「使い方次第だよ」

麻生は練の方にからだを寄せ、歩調を合わせた。

「これなら濡れる範囲が少なくて済むだろ、二人とも」

「でも二人とも濡れる。ばからしい」

「つまらないことはどうでもいい。どこ行く気なんだ？　話をするならサ店にでも入ろう。青山通りの方が店があるだろう」

「そんな長話する気ねえよ」

「結論だけ、ってことか。つまり結論は出たんだな？」

「だからあんたを呼んだ」

「そうか」

麻生は、煙草をくわえた。火を点《つ》けるつもりはない。性懲りもなくまた禁煙中だった。

「じゃ、話せ。おまえ、どうすることにした？」


「俺は、変わらない」

練は呟《つぶや》くように言った。

「変われない」


「そんな思い込みは捨てろ。誰だって、どんな時からだって、やり直すことはできる」

「やり直したいと思わない」

練は、ふ、と笑った。

「気に入ってるんだよ……俺は、俺のこの人生が」


「大嘘をつくな」

麻生は言った。

「あんたにはわからないさ」

練は言った。

「死ぬまで、わからない」

まだ路上には枯れた銀杏の葉がいくらか散っている。梢《こずえ》はほとんど裸になっているのに。雨に濡れてアスファルトに貼り付いた銀杏の葉を、練は靴のつま先で器用に剝《は》がし、そのまま蹴《け》った。練の靴にトスされて、銀杏の葉はくるくると回転し、また歩道に落ちた。

「あの話、面白かったよ」

「あの話?」

「ほら、あんたがかかわったあの、アレキサンドライト」

「なんでそんなことまで知ってる? まさかおまえの知り合いだったわけじゃないんだろ、あのチンピラ連中」

「ま、このギョーカイも基本、狭いから。でも、ルビーとアレキサンドライト、ってのは象徴的だな、と思ってさ」

「象徴的?」

「あんたさ、アレキサンドライトは身勝手だと思うんじゃない? 二つの性質を持つなんて、ワガママだって」

「そんなことは思わないけど」

「でも嫌いだろう? そういうの。わかるよ、あんたの性格からしたらさ、色の変わる宝石なんて嫌いだって」

「俺はもともと宝石自体に興味ないよ」

「にしても、さ。好みじゃない。でもアレキサンドライトは、変わりたくて色を変えてるんじゃないんだぜ。当てられる光の性質で、いやおうなしに色が変わっちゃうんだ。あんたにわからないのは、そういうことさ」

麻生が言葉を発しようとすると、練は歩調を速めた。麻生はまた小走りになってそれに追いついた。しばらく、二人は無言で並んで歩いた。


「というわけで」

練は、足を停めて麻生を見た。

「おしまい、ですか。つまり俺ら」

麻生は答えなかった。ここしばらくの練の様子から、こうなることは覚悟していた。が、現実を目の前にすると、胸が潰《つぶ》れそうなほど痛い。

「ヤクザなんかに、なるな」

麻生は、言葉を喉《のど》から絞り出すようにして言った。

「引き返せ。何もかも、やり直せ」

「傘」

練は、なぜか笑顔で言った。

「貸してよ。あんたは車に戻るから、いらねえっしょ」

「おまえはどこ行くんだ」

「わかんないけど、まあちょっと歩いてみようかな、と。傘」

練は手を伸ばし、傘の柄を摑んだ。

「借りるよ」

力比べの勝敗はすぐにつき、傘は練の手に渡った。

麻生は雨の中、取り残された。


「返せよ」

麻生は、遠ざかっていく練の後ろ姿に、言った。

「必ず、返せよ」


「いつか、ね」

振り向かずに練が言う。


振り向かずに、練は歩いて、遠ざかる。

この物語の主人公である麻生龍太郎は他作品にも登場します。
それぞれ独立した物語で、どれがどれの続編ということはありませんが、
物語の時系列的に並べると以下のようになります。

所轄刑事・麻生龍太郎（新潮社）
聖なる黒夜（角川書店）〔文庫〕角川文庫＊上下巻で刊行
本書（角川書店）
聖母《マドンナ》の深き淵（角川書店）〔文庫〕角川文庫
月神《ダイアナ》の浅き夢（角川書店）〔文庫〕角川文庫

（初出一覧）
OUR HOUSE　2006年8月〜2006年10月
TEACH YOUR CHILDREN　2006年11月〜2007年1月
DÉJÀ VU《デジャ・ヴュ》　2007年2月〜2007年7月
CARRY ON　2007年8月〜2008年6月
Epilogue　書き下ろし

＊本書は、『文庫読み放題』ほか、携帯読書サイトにて配信された連載小説に書き下ろしを加え書籍化したものです。

柴田よしき（しばた・よしき）
東京生まれ。青山学院大学卒。1995年、女性刑事村上緑子《りこ》が主人公の長編『RIKO―女神《ヴィーナス》の永遠―』で第15回横溝正史賞を受賞。同作から始まる「RIKO」シリーズは、全く新しいタイプの警察小説として絶賛を浴び、ベストセラーとなる。その他にもミステリを中心に、SF、ホラーなどそれぞれのジャンルでクオリティの高い作品を発表し続けている。特に「RIKO」シリーズ『聖母《マドンナ》の深き淵』から生まれた人気キャラクター、麻生龍太郎と山内練を主人公とした2002年の『聖なる黒夜』（以上３作角川文庫）は多くの読者の熱烈な支持を受けている。また、07年に刊行された新人刑事時代の麻生の活躍を描いた連作警察小説『所轄刑事・麻生龍太郎』（新潮社）も話題となった。近著に『ア・ソング・フォー・ユー』（実業之日本社）、『謎の転倒犬　石狩くんと（株）魔泉洞』（東京創元社）、『神の狩人　2031探偵物語』（文藝春秋）などがある。

著者ホームページURL
http://www.shibatay.com
E-mail：yoshiki@shibatay.com

私立探偵《しりつたんてい》・麻生龍太郎《あそうりゅうたろう》

平成二十一年二月二十八日　初版発行

著　者――柴田《しばた》よしき

発行者――井上伸一郎

発行所――株式会社角川書店
東京都千代田区富士見二-一三-三
〒一〇二-八〇七八
電話／編集　〇三-三二三八-八五五五

発売元――株式会社角川グループパブリッシング
東京都千代田区富士見二-一三-三
〒一〇二-八一七七
電話／営業　〇三-三二三八-八五二一
http://www.kadokawa.co.jp/

印刷所――旭印刷株式会社

製本所――本間製本株式会社

落丁・乱丁本は角川グループ受注センター読者係宛にお送りください。
送料は小社負担でお取り替えいたします。

ISBN 978-4-04-873926-9　C0093

RIKO—女神《ヴィーナス》の永遠—

男性優位主義の警察組織に屈することなく、凄惨な事件に敢然と立ち向う女性刑事・村上緑子《りこ》。そのひたむきな姿を描いた横溝正史賞受賞作。

ISBN 4-04-342801-4

角川文庫　柴田よしきの本

聖母《マドンナ》の深き淵

ある女性の失踪事件に関わった緑子。母親となった彼女は、錯綜する事件の真相を解明するために、元・警部の麻生龍太郎と接触をはかるが……。

ISBN 4-04-342802-2

月神《ダイアナ》の浅き夢

若い刑事ばかりが殺されていく凄惨な事件。緑子は捜査を通して、愛する人が関与した冤罪事件と、美貌のヤクザ・山内練と麻生の過去の因縁に突き当たる。

ISBN 4-04-342804-9

柴田よしきの本　　角川文庫

聖なる黒夜 上下

聖なる日の夜に、一体何が起こったのか。そして、麻生と山内の運命の歯車はいつ狂ってしまったのか……。人間の原罪を問うて深い感動を呼ぶ傑作長編。

上：ISBN 978-4-04-342808-3　下：ISBN 978-4-04-342809-0

ゆきの山荘の惨劇
—猫探偵正太郎登場—

土砂崩れで孤立した「柚木野山荘」で起こる惨劇。毒死、転落死、相次ぐ死は事故か殺人か？　猫探偵正太郎が活躍するシリーズ第１弾！

ISBN 4-04-342805-7

角川文庫　柴田よしきの本

消える密室の殺人
—猫探偵正太郎上京—

同居人の気まぐれで正太郎は東京へ。だが密室で発生した人間と猫の殺害事件に巻き込まれ……。猫探偵正太郎が仲間と事件に挑むシリーズ第２弾。

ISBN 4-04-342806-5

少女達がいた街

不可解な出火事件。焼け落ちた家からはふたつの焼死体とひとりの記憶を失った少女。21年後に浮かびあがる意外な真相とは？　新感覚ミステリ。

ISBN 4-04-342803-0

柴田よしきの本　角川文庫

ミスティー・レイン

失恋した茉莉緒は若手俳優・雨森海に出会い、芸能プロダクションに再就職するが、海の周囲で次々と事件が……。ひたむきな女性を活写した恋愛ミステリ。

ISBN 4-04-342807-3